ORHAN PAMUK

MASUMİYET MÜZESİ

無垢の博物館　上

オルハン・パムク　宮下 遼訳

早川書房

無垢の博物館

〔上〕

MASUMİYET MÜZESİ
by
Orhan Pamuk

Translated by
Ryo Miyashita
First published 2010 in Japan by
Hayakawa Publishing, Inc.
This book is published in Japan by
arrangement with
The Wylie Agency (UK) Ltd.
through The Sakai Agency.

装幀／ハヤカワデザイン
写真／©Gary Powell/Getty Images

リュヤーへ

貧困とは金を稼ぐことを忘れさせてしまう罪であると思い込むまでに、彼らは純真な人々なのだ。

ジェラール・サリク

ある男が夢の中で天国へ行き、彼の魂が本当に天国へ行ったことの証になるようにと、天上人たちが一輪の花を与えたとする。目が覚めてふと見てみると、手の中に花があるのだ――「へえ？　それで？」

サミュエル・テイラー・コールリッジ

はじめに、卓上の簡素な装飾や彼女が使っている化粧水を、そして洗面用品を眺めた。手にとって見てみた。小さな置時計をひっくり返したり、裏返しにしてみたりする。次に、衣装簞笥に目をやった。折り重なった洋服や装飾品たち。あらゆる女性をよりまったきものとするこうした品々は、わたしに空恐ろしいほどの孤独感や苦痛を与えるとともに、彼女の早熟な感性であるとか、願望であるとかを教えてくれるのだ。

アフメト・ハムディ・タンプナル

目次

目　次（下巻）

黒　海
ビュユクデレ
イェニキョイ
ボスフォラス海峡
イスティンイェ
ベベキ
アナドルヒサル
アルナヴトキョイ
ベシクタシュ
新市街
金角湾
ウスキュダル
旧市街
カドキョイ
マルマラ海
イスタンブル周辺図

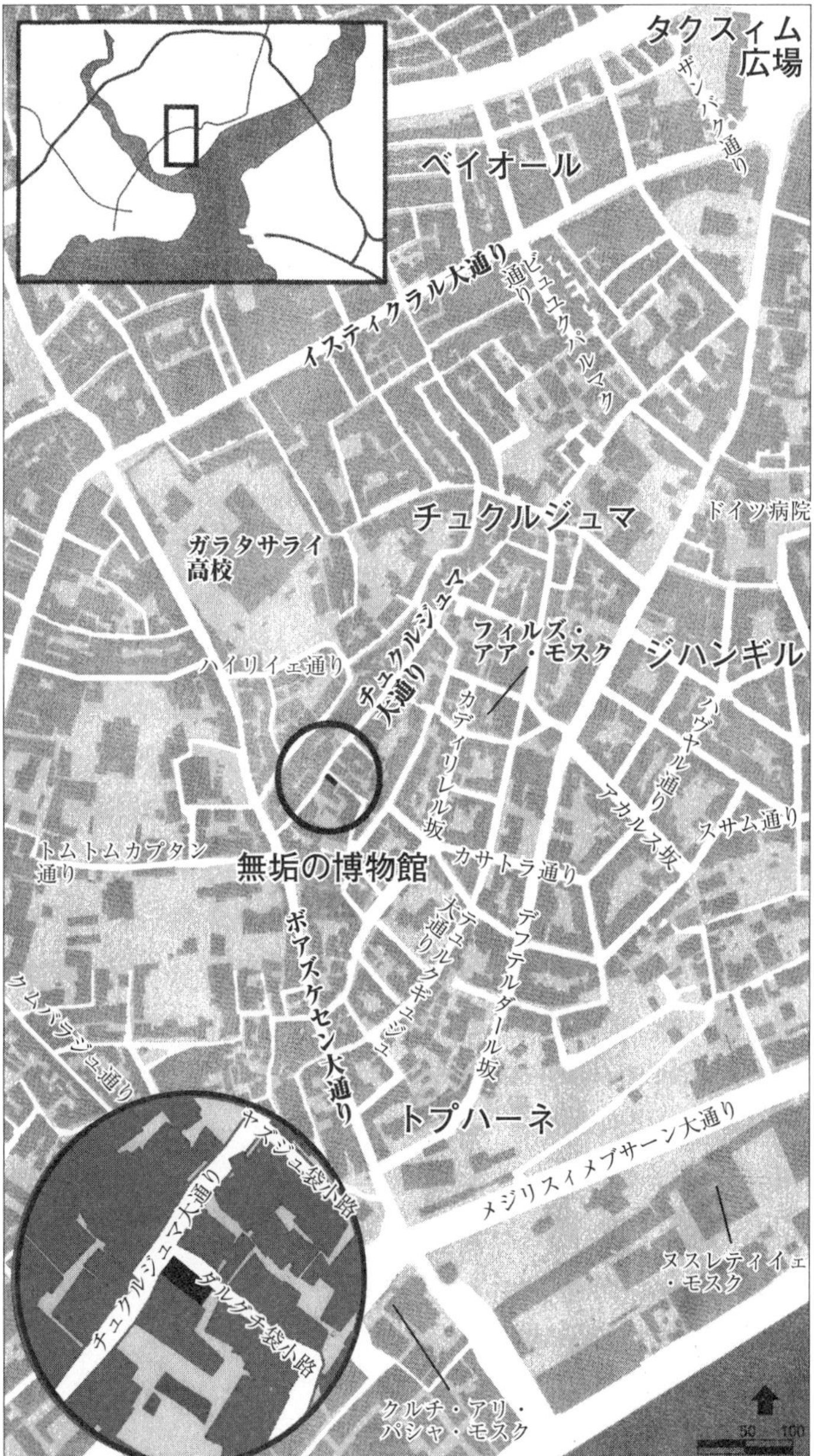
タクスィム広場
ザンバク通り
ベイオール
イスティクラル大通り
ビュユクパルマク通り
チュクルジュマ
ドイツ病院
ガラタサライ高校
チュクルジュマ大通り
フィルズ・アア・モスク
ジハンギル
ハイリイェ通り
カディリレル坂
ハヴヤル通り
アカルス坂
スサム通り
トムトムカプタン通り
無垢の博物館
カサトラ通り
ボアズケセン大通り
テュルクギュジュ大通り
デフテルダール坂
クムバラジュ通り
トプハーネ
メジリスィメブサーン大通り
ヤズジュ袋小路
チュクルジュマ大通り
ダルグチ袋小路
ヌスレティイェ・モスク
クルチ・アリ・パシャ・モスク
50
100
メートル

1　わたしの人生における至福の思い出

　あれが人生における最高の思い出だったのかは、わからない。わかっていたとしたら、その幸せを守ることができて、すべては今とまったく違ったものになっていたのだろうか？　そうだ、それと知っていたなら、決してその至福を逃すことはなかったろう。心からの安らぎをもたらし、わたしのすべてを包みこむ、あの美しい黄金のように輝かしい記憶が、あと数秒なりとも永らえてくれたなら、その幸いはわたしにとって何時間にも何年にも感じられただろう。あれは一九七五年の五月二十六日、月曜日のことだった。三時にはあと十五分あろうかというあの刹那《せつな》は、まるでわたしたちを、その罪や咎《とが》、罰、そして後悔から救い出し、重力と時間の法則からさえ解き放ってくれるかのようだった。暑気と愛の営みのために汗に濡れたフュスンの肩に口づけし、彼女を後ろから優しく抱きすくめながらその内部に入り込むと、左耳を甘嚙みした。彼女の耳につけられていたあのイヤリングは、いっとき空中で静止したかと思うと、ひとりでに外れて落ちた。しかし、わたしたちはあまりにも幸せで、イヤリングの形など気にも留めず、それが落ちたことに気が付きさえせずに、口づけを交わした。

　表には、イスタンブルに春を告げるきらきらとした空が広がっていた。気温は高く、冬着のままのイスタンブルの人々は往来で汗まみれになっていた。しかし、建物の中や店々、シナノキやクリの木の木陰は、依然として涼しかった。その肌寒さは、二人が無邪気な子供のようにすべてを忘れて睦《むつ》みあうカビ臭いマットレスの中からも這い上ってくるかのようだった。開け放たれたバルコニーの窓から、潮とシナノキの香る春風が吹きこみ、チュールのカーテンがはためいた。落ちてきたカーテンが勢いよく背中に降りかかり、わたしたちの裸身に鳥肌を残していった。二階にあるこのアパルトマンの奥の部屋、二人して横たわるベッドからは、裏庭で五月の暑さを忌々《いまいま》しげにののしり合いながらサッカーに興じる子供たちの姿が見える。彼らが口々に交わす無教養な言葉は、わたしたちの睦言《むつごと》を一語一語なぞっていた。二人は交わりの途中で動きをとめて、お互いの瞳を覗き込んでほくそ笑んだ。しかし、お互いにあまりにも満ち足り、幸福であったためだろう、裏庭から仕掛けられた悪戯など、すぐに忘れてしまった。あのイヤリングと同じように。

あくる日、フュスンはイヤリングの片方が見当たらないと言った。昨日フュスンが帰ったあとで、隅《すみ》に彼女のイニシャルがあしらわれたイヤリングが青いシーツのしわの間にあるのを見つけ、脇にのけておかなくてはなくなってしまう、という奇妙な直観めいたものを感じて、それを上着のポケットに仕舞ったのだ。「ここだよ、君」わたしはそう言って、椅子の背もたれにかかっていた上着の右ポケットに手を入れた。「あれ、ないな」一瞬、なにかの災難か不運の予兆かという錯覚に捕われたが、朝方、暑いので別の上着を羽織ってきたのを思い出した。

「別の上着のポケットに残ってるはずだよ」

「お願い、明日持ってきて頂戴。忘れないで」

フュスンは目を大きく見開いてそう言った。

「とても大切なものだから」

十八歳のフュスンは、ひと月前まで下手をするとその存在すら忘れかけていた、貧しい遠縁の娘だった。三十歳のわたしは、皆が口々にお似合いだと囃《はや》したてたスィベルという名の娘と婚約していて、結婚も間近だった。

2　シャンゼリゼ・ブティック

わたしの人生を激変させた出来事や出会いの数々はひと月前、つまりは一九七五年の四月二十七日に、有名なジェニー・コロンのバッグを、とある店のショーウィンドウで見かけたところからはじまった。近く婚約を交わすことになっていたスィベルと連れだって、涼しげな春の宵《よい》を満喫しながらヴァーリコナウ大通りを散策していたときのことだ。わたしはほろ酔いで、そしてこの上なく幸福だった。つい先ほど、ニシャンタシュに新しくできたファイェという洒落たレストランでの夕食の席上、両親と婚約式の準備について長々と話し合ってきたのだ。スィベルのダム・ド・スィオン高校の同級生であり親友のヌルジハン——いまはパリに住んでいる——が式に出席できるよう配慮して、婚約式は六月半ばに挙げることになった。スィベルはイスタンブルで当代きっての人気を誇る——したがって、値も張る——仕立屋のイペキ・イスメトにかなり以前から婚約衣装を注文していて、夕食の席では、わたしの母から贈られる真珠をドレスのどこに縫いつけるべきか話し合っていた。二人がそのことを話すのははじめてだった。未来の義父はといえば、一人娘のために結婚式にも引けを取らない豪華な婚約式を催そうと意気込んでいて、その熱意にわたしの母も相好を崩したものだ。ソルボンヌで学んだ——当時、イスタンブルのブルジョワたちは、パリでなにがしか学んできたあらゆる娘を〝ソルボンヌで学んだ〟と言ったのだ――スィベルのような花嫁がやってくることに、父も満足していた。

食事を終えて婚約者を送る道すがら、彼女のがっしりとした肩に、優しく腕を回しながら、自分はなんと幸せで、運の良い男だろう、などと考えていた。スィベルが声をあげたのはそのときだった。

「あら、なんて素敵なバッグでしょう！」ワインを飲んだせいで頭には薄靄がかかっていたものの、抜け目なくウィンドウの中のバッグと店名を覚えておいた。あくる日の昼にそのバッグを買いに出かけた。実を言えば、わたしは女性にすぐにプレゼントをしたり、花を贈る口実を見つけるのに長《た》けている訳でもなければ、生まれつき目端がきいて親切な伊達者でもない――そんな人間になりたいと思ったことならあるが。当時、シシリであるとかニシャタシュであるとか、あるいはベベキであるとかの富裕な地域に家を構え、退屈を託《かこ》つ西欧かぶれの成り金婦人たちは、〝画廊〟ではなく〝ブティック〟を開くのが常だった。彼女たちは、『エル』や『ヴォーグ』といった輸入物の雑誌を剽窃して仕立てさせた〝現代風〟の洋服やパリやらミラノからスーツケースに詰めこんで持ち帰った衣装、あれこれの禁制品、アクセサリーを、自分たちと同じく手持ち無沙汰の金満家の主婦たちに、馬鹿げているとしか言いようのない高値で売りつけることに熱中していた。――わたしがバッグを買いに行ったシャンゼリゼ・ブティックの店主シェナイ婦人は、すべてが終わったあとで何年ぶりかに会ったとき、彼女がフュスンと同じで母方の遠縁にあたることを思い出させた。彼女は、ブティックとフュスンにまつわるありとあらゆる品々――店の扉の上にかけられていた看板にいたるまで――にわたしが寄せた異常な関心の訳を問おうともせずに、手許《てもと》にあるものをすべて譲ってくれた。それが、わたしたち二人が経験した物語の奇妙にも思える一瞬一瞬は、たんにフュスンの存在によってのみならず、わたしの衣装箱に収められた数限りない品々によっても窺《うかが》い知れるものだということを、悟らせてくれた。

翌日の正午近くにブティックに足を踏み入れると、扉の内側の呼び鈴がちりん、と音を立てた。呼び鈴は小さな青銅製のラクダの形をしていた。あれは、思い出す度にいまでも胸が高鳴る音色だ。折しも春のこと、日中の気温は高かったけれど、店内は薄暗く涼しかった。はじめのうち、店の中には誰もいないように見えた。そして、フュスンに出会ったのだ。わたしの眼は、店の暗さに慣れようと必死だったが、心臓のほうは、いま正に岸辺に打ち寄せんとする大波よろしく、口から飛び出さんばかりに脈打っていた。

「ショーウィンドウのマネキンが持ってるバッグをください」

なんて美しんだろう。わたしは思った。なんて魅力的なのだろう、と。

「クリーム色のジェニー・コロンのバッグですか？」

目が合うとすぐに、彼女が誰なのか思い出した。わたしは、夢見心地で囁《ささや》きを返した。

「ショーウィンドウのマネキンが持ってるやつです」

「かしこまりました」

彼女はショーウィンドウへ歩み寄った。左足にはいた黄色のハイヒールを一気に脱ぐと、裸足で——爪には丹念に赤いマニキュアが塗られていた——ウィンドウの床を踏み、マネキンにむかって身体を伸ばした。まずハイヒールに、そして長く美しいその脚に目がいった。五月前だというのに、日焼けしていた。

長い脚のせいだろう、花柄模様の黄色いスカートの丈《たけ》は一層、短く見えた。彼女はバッグを手に取ってカウンターの奥へ入ると、優美に動く長い指でファスナーを開けた。中からはクリーム色の薄紙の束が出てきた。ついで二つの間仕切りを——これは空だった——そしてジェニー・コロンと表に記されたカードや保証書が収められていた内ポケットを順に開けていき、内緒のなにかを見せるときのような秘密めかした、それでいてひどく厳《おごそ》かな雰囲気で、バッグを差し出した。彼女と目が合ったのはその瞬間だった。

「やあ、フュスン。なんて大きくなったんだろう。僕のこと、わからないだろうね」

「いいえ、ケマル兄さん。すぐにわかったわ。でも、あなたが気付かないのなら、わたしも余計なことはしないでおこうって思っただけ」

それきり会話は途切れ、わたしはすこし前までバッグが置かれていた場所に目を落とした。フュスンの美しさにあてられたのか、それとも当時としてはひどく短いスカートのためか、あるいはまた別の理由によるものかはわからないが、落ち着きをなくして、うまい言葉が出てこなかった。

「ええと、最近はどうしてるの」

「大学の受験勉強中。ここにも毎日出てるけど。お店で、色んな人と知り合うのよ」

「すばらしいね。このバッグは幾ら？」

フュスンは、眉をしかめながら、「千五百リラです」と、バッグの裏の値札を読み上げた。この金額は、当時の若い公務員の給料半年分に相当した。

「でもシェナイさんならきっとまけてくれます。親戚のあなたのためだもの。いまは昼食をとりに家に帰っているの。お昼寝しているかもしれないから電話はできないんです。でも夕方にまた寄ってくれれば……」

「いや、いいさ」

わたしはそう言って、後ろのポケットから財布を——のちに、密会場所でフュスンが幾度も大げさに真似てみせた仕草で——取り出すと、湿っぽい紙幣を数えた。フュスンはバッグを、不慣れな手つきで慎重に包装紙で包むと、ビニール袋に入れた。静寂の中、その蜂蜜色の長い腕にわたしが見入っていることを、彼女は承知していたに違いない。バッグが恭《うやうや》しく差し出された。わたしは礼を述べ、フュスンの父親であるタルク氏の名前が思い出せなかったので、「ネスィベおばさんと、お父上によろしく」とだけ言った。その刹那、天国の片隅でフュスンをかい抱き、口づけする白昼夢を見たような気がした。一瞬、息をのんだわたしは、いそいそと扉に向かった。呼び鈴が鳴り、カナリヤが囀《さえず》り声をあげた。通りの暑さが心地よかった。プレゼントは満足のいく品で、わたしはスィベルを愛していた。わたしは、フュスンを忘れようと心に決めた。

3　遠い親戚

それにもかかわらず、わたしは夕食の席でフュスンのことを母に話した。スィベルにバッグを買ってやるとき、遠縁のフュスンと会ったよ、そう言うと母は答えた。

「ああ、そうだった。あそこのシェナイのお店で働いてるのよ、ネスィベの娘は。なんてことでしょう！　もう、あっちの家とは祝祭日（トルコ語でバイラム。主にイスラム教の祭日を指す。家族で集まりこれを祝う）にも行き来がなくなったからね。あの美人コンテストがよくなかったのよ。毎日店の前を通るっていうのに、可哀相な娘に『こんにちは』って一言いってやることも思いつかなかったなんて。でもね、あの娘が子供のころは、それは可愛がってやったものよ。ネスィベが針仕事にやってくると、あの娘も一緒に来てね。箪笥からあなたのおもちゃを引っぱり出してきてやると、ネスィベが縫物をしている横で静かに遊んでいたわ。ネスィベのお母さんのミフリヴェルおばさまもいい人だったわねえ」

「彼らは僕らのなににあたるんだい」

テレビに見入っている父が聞いていないのをいいことに、母は待っていましたとばかりに説明してくれた。ネスィベおばさんの父親（つまりわたしの祖父にあたるエトヘム・ケマル）は、アタテュルクと同じ年に生まれ——ずいぶんあとにわたしが見つけて、この博物館の写真展示の最初の方にもあるとおり——共和国建国の父と同じシェムスィー・エフェンディ初等学校へ通った。彼には、わたしの祖母と結婚する何年も前、二十三歳になったばかりのころに、出会ってすぐに結婚した最初の妻がいた。フュスンの曾祖母にあたるボスニア出身の哀れなこの少女は、バルカン戦争のさなかエディルネ開城の際に亡くなったと聞いている。彼女は祖父エトヘム・ケマルとの間に子供を授からなかったが、それ以前、母の言い方を借りれば「ほんの子供のころ」に結婚した貧しい聖職者との間にもうけたミフリヴェルという連れ子があった。母はかねてから、一風変わった人々によって育てられたフュスンの祖母ミフリヴェルと、その娘でありフュスンの母であるネスィベは親族ではない、血が繋がっていないのだから、と主張していた。そして一族の中でも特に縁遠いこの一家の女性たちを〝おば〟とだけ呼びたがっていた。ある祝祭の折、テシュヴィキイェの裏通りに住むこの没落した〝親類〟を訪《おとな》った母——ちなみにヴェジヘという名だ——は、ひどくよそよそしい態度で辛くあたり、縁を切ってしまったのだ。その二年前、ネスィベ婦人が、ニシャンタシュ女子高校（七年制の「リセ」）で学んでいた十六歳のフュスンが美人コンテストに参加することに異議さえ唱えず、あとで聞いたところでは激励さえしたらしいというのが、母のお気に召さなかったからだ。いっときは好意を感じ、なにくれと助けになってやったネスィベ婦人が、恥ずべきはずのその行いにむしろ胸を張っているらしいと、しばらく経ってから風の便りに聞いた母は、それきり彼らに背を向けた。

　とはいえ、ネスィベ婦人の方は、自分よりも二十は年嵩《としかさ》の母をとても慕い、尊敬していたそうだ。彼女がまだ若く、お針子として金持ちの住む地域の家々を転々と巡っていた時分に、母があれこれ援助してくれたことへの恩もあったろう。

「あの家はね、それはそれは貧乏だったの」母はそう口にしてから、言いすぎにならぬよう付けくわえた。「とはいえね、あのころはあの人たちだけじゃなくて、トルコじゅうが貧しかったのだけど」

母は昔、「お針子のネスィベは人柄も仕立ての腕も最高」と友人たちに推薦する一方、年に一度——ときには二度——家に招待し、結婚式に着ていくドレスを縫わせていた。

学校に行っていたわたしが、ネスィベ婦人の姿を見かけることは稀だった。急遽、婚礼衣装が必要になった一九五七年の夏、母はネスィベ婦人をスアディイェの別荘に呼んだ。二人は、ヤシの木の葉の間から覗く椅子やボート、それに桟橋から海に飛び込んで遊ぶ子供たちが見える二階の屋根裏部屋に籠《こも》ると、イスタンブルの景色が描かれた婦人の裁縫箱から出てきた裁《た》ち鋏《ばさみ》や、まち針、巻尺、シンブル、切り取られた布やレースの切れ端に囲まれながら、暑さや蚊、なかなか終わりそうのない針仕事に文句を垂れ、ときに仲の良い姉妹のように冗談を口にして笑い転げながら、真夜中過ぎまでミシンで針仕事にいそしんだという。蒸し暑くて、ビロードの匂いがこもる小部屋に、コックのベクリがレモネードを運んでいたのや、一緒に朝食をとっているとき母が冗談交じりにベクリに向かって、「妊婦がなにか欲しがったら、すぐにあげなさいよ、さもないと生まれてくる子供が醜くなるんだから!」と言っていたのや——二十歳の妊婦はひっきりなしに食べ物をねだったものだ——自分がネスィベ婦人のすこし膨らんだお腹を興味津々《しんしん》に眺めていたのを覚えている。思えば、フュスンの存在をはじめて認識したのはあのときだ。もっとも、女の子なのか男の子なのかさえ、まだ誰も知らなかったけれど。

「ネスィベは夫にも黙ったまま、フュスンの年齢を偽って、あのコンテストに参加させたのよ」母はコンテストのいきさつを思い出すと、憤懣《ふんまん》やるかたなしとばかりに言い放った。「神様の思し召しで優勝しなかったから、卑しい女にならずに済んだけれどもね。誰かに知られたら、退学させられてたに違いないよ……。高校は卒業したって聞くけど、まっとうなことを学んだとは思えないね。祝祭日にも顔を出さないし、どうしているのか知ったこっちゃないわ。この国で美人コンテストに出るのがどんな女どもか、知ってるでしょ。あの娘、あなたにはどんなだったの？」

フュスンは男たちと寝ているのではないか、母はそう仄《ほの》めかしたのだ。フュスンが入賞者たちと一緒に収まった写真が『国民』紙に載ったとき、似たような噂をニシャンタシュに住む女たらしの友人たちから聞かされたが、わたしは辱め同然のそうした話題に耳を貸さなかった。話が途切れると、母は人差し指を立てて声をひそめた。

「気をつけなさいよ！　あなたは、人並み外れて気立てのいい、可愛い娘と婚約するんですからね！　そうだ、スィベルに買ったバッグを見せてごらんなさい。ミュムタズ！　見て、ケマルがスィベルにバッグを買ったんですって！」ミュムタズは父の名だ。

「本当かい？」父はバッグをしっかり検分した上で、それがとても気に入ったとでもいうような賛辞を口にした。息子とその恋人の幸せこそ自分の望みだ、というようなことを言っていたが、その視線はテレビに注がれたままだった。

4　オフィスでの情事

父が見入るテレビ画面には〝トルコ初のフルーツ味サイダー、メルテム〟の大仰な宣伝が映っていた。友人のザイムが全国規模で売り出し中の商品だ。しばらく眺めて、そのコマーシャルを好ましく思った。わたしの父と同じく、ザイムの父親も工場を経営していて、ここ十年ばかりで事業を成功させ、息子の方はその資金を元手に大胆な新規事業に着手したのである。彼に知恵を貸したわたしも、メルテム・サイダーの成功を願っていた。

わたしはアメリカで経営学を学び、帰国してから兵役を済ませた。その後、順調に拡大を続ける工場や新設した会社の経営に――兄と同じように――加わることを望む父の意向を受けて、ほんの若造のわたしはハルビイェにある販売、輸出会社サトサトの代表取締役に納まった。サトサトの資金は潤沢で儲けも上々だったが、別段、わたしの手腕によるものではない。諸々の工場や別の会社の儲けが、会計上のトリックでサトサトに流れてくるだけの話だった。わたしもそれをよく心得ていたので、日々、自分が経営者の息子である以外に目立った役割のないのを肝に銘じ、二十も三十も年嵩の叩きあげの役員たちや、母と同年輩で恰幅が良い、経験豊富な女性職員たちの前でお行儀よく振る舞うよう努めつつ、仕事のコツを学んでいる最中だった。

ハルビイェのサトサトの前を、年輩の役員たちのようにくたびれ、すりきれた市営バスがしょっちゅう通る。その度に会社の入っている古いビルはがたぴしと揺れた。その取締役室で、夕方に職員が帰ったのを見計らって訪ねてきたスィベルと愛し合う。近代的な思考、ヨーロッパで学んだ女性の権利、フェミニスティックな言動。しかし、スィベルの抱く女性秘書についてのイメージは、実際のところわたしの母と五十歩百歩のお粗末なものだった。スィベルはときおりこう洩らした。「ここじゃできないわ。自分が秘書になったみたいなんだもの!」オフィスの革張りのソファの上で身体を重ねるとき、わたしが異様な興奮を覚えたのは、あのころのわが国の女性が等しく抱いていた婚前交渉への恐れを肌で感じることができたからだと思う。

西欧化し、富裕な家庭に生まれ育ち、ヨーロッパを志向する上流階級の女性たちが、一人、また一人とこの〝純潔〟という禁忌を踏み越えて、結婚前に恋人と関係を持つようになったのはあのころからだろう。スィベルもまた、この〝勇気ある〟娘の一人になることに誇りを抱いており、わたしたちが行為に及んでからすでに十一ヵ月が経っていた。——それにしても、結婚の約束を交わしてからずいぶんと時間をかけたものだ!

しかし、あれから長い時間が経ち、誠心誠意にわたしの物語を語ろうとしているいま、恋人の勇気を過大視したり、当時の女性たちに対する性的な圧力を軽視したりするつもりは毛頭ない。なぜならスィベルは、わたしが彼女に寄せる想いが〝真剣〟なのを見てとり、〝信頼できる人物〟であるとみなし、つまるところ自分と結婚するのだという確信を得たのち、はじめて身体を許したのだから。無論、わたしには男としての責任があると感じていたし、品行方正でまっとうな一人の人間として、スィベルと結婚するつもりでいた。心からそうしたいと願っていたのだ。もっとも、たとえ結婚を望まなかったとしても、〝処女を捧げられた〟のだから、彼女を捨てるなどという選択肢は残されていなかったのだが。のぼせ上がったわたしとスィベルは結婚前に愛を交わすことで「自由と近代」を体感していて、それが互いを結びつけていた。だから、この責任という足枷《あしかせ》がそのまやかしに影を落とすこともあったが、それでもわたしたちは親密だった。

一刻も早く結婚しなければ、という彼女の焦燥感はその言葉の端々から窺《うかが》えた。そんなときにも同様の後ろめたさを感じることがあった。しかし、幸福な時間も確かにあったのだ。彼女とオフィスで愛し合ったときのように。ビルの外を通るハラスキャールガーズィー通りから響く、バスや渋滞の騒音に耳を傾けながら、室内の暗がりの中で彼女を抱きすくめ、「僕は死ぬまで幸せなんだ。幸運な男なんだ」と思っていたのを覚えている。あるときには、行為を終えたあとで、わたしが〝サトサト〟と印字された灰皿に煙草の灰を落とす傍らで、スィベルの方は半裸のまま秘書のゼイネプ婦人の席に座り、タイプライターをガチャガチャと打つ。娯楽雑誌の漫画やジョークではお馴染《なじ》みのお題だった〝おバカなブロンド秘書〟を真似る彼女は、クスクスと笑っていた。

5　ファイェ・レストラン

ファイェ・レストランは開店と同時に、ベイオールやシシリ、ニシャンタシュといった地区で暮らす少数の金持ち——新聞のゴシップ欄の嘲りまじりの言葉を借りれば〝上流階級〟というやつだ——の間でもっとも人気のあるヨーロッパ式の——つまり、フランスを模倣した——レストランになった。——何年も経ってから、いまはこの博物館に展示されている写真入りのメニューであるとか、チラシであるとか、あるいは店名が入ったマッチやナプキンであるとかを血眼《ちまなこ》で探しまわったものだ。この種のレストランは、客にヨーロッパのどこかの街にいるかのような気分を、そうとは強調せずに味わわせようとしていた。そのため、『アンバサドール』や『マジェスティック』、『ロワイヤル』のような欧風の、大仰な店名を掲げる代わりに、自分たちが西欧の隅っこ、つまりはイスタンブルにいることを想起させるような、『楽屋《クリス》』、『階段室《メルディヴェン》』、そして『ファイェ《娯楽室》』などと名乗った。しかし、これに続く新しい世代の金満家たちは、とっておきの日に祖母たちが作ったような家庭料理を口にするのを好むようになった。伝統と見映えが一体となった『王朝《ハーネダン》』、『皇帝《スルタン》』、『帝王《ヒュンキャール》』、『将軍《パシャ》』、『宰相《ヴェズィール》』などといった店々が次々と開かれるにつれ、ファイェ・レストランも次第に忘れられていくことになる。

バッグを買った日の晩、ファイェで夕食をとりながら、わたしはスィベルに言った。「母さんの持っているメルハメト・アパルトマンの部屋で会う方がよくないかい？　綺麗な裏庭が見えるじゃない、あそこは」

「婚約式のあとはすぐ結婚よ。自分たちの家に移るのを遅らせたいって言うの？」

「違うよ、スィベル。そういうことじゃないよ」

「お妾さんみたいじゃない。秘密の部屋で、やましい二人みたいに会うのなんて、わたしはいや」

「君の言うとおりだ」

「そんな部屋のことを、どうして思いついたのかしら？」

「いや、いいんだ」

わたしはそう言って、レストランのお気楽そうな人混みに一瞥《いちべつ》をくれてから、ビニール袋に隠しておいたバッグを取り出した。

「なあに、これ？」

贈り物だとわかっていたろうが、スィベルはそう尋ねた。

「見てのお楽しみ！　開けてごらん」

「本当に？」

ビニール袋を開けているとき、その顔に浮かんだ無邪気な喜びは、いざバッグを取り出してみると、物問いたげで、失望を押し隠そうとする表情に変わった。わたしは慌てて言葉を継いだ。

「覚えてるかい？　前に君を送っていくときショーウィンドウで見かけたろう。気に入ったみたいだったから」

「ええ。あなたって、本当に気のつく人ね」

「気に入ってくれると嬉しいんだけど。婚約式に持っていけば、君によく映えると思うんだ」

「式にどのバッグを持っていくかは、ずいぶん前から決まってるの。ああ、でもがっかりしないで！あなたはすごく気を遣ってくれて、わたしに素晴らしいプレゼントをくれたんですもの……。そうね、それなら、あなたを悩ませないようにはっきり言ってあげる。このバッグはね、婚約式には持っていけない。だって、贋物なんですもの！」

「え？」

「本物のジェニー・コロンのバッグじゃないのよ、ケマル坊や。これはイミテーション」

「どうしてわかるんだい？」

「一目瞭然よ、ケマル。ロゴを生地に留めている縫い目のところを見て。そうしたら次に、わたしがパリで買った本物のジェニー・コロンを見てみましょう。縫い目はどうかしら？　ジェニー・コロンは訳もなくフランスの、いいえ、世界の最高級ブランドを名乗っている訳じゃないの。こんな安物の縫糸は絶対に使わないもの……」

　本物の縫い目を眺めながら一瞬、未来の花嫁に対して抱いていた優越感の正体を自問した。スィベルの父は大使だった。オスマン帝国の高官であった祖父の代からの屋敷を売り払い、素寒貧になって引退した大使の娘は、ある意味では〝公務員の娘〟（公務員は薄給で知られる）と変わりない。そのことがときおりスィベルの不安を掻き立て、自信を失わせる原因でもあった。自分の出自を気に病んでいるときの彼女はよく、「父方のおばあさまはピアノを弾いたのよ」とか、「おじいさまは独立戦争に従軍したのよ」、あるいは「母方のおじいさまはスルタン・アブデュルハミト（アブデュルハミト2世、第三十三代スルタン。在位一八七六―一九〇九）と親しかったんですって」などと語った。わたしは、そんなときのはにかんだ態度を好ましく感じ、可愛らしいとも思っていた。一方、バスマジュ《捺染師》という家名からもわかるように、わが家は三代も前から織維業に携《たずさ》わり、裕福だった。七〇年代初頭の織維産業と輸出業の成長に加え、イスタンブルの人口が三倍以上に増え、この街、特にわたしたちの住むニシャンタシュ周辺の不動産価値が跳ね上がったことや、父の会社が順調に拡大したことも手伝って、家族の資産は十年前の五倍にもなった。しかし、三世代にわたる努力にもかかわらず、ヨーロッパ製品の〝コピー〟が姿を現したことに、わたしは一《いち》抹《まつ》の不安を覚えた。

スィベルは意気消沈したわたしの手を撫でながら尋ねた。

「このバッグにいくら払ったの？」

「千五百リラ。いらないいなら、明日取り替えてくるよ」

「ああ、あなた、取り替えたりしないで。お金を取り返すの。だって、あなたを騙したのよ」

わたしは仰天して眉を吊り上げた。

「店主のシェナイさんは、僕の遠縁なんだよ！」

スィベルはわたしの心をかき乱すバッグをこちらに返すと、微笑んだ。「あなたはこんなに学があって、おつむもよくて、洗練されているのに、女たちの手練《てれん》手管《てくだ》のことは、これっぽっちもわかってないのよね」

6 フュスンの涙

あくる日の昼、先日と同じビニール袋にバッグを収め、シャンゼリゼ・ブティックへ向かった。呼び鈴が鳴っても誰も姿を現さず、薄暗くて寒々しい店内はまたしても無人に見えた。ほの暗い店内を、魔法にかけられたような静寂が包みこんでいた。ふいにカナリヤが囀《さえず》り、衝立《ついたて》と植木鉢のシクラメンの葉の間にフュスンの影が見えた。試着室で服を試している太った女性客の傍らに控えていたのだ。今回は、ヒヤシンスやヒゲクサ、そして葉っぱがプリントされた可愛らしいブラウスを着ていて、彼女によく似合っていた。わたしの姿を認めると嬉しそうな笑みをこぼした。

「忙しそうだね」わたしは試着室の方に目をやった。

「もう終わるところです」それはまるで、古くからの常連と店の秘密を分かち合うような口調だった。

視界には、カナリヤが籠の中であちこちと居場所を変える様子や、ヨーロッパから輸入されたあれこれの商品、あるいは店の隅に置かれたファッション雑誌が映っていたはずなのだが、わたしはいずれにも焦点を合わせられずにいた。彼女のことを忘れたいと思うのと同じくらい、心の底ではこの娘と一緒にいたいと願っていて、その驚くべき事実を無視できなかったのだ。彼女に会ったときに感じたのは、気心の知れた相手と一緒にいるような、彼女をよく知っているかのような感覚だった。実際、フュスンとわたしはよく似ていた。子供のとき、わたしの髪の毛は波打ち、フュスンが幼かったころと同じ茶色をしていた。成長するにつれ直毛になったのだが。自分を彼女に当てはめてみるのは簡単で、彼女のことをよく理解できるような気がしたものだ。柄入りのブラウスがその身体のありのままの形や、いまは金に染められている髪の毛を、より際立たせていた。友人たちがフュスンのことを「『プレイボーイ』から抜け出してきたみたいだ」と騒いでいた苦い記憶が頭をかすめた。あんな連中とフュスンが寝ることなどあるのだろうか？　わたしは自分に言い聞かせた——「バッグを返して金を受け取るんだ。おまえは素晴らしい女の子と結婚するんだぞ」店の外のニシャンタシュ広場を眺めていると、フュスンの姿が曇ったショーウィンドウに幽霊かなにかのように映り込んだ。

試着していた女性は結局、何も買わずに、息を切らしながら出ていった。フュスンはスカートを折りたたんで、元の場所に戻しはじめた。「夕べ、通りであなたたちを見かけたわ」その魅力的な口が顔いっぱいに広がって、そう言った。彼女が優しく微笑むと、唇に薄く塗られたピンク色の口紅に目がいった。ミスリン社のもので、当時、国産の口紅など珍しくもなかったが、不思議と心そそられた。

「僕たちをいつ見たって？」

「夕方。あなたはスィベルさんと一緒だったわ。わたし、通りの反対側にいたの。夕食に行ったの？」

「うん」

「すごくお似合いだったわ！」まるで、若者たちの幸福そうな様子を目にして喜ぶ老人のようだった。どこでスィベルのことを知ったのかは尋ねなかった。

「君にちょっと頼みがあるんだ」バッグを取り出すとき気後《おく》れを覚えたが、意を決して続けた。「これを返品したいんだ」

「ええ、もちろん、お取り替えいたします。このお洒落な手袋がいいかしら、それともこの前パリから着いたばかりのこの帽子は？　スィベルさん、バッグがお気に召さなかったの？」

わたしは気まずさを感じながら言った。

「交換じゃないんだ。お金を返してほしいんだよ」

フュスンの顔が驚たようにゆがめられ、怯《おび》えが浮かんだ。

「どうしてですか？」

「このバッグ、本物のジェニー・コロンじゃないらしいんだ。贋物だって」

わたしはぼそぼそと答えた。

「どういうこと！」

「僕にこの手のもののことなんか、わからないよ」

やけになって言うと、フュスンは激しい口調で答えた。

「ここには贋物なんてありません！　すぐにお金が欲しいんですか？」

「そうだよ！」

彼女の顔に深い苦悩の表情が浮かんだ。――ああ、神よ。なぜあのとき、バッグを捨てて、スィベルにはお金を取りもどしたと言うくらいの機転が働かなかったのだろう！「ほら、君やシェナイさんのせいじゃないよ。ヨーロッパでどんなものが流行しようとも、僕たちトルコ人ってやつはすぐに見事な贋作をこさえたり、模倣したりしてしまうんだから」わたしは微笑もうと努めながら続けた。

「僕にとっては（僕たちにとっては、とは言わなかった）バッグがちゃんと使える代物《しろもの》で、女の人に似合えばそれで充分さ。ブランドとか、誰が作ったとか、オリジナルだとかは気にならないよ」しかしフュスンは、信じていない様子だった。

「いいえ、代金はお返しします」

強い口調でそう言われたので、観念したわたしは、自分の無粋さを恥じるような、居心地の悪さを覚えて口を噤《つぐ》んだ。

おかしなことに、フュスンは一向に金を返そうとしなかった。彼女はレジスターを、精霊が棲む魔法の品物か何かのように凝視するばかりで、それに近づこうとさえしなかった。真っ赤になったその顔がゆがみ、眼に涙を溜めているのを見て、わたしは彼女にすり寄った。

やがてフュスンは、小さなすすり泣き声をあげはじめた。どうしてあんなことをしたのか、いまもさっぱりわからないのだが、気が付くとわたしは彼女を抱きしめていた。彼女もわたしの胸に顔を寄せて泣いた。「許しておくれ、フュスン」わたしは囁き、柔らかい髪の毛とおでこを撫でた。「どうか忘れて。バッグが贋物だったってだけさ」

フュスンは子供のようにいとけない溜息をつくと、一、二度しゃくりあげ、また涙をこぼした。彼女を抱きしめ、すらりとした美しい腕や腰に触れ、あるいは胸の膨らみを感じるうちにすっかり頭が混乱したわたしは、訳のわからないことを考えていた。彼女に触れる度に身体の内側から湧き上がる欲望には見て見ぬふりをして、必死に、もう何年も前から彼女を知っていて、自分たちは長らく親しい間柄だったのだと思い込もうとしていたのだ。想像の中の彼女は、気難しくて、それでいて優しい、さみしがり屋の妹になっていた! 手足の長さや、細い骨格、華奢《きゃしゃ》な肩が自分とそっくり——遠い血のつながりがあることを知っていたからだろう——だとも思った。わたしが女の子で、十一、二歳も若かったのなら、きっとこんな身体つきをしていたのだろう、と。「悲しいことなんて何もないよ」金色の長い髪を撫でながらそう言った。

「鍵がかかっているからレジスターを開けて、お金を返せないの。だって、シェナイさんたら昼休みに家に戻るとき、鍵を持って行ってしまったんですもの。わたしじゃ、どうしようもないわ」そう白状して、フュスンはまた胸元に顔をうずめて泣きだした。わたしは可愛い彼女の頭を、気遣うようにやさしく撫でた。「わたしは色んな人と出会ったり、時間をつぶすために働いているだけなの。お金のためじゃないのよ」フュスンはしゃっくりの合間にそう洩らした。わたしは愚かにも考えなしに答えた。

「お金のために働くのは恥ずかしいことじゃないよ」

「そうね」フュスンはしょげ返った子供のようだった。「でも、教師をしていたお父さんは退職したし……。わたしも先々週十八になったの、いつまでも両親のお荷物ではいたくなかったの」

身体の奥で身悶えし、鎌首をもたげた欲情という名の獣に恐れをなしたわたしは、彼女の髪の毛から手を引き剝がした。彼女もそんな気配を感じ取ったのだろう、互いに一歩退《しりぞ》いて距離をとった。

「わたしが泣いてしまったこと、誰にも言わないで」彼女は瞬きしてからそう言った。

「約束するよ。神様に誓って、誰にも言わない。二人だけの秘密だよ、フュスン……」

彼女は笑みで答えた。

「じゃあバッグは置いていく。お金はあとで取りにくるよ」

「置いていってもいいけど、お金は取りに来ないで。シェナイさんは『これが贋物の訳ない』って思ってるから、あなたに辛く当たるわ」

「じゃあ、何か他のと取り替えるよ」

「それも、わたしはいや」

フュスンは高慢で、怒りっぽい十代の娘の顔を覗かせたが、わたしはそれを遮《さえぎ》った。

「たいしたことじゃないよ」

「わたしにとってはたいしたことなの」もう決めたとばかりにフュスンは続けた。「シェナイさんが店に帰ってきたら、バッグのお金をもらうわ」

「でも、その人が君をいじめるのは、もっと許せないよ」

わたしが答えると、フュスンは薄く笑って言った。

「ううん、いまいいことを思いついたの。あの人にはスィベルさんが同じバッグを持っていて、だからお金を返すって言うわ。いい？」

「なるほどね。僕もシェナイさんにそう伝えるよ」

「ううん、あなたは何も言わないで。あの人のことだから、あれこれ聞きだして、騙そうとするはずだもの。お店にももう来ないで。お金はヴェジヘおばさんに渡すから」

「ああ、母さんはこの件に関わらせたくないんだ。ここのところ色々と神経過敏になっているから」

フュスンは眉をひそめて尋ねた。

「じゃあ、お金はどうやって渡せばいい？」

「テシュヴィキイェ大通りの一三一番地にあるメルハメト・アパルトマンに、母さん名義の部屋があってね。アメリカに発《た》つ前は、そこに閉じこもって勉強をしたり、音楽を聴いたりしていたんだ。裏庭が見えるとても綺麗な場所なんだけどね。最近は毎日、午後に会社がひけたあと、二時から四時までそこに籠《こも》って仕事してるんだ」

「わかったわ。お金はそこへ持っていく。何号室？」

「四号室」わたしは囁くように答え、やっとの思いで続く二言を口にした。「二階だよ。さようなら」

わたしは未婚の娘を、自分一人しかいないアパルトマンへ誘ったのだ。心臓が早鐘のように打っていた。外へ飛び出す前に、勇気をふり絞り、平静を装《よそお》ってもう一度だけ振り返った。表へ出たときには恥ずかしさと後悔でいっぱいだったが、そこに自分の思い描く都合のいい想像が入り混じると、春の昼の暑さに包まれたニシャンタシュの通りが、まるで魔法をかけられたかのように真っ黄色に染まった。歩道の日陰やショーウィンドウを雨風から守るための白や青の縞模様の分厚いひさしの下を歩いて行くと、一つのウィンドウの中に黄色い水差しを見つけた。引きよせられるように中へ入り、それを購入した。この黄色い水差しは、わたしが衝動的に買ったがらくたの筆頭であるにもかかわらず、まず父と母の、のちには母とわたしの食卓の上に、一言の不平を洩らすこともなく実に二十年近くも置かれることとなるのである。いまでも、夕食の席でその把手《とって》を握る度、母が無言のまま投げかける、半ば責めるような、半ば憐れむような視線に晒《さら》されたあの不幸せな日々のことを思い出さずにはいられない。

午後の早いうちに帰宅した息子を見て、母は喜んだが、同時に「何かあったのかしら？」とでも言いたげな様子だった。わたしは母にキスをして、水差しはふと思いついたので買った、とだけ伝えた。そしてこう付けくわえた。

「メルハメト・アパルトマンの部屋の鍵を頂戴よ。ほら、オフィスはあんな具合に混み合ってるだろ、能率が上がらないんだ。ちょっとあそこの部屋の様子を見てきたいんだけど、いいかな？　むかし、あそこに籠ってよく勉強したからさ」

「埃だらけじゃない、あそこは」母はそう言ったが、赤いリボンが結ばれた門扉の鍵と、部屋の鍵をすぐに自室から持ってきてくれた。「赤い花柄のキュタフヤ陶器の花瓶を覚えてる？」鍵を差し出しながら母が訊いた。「家に見当たらないのよ。わたしがあすこへ持っていったのか、見てきてくれる？　それと、あまり根を詰めすぎずにね……。お父さんはずっと働き通しだったからね——あなたたちが楽しく、幸せになるようにね。スィベルのところに行っておやり。この世の春を謳歌するのよ。愉しんでらっしゃいね」鍵をわたしの手に置きながら母は、秘密めかした眼差しでわたしを見すえた。

「気をつけなさい」

わたしが子供のころにも、母はちょうどこんな目つきをしたものだ。それは決まって、たとえば、鍵を預ける云々を超えて、意味深で微かな、人生の中からおのずと湧き起こるような危険のことを仄めかすときだった。

7　メルハメト・アパルトマン

母がメルハメト・アパルトマンの部屋を購入したのは、かれこれ二十年も前のことだ。投資のためでもあったろうが、ときおり頭を休めて寛《くつろ》ぐ場所としての意味合いが強かったようだ。すぐに、流行遅れになったあれこれの服飾品や、買ってはみたもののすぐに飽きてしまった品物を放り込んでおく場所になってしまったが。小さなころから、背の高いイトスギやクリの樹が木陰をつくり、子供たちがサッカーをして戯《たわむ》れる裏庭が気に入っていたわたしは、このアパルトマンの〝憐れみ《メルハメト》〟という名前が可笑《おか》しくて、母がよくしてくれたその由来の話も大好きだった。

一九三四年、アタテュルクが全トルコ国民は姓を持つべき也《なり》と号令すると、イスタンブルの新しい建物の多くには、それを建てた家族の名前が付けられるようになった。当時、イスタンブルの街路や番地はオスマン帝国時代そのままで、明確に定められていなかった。そのため人々は通りや番地を、裕福な大家族が固まって暮らす邸宅や建物の名前で呼んでいたので——この物語に登場する、とある一族と同じ名前のアパルトマンも存在するほどだ——こういう仕儀となったのである。そして、同時期には、建物に高邁な理想やら、価値観やらの名称を与えることもよくあった。もっとも、母曰《いわ》く、自分たちの作らせた建物に〝自由〟とか、〝寛容〟とか、あるいは、〝美徳〟などと名付けるのは、えてして、そうした価値観を踏みつけにしてきた手合いなのだそうだ。メルハメト・アパルトマンも、第一次世界大戦のときに砂糖貿易で財をなした年老いた密輸業者が、良心の呵責《かしやく》に耐えきれずに建てた代物だ。男がアパルトマンをワクフ寄進し（財産の所有権を放棄し、永久に神のものとする投資形態。賃貸料などの一部が神、すなわちモスクなどの維持運営費や、貧民への施しなどに充てられ、残りの一部は半永久的に寄進者とその家族にもたらされる）、その上がりを貧者にばらまこうとしているのを知った二人の息子——そのうちの一人の娘は、わたしの小学校の同級生だ——は父親が耄碌《もうろく》しているという医者の診断書で周囲を丸めこみ、救貧院に放り込むと、まんまとアパルトマンをせしめたのだった。しかし、子供のわたしが奇妙に思ったアパルトマンの名前を変えることまではしなかった。

　翌日、つまり一九七五年の四月三十日の午後二時から四時までの間、アパルトマンの部屋で待ったが、彼女は姿を現さなかった。少しがっかりすると同時に、混乱した。オフィスにもどる道すがら、それは大きな心配に変わっていった。あくる日もその不安を紛《まぎ》らわせるかのように、アパルトマンへ出かけたが、やはりフュスンは来なかった。空気の淀《よど》んだ室内には、母が置いたまま忘れてしまった花瓶や衣装、それに埃をかぶった様々な骨董品が溢れていた。わたしは父がフレームに収めた出来の悪い古い写真を一枚一枚手に取って、それまで忘れていたことにさえ気が付かなかった子供のころや、若いころのとりとめない思い出をたどった。古びた品々の放つ魅力が、不安を慰めてくれるように思えたのだ。

　次の日は、サトサトのカイセリ支店で販売員をしているアブデュルケリム——彼とは兵役をともにした仲でもある——と一緒に、ベイオールのハジュ・アリフ・レストランで昼食をとった。わたしは食事のあいだ、二日も続けて空っぽの部屋でフュスンに待ち惚《ぼう》けを食らわされたことを、気まずい思いで省みた末に、フュスンも、贋物のバッグも忘れようと決めた。だというのに、二十分後に腕時計を覗《のぞ》いたとき、ふいに、フュスンがいま正に代金を返そうとメルハメト・アパルトマンに向かって歩いているさまが脳裏をよぎった。アブデュルケリムに適当な嘘をついてそそくさと食事を切り上げたわたしは、アパルトマンへと急いだ。

部屋に入ってから二十分後、呼び鈴が鳴った。フュスンに違いない。戸口へ向かいながら、昨日の晩、彼女のために扉を開けてやる夢を見たのを思い出した。

彼女は手に傘を持っていた。髪は濡れていて、黄色の水玉模様のブラウスを着ていた。

「ああ、もう忘れているのかと思ったよ。お入りよ」

「お構いなく。お金を返したら、すぐに行くから」〝首席塾〟と書かれた、年季の入った封筒を持っていたが、わたしはそれを無視して、彼女の肩に手をかけると室内に引き入れ、扉を閉めた。

「ひどい雨だよ。すこし寄っていきなよ、これ以上濡れるといけない。チャイを沸かすよ。きっと温まるよ」

そう言って、台所へ向かった。本当は雨が降っているのさえ知らなかったのだが。

戻ってくると、フュスンは母の古い服や家具、アクセサリーや埃の積もった腕時計、帽子の箱などの有象無象《うぞうむぞう》の品を眺めていた。彼女をリラックスさせようと思い、ここの品物がニシャンタシュやベイオールの最新流行の店で買い求めたものの他に、売りに出された昔の大邸宅や火事で焼けおちてしまった別荘、骨董商、はたまた打ち捨てられた神秘主義道場（イスラム神父主義教団が運営した修練場）で手に入れたり、あるいはヨーロッパに旅行した折々に立ち寄った様々な店で、母が大喜びで入手した品々だと断った上で、そのくせ、少し使っただけでここに放り込み、そのまま忘れてしまったのだと、冗談を織り交ぜながら説明した。ときおり、ナフタリンと埃の臭いのする簞笥を開けて、そこに収められた様々な布地や、子供のころにわたしとフュスンが乗った三輪車――母は兄やわたしのお下がりを貧しい親戚に配っていたのだ――やおまるを披露したり、母から「あすこにあるか見てきてちょうだい」と頼まれた花柄模様のキュタフヤ製の陶器の花瓶や、箱に仕舞われた帽子を見せてやった。

クリスタルガラスのお菓子用のボウルを見て、わたしとフュスンは昔の祝祭日の食卓を思い出した。祝祭の朝早くにフュスンが両親とともにわたしたちの家を訪ねてくると、飴玉やアーモンドやココナッツの入った様々なお菓子、ロクムなどが、一緒くたになってこの容器に入れられて振る舞われたものだ。

「犠牲祭のとき、あなたと一緒にドライブに行ったわ」フュスンは瞳を輝かせながらそう言った。

それでわたしも思い出した。

「あのころはほんの子供だったね。いまでは、とても綺麗で魅力的な女の子になったよ」

「どうも。もう行くわ」

「まだチャイを飲んでないじゃない。雨も止んでいないよ」彼女をバルコニーの方へ引っ張っていき、チュールカーテンを少し開けた。見知らぬ場所や誰かの家にはじめてやってきた子供か、あるいは人生の厳しさをまだ知らず、どんなものにでも関心を持ち、そして心を開く若者がするように、フュスンも無邪気な様子で窓越しの景色を見渡していた。わたしは、そのうなじや首筋、頬をかくも魅力的に見せる肌理《きめ》の細かい肌や、その上に散らばる無数の、遠目からは判らないほど小さい黒子《ほくろ》に、欲情に冒された眼差しを向けていたというのに。自分の手が、まるで他人のもののようにひとりでにその髪留めを摑んでいた。髪留めの上にはバーベナの花が四輪、咲いていた。

「髪の毛、ずいぶん濡れてしまったね」

「お店で泣いたこと、誰かに言った？」

「いいや。でも、どうして泣いたんだろうって、とても心配してたんだよ」

「え？」

「君のことをずっと考えていた。本当に綺麗だよ。まるで別人だ。ちっちゃくて、可愛らしい黒髪の子供のことならいくらでも思い出せるけれど、こんなに美人になるなんて思いもよらなかったよ」

彼女は作り笑いを浮かべる一方、眉毛を訝《いぶか》しげに歪めた。お世辞を聞き飽きた、美しくて学のある娘たちがいつもするあの仕草だ。会話が途切れると、フュスンは一歩身を引いた。

「シェナイさんは何て？　バッグが贋物だって認めたかい？」

わたしは話題を変えた。

「ピリピリしていたわ。でも、バッグを返品して、代金を返してほしがっているのがあなただってわかったら、それ以上つべこべ言わなくなった。わたしもこの件は忘れたかったし。彼女、あなたのバッグが贋物だって知ってたのかもね。わたしがここに来ることは知らないけれど。お昼にやって来てお金を受け取っていったって伝えておいたの。もう行かないと」

「チャイを飲まなきゃだめだよ！」

台所からチャイを運んで、フュスンがチャイをふうふうと冷ます仕草や、一飲み一飲みチャイカップを慎重に口に運びながらも、慌ただしく飲み干す様子を眺めた。賛嘆と気恥ずかしさ、慈しみと愛おしさの狭間に揺れながら。手がひとりでに伸びて、彼女の髪の毛を撫ぜた。わたしは顔を寄せたが、彼女が応えてくれないので、仕方なくその唇の端に軽くキスをした。彼女は真っ赤になった。両の手でチャイカップを握っていたから、防ぎようがなかったのだ。彼女は怒りを感じる一方で、戸惑ったようだった。

「キスは大好きよ」虚勢を張ってそう言った。「でも、いま、あなたとは絶対にだめ」

「たくさんキスをしてきたの？」わたしはわざと物分かりの悪い子供のように振る舞った。

「したわ、当然よ。でもそれだけよ」

男などいつもこいつも同じだ、そう思い知らせるような醒めきった視線が、部屋や調度品の上をさまよい、最後に部屋のベッドの隅の青いシーツに据えられた。下心丸出しでわざと半分めくっておいて、彼女に見てもらおうと思ったのだ。彼女が頭の中で状況を把握しようとするのが窺えたが、気まずさのせいか、この戯れを続けるにはどうすればよいのかわからなかった。

わたしの視線を宙にさまよわせ、簞笥の中から偶然見つけた観光客向けに作られたトルコ帽に目を止めた。彩りを添えようとコーヒーテーブルの上に置いたのだが、いまそこには代金の詰まった封筒が立てかけられていた。わたしの視線に気が付いたのだろう、彼女は「封筒はそこに置いていくわ」と言った。

「チャイを飲むまで行かせないよ」

「仕事に遅れちゃう」そう言ったものの、すぐに出て行く気配はなかった。

なおもチャイを飲みながら、親戚の誰それや子供のころやその他の共通の思い出について話した。彼女は決して誰かを悪く言おうとしなかった。たとえば、フュスンの母親が心から尊敬していたというわたしの母は、皆から恐れられていた。しかし、子供のフュスンをもっとも気にかけてくれたのは他ならないその母だったのだとか。繕《つくろ》い仕事にやってくる度、これで遊びなさいと言って、わたしたち兄弟のお下がりの玩具や、フュスンの大のお気に入りだったぜんまい式の犬と鶏——彼女はそれを壊してしまうのが怖かったそうだ——をくれることもあった。美人コンテストの年までは毎年のように、フュスンの誕生日になると、わが家の運転手のチェティン氏がプレゼントを届けた。たとえば、いまでも大切に仕舞ってあるという万華鏡もその一つだ。母が彼女に服を贈るときは、すぐに小さくなってしまわないようにと、いくらかウエストが大きいものを買っていた。だから、大きなピンで合わせを留めるキルトスカートをはけるようになるころには、次の誕生日になっていた。フュスンはそれがとても気に入っていたので、流行遅れになってもミニスカートとして使い続けたのだそうだ。そのスカートをはいたフュスンをニシャンタシュで見かけたと教えてやったが、ウエストの細さやら脚線美の話になってしまったので、すぐに別の話題に移った。わが家には、おつむの足りないスュレッヤーおじさんという親戚がいる。おじさんはドイツから帰って来る度に、行き来のなくなってしまった親族を一軒一軒、表敬して回るので、皆はおじさんのお陰で互いの近況を知るのだ。

「車で出かけたあの犠牲祭の朝、スュレッヤーおじさんもいたわね」フュスンはいそいそとレインコートを羽織りながら、興奮した面持ちでそう言ってから、傘を探しはじめた。傘は見当たらなかった。台所へ行くときに、一瞬の隙をついて玄関の鏡つきのクローゼットの奥の方に放り込んでおいたのだ。

「どこに置いたか覚えてるかい？」一緒に傘を探しながら、わたしは尋ねた。

「ここに置いたと思うんだけど」フュスンは不思議そうにクローゼットを示した。

一緒になって部屋じゅうを、馬鹿らしいと思えるような場所まで探しまわりながら、〝余暇〟——雑誌の類がいかにも好みそうな表現だ——には何をしているのか訊いてみた。昨年は、単位を落としてしまったので大学に入れなかったらしい。いまはシャンゼリゼ・ブティックで働きながら、残りの時間を受験勉強にあて、〝首席塾〟に通っていた。入試まで一カ月半、勉強に専念している訳である。

「どんな教科を勉強したいの？」

「わからない」フュスンは少し照れくさそうに答えた。「本当は演劇の学校に通って、役者になりたかったんだけどね」

「ああいう塾に行っても時間の無駄だよ。どこも商売でやっているだけなんだから。わからない問題があったらここへおいでよ。特に数学とかね。僕は毎日、午後はここに籠りきりだから。すぐに解いてあげるよ」

「他の子にも数学を教えてあげてるの？」眉が嘲るように吊り上がった。

「他の子なんていないよ」

「スィベルさんはうちのお店にも来るのよ。とっても美人で、素晴らしい人よね。結婚はいつ？」

「婚約式は一ヵ月半後だよ。この傘でもいい？」母がニースで買い求めた日傘を見せた。フュスンはその傘を持って店には戻れないとぐずったが、早く立ち去りたくて堪らないらしく、傘のあるなしなどどうでもよい様子だった。

「雨が止んだわ」フュスンは嬉しそうに言った。戸口に立つと、彼女と二度と会えないような気がして不安になった。

「また来ておくれよ。チャイを飲むだけだから」

「気を悪くしないでね、ケマル兄さん。でももう来たくないし、来ないことくらいわかっているんでしょう。心配しなくても、キスしたことは誰にも言わないわよ」

「傘はどうするんだい？」

「あの傘はシェナイさんのだけど、いいわ」そう言うと彼女は、手早く、しかし心の籠ったキスをわたしの頬に残して去っていった。

8　トルコ初、フルーツ味サイダー

トルコ初のフルーツ味サイダー、メルテム。その新聞広告やテレビコマーシャル、あるいはイチゴや桃、オレンジにサクランボといった味の実際の製品がわたしの博物館には展示してある。あのころの満ち足りていて愉快な、そして溌剌《はつらつ》とした雰囲気や、能天気さを思い出させてくれるからだ。ザイムはその晩、アヤスパシャの景色のいいホールを貸し切って、大掛かりなメルテム・サイダー発売記念パーティを開いた。各方面の友人たちが顔を揃える予定だった。スィベルは、若い実業家からなるわたしの友人グループに立ち交ざるのを喜んでいた。小型ヨットでのボスフォラス・クルーズや誕生日のびっくりパーティ、クラブハウスでの乱痴気騒ぎ、それに真夜中に皆で大挙して車に乗り込み、イスタンブルの通りを巡るドライブ。彼女はそのどれにも満足し、友人たちの多くにも親しみを覚えている様子だった。しかし、ザイムのことだけは気に入らなかった。彼が見かけばかり気にして、過度に伊達男を気取るところが下品なのだそうだ。パーティの終わりに、サプライズとして踊り子を呼び込みベリーダンスをさせるであるとか、『プレイボーイ』のロゴが入ったライターで女性の煙草に火をつけるであるとかが、彼女の眼には陳腐に映ったのだ。わたしの親友が結婚するつもりなど毛ほどもないのに、芸術家の卵やモデル――あのころトルコに登場した胡散《うさん》臭い職業だ――と一夜のアヴァンチュールを愉しんでいるのもお気に召さなかったし、良識ある娘たちと先の見えない関係を築いているのも無責任だと考えていた。そんな訳で、調子が悪くて外へ出られないから夜のパーティには行かない、と電話で伝えたときに、彼女ががっかりしているのには驚いた。

「メルテム・サイダーの宣伝に出たり、新聞にも載ったりしているドイツ人のモデルも来るらしいのよ！」

「君は、ザイムが僕に悪影響を与えるって言ってなかったかい……」

「だって、彼のパーティに行かないなんて、よっぽど調子が優れないんでしょう？　ああ、心配になって来たわ。そっちに行って看病してあげましょうか？」

「いいよ。母さんやファトマさんがいるから。明日には良くなるさ」

服も脱がずにベッドに横になって、フュスンのことを考えた。彼女のことは忘れよう、死ぬまでもう二度と会うまい、そう決心した。

9 F

フュスンがメルハメト・アパルトマンにやってきて、人生初の〝最後まで〟を経験したのは、あくる日の一九七五年五月三日、午後二時半のことだ。つまり、わたしたちは愛を交わしたのである。その日、アパルトマンへ足を運んだのは、彼女に会えると思ってのことではない。しかし何年も経ったいま、脳裏に去来する様々なものを物語にしたためていると、この謂《い》いは必ずしも正確ではないような気もする。それでもあの日フュスンが訪ねてくるとは夢にも思わなかったのは確かだ。前日のフュスンの言葉、子供のときの品々や母の骨董品、古びた時計に三輪車、それに薄暗い室内の不思議な光加減であるとか、埃のつもった品々の匂いに囲まれて、独りで裏庭を眺めていたいという気持ち。それが、わたしをあそこへ引き寄せたに違いない。いや、前日の逢瀬に想いを馳せ、それをなぞり、あるいはフュスンが使っていたチャイカップを洗ったり、母の持ち物を整理することで、後ろめたい気持ちを紛らわそうと考えていたのかもしれない。奥の部屋の細々としたものを整頓していると、ベッドや窓、庭などを写した父の写真を見つけた。それを見て、この部屋がもう何年も前から手つかずのままなのを、いまさらながらに思い出した。だから、呼び鈴が鳴ったときに「母さんだ」と思ったのをよく覚えている。

「傘を取りに来たの」

フュスンはそう言ったきり、中へ入ろうとはしなかった。「入りなよ」それでも彼女は二の足を踏んだが、戸口に突っ立っているのも失礼だと思いなおしたのだろう、おずおずと室内へ踏み入った。わたしはその背後で扉を閉ざした。ウエストの細さを際立たせる重厚なバックルの付いたベルトを締め、彼女に良く似合う濃いピンク色の布地に、白いボタンのあしらわれたブラウス――そう、ここに展示してあるこのブラウスだ――を着ていた。ごく若いころには、娘たちが一際、美人で謎めいて見えるもので、その傍らにいると、彼女たちと親しくならない限り心安らがず、心細さを感じるものだ。三十にもなって、そんな純情さとは訣別したと思っていたが、フュスンの前では同じような心許なさに苛《さいな》まれた。

「傘はここだよ」そう言って、クローゼットの奥に手を伸ばし、傘を取り出した。我を失っていたわたしは、なぜもっと早くそこから出しておかなかったのか、と自問することさえなかった。

「どうしてそんなところに落ちたのかしら?」

「落ちたんじゃないんだ。君がすぐに行ってしまわないよう、隠したんだよ」

一瞬、笑うべきか、それとも眉をひそめるべきか迷ったようだった。彼女の手を摑むと、チャイを淹れるからと言い訳をして台所へ引き込んだ。埃の匂いと湿気が籠るほの暗い台所で、それは唐突にはじまった。互いに自分を抑えきれず、唇を重ねたのである。それはすぐに、長く、そして激しい欲情に染まったものに変じ、キスに没入するフュスンの腕が首に巻き付いた。瞳は固く閉ざされていた。

〝最後まで〟いける、わたしが思ったのはそんなことだった。

貪《むさぼ》りあっていた唇が、彼女が人生の一大事を決心し、他ならぬわたしと〝最後までいく〟ためにここへ来たことを教えてくれてはいたが、それは外国映画の中のお話だ。年若い女性がこんな振る舞いに及ぶのが、ひどく奇妙に感じられた。――もしかしたら、この娘はもう処女ではないのかもしれない。

唇を吸いながら台所を出て、ベッドの端に腰を下ろした。がっついていると思われないよう慎重に、そして一切、視線を合わせないまま服を脱ぎ捨てると、わたしたちは毛布の中へ潜りこんだ。布地は分厚くて、子供のころと同じに肌に沈みこむようだった。しばらくもつれ合ってから毛布をはねのけると、互いの半裸が目に飛び込んできた。二人とも汗まみれで、どういう訳かそれが心地よかった。チェック模様のカーテンの隙間から、黄味がかった橙色の陽光が射しこんで、汗のしたたる彼女の肢体を赤銅色に染め上げた。わたしたちは互いの身体に視線をさまよわせた。膨張してその形を露わにした、わたしの無教養な部位を間近から凝視しても、彼女は怯えも見せず、嫌悪感を抱いた様子もなかった。むしろ、それをねだるかのような優しさと、落ち着いた佇《たたず》まいが、前にも他の男のむきだしのものを別のベッドで――あるいはソファか、さもなくば車のシートで――目にしたことがあるのではないかという疑念を掻きたて、嫉妬に駆られた。

あらゆる思慮に富む愛の物語には、喜悦と欲望の睦《むつ》みあいそのものから、おのずと生ずる音楽がなければならない。わたしたちもその音色に身を任せた。しかし、しばらくすると、互いの眼の中にひそむ不安を見てとり、この行為の先に待ち構えている大変な労苦を思って、ふと我に返った。フュスンはイヤリングを外して――その片方はわたしの博物館の最初の展示品だ――ベッドの脇のコーヒーテーブルにそっと置いた。その様子はまるで、ど近眼の女の子が海に入る前に眼鏡を外すようで、最後までことに及ぼうという固い決意が窺えた。イヤリングにはFという文字があしらわれていたが、当時の若者たちはよく、名前の頭文字が入ったタグであるとか、ネックレス、それにブレスレットであるとかを身につけていたので、わたしは気にも留めなかった。フュスンは一枚、また一枚と、残った衣服を脱ぎ、決然とパンティを下ろした。そういえばあのころ、恋人との睦み合いの中で〝最後まで〟いきたくない娘たちは、海水浴場でビキニの下だけ残してトップレスになるような具合に、パンティだけはいたままでいたものだ。

アーモンドのように香る肩に口づけし、ビロードのような肌触りの、汗に濡れた首筋に舌を這わせた。日焼けの季節にはまだ遠かったが、地中海の日光に焼かれたような健康的な肌色の中に、乳房だけがそれよりも薄い色で取り残されているのを見て、わたしは欲望のおののきを感じた。――わたしの小説のこの部分を生徒に読ませようか、と逡巡する高校教師の諸君、不安を感じるようであれば以下のページは生徒に捨てるよう指示してよろしい。博物館を見学される方々は、どうぞ展示物の方をご覧あれ。この博物館を作ったのがなによりもまず、あのとき悲哀と恐怖に満ちた眼差しでわたしを見つめていたフュスンのためであり、わたしたち二人のためであり、そして幾らかなりは、自分への慰めのためであることをご理解いただければそれで結構。彼女の一番奥に達したとき、身体全体が奥底からごく微かにわななないていて――ヒマワリの花が風でかすかに揺れ動いているさまを想像してみてほしい――、その痛みが手に取るように感じられた。だから、彼女を責め、苛みながら口にした睦言の合間に、「フュスン、感じるかい、フュスン？」と尋ねても、彼女はわたしの眼を凝視するばかりで答えないのをおかしいとは思わなかった。やがて、わたしも口を噤《つぐ》んだ。

ときおり視線を外して、医者のような慎重さで下腹部を見やるその目つきは、自分の状態を気にかけるのと同時に、生涯で初めての――そして一度きりの――体験と独りで向かいあおうという決意を湛えていた。わたしの方も、行為の果てまで昇りつめ、そのあとに続く困難な道のりへの葛藤から解放されるためには、相手のことなど気にせずに、ただ己の喜悦へと埋没しなければならないと感じていた。二人とも、互いを結びつける随喜をより深く感じ取るには、それと独りで対峙する必要があると本能的に察知した訳である。かくして、わたしとフュスンは、否応なしに強烈な欲望に突き動かされ、抱きしめ合う一方で、互いを、ただただ己の快楽のためだけに利用した。わたしの背に回されたその指には、海に入ったあのど近眼のいとけない娘が泳ぎをわが物にし、しかしときに溺れそうになって父親の腕に抱きつくときの死の恐怖にも似た感情が滲《にじ》んでいた。十日ほどあとのこと、まぶたを閉ざしたままわたしに絡みつく彼女に、どんな光景が見えるの、と尋ねた。

「ヒマワリが一面に広がっているわ」

それ以降、最初の日に行為に及んだ時間帯になると、まるで情事の最中の歓喜の呻《うめ》きや喘《あえ》ぎ、あるいは悪態に吸い寄せられるかのように、少年たちがハイレッティン・パシャの廃屋の裏庭で、やはり叫び、罵声を浴びせあいながらサッカーに興じるようになった。少年たちの怒声がふと途切れると、フュスンの遠慮がちなわななき声と、わたしが行為に没頭しようとして発する一言、二言の唸《うな》り声以外には何も聞こえない静寂が、部屋を支配する。そして、遠くの方から広場の交通警察の警笛や車のクラクション、杭を打つ槌《つち》の音が聞こえはじめ、子供が空き缶を蹴る音や、カモメの鳴き声、コップの割れる音、スズカケノキの葉が風にそよぐさわさわという音が続く。

そのしじまの中、わたしたちは抱きしめ合いながらベッドに横たわっていた。血に染まったシーツや脱ぎ捨てた衣服、裸身でいることへの慣れ、つまり、原始社会の儀礼であるとか、人類学者が考察し、分類したがるような、一つの社会において恥辱とみなされる様々な要素のことを忘れようと努めていたのだ。フュスンはいっとき、声もなく嗚咽《おえつ》を洩らした。わたしの慰めの言葉にも耳を貸そうとはしなかった。今日のことは一生忘れないよ、わたしがそう言うと、彼女はまた少しだけ泣いて、何も答えなかった。

——後年、わたしは博物館を開こうと思いつき、自分の体験を人類学者の態《てい》で省みることとなる。

だから、遠い国から運んできた土器や生活用品、道具を並べて、人々の生活――つまりわたしたちの生活――になんらかの意味を与えようと奮闘する彼らを馬鹿にはしない。しかし、〝初体験〟の痕跡やそれにまつわる品々に人々が寄せるだろう大きな関心は、フュスンとわたしの間で養われた大きな慈しみや感謝の念を理解する妨げともなりうる。だから代わりに、あの日のフュスンがついにバッグから取り出すことはなかった、しかし後年になってそれを見つけたときには丁寧に折り畳まれていた花柄の木綿のハンカチを展示しておこう。互いをかい抱きながらベッドに身体を横たえ、十八歳の恋人が三十歳のわたしの肌を愛撫しているときの繊細さを示すために。煙草をふかしていたフュスンが机の上で見つけ、弄《いじ》りまわしていたクリスタルガラスで出来たインク壺とペンセットも、二人の間の思いやりや、その脆《もろ》さ、壊れやすさを暗示してくれることだろう。あるいは、わたしが締めていたこの大きなバックルの付いた、当時流行っていた幅広の男物のベルト。服を身につけるときそのバックルを握ったわたしは、いかにも男らしい、手前勝手な達成感を覚えると同時に、罪の意識を感じたものだ。ベルトよ、天国から抜け出してきたように裸体でいたあの素晴らしい時間に別れを告げ、薄汚れた現実に目を向けるのが、わたしたちにとってどれほどの苦痛だったかを教えてやってくれ！

帰り際に、「大学へ行きたいのなら、あとひと月半は身を入れて勉強しないとだめだよ」と忠告すると、彼女は笑って訊き返した。

「わたしが一生、店番のままなんじゃないかって心配なの？」

「そうじゃないけど……。でも、君には試験前にちゃんと勉強してほしいんだ。ここで一緒に勉強しようか。どの教科書を使っているの？　古典数学、それとも近代？」

「高校のときは古典で勉強していたの。でも塾では両方習う。だって、問題の答えはどっちも同じなんだもん。お陰で頭がこんがらがっちゃう」

あくる日に数学を教える約束をした。彼女を見送ったその足でニシャンタシュの本屋へ行き、高校や塾で使われている数学の教科書を買い求めた。オフィスで煙草をふかしながら目を通し、充分彼女の助けになれると確信した。フュスンに数学を教えるさまを想像するうちに心が軽くなり、あとには首筋や鼻、肌が疼《うず》くような幸福感と、隠しきれない誇らしさだけが残った。その喜びを噛みしめながら、頭の片隅で延々とこう考えていた——これからはメルハメト・アパルトマンで何度でも彼女と逢って、愛し合うんだ。もっとも、何事もなかったような態度を通さなければ、それが叶わないことも理解していた。

10 街の光と幸せ

その晩、ペラ・パレス・ホテルでスィベルの高校時代の友人であるイェシムの婚約式が催《もよお》された。友人たちがこぞって参加すると聞いて、わたしも出かけていった。銀色に輝くドレスの上に、メリヤス編みのストールを羽織ったスィベルはひどく愉快そうで、何にでも興味を示し、終始にこやかだった。この婚約式を参考にしようと考えていたのだろう。

わたしはといえば、スュレッャーおじさんの息子――名前は忘れてしまった――が、メルテム・サイダーのコマーシャルに出ているインゲというドイツ人モデルを紹介してくれるころには、ラク酒（葡萄から作られ、アニスで香りづけをした蒸留酒。アルコール度数は五〇度ほど）を二杯空けて、すっかりご機嫌になっていた。

「トルコはいかがですか？」わたしは英語で尋ねた。

「イスタンブルしか見ていないけれど、とっても驚きましたわ。こんなところだなんて想像してなかったの」

「どんな想像をなさっていたのですか？」

数瞬、彼女と見つめ合った。頭の良い女性のようだった。不適当なことを口にしたらトルコ人の心証を害すると即座に理解したのだろう、彼女は微笑みを浮かべて、下手なトルコ語でメルテム・サイダーのキャッチコピーを口にした。

「あなたには何でもお似合い！」

「たった一週間で、トルコにあなたを知らない者はいなくなりましたよ。どんな気分です？」

「警察官もタクシーの運転手も、それに道行く人までわたしが誰か知っているんです。風船売りでさえ、立ち止まって風船をくれて、『あなたには何でもお似合い！』と言いました。それに、チャンネルが一つきりしかないんですもの（民営放送局の参入による複数チャンネル化は八〇年代のオザル政権期）、有名になるのなんて簡単です」彼女は子供のように愛らしく答えた。

あの女性は常に謙虚さを装ってはいたが、われわれを見下したような態度がそこかしこに覗いていることに、気が付いていたのだろうか？　もっとも、わたしがドイツには幾つチャンネルがあるのですか、と尋ね返すと、口を滑らせたことを察したらしく、縮こまってしまったが。どうやら忠告が必要ない程度には頭が回るようだった。

「毎日、通勤の途中でアパートの壁を覆う、あなたの全面広告が目に入るんですよ。凄いことです」

「ええ、ええ。あなたがたトルコの方は宣伝広告にかけてはヨーロッパより進んでいますわ」

思いがけないお世辞に一瞬、それがお追従であることも忘れて、舞い上がってしまった。わたしは愉しそうにおしゃべりに花を咲かせる人いきれの中に、ザイムの姿を探した。スィベルと話しているところだった。二人が友人になるかもしれないと想像すると嬉しくなった。あれから何年も経ったが、あの晩の自分が、この上ない幸福を感じていたのだけははっきりと覚えている。スィベルはザイムに「〝あなたには何でもお似合い〟のザイム」とあだ名をつけていた。これはメルテム・サイダーの宣伝キャンペーンにおけるキャッチフレーズだったのだが、スィベルはひねりのない、独りよがりな代物だと考えていた。彼女の目には、若者たちが左派やら右派やら分かれて互いに殺し合い、貧困やその他の問題が山積するこの国で、そんなキャッチフレーズを唱えること自体、ひどく醜いものと映ったのだろう。

バルコニーへ続く大きな扉からはシナノキの匂いが混じった春の夜気が流れこみ、その下には金角湾に映る街明かりが広がっていた。その光の中では、カスムパシャの貧民街やその他の貧しい地区でさえも美しく見えた。それを見ながら自分の幸せを嚙みしめ、この先にはさらなる幸福が待っているはずだと思った。昼間のフュスンとの情事が頭をかすめたが、考えてみればどんな人間にでも秘密や悩み、恐れはあるものだ。洗練されて見える招待客の中にも、人知れない心配事を抱える者や心の傷を負った者がいるだろう。しかし、その中に立ち交じって、友人たちと酒を二杯も呷《あお》れば、そんな懊《おう》悩《のう》など取るに足らない、一過性のものに思えた。

「ほら、あそこに神経質そうな男の人がいるじゃない。あれが有名な〝冷血漢〟スプヒらしいわ。目についたマッチ箱を手当たり次第に買い集めてるんですってよ。部屋はマッチ箱で溢れんばかりで、奥さんが出て行ってからそうなったんだって言われてるの。わたしたちの婚約式ではウェイターにあんな変な格好させせないわよね？　それにしても今夜は飲みすぎじゃないかしら？　そうだ、あなたに言うことがあったの」

「何だい？」

わたしはスィベルに答えた。

「メフメトがあのドイツのモデルにお熱で、まとわりついているのよ。ザイムも嫉妬してるみたい。ああ、ほら、あそこの人、スュレッヤーおじさんの息子らしいけど、彼、イェシムの親戚にあたるそうよ。――ねえ、何か気になることでもあるの？」

「いいや、何もないさ。だって、すごく幸せだもの」

スィベルが優しい言葉をかけてくれたことは、いまでも決して忘れない。彼女は朗らかで賢くて、優しい女性だったのだ。あの晩に限らず一生涯、彼女の傍らにいるといつでも心が安らいだものだ。夜遅く、スィベルを家に送り届けてから、ひと気の失せた暗い通りを時間をかけて歩いた。フュスンのことを考えながら。初体験の相手が自分だったことよりも、彼女がどうしてそう決意したのかが、気になって仕方がなかった。彼女は一切、尻込みせず、服を脱ぐときも、かけらの躊躇さえ見せなかった……。

自宅の居間は空っぽだった。時々、眠れない父が寝巻のまま座っていて、眠る前に彼と言葉を交わすのがわたしの楽しみだった。しかしいまは誰もおらず、寝室から母のいびきと父の寝息だけが聞こえていた。寝る前にもう一杯だけラク酒を飲み、煙草を吸った。寝床に入ると、眠気はすぐに訪れた。フュスンと交わる幻影が脳裏をよぎり、やがてそこに婚約式の情景が混ざった。

11 犠牲祭

夢うつつの中、遠い親戚にあたるスュレッヤーおじさんや、イェシムの婚約式で会ったというのに、一向に名前が思い出せないその息子のことを考えた。ドライブに出た祝祭の日、スュレッヤーおじさんもうちに来ていたと彼女は言っていた。もう一眠りしようとすると、あの寒くて灰色の雲が垂れこめていた犠牲祭の朝のことが、ときに慣れ親しんだもののように、ときに奇妙な思い出のように——つまり、ときおり見る夢の中の出来事のように——目の前を流れていった。三輪車、フュスンと二人で出たこと、屠《ほふ》られた羊を二人とも黙りこくって眺めていたこと、そのあとでドライブに出たこと、それらの記憶が次々と甦った。翌日、メルハメト・アパルトマンであの朝のことを尋ねると、何でもよく覚えているフュスンはこう答えた。

「三輪車はお母さんが持って帰ったの。あなたたち兄弟のお古を、お母様がわたしにくれたのよ。もう何年も前だけど。大きくなったからもう乗れないわね。そう、あの犠牲祭の日にお母様に返したんだわ」

「だったら母さんはここに運び込んだに違いない。そういえば、スュレッヤーおじさんがいたのも思い出したよ……」

「だって、リキュールを欲しがったのはあの人じゃない」

思いがけずドライブに出かける羽目になったあの朝のことを、フュスンは克明に記憶していた。フュスンが語り、わたしが思い出したあのドライブについては、ここで少し立ち止まって説明しておこう。あれは一九六九年の二月二十七日、犠牲祭の初日だった。祝祭日の常で、ニシャンタシュのわが家には着飾って、ネクタイを締め、ジャケットを羽織った遠近の親戚たちが集《つど》い、活気ある昼食会を待ちわびていた。呼び鈴がひっきりなしに鳴らされ、新来の客——たとえば、叔母や頭の禿げあがったその夫、めかしこんだ詮索《せんさく》好きのその子供たち——が来る度、皆で立ち上がって行って握手や接吻を交わし、新しい椅子を運んでくる。お手伝いのファトマ婦人とわたしは客人にお菓子を振る舞っていたのだが、ふいに父がわたしと兄を部屋の隅へ引っぱっていった。

「スュレッヤーおじさんがまたぞろ『リキュールはないのかい？』とぶつくさ言っているだろう。おまえたち、どっちかアラアッディンの店へいって、ペパーミントとイチゴ味のリキュールを買ってきておくれ」

わが家では銀盆に載せたクリスタルのグラスにペパーミントとイチゴ味のリキュールをいれてお客をもてなすのが習わしになっていたのだが、母は祝祭日に限ってこの習慣を禁じていた。あのころでさえ、父には飲みすぎるきらいがあったので、夫の健康に配慮したのだ。二年前の祝祭の朝にも、スュレッヤーおじさんがリキュールがないと駄々をこねたので、母はその話はお仕舞いとばかりにぴしゃりと言い放った。「聖なる日にアルコールを飲んでいいと思っているの！」これが、政教分離を信じ、生粋《きっすい》のアタテュルク主義者（政教分離、共和主義等のアタテュルクの改革を堅持する人々を指す）のスュレッヤーおじさんと母との果てることなき論争——宗教や文明、ヨーロッパ、共和国について——の幕開けとなったのだ。

「どっちが行く？」

父はそう言って、十リラ札の束――父は祝祭の度に、彼の手の甲に接吻（自分より年上、あるいは目上の相手に対して行う丁寧な挨拶）する子供たちや門番、あるいはボディーガードに与えるために、銀行から特別に下ろしておくのだ――をめくって一枚だけ取り出すと、わたしたちに見せた。

「ケマルを行かせろよ！」

「オスマンを行かせなよ！」

「じゃあ、おまえが行け、ケマル。どこに行くか、母さんには内緒だぞ」

そしてわたしは、戸口にいたフュスンに声をかけたのである。

「おいで、一緒に雑貨屋へ行こう」

十二歳の彼女は、マッチ棒のように足が細くて、痩せっぽちの、ただの遠縁の女の子だった。三つ編みにした艶《つや》やかな黒髪に結わえられていた真っ白な蝶々型のリボンと、清純そうな服装以外には、際立った点は見当たらなかった。エレベーターの中で幼い彼女にわたしが何を尋ねたのかもフュスンが教えてくれた。「何年生？」「中学一年よ」、「どの学校に通ってるの？」「ニシャンタシュ女子高校」「将来、何になりたい？」――わたし、答えなかったわね！　黙っていたの！

表へ出て、寒風の中に数歩踏み出したが、行く手にあるぬかるんだ空き地にシナノキが立っていて、その下に人だかりが出来ていた。犠牲に捧げる羊を屠《ほふ》るところだった。いまならば、羊が殺されるさまが幼い女の子に悪い影響を与えることを慮って、フュスンを近づけなかったろう。

しかし、当時のわたしは興味津々で、深く考えもせずにそちらへ近づいていった。腕まくりをしたコックのベクリ氏と門番のサイム氏が、足を縛られてヘンナを塗られた羊を地べたに寝かせようと奮闘していた。その傍らには巨大な肉切り包丁を手にしたエプロン姿の男が控えていたが、羊が暴れ回るのでなかなか作業を進められない様子だった。格闘の末、口から白い息を吐き出すコックと門番は、ようやく獣を押さえつけた。肉屋は羊の可愛らしい鼻先と口を引っ摑み、乱暴に頭を上に向かせ、その喉元を長大な肉切り包丁で一突きした。一瞬、沈黙が降り、やがて肉屋が「神は偉大なり、神は偉大なり」と唱えた。そして、肉切り包丁を押したり引いたりしながら、羊の白い喉にさっと潜り込ませた。刃を引き抜くと、喉元から赤い血が溢れ出た。羊はなおももがいていたが、すぐに死ぬのを知っている人間たちの方はぴくりとも動かなかった。ふいに風が吹いて、冬枯れしたシナノキの葉がざわめいた。肉屋は羊の頭を摑んで脇へ引きずっていくと、あらかじめ掘っておいた穴に湧き出る血を流し込んだ。

穴の傍らには、顔を蒼ざめさせた物見高い子供たちや、運転手のチェティン氏、それに祈りを捧げる老人が佇んでいた。フュスンがわたしの上着の裾《すそ》を無言で握りしめた。羊は最後のあがきとばかりに痙攣《けいれん》していた。よく見ると、包丁をエプロンで拭った肉屋は、交番の脇に店を構えるキャーズムだった。コックのベクリと目が合って、これが祝祭のために前もって買ってこられて、この一週間というもの裏庭に繫がれていた羊だと思い当たった。

「もう行こう」

そう促《うなが》して、わたしたちは口も利かずにとぼとぼと歩いて、大通りへ出た。無残な光景を目にしてしまった幼い娘を前にして、わたしはすっかり落ち着きを失っていた。ぼんやりとではあるが、ある種の罪の意識を感じたのだ。

両親は信仰深い人間ではなかった。二人が礼拝や断食をしているのは見たことがない。共和国初期に育った多くの夫婦がそうであるように、宗教を蔑《さげす》んでいたのではなく、たんに関心がなかったのだ。そして両親や、あるいは彼らの友人や知り合いは、きまって国父アタテュルクへの敬慕と政教分離を掲げる共和主義思想を織り交ぜながら、その無関心さについて語ったものだ。それにもかかわらず、ニシャンタシュの人々——つまり、わが家を含め、政教分離主義を信奉する多くのブルジョワたち——は犠牲祭の度ごとに羊を屠っては、その肉を貧しい人々に配るのだった。もっとも父や親族の者は犠牲獣やその処理には一切かかわらず、肉や皮を配るのでさえコックや門番に任せきりにしていた。そしてわたし自身も、毎年、隣の空き地で行われるこの儀式とあえて関わり合いになろうとは思わなかった。

黙りこくったままアラアッディンの雑貨屋に向かう道中、テシュヴィキイェ・モスク（後期オスマン建築のモスクの一つ。共和国期になり、多くの政府高官、要人、著名人の葬式が執り行われてきた）の前で肌寒い風が吹きつけたためなのか、あるいは不安のためなのか、肌が粟立つのを感じた。

「さっきは怖かったかい？　見なければよかったね……」

「可哀相な羊……」

「でも、羊を殺す理由は知ってるだろう？」

「いつかわたしたちが天国へ行ったとき、あの羊がスラトの橋（審判の日に架かるとされる橋の名前）を渡らせてくれるからだって……」

それは子供や無学な者に対する犠牲祭の説明だったので、わたしは教師よろしく偉そうに言った。

「もう一つお話があるんだよ。知ってるかい？」

「ううん」

「イブラヒム様には子供がなかったから、『神様、子供をください、どんなことでも従いますから』ってひたすらお祈りしたんだよ。そうしたら神様がお願いを聞いてくださって、ある日、子供のイスマイルが生まれたんだ。イブラヒム様は大層お喜びになって、その子をそれはそれは可愛がった。毎日キスをしたり、撫でたり、嬉しさで天にも舞い上がらんばかりだった。そして毎日、神様に感謝の祈りを捧げた。でもある晩、夢の中に神様が現れて、こうおっしゃったんだ。『いますぐ汝の息子の喉を裂き、わたしに捧げなさい』」

「なんでそんなこと言ったの？」

「まあ聞きなよ。イブラヒム様は神様の言いつけに従った。ナイフを取り出して、子供を殺そうとしたそのとき……一頭の羊が姿を現した」

「なんで？」

「神様のお慈悲さ。愛する息子の代わりに殺すよう、イブラヒム様に羊を与えたんだ。神様は彼が自分に従うのを見届けたんだからね」

「神様が羊をくれなかったら、イブラヒム様は本当に子供を殺したのかな？」

「殺しただろうね」わたしは困惑しながら答えた。「そうすると確信していたからこそ、神様は彼を愛していたのだし、悲しませないよう羊をあげたんじゃないかな」

しかし、十二歳の娘に、最愛の息子の喉元を切り裂いて殺そうとする父親のことをうまく説明できる訳もない。わたしの不安はいつの間にか苛立ちに変わっていた。

「なんてこった、閉まってるよ！　広場の方の店を覗いてみようか」

わたしたちはニシャンタシュ広場まで歩いて行ったが、交差点のところにある煙草や新聞を扱うヌレッティン商店も閉まっていた。もと来た道を、無言のまま引き返しながら、フュスンも気に入りそうなイブラヒムの話を思いついた。

「イブラヒム様は最初、息子の代わりに羊を与えられるなんて思いも寄らなかったろうね。でも神様を心から信じて、敬愛していたから、結局のところ、神様が自分になにか悪いことをするはずがないって確信していたんじゃないかな。ある人をすごく好きになって、一番大切なものをあげたら、その人が悪さをする訳ないだろ？　犠牲祭ってのはそういうものだよ。フュスンが一番好きなのは誰かな？」

「お母さんとお父さん……」

そのとき、歩道で運転手のチェティン氏と行き合った。

「チェティンさん、父さんがリキュールを欲しがっているんだけど、ここらの店は閉まってるんだ。僕たちをタクスィムまで連れて行ってよ。帰りにすこしそこら辺も回っていきたいんだ」

「わたしも行っていい？」

わたしとフュスンが、濃いサクランボ色の父の56年式シボレーの後部座席に収まると、チェティン氏は丸石を敷いた穴だらけの石畳に車を進めた。フュスンは窓の外を眺めていた。マチカを過ぎてドルマバフチェ宮殿へと坂を下っていくと、道には祝祭用のお仕着せを着た人々が三々五々いるだけだった。しかしドルマバフチェ・スタジアムを過ぎたあたりで、道の脇で少人数の集団が羊を屠っているのが目に入った。

「チェティンさん、僕らがなんで羊を屠るのか、なんとかこの子に説明してくれないかい。僕じゃあ無理だ」

「勘弁願いますよ、ケマルさん」

運転手はそう言ったものの、わたしたちよりも宗教に通じているところを見せたいという誘惑には抗《あらが》えなかった。

「イブラヒム様と同じくらい、わたしたちだって神様に従っているんだってことを証明するために屠るんですよ。神様のためならば、自分の一等大事なものだって犠牲にするという意味ですよ。わたくしどもはこんなに神様をお慕いしているんですから、お嬢さん、一番大好きなものを捧げるんです。

何のご褒美も求めずにね」

「その先に、天国に行くくだりはないのかい?」わたしはすかさず水を向けた。

「神様がそう思し召しならね……。それは審判の日にわかることでしょう。しかしわたしたちは天国に行くために羊を捧げるのじゃありません。そういう見返りなしに、神様を敬愛するからこそですよ」

「あなたは宗教のことをよく知っているね、チェティンさん」

「よしてくださいよ、ケマルさん。あなたはそんなに学があるんですから、わたしよりよくご存じでしょう。本当のところ、こういったことを知るには宗教もいらないし、モスクに通う必要もないんですよ。一等大切なのは、愛する誰かに、見返りを求めずに一番大切なものを捧げることなんですから」

「でもそれじゃあ、僕たちの自己犠牲を捧げられた当の本人は困るんじゃないかい。普通は僕らが何かお礼をほしがっているって考えるんじゃないかしら」

「神様は偉大ですから。何でもお見通しなんですよ……。わたしどもが損得抜きでお慕いしているのだって、ご理解くださいますよ。誰も神様を欺《あざむ》くことはできないんですからね」

「そこに開いてる店があるよ。チェティンさん、停めておくれ。このスタンドはリキュールを売っていたはず」

そう言ってフュスンと一緒に車を降りると、よく見かける専売公社のペパーミント味とイチゴ味のリキュールを一瓶ずつ買って車に戻った。

「チェティンさん、まだ時間があるから、少しばかりそこら辺を流してくれるかい」

ドライブの間に何を話したかは、フュスンが思い出させてくれた。わたしはあの寒々しい灰色の雲が垂れこめる犠牲祭の朝のイスタンブルの様子が、家畜処理場さながらだったということだけ、はっきりと覚えている。場末の地区の隘路《あいろ》に開いた空き地や火除地、それに廃屋の狭間のみならず、大通りに面した裕福な地区でさえ、朝も早いうちから幾万という羊が屠られていた。歩道脇や丸石の石畳が血に浸かっているところもあった。車が坂道を下り、橋を渡り、入り組んだ裏路地を進んでいくにつれ、毛皮を洗われて屠られたばかりの、あるいはすでに解体されてしまった羊が否応なく目に飛びこんできた。わたしたちはアタテュルク橋を渡って金角湾の対岸へ出た。国旗がはためき、着飾った人々で賑わっているというのに、街自体はくたびれて、物憂げに見えた。ヴァレンス水道橋をくぐり、ファーティフ地区へハンドルを切ると、空き地で犠牲に捧げるためのヘンナを塗られた羊が売られていた。

「あの羊たちも殺されちゃうの?」

「全部が潰される訳じゃありませんよ、お嬢さん。もうすぐ昼だっていうのに、まだ買い手が付かないようです。きっと犠牲祭の終わりまでにははけないでしょうから、こいつらめは助かるでしょう。もっとも、そのときは家畜商人が肉屋に売り払うんですがね、お嬢さん」

「じゃあ肉屋より早く行って、あの子たちを買ってあげましょうよ」赤いお洒落なコートを着たフュスンは、笑顔を浮かべると、片目を瞑《つむ》ってみせた。

「子供を殺したがっている人から羊たちを助けてあげることになるよね?」

「そうだね」

わたしが同意すると、チェティン氏が言った。

「お嬢さんは利口だ。実際、イブラヒム様だって息子を殺したいなんて思ってらっしゃらなかったんですから。でも命令だったんです。神様のね。神様の言うことに従わなきゃあ、世の中が滅茶苦茶になって、審判の日になってしまうんですよ……。この世の根っこは愛です。そしてその愛のおおもとは神様なんです」

「でも、父親に殺されそうな息子にそんなことわからないんじゃない？」

チェティン氏は一瞬、バックミラー越しにわたしたちの眼を覗きこんだ。

「ケマルさん、お父さんみたいにわたしをからかおうとしておっしゃってるんですね？ お父さんはわたくしどもにとても良くしてくれます。わたくしどもの方でも尊敬していますし、その冗談だって蔑ろにはできない。あなたの冗談でも同じことだ。ひとつ喩《たと》え話をしましょう。『預言者イブラヒム』という映画をご覧に？」

「いや」

「そうでしょう、あなたはああいう映画には行かれないでしょうね。でもね、お嬢さんもそうだが、あれは観ておいて損はしません。絶対に退屈しないから。エクレム・ギュチリュがイブラヒム様を演じているんです。わたしは義母や妻子と連れだって観にいったんですが、みな涙が止まりませんでしたよ。イブラヒム様がナイフを手に取ったとき、そうして息子を見つめたとき……。それに息子のイスマイルがコーランにあるとおりに『父上、神様の御命令が何であれ、それを行うのです！』と言ったときもね。イスマイルの代わりの羊が現れたときなんて、映画館じゅうが喜んで涙したもんです。何よりも愛おしい存在のために、対価を求めずに一等大事なものを与える。そうすればこの世は良くなるんだ。お嬢さん、だからわたくしどもは涙が出たんですなあ」

ファーティフ地区からエディルネカプへ北上し、そこから右折してテオドシウスの城壁に沿って金角湾に降りて行った。場末の地区を通り過ぎ、崩れかけた市壁に沿って進む間じゅう、誰ひとり口を開かなかった。城壁の切れ目から覗く公園や工場、安普請《やすぶしん》の作業場から出るごみやドラム缶、それに産業廃棄物に埋もれた空き地のそこかしこで屠られる羊たちや、隅の方にうっちゃられた洗浄ずみの毛皮やら内臓やら角《つの》やらが、目に入った。しかしどういう訳か、貧民街に軒《のき》を連ねる塗装のはげ落ちた木造住宅の間には、犠牲獣の悲惨さではなく、祝祭の陽気さが漂っていた。わたしはフュスンと一緒に、メリーゴーランドやブランコの置かれた遊園地や、小遣いをもらってマジュン（ガムのようなキャンディー）を買った子供たち、バスのフロントに小さな角のように掲げられた国旗を心安らかに眺めていた。——後年、わたしはそうした景色を写した絵葉書や写真を蒐集したものだ。

シシハーネ坂を登りきると、道の真ん中に人だかりができていて、車の流れをせき止めていた。はじめのうち、祝祭日の祝い事か何かなのだろうと思ったが、道を開けてくれた群衆を割って車が進んでいくと、つい今しがた衝突した数台の車と、羊の死体が路肩にあった。ほんの一、二分前に、坂でブレーキのいかれたトラックが車線を変え、無残にも別の車を轢き潰したのだそうだ。

「ああ、神様、御慈悲を！　お嬢さん、見ちゃいけませんよ」

わたしたちは、フロントが完膚なきまでにひしゃげた車内で少し頸《くび》を傾《かし》げたようにして死んでいる人々を茫然と見つめた。割れたガラスの上を通ったときのパリパリという音と、そのあとの沈黙のことは決して忘れられない。まるで死から逃れるかのように、急いで坂を下り、ひと気のない通りをひた走り、タクスィム広場を過ぎてニシャンタシュに帰った。

「どこに行ってたんだ？　心配したんだぞ。リキュールはあったのか？」父は言った。

「台所にあるよ！」わたしはそれだけ言うと居間に入った。香水とコロンヤ（主にレモンから作られるアルコール分を多く含む柑橘系の匂い水。香水として用いられるほか、消毒、掃除など、幅広く使用される）、それに絨毯の匂いが立ち込めていた。親戚たちの間に交ざると、幼いフュスンのことはすぐに忘れてしまった。

12　唇を重ねるということ

あくる日の午後、わたしたちは六年前のドライブをもう一度なぞってみた。そのあとで、すべてを忘れようとするかのように長いキスを交わし、愛し合った。シナノキの香る春風がチュールカーテンの間から流れ込み、彼女の蜂蜜色の肌に鳥肌を立てた。フュスンはまぶたをきつく結んで、救命胴衣にしがみつくようにわたしを抱きしめていた。その抱擁に眩惑されるあまり、その交情が含み持つより深い意味に思い致すゆとりはなかった。ただし罪の意識や疑念に振り回されたり、愛を育《はぐく》もうとする危険な領域には過度に足を踏み入れまいと決心していた。まずは男たちの世界に戻らなければならないと思った。

　フュスンとさらに三回の逢瀬を重ねた土曜日の早朝、兄から電話があった。午後のギレスンスポル戦でフェネルバフチェ（ともにサッカーチーム。フェネルバフチェはガラタサライ、ベシクタシュなどと並ぶトルコ・スーパーリーグの強豪）が国内チャンピオンに輝くだろうと誘われて、わたしも出かけることにした。幼いころにドルマバフチェ・スタジアムと呼ばれていた競技場はイノニュ・スタジアムと名前を変えたが、それ以外に目立った変化がないのが嬉しかった。たったひとつ違ったのは、ヨーロッパの競技場のようにピッチを芝生にしようと試みている点だ。肝心の芝が隅っこにしか残っていないので、側頭部と首筋にしか毛の残っていない禿げ頭のような有りさまだった。予約席スタンドにいる裕福な観客たちは、剣闘士を観客席からどやしつけるローマの御大尽よろしく、血と汗にまみれた選手——往々にして無名なディフェンダーだ——がサイドライン際にでも近寄ろうものなら、それをけなし、こき下ろすのだった。五〇年代半ばの人々が、二十年も前にしていたのとまったく同じ調子だ。——走れ、おいこら、腰ぬけ、オカマ野郎！　自由席に屯《たむろ》する失業者や貧しい人々、それに学生から成る粗暴な観客たちの方も、愉しくて仕方がないといった様子で、似たような罵詈《ばり》雑言《ぞうごん》を浴びせていた。あくる日の新聞からもわかるが、その日の試合は大方の予想どおりに運んだ。フェネルバフチェが得点し、観客たちと一緒になって立ち上がり歓声をあげているると、自分を取り戻したような気がした。その浮き立つような、一致団結した空気にあてられて、ピッチでも客席でも、男たちは辺り構わず互いに接吻を交わして、勝利を祝っていた。そこには、わたしの罪悪感を紛らせ、怯えを誇りにすり替えてしまうような雰囲気が漂っていた。試合前、選手たちがキックオフを待ち、三万人の観客がそれを見守る静寂の中で、古ぼけた観客席の向こうに見えるボスフォラス海峡の方をふと振り返った。ちょうどドルマバフチェ宮殿の前をソ連の船が通っていた。わたしはフュスンを想った。よく知りもしないわたしを選び、決然とその身を明け渡した娘のことを。その首の長さや他に類を見ない美しい臍《へそ》のくぼみ、瞳の中に同居する疑念と信実、ベッドで向けられる眼差しにひそむ悲劇的な真摯《しんし》さ、そして交わしたキスのことが、脳裏にこびりついて離れなかった。

「婚約のことで頭がいっぱいみたいだな」兄にはそう言われた。

「うん」

「スィベルのこと好きなんだろう？」

「当たり前だよ」

勿体《もったい》ぶった中にもどこか思いやりを忍ばせた微笑みを口許に残したまま、兄はハーフウェーライン上のボールに視線をもどした。兄の手には二年前から吸い始めたマルマラ社の葉巻があった。彼はそれが個性的だと考えていた。カドゥキョイのすぐ沖に立つクズ塔の方から吹きよせる風が、巨大な青と黄色の縞模様の応援旗や赤いコーナーフラッグを軽やかにたなびかせた。子供のころ煙草を吸う父の隣にいたときのように、葉巻の煙が執拗《しつよう》に眼を刺し、涙が滲んだ。

兄はボールから目を離さずにまた口を開いた。

「おまえにとっても結婚はいいことだ。間を開けずに、すぐに子供をつくりな。そうすればうちの子たちと友達になれる。スィベルはしっかりした女性だ。おまえは考えが飛躍するところがあるから、ちょうど釣り合いが取れているだろ。他の娘と同じように、彼女に飽きないよう願うよ。おい、審判！　ファールだろ！」

フェネルバフチェが二点目を入れると、わたしも兄も立ち上がって、「ゴ――ル！」と声を張り上げ、キスを交わした。試合が終わると、父の兵役時代の友人だった〝無駄口〟カドリ氏と、サッカー好きだというその同僚や弁護士と合流した。歓声をあげながら、坂道を下る観客に交じってディヴァン・ホテルまで行き、サッカーや政治についてあれこれと話しながらラク酒を飲んだ。

「心ここにあらずといった様子だね、ケマル。お兄さんほどサッカーが好きじゃないのかな」

なおもフュスンのことを考えて黙り込んでいるわたしを見て、カドリ氏が混ぜっ返した。

「いや、大好きですよ。ただ最近は……」

「ケマルも大好きですよ、カドリさん。でもここのところ、いいパスが通らないでしょう」

兄が挑発するように言葉を継いだので、わたしもそのあとを引き受けた。

「実際のところ、一九五九年のフェネルバフチェのメンバーは特筆に価しました。オズジャン、ネディム、バスリ、アクギュン、ナジ、アヴニ、ミクロ、ムスタファ、ジャン、ユクセル、レフテル、エルグン……」

「セラジェッティンもいたね、彼を忘れてるよ」

「いいえ、あのチームではプレーしていませんよ」

この手の議論の常で、セラジェッティンが一九五九年のチームにいたかいないかで、〝無駄口〟カドリとわたしが賭けをすることになった。負けた方がラウンジでラク酒を飲んでいる人々全員に食事を奢《おご》るのだ。

帰りはニシャンタシュまで歩いて、そこで男たちと別れた。メルハメト・アパルトマンの部屋に、一時期チューインガムのおまけに付いてきたサッカー選手のブロマイドを溜めた箱があるのを思い出したのだ。母は使い古しのおもちゃと一緒に、何でもかんでもあの部屋に放り込む癖があった。子供のころに兄と一緒に集めたサッカー選手や俳優のブロマイドがあれば、賭けに勝てるはずだ。

しかし、部屋に入った瞬間に気が付いた。わたしはフュスンと愛し合ったときのことを反芻《はんすう》するためにここへやって来たのだ。寝乱れたベッドやその頭のところに置かれた喫殻でいっぱいの灰皿、それにチャイカップに目をやった。母がこの部屋に積みあげた骨董品や空箱、壊れた時計、深鍋に浅鍋、床を覆うリノリウム、埃《ほこり》と錆《さび》の匂いが影と入り混じった室内は、まるで心のどこかでいつも思い描いていた天国の片隅のような様相を呈していた。雲行きは相当怪しくなっていたが、窓の外からはサッカーに興じる少年たちの叫び声や罵りが響いていた。

——メルハメト・アパルトマンに行ってザンボ社のチューインガムのおまけのブロマイドをしまっておいたブリキ箱を探しあてたのは、一九七五年五月十日のことだ。しかし、中は空っぽだった。いま来館者が目にしているのは、あとになってイスタンブルの狭隘《きょうあい》な部屋で暮らす鬱屈《うっくつ》としたコレクターの一人であるフフズ氏から買いとったものである。いま、自分のコレクションを見渡してみると、例のイブラヒム様を演じたエクレム・ギュチリュのような俳優たちの幾人かは、映画人がたまり場にしていた、とあるバーで顔を合わせたことがあるのに気付かされる。その他の博物館の展示品についても、その由来は折に触れてこの物語の中で語られるだろう。いずれにせよプロマイドを探したあの日以来、古びた品々やフュスンとのキスがもたらす至福とともに、いつもその存在を身近に感じるようになったあの神秘的な部屋が、わたしの人生の中でとても大きな場所を占めるようになったのだ。

さて、この物語の当時は珍しいことではなかったが、わたしが二人の人間がその唇を合わせるキスという行為をはじめて目にしたのは映画館だった。仰天したのを覚えている。それ以来、今日にいたるまで、美しい女性と唇を重ねたいと願うようになり、キスという行為に常に強い関心を寄せるようになった。三十歳になるまで、アメリカで一、二度お目にかかったくらいで、キスを交わすカップルというものに銀幕の外で出くわすことはついぞなかった。だからだろう、子供のころだけではなく一九七五年当時のわたしも、映画館というのはキスを交わす他人を見物するための場所だと感じていた。映画の筋など、キスをするための言い訳に過ぎないのだ、と。そういえばフュスンも、映画で目にするようなキスを真似ていたのだと思う。

ここでフュスンとわたしが交わしたキスについても話しておきたい。キスが含み持つ、性にまつわる諸事、あるいは性的欲求そのものに関連する深刻な側面を感じてもらいたいからだ。同時に尻軽で卑俗な女であったなどという誹《そし》りから彼女を守りたいという気持ちもある。ちなみに、フュスンの口内に残るパウダーシュガーの味は、彼女がよく噛んでいたザンボ社のチューインガムのせいだった。わたしたちのキスは徐々に、はじめての逢瀬のときのように、たんに挑みかかるようにして相手の反応を窺い、互いの心の内に生じる惹かれあう気持ちを表現するための衝動的なものではなくなっていた。それは自分たちの悦びのために行われ、回数を重ねるごとに、愛が何であるのかということを、驚嘆のうちに知らしめる行為へと変じていったのである。唇を重ねれば重ねるほどに、涎にまみれた唇や、互いの欲望を惹起させようとうごめく舌の上に過去の思い出が溶け出していくようだった。かくしてわたしは、まず目の前の彼女に、ついで記憶に残る彼女に口づけをするようになった。目を開け閉じして、まぶたの裏にこびりつく、少し前の彼女の残像と、思い出の中の幼い彼女に同時にキスをするのだ。しばらくするとその思い出の中に、フュスンによく似た別の誰かが顔を覗かせるようになるので、わたしは彼女たちにも同じようにキスをする。遂には、その娘たち全員にキスの雨を降らせ、男性的な陶酔感を満喫したのち、いざ目を開けて、もう一度フュスンにキスをするときには、つい先ほどとはまったく別の彼女を相手にしているかのような感覚を覚えるのだった。そしてわたしもまた、一つのキスを終えるごとに、別の誰かを演じながら彼女の唇に覆いかぶさるのである。彼女の唇を吸うときの様々な顔を持つわたしと、彼女がわたしの唇に触れるときに思い出の中で生き生きと躍動するフュスンたちはいつしか交ざり合う。フュスンのいとけない口許や幅広の唇が迫り、物欲しげに動き回る悪戯好きの舌が快感や混乱をもたらす。そして、そこに生じるまったく思いもよらない考え――ある声は「こいつは餓鬼だ」と言い、別の声は「ああ、女はみんな餓鬼なんだよ」と言った――が、みるみるうちに膨らんでゆく。最初に唇を重ねて以来、二人の間でゆっくりと形作られた情事の儀式やその機微は、女についての新しい知見や、それまでまったく知らなかった幸福の在り方への最初の糸口を与えてくれた。わたしは、この世で知る者のほとんどない天国の扉の隙間を、そこに見いだしたのである。キスを交わす度、行く手には、皮膚で感じる快感や徐々に高みへと登りつめていく情動の扉が開き、わたしたちを迎えてくれた。いや、それだけではない。わたしとフュスンを、二人が生きていたあの春の午後の、その外へと連れ出してくれる、大きく、広く、巨大な、愛という〝時間〟が口を開けていたのだ。

わたしはフュスンを愛していたのだろうか？　深い充足感は感じていた。それゆえにこそ不安を覚えてもいた。いずれにせよ、この幸福を真剣に捉えることの危《あや》うさと、軽んじることとの下劣さの間で板挟みになったわたしの魂が、ひどく混乱していたのは確かだ。その晩、兄のオスマンと妻のベッリンが子供たちを連れて両親に会いにきた。しかし覚えているのは、夕食の間じゅう、フュスンや彼女とのキスが頻繁に頭の中に甦ったことだけだ。

あくる日の正午、独りで映画館へ出かけた。映画を観ようとは露《つゆ》ほども思わなかったのだが、かといって普段のようにサトサトの年老いた役員たちや、人情味と脂肪分にあふれる秘書たち——彼女たちは、子供のころのケマル坊ちゃんがいかに可愛かったかを本人に思い出させるのが何より好きだった——と昼食の席を囲む気にはなれなかった。独りになりたかったのだ。彼らの間に挟まれて、〝謙虚かつ、親しげな上役〟を演じ、部下たちと騒がしく冗談を飛ばし合いながら食事をかきこみ、その間じゅうフュスンのことを考えて悶々としながら二時になるのをひたすら待つというのは、ぞっとしなかった。

共和国通りのオスマンベイ界隈《かいわい》に立ち並ぶショーウィンドウを冷やかしながらぼんやりと歩いていると、ヒッチコック週間という告知に惹かれて映画館に入った。映画ではグレース・ケリーがキスをしていた。——五分休憩の間にふかした煙草、アラスカ社のアイスチョコバー、映写機のフラッシュライト。後年、わたしが見つけてきて博物館に飾っているこうした品々が、映画館にいた主婦たちや、学校をサボった怠け者の学生たちのことを想起させてくれるとよいのだが。これらすべてが、上映中にふと思い出した独身時代の人恋しさや、キスへの欲求の証左なのだから。春の熱気とは対照的な館内の涼しさや、煙草の灰の匂いが混じる、肌にまとわりつくような空気、熱心な映画マニアが交わす囁き声、分厚いビロードの幕の隅っこに出来た影や暗がりを眺めながら耽《ふけ》った妄想、すべてが心地よかった。もうすぐフュスンに会えるという実感が、頭の片隅に浮かび、その幸福感が心の中へと滲《し》みわたっていった。映画館を出てから、オスマンベイの入り組んだ路地に並ぶ生地屋や珈琲店（トルコ語でカフヴェハーネ。喫茶店〔チャイハーネ〕が家族や男女連れの客で賑わうのに対して、珈琲店は水煙草やバックギャモンやチェス、オケイと呼ばれるトルコ麻雀などの賭けごとも行われる、昔ながらの男の社交場）、金物屋、シャツにアイロンをかける洗濯屋。彼らの間をぬってテシュヴィキイェ大通りにある密会場所を目指した。フュスンに会うのは今日で最後にしようと思った。

はじめのうちは、真面目に数学を教えようとした。紙の上に流れる髪の毛や、止むことなく机の縁を行ったり来たりする手のひら、まるで乳首のように鉛筆の尻に付いた消しゴムを銜《くわ》える珊瑚色の唇、それらを目にして心変わりしそうになる自分をなだめた。ある方程式を解き終えた彼女は、自信たっぷりの表情を浮かべて口中の紫煙を正面に、つまりはわたしの顔に吹きかけ、〝わたしがどれだけ早く解けたかおわかり？〟とでも言いたげな流し目をくれた。もっとも、その解答には問いそのものにかかわる誤解があって、間違えていたのだが。自分の解答がＡＢＣＤＥ、どの選択肢にも当てはまらないことがわかると、フュスンははじめのうちは落胆し、遂にはむきになって言い訳をはじめた。

「わたしの頭が悪いんじゃない！　ケアレスミスよ！」

そのミスを二度としないよう願ったわたしは、わざと偉そうに答えた。

「ミスだって知能の一部分だよ」

新たな問題に取りかかった彼女の視線は、せっかちなスズメの嘴《くちばし》のように跳ねまわりながら紙の上を進んでいく鉛筆の先だけを追いはじめた。ときおり髪の毛をかき上げて、無言のまま方程式を解く彼女の姿を、もどかしさと不安を感じながら見守った。そして、わたしたちは唐突に唇を重ねた。たっぷりとキスをしてから、愛を交わした。行為の最中、互いの動きの中に純潔の不可侵さや、それを喪失する不名誉と罪の重さを感じた。しかしフュスンの瞳には、性行為がもたらす快感と、かねてから興味津々だったその悦びを遂に発見したことへの興奮もひそんでいた。フュスンは交合の何たるかを、ゆっくりと、しかし着実に探索している最中だったのだ。長年その伝説を聞かされ、想像を膨らませてきた遠い大陸に、高波の逆巻く大海をわたり、厳しい苦闘の末に到達した冒険者のように。彼がその新世界に上陸するや、樹木であれ、石であれ、泉であれ、どんなものでも驚嘆と熱狂の眼差しで受容するように。そして、花なり果物なりを興奮しながら――しかし慎重に――もぎ取って、口に運んで賞味するかのように。

男性のもっともわかりやすい性的快楽を体現する部位以外でフュスンが関心を寄せていたのは、一般的な〝男の肉体〟だった。わたしの身体ではない。さらにいえば、その真率《しんそつ》な関心と熱意は、彼女自身の肉体と〝男の肉体〟がそれに与える快楽に向けられていた。わたしの身体、腕、指、口。彼女のビロードの皮膚の上や、その内部にある敏感な場所、あるいはそうなる可能性のある部位を明らかにするために、男の肉体がどうしても必要だったからだ。わたしがそれを白日の下にさらしてやるさまを、他の男を知らないフュスンは驚嘆の眼差しで仰ぎみていた。自身の肉体の内奥から悦びに打ち震える血管やうなじに向けて打ち寄せ、勝手に大きくなっていく快楽という波を、ときに嬌声をあげながら追いかけていた。いや、あの快楽は頭の中で徐々に成長する脳腫瘍のようなものだったかもしれない。いずれによ、彼女は幾度となくわたしの協力を求めて、こう囁きかけるのだ。

「いまの、もう一度お願い、さっきみたいにして！」

わたしは満足感を覚えていた。しかしそれは、頭で量ってわかる類《たぐい》のものではなくて、肌で感じてはじめて理解できる類の幸せだ。電話をかけているときはうなじで、大急ぎで階段を駆け上がるときには尾骨で、あるいはスィベルと――四週間後には彼女と正式に婚約を交わすことになる――タクスィムのレストランで料理を選んでいるときには乳頭で体感し、身体が覚えこむ類のものだった。朝から晩まで、絶えず抱くようになったこの充足感は、まるで体臭のように自然なものなので、ときにそれを与えてくれているのがフュスンであることさえ失念してしまうほどだった。オフィスに誰もいなくなった時間帯を見計らって、スィベルと大慌てで行為を済ませるときでさえも、フュスンといるときと同じことを感じていた。なんと巨大で、唯一無二の幸せなのだろう、と。

13　愛、勇気、近代的ということ

博物館にも展示してあるスプリーン社製の香水をスィベルがプレゼントしてくれたのは、ファイェ・レストランに出かけた晩のことだ。わたしは香水が好きではなかったけれど、ある朝、単なる気まぐれで首筋につけてみた。行為のあとでフュスンが訊いてきた。

「この香水、スィベルさんが買ってくれたの？」

「いや、自分で買ったんだ」

「スィベルさんが喜ぶと思ったからでしょう？」

「違うよ、フュスン。君を喜ばせたかったからさ」

「スィベルさんともしてるんでしょう？」

「いいや」

「お願い、嘘はやめて」

汗のにじむその顔が憂いを帯びた。

「当たり前のことじゃない。彼女ともしてるんでしょう？」

嘘をつく子供に優しく、何が正しいのか言い聞かせる母親のように、その視線がわたしの瞳を射抜いた。

「してない」

「わたしを信じて。嘘をつかれる方がもっと傷つくのよ。本当のことを言って。じゃあ、なんでセックスしないの？」

フュスンの背に腕を回しながら弁明した。

「スィベルとは去年の夏、カドゥキョイのスアディィェで知り合ったんだ。夏になるとうちの冬用の別荘には誰もいなくなるから、それでニシャンタシュにやって来たんだ。いずれにしてもスィベルは、秋にはパリへ行ってしまったしね。冬に何度か会いにいっただけさ」

「飛行機で？」

「そうだよ。この十二月でスィベルは大学を終えて、僕と結婚するためにフランスから戻って、今度はスアディィェの夏用の別荘で会うようになったんだ。冬にね。でも家の中が寒すぎて、すんでのところで機会を逃したんだよ」

「じゃあ、暖かい家が見つかるまでお預けなの？」

「三月の頭だから二カ月前かな、スアディィェの家に一晩泊まったけど、すごく寒かったよ。暖炉に火を入れたら、家じゅう煙だらけになって、喧嘩になったんだ。そのあとでスィベルはインフルエンザにかかって、高熱で一週間くらい寝込んでしまってね。もう一度あそこへいってセックスするなんて、真っ平ごめんだよ」

「どっちが真っ平ごめんなのかしら？　彼女？　それともあなた？」

そう言ったフュスンの顔は好奇心でいっぱいのように見えながらも、その瞳には「本当のことを言って」と口にしたときの優しさではなく、すがるような色が浮かんでいた。――お願い嘘を言って。

わたしを傷つけないで！

「結婚する前にセックスをしなければしないほど、婚約や結婚に、いや彼女自身に箔《はく》がつくと思ってるんだよ、あの人は」

「でも前にセックスしたって、あなたは言ったわ」

「君はわかってない。問題は僕の初体験のことじゃない」

「ええ、そうね」

フュスンは声を落としてそう言った。

「スィベルが僕のことをどれほど愛していて、どれほど信頼してるのかは、その態度でわかるんだ。でも、結婚前にセックスをするって考えは彼女を不安にさせるらしい……。僕にも理解できるよ。ヨーロッパでどんなに勉強しても、君ほど勇敢でもなければ、近代的でもないんだよ……」

二人とも長いこと、口を開かなかった。わたしは何年もの間、あの沈黙の意味を考えていた。だから、いまならば納得のいく説明ができるように思える。沈黙の直前にわたしが口にした言葉には、もう一つ、別の意味があったのだ。スィベルが結婚前にセックスするのはわたしへの愛と信頼からで、フュスンがするのは勇気と近代性からだ、咄嗟《とっさ》にそう口にしたために、何年も後悔することになったが、〝勇気と近代性〟などというお世辞は、つまるところわたしが彼女に対して何の責任も負わず、拘束されることもないという意味だ。──君が〝モダン〟なら、結婚前に男と寝ようが、初夜のベッドで処女でなかろうが気にしないはずだろう、わたしはそう言ったのだ。トルコ人が想像を膨らませたヨーロッパの女たちや、イスタンブルの通りを徘徊していると囁《ささや》かれた伝説の淫婦たちのように。

それでも、フュスンが喜ぶと思ってあの言葉を発したのだ。

その沈黙の間に、こうした曖昧模糊とした想いが頭をよぎり、わたしは視線をそらして風にそよぐ裏庭の木々に目をやった。事後のわたしたちはいつも、ベッドに寝そべって話しながら、窓の外や裏庭の木々や、その向こう側に建つアパルトマンを、そしてその間をでたらめに飛び回るカラスたちを眺めることにしていた。

ずいぶん経ってからフュスンが口を開いた。

「本当のわたしは、勇敢でもなければ、近代的でもないわ！」

あのときのわたしはこの言葉を、難しい話題に彼女が心細くなったのか、ひょっとすると謙遜しているのだろう程度にしか受け取らず、深く考えることはなかった。フュスンも慎重に付けくわえた。

「女は何年だって一人の男を狂ったように想い続けられるのよ。一度も彼に抱かれなくてもね」

「そのようだね」

またしても沈黙が降りた。やがてフュスンが言葉を継いだ。

「じゃあ、いまでも全然セックスしてないっていうの？　なんでここにスィベルさんを連れてこないの？」

「思いつきもしなかったよ」

なぜもっと早くそれに思い至らなかったのか、自分でも驚きだった。

「昔は閉じこもって勉強したり、友達と音楽を聴く場所だったからかな。いずれにせよ、君に言われてはじめて気付いたよ」

「思いつかなかったっていうのは信じてあげる」フュスンは抜け目なくそう答えた。

「でも、他のところには嘘があるわね。あるでしょう？　わたしには決して嘘をつかないでほしいの。いまだに彼女とセックスしていないなんて、信じられる訳ないじゃない。ねえ、誓って」

「誓って、あの人とはセックスしていない」

「それなら、いつ取りかかるつもり？　夏にお母様たちがスアディィェに行かれてから？　いついらっしゃるのかしら？　もう他には何も訊かないから、これには答えて」

「婚約式のあとで行くらしいよ」

気まずさを覚えながら呟いた。

「いまも何か嘘をついた？」

「いいや」

「少しだけ考える時間をあげるわ」

思案顔を取り繕《つくろ》いながら、その実、本当に考え込んでいる間、フュスンはわたしの上着のポケットから取り出した免許証を弄んでいた。

「エトヘムさん、わたしにも臍名（臍の緒を切る際に与えられる。多くの場合、祖父母の名が使われる。エトヘムはケマルの臍名）があるのよ。まあそれはどうでもいいけど。考えた？」

「ああ、考えたよ。僕は君に嘘なんか言ってない」

「いまだけ？　それとも最近？」

「いつでもさ……。だって、互いに嘘なんかつかなくてもいい関係じゃないか、僕らは」

「どういうこと？」

わたしは言葉を尽くして訴えた。二人の間には損得勘定もなければ、利害関係もない、人目を忍ぶ間柄ではあるけれど、二人は人間が持って生まれた、もっとも純粋かつ根源的な情動に身を任せているのであり、そこにある至誠には、嘘が入り込む余地などない云々。

「嘘をついてるのはわかってるの」

「僕への思いやりは、こうも簡単になくなってしまうんだね」

「いいえ。本当はね、わたしも嘘をついてほしかった……。だって、人って失うのが恐いから、その人に嘘をつくものでしょう」

「君のための嘘ならつきもするよ、当り前じゃないか……。でも、君に嘘は言えない。そうしてほしいのなら、これからはそうするよ。明日もまた会おうよ、いいかい?」

「いいわ!」

力いっぱいに彼女を抱きしめ、その首筋の香りを吸い込んだ。海藻の揺れる海と焦げたカラメル、それに子供用のビスケットの交ざったその匂いを鼻孔に感じ、希望と喜びが身体じゅうに広がった。これは付言しておきたいのだが、このころはまだ、フュスンと過ごす時間によって、自分の人生の指針が変わってしまうようなことはなかった。おそらく、内から湧き上がるこの幸福感を至極、当然のものだと受け止めていたせいだろう。かといって、自分がいつも正しいと信じこんでいた訳でもなければ――大方のトルコ男はそういうものなのだ――自分がいつも間違いを犯す人間だと思い込んでいた訳でもない。ただ、自分の経験していることが何なのか、まだよくわかっていなかったのだ。

それにもかかわらず、男という生き物を死ぬまでつなぎとめ、得体のしれない孤独という深い闇の中に置き去りにする、魂のひび割れや裂傷がゆっくりと口を開けるのを感じ、毎夜、寝しなに冷蔵庫からラク酒の瓶を取り出しては、窓外を眺めながら、無言のまま独りで飲むようになったのはこの時期からだ。テシュヴィキイェ・モスクの向かいに建つ高層アパルトマン、その最上階にあるわたしの寝室の窓からは、わが家のものとよく似た様々な家族の寝室が見えた。暗いままの自室へ入り、他のアパルトマンの内部を覗いていると心が落ち着くのは、子供のころと同じだった。

その晩、ニシャンタシュの街明かりを眺めながらふと思った――欠けるところのない、幸せに満ち満ちたいまの人生をこれまでどおりに続けたいのなら、フュスンに恋してはいけない、と。だから、フュスンと付き合うことなど考えてはならないし、その苦悩や軽口、そしてその人間性に心奪われるなど論外だ。数学の授業も、そしてセックスも、そう長く続くはずもないから、そう難しいことではないだろう。満ち足りた行為を終え、慌ただしく服を身につけたフュスンが部屋から出ていくのを見送りながら、もしや彼女もわたしに〝心奪われて〟はならないと自戒しているのではないかと考えるようになった。——あの尋常ならざる充足感や、並はずれた甘い時間にわたしが感じていた悦び、二人が体感していた幸福感、それらを知らしめることこそが、この物語が語らねばならない真実のように思われる。

フュスンとの情交を思い返し、いま一度追体験してみたいという願いや、あの喜悦への耽溺《たんでき》が、この物語の原動力となっているのは確かだ。なぜなら、多年に及ぶフュスンへの献身について説明しようと試みて、あの比類なき交わりのことを数えきれないほど幾度も思い返してみたいまさえ、理論だった考えは思い浮かばず、ただ互いが繋がりあっていたときの美しい幻影がまぶたに甦るだけなのだから。わたしの足の間に尻を収める美しいフュスン、その豊かな左胸を口に含むわたし。顎《あご》へ流れおち、フュスンの美しい首筋に滴るわたしの汗。その美しい肩や背に見入るわたし。ひときわ高い喘《あえ》ぎ声をあげたあとの、見開かれたフュスンの瞳。絶頂に達するときのフュスンの表情。

しかし、もっとあとになって気が付いたように、こうした幻影がわたしの快感であるとか幸福感であるとかの直接の原因ではない。それはたんに性欲を刺激する一幅《いっぷく》の絵にすぎないのだ。後年、なぜかくもフュスンに恋い焦がれたのかを理解しようとしたわたしは、ただセックスのみならず、二人が愛を交わした部屋や周囲の状況といった他愛のない物事を思い出そうと努めた。——そういえば、裏庭のカラスの一羽がバルコニーの鉄格子に止まって、静かにわたしたちを観察していた。自宅のバルコニーにも同じようなカラスがいて、「さっさと寝なさい、ほらカラスが見てるよ!」と母が言うと、子供のわたしは震えあがったものだ。フュスンの家にも、そんな恐ろしいカラスがいたそうだ。

ある日には室内の寒さと埃が、また別の日にはしわになったシーツやくたびれ切った自分たちの身体が、あるいは行為の汚れや部屋に落ちる影が、そして、部屋の外の物音、渋滞の音、ひっきりなしに聞こえてくる建設工事の音、呼び売りの声、そうしたわたしたちの間に割って入るすべてのものが、あの幸せを教えてくれた――この交わりは夢の中の出来事ではない、現実世界の一場面なのだ、と。はるかドルマバフチェやベシクタシュから汽笛が聞こえ、二人でどんな船だろうと想像を巡らせたこともある。逢瀬を重ね、より真摯《しんし》に、しかし自由奔放に愛を重ねていくうちに、行為の現実感であるとか、常軌を逸する興奮を誘う行為の数々ばかりでなく、フュスンの身体についた小さな傷やおできの跡、にきび、恥毛、黒くて彼女が恥ずかしがった母斑《ぼはん》に至るまでが、わたしにとっては幸せの源となっていった。

では、あの無邪気な行為のもたらす快感のほかに、わたしと彼女を結びつけていたものは何だったのだろう？　どうして、ああも真率に愛し合うことができたのだろう？　愛を育んだのは、はたして行為そのものの悦びや、絶えることなく生ずる欲望だったのだろうか？　あるいはその欲望すら包摂する別の何かがあったのだろうか？　しかし、フュスンと毎日のように、密かに逢瀬と愛を重ねたあの幸福な日々の間、わたしがこうした疑問を抱くことはついになかった。砂糖屋に迷い込んだ能天気な子供のように、ただただただその砂糖を貪《むさぼ》ったのである。

14　イスタンブルの通り、橋、坂、広場

他愛ないおしゃべりの合間、フュスンはお気に入りの高校教師について、「他の男とは全然違うの！」と評した。彼女の意図がつかめず、どうしてそんなことを言ったのか尋ねても、答えは要領を得なかった。二日後、ふたたび「他の男みたいな」という言葉の真意を問い質した。

「あなたが真剣に訊いているのはわかるわ。だからわたしもちゃんと答えたいと思うの。そうしてほしい？」

「そりゃね……。なんで立ち上がるんだい？」

「だって、これから話すことは裸じゃできないもの」

「僕も服を着た方がいいかな？」フュスンが答えなかったので、服を身につけた。

――当博物館には、あのとき吸った煙草の箱や簞笥の中から引っぱり出して、寝室に持ってきたキュタフヤ製の灰皿、チャイカップ、フュスンのガラスコップ、彼女が話をしている間、片方の手の中で気ぜわしげに弄《いじ》っていた貝殻などが展示されている。これらが、あのときの重く、息の詰まるような部屋の空気を伝えてくれるとよいのだが。あるいは、フュスンの使っていた子供っぽいバレッタが、これから語る話がほんの子供の身に起こった出来事だということの証《あかし》になればよいのだが。

フュスンの話は、クユルボスタン通りにある煙草屋やおもちゃ屋、文房具屋を兼ねる商店の主からはじまった。このセフィルおじさんとフュスンの父親は友人で、ときおりバックギャモンで遊ぶ仲だった。夏場など、父はよくフュスンをお使いに出し、ソーダ水や煙草、それにビールなどを買ってこさせた。八歳から十二歳くらいまで、それは続いた。店に行く度、セフィルおじさんは、「釣銭がないからちょっと待っておいで。ソーダ水をあげよう」云々と理由をつけてはフュスンを店に足止めした。そして誰もいなくなるのを見計らって、何かしら言い訳を見つけては、フュスンの身体に触れるのだった。——汗をかいているじゃないか、じっとしておいで。

十歳から十二歳のころには、でぶの婦人と一緒に〝髭もじゃでうんちのような隣人〟が週に一、二回、それも夕方に家にやって来るようになった。フュスンの父親がいたく気に入っていたこののっぽの男は、皆と一緒にラジオを聞いたり、おしゃべりをしながら、チャイを飲み、クラーヴィィエ(スコーンに似た小麦粉菓子)を食べたりした。そんなときこの隣人は、誰にも悟られないような——それどころか、当のフュスンにさえ何が起こっているのかよくわからないような——巧妙なやり方で、彼女のお腹や肩であるとか、お尻の隅やら太ももに手を置くのだった。手は、その存在を忘れられてしまったかのようにそこに置かれたままだった。その手はときたま、樹からもぎ取られ、籠の中に放り込まれた果物のようにどすんと、太ももの付け根に〝誤って〟落ちてきて、そこでかすかに身を震わせると、徐々に湿気と熱を帯び、まるでどこかへの抜け道を探すかのように蠢《うごめ》きはじめる。脚の間にカニが這いまわっているような気がして身を固くするフュスンを尻目に、隣人の男はもう片方の手でチャイを飲みながら、平気な顔で座の話題に加わるのだった。

十歳のとき、友人とカードに興じていた父は、膝の間に座ろうとしたフュスンを押しとどめた。「こら、いい子にしていなさい、いま忙しいんだよ」それを聞いた遊び仲間のサキル氏が、「おいで、俺に運をつけておくれ」と言って、フュスンを抱きすくめた。彼はフュスンを撫でまわし、可愛がってくれたが、それが純粋な慈しみとは程遠いと知ったのはずいぶん経ってからだった。

イスタンブルの通り、橋、坂道、映画館、バス、人でごった返す広場、ひと気のない裏路地。どの場所にも、白昼夢のなかの幽霊のように立ち現れるセフィルおじさんやサキル氏、あるいはうんちのような隣人のごとき男たち——「実際には、どの人もわたしを怖がらせるほどじゃなかった」ので、嫌悪感は覚えなかったとフュスンは語っていた——が暗い影を落としていた。彼女が驚いたのはむしろ、家にやって来る客の二人に一人が、セフィルおじさんやうんちのような隣人に豹変し、玄関や台所に自分の娘を押し込め、その身体を撫でまわしているという事実に、父親がまったく気が付かないことだった。かくして十三歳になるころには、いい子でいるためには、悪知恵だけは働く貧相《セフィル》で醜い《サキル》男たち（いずれも、神への謙遜を示す男性の名前）に抗議しない方が得策だと考えるようになった。そのころフュスンに熱を上げていた同学の〝おませさん〟——彼女は彼の悪口を口にしなかった——が、フュスンの家の通りに面した窓という窓に〝君が好き〟と書いたことがあった。父はフュスンの耳を引っぱって窓の前へ連れていくと、平手を食らわせた。また、折り目正しいイスタンブルの娘として、唐突にそのペニスを晒《さら》してくる様々な〝変態おじさん〟が巣食う公園や空き地、それに裏路地は通るべきでないと学んだ。

こうした行為が彼女の明るい人生に影を落とさなかった理由の一つは——それが男たちがいつも耳にしている、後ろ暗い肉欲という名の音楽の所産であるにしても——彼らが自分自身の弱さを曝《さら》け出しているという事実を見抜いていたからだろう。通りで見かけたり、校門や映画館の入り口、あるいはバスの中で遭遇し、幼い彼女につきまとった男の数は、それこそ数えきれなかった。中には何カ月もつけまわしてくる輩《やから》もいたが、苦しかったかい、とわたしが尋ねると、無視を決めこんでいたので痛くも痒くもなかった、という答えが返ってきた。何カ月も追いかけるほど忍耐強くもなければ、礼儀正しくもない輩もいる。――君はなんて美人なんだろう、一緒に歩いてもいいかい、色々君のことが訊きたいな、もしもし、おい、聞いてるのかよ？　自分から話しかけてくるそういう輩に限って、終いには怒り出し、失礼な罵詈雑言をあれこれ浴びせるのだった。二人組でうろつき回る者もいれば、そのときつけまわしている娘を見せびらかして、意見を聞こうと新たな友人を連れてくる者もいた。下品な笑いを投げかける者、手紙や贈り物を渡そうとする者、そして泣きだす者。そのうちの一人が彼女を押し倒し、唇を奪おうとすれば、もう何年もそうしてきたように、それを跳ね返した。〝他の男たち〟のあらゆる手練手管について知悉《ちしつ》した十四歳以来、知らぬ間に身体を触られることも、その術中に易々とはまることもなくなった。しかし街は、工夫を凝らした新しいやり方を発見した男で溢れている。触る、摑む、抱きつく、後ろから押しつける等々。歩道を歩いていれば、車の窓から伸びてくる手、階段でも登るような具合に股の間を這いのぼる足、エレベーターの中で強引にキスを迫る者、お釣りを渡そうとすると手を摑み、触ったり撫でたりしようとする者。しかし、フュスンはもう驚きさえしなかった。

美しい女といきがかりのある男は誰でも、愛しい人に近づき、捕らえ、吊るし上げようとする様々な男たちによる、これまた様々なやり口を聞くにつけ、ときに嫉妬交じりに、多くの場合は微笑みながら、そしてたいていは顔をしかめて蔑みつつも、聞くのをやめられないものだ。〝首席塾〟には同い年の茶目っ気があり物腰も柔らかく、その上なかなかにハンサムな男の子がいて、いつも彼女を映画や、塾の隅にある屋外喫茶に誘った。フュスンをはじめて目にした彼は興奮にとりつかれて、数分もの間、口が利けなかったのだとか。ある日、フュスンがペンを忘れたのを見て、ボールペンをプレゼントしてくれた。授業中、フュスンがそのペンでノートを取っているのを見守る彼は、幸せそうだった。

塾にはいつも髪がてかてかした、口数が少なくて怒りっぽい、神経質な三十前後の〝管理人〟もいる。「身分証明書に不備がある」、「君の解答用紙が一枚足りない」と口実を設けては彼女を管理人室に呼びつけ、人生の意味であるとか、イスタンブルの美しさであるとか、あるいは最近出た詩集の話をするのだそうだ。フュスンがいっかな靡《なび》かないとわかると、彼女に背を向けて窓の外を見やりながら、しゃがれた声で吐き捨てるようにこう言う――もう退出してよろしい。

しかし、シャンゼリゼ・ブティックにやって来て彼女に一目ぼれし、シェナイ婦人によって大量のシャツやらアクセサリー、贈答用の高価な衣服などを買わされた多くの客――中には女性も一人いたそうだ――について話す段になると、途端にフュスンの口は重くなった。それでもしつこく尋ねると、一等〝うける〟話をしてくれた。それは五十がらみで背が低く、酒樽のように太り、ブラシのような眉毛の、しかしお洒落で裕福な男性客だった。シェナイ婦人と合間にフランス語を織り交ぜながら話しては帰っていくのだが、彼が残していく香水の匂いときたら、「わたしの飼っているカナリヤのレモンがひっくり返っちゃうほどだったのよ！」。母親がなんの断りもなしにお見合いを段取りして、婿候補に引き合わせることもあった。その中で、結婚よりもフュスン自身に興味を持ってくれた毛色の違う男がいて、フュスンは彼のことを気に入ってキスまでいったのだそうだ。昨年、高校対抗の音楽大会を見に行ったときに知り合ったロバート・カレッジ（現在のボアズィチ〔ボスフォラス〕大学）の生徒もフュスンにぞっこんで、高校の校門まで迎えに来ては、毎日一緒に帰宅したそうだ。彼とは二、三回、キスをした。ほんの少しだけ付き合った〝ろくでなし〟ヒルミとはキスさえしなかった。それというのもこの男は、一刻も早く女をベッドに連れ込むこと以外、頭になかったのだ。あるいは、美人コンテストの司会者だった歌手のハカン・セリンカン。彼は他の娘が戦々恐々としていた教養問題の答えを、そっと耳打ちしてくれた。フュスンも彼に好感を持ったが、それは彼が有名人だからではなく、皆が計略を巡らせて、互いの権利を恥も外聞もなくもぎ取ろうとする舞台裏にあっても、分けへだてなく親切で優しかったからだ。もっとも、あとでこの古臭い歌手からかかってきた電話には出なかった。母親がいい顔をしなかったのだ。わたしの顔に、嫉妬するのにくたびれ果てた表情を見て取り、その原因が相手が有名な歌手であったからだと結論づけたフュスンは――わたしには思いもよらない論理だ――十六歳からこっち、誰かを好きになったことはないと優しく言った。とはいえ、誇らしさは隠せない様子だった。フュスンは雑誌やテレビ、歌の中でひっきりなしに語られる愛については素直に喜ぶ反面、それについてくだくだと語るのは潔しとせず、恋人のいない人々の気を引くための誇張にすぎないと考えていた。フュスンにとっての愛とは、その幸運のためであれば一人の人間の人生すべてを賭すに価するものだったのだ。そして、それは人生でただ一度きりのこと。ベッドで彼女の横に身体を横たえながら尋ねた。

「その愛の予感を感じたことはこれまでにないのかい？」

「多くはないわ」

そう言ったフュスンはしばし考え込み、やがて清廉潔白であろうとする人間特有の慎重さで、偏執的とさえ取られかねない情熱的な愛を捧げてくれた一人の男について話してくれた。フュスン自身も彼ならば愛せると思ったのだそうだ。ハンサムで、生活に余裕のある、したがって当然妻子のある実業家だった。男はいつもアクカヴァク通りの角に停めたムスタングの中で待っていて、夕方にブティックを出たフュスンと合流するのが常だった。二人は、ドルマバフチェ宮殿の時計塔の傍らでチャイを飲んでから、ボスフォラス海峡に臨むひと気のない公園や、競技場の前に停めた車の中でキスを交わした。三十五歳になる情熱的な男は、自分に妻があるのも忘れて、フュスンに結婚を申し込んだ。

フュスンが望むような穏やかな微笑みを浮かべて、内心の悋気《りんき》を押し隠すこともできたろうが、男の乗る車のメーカー、その職業、つぶらな緑色の瞳、そしてフュスンが口にしたその名前を聞くにおよび、わたしは一瞬めまいを覚えるほどの嫉妬で身を強張《こわば》らせた。フュスンがトゥルガイと呼んだ相手は裕福な繊維業者であり、父や兄、それにわたし自身が何度も会ったことのある「仕事仲間にして、家族ぐるみの付き合い」の相手だったのだ。背が高くて、二枚目、こちらが気恥ずかしくなるほどのこの好人物がニシャンタシュの通りを妻子と連れだって歩く、幸せそうな様子を幾度も見かけた。正直なところ、トゥルガイ氏とその家族の強い絆や、その真面目さ、品行方正な人柄には敬慕の念を抱いていた。あそこまで強い嫉妬を感じたのはそのためだろうか？　フュスンによれば、はじめのうちは彼も若い娘を〝ものにする〟ために何カ月もシャンゼリゼ・ブティックに日参する男たちの一人に過ぎなかった。しかしトゥルガイ氏も心得たもので、ことの次第に気が付いたシェナイ婦人へのご機嫌取りに頻繁に商品を買っていった。

シェナイ婦人が、「礼儀正しいお客様なんだから、心証を害さぬよう」と譲らなかったので、フュスンもはじめのうちはトゥルガイ氏の贈り物を受け取っていた。やがて彼の情熱が本物だと知るにつけ、〝好奇心から〟会うようになった。そのうちに、〝不思議な親近感〟さえ感じるようになったのだ。雪の降るある晩、シェナイ婦人の友人がベベキに開店したブティックに使いに出されたときも、やはり婦人にせがまれてトゥルガイ氏の車に乗った。戻り際にオルタキョイで夕食をとったのち、少々ラク酒を飲みすぎた〝女たらしの工場経営者トゥルガイ氏〟は執拗に彼女に迫り、珈琲を飲もうといってシシリの裏通りにある彼の別宅に連れ込もうとした。フュスンがそれを拒むと、〝感情の起伏が激しく、狡知に長《た》けたあの人〟は我を忘れ、今度は「何でも買ってあげるから」と言いはじめた。ムスタングは無人の空き地や場末の街を通り過ぎていく。彼はいつものようにフュスンにキスをしようとしてはねつけられ、今度は力ずくで彼女を〝ものにしよう〟とした。「お金を払うから、とまで言われたわ。それで、次の日はお店が終わっても、彼とは会わなかった。そうしたら今度はお店までやって来たの。自分が何をしたのか覚えてないって。いえ、思い出したくなかっただけなのかもね。どうしても許してほしいみたいで、ムスタングのミニチュアカーをシェナイさんに渡していったの。二人の楽しかった日々を思い出してってことみたい。でも、二度と彼の車には乗らなかった。本当は『二度と来ないで』って言うべきだったんでしょうけど、子供みたいにわたしに夢中なんですもの。そんなこと言えないわ。もしかしたら、あの人を憐れんでいたのかもね。それからも毎日お店に来て、沢山買い物をしたり、奥さんのためにあれこれ注文したりしていくから、シェナイさんは大喜びしていたわ。街角で出くわそうものなら、まっすぐな緑色の瞳でわたしを見据えながら必死に謝るの。『以前の関係に戻ろう。また毎晩、君を迎えに行くから。ドライブに行こう』。他のことなんて望まないよ』あなたと会ってからは、彼が来ても店の奥に隠れるようにしてるの。最近はあんまり来ないけど」

「冬に車の中でキスをしたとき、なんで彼と最後までいかなかったんだい？」

「わたしはまだ十七だったのよ」フュスンは真剣そのものといった面持ちで眉間《みけん》にしわを寄せた。「お店であなたに会う二週間前——四月十二日よ——にやっと十八歳になったんだもの」

恋人、あるいは恋人候補のことしか考えられなくなるのが、恋をしているその人が紛れもない証左であるとしたら、わたしは正にそのとき恋に落ちかけていたのだと思う。しかし、心の中の理性的で冷徹な声はこう告げていた——おまえが日がな一日フュスンのことばかり考えているのは、彼女にい い寄る他の男たちのせいさ。嫉妬もまた恋の重要な兆《きざ》しであるという見方は否定しがたいが、わたしの頭がはじき出した解答は、この妬ましさは一時的なものにすぎない、という消極的なものだった。

実際、二、三日もすると、フュスンがキスを交わした〝他の男たち〟の長いリストに馴れてしまった。キスから先へ踏み込めなかった同類の男たちを見下していただけかもしれないが。しかし、この話を聞いた日の情事は、普段のような遊び心や好奇心、それに荒々しさの入り混じった無邪気な行為にはならなかった。性の喜びはなりをひそめ、新聞記者風に言えば〝彼女の所有者〟になろうと躍起になったわたしが、自身の欲望を無慈悲な動きに託し、まるで暴君のように彼女にそれをぶつけようとしたからだ。

15　幾つかの望まざる人類学的な真実

さて、〝所有者になる〟という表現について触れたので、ここでまた、この物語の背景をなす論題――幾人かの読者や来館者にとっては馴染み深いことだろう――に立ち返ることにしよう。特に、もっとあとの世代、たとえば二〇〇〇年以降に当博物館に足を運ぶ方々がこの論題を理解するのは相当に骨が折れるだろうと拝察する。だからこそ、〝人類学的〟と称せられる幾つかの味気ない――昔の人は〝望まざる〟と言ったものだ――知識をいまのうちに説明しておく必要があるのだ。

イエスの誕生から太陽暦で数えて千九百七十五年後、イスタンブルをその中心とするバルカン、中東、地中海の南部および西部の地域では、若い娘の〝純潔〟は婚姻に至るまで遵守されるべき千金にも価する宝物庫として永らえていた。しかし西欧化とか、近代化とかいわれるプロセスや、何よりも都市化の帰結として娘たちの晩婚化が徐々に進むと、この宝物庫の実価値は目減りし、イスタンブルの幾つかの地域ではそれを軽んじるようにさえなった。そして、西欧化を固く支持し、文明化をその伴侶とした人々は、古臭い倫理観や〝純潔〟という考え方そのものが、近代化の果てに忘れ去られる運命にあるのだろうと、安閑と構えていた。しかしながら、当時のイスタンブルの、それももっとも西欧化し富を蓄えた地域においてさえ、年若い娘が婚前にどこかの男と〝最後まで〟、つまりはセックスに及ぶということは、深刻な意味と結果をもたらした。

a. それが招来するもっとも安易な結末は、この物語の中でも語られたようにその若者たちが結婚を決意するというものだ。西欧文明に慣れ親しみ、金銭的余裕のある環境にあっては、婚約――あるいは〝結婚に至るであろう間柄〟――を社会的にも認知させうるような〝真面目な〟若者たちが婚前性交渉を持つのも、稀ではあるもののおおむね周囲に歓迎された。わたしとスィベルの状況がそうであったように。一方、上流階級に属し、高い教育を受けた上で、未来の夫と臥床を共にするこうした女性は、その行為が周囲の了解を得たものであるという安心感よりも、むしろ因習を気にかけない近代性であるとか自由の表明である点に喜びを見出していた。

b. この種の信頼感を周囲と築けない、あるいは〝結婚に至るであろう間柄〟がいまだに社会的に認知されていない状況下で、男性の側からの無理強いや愛情の暴走、その他、アルコールや愚かしさ、むこう見ずな勇気のごときよくある原因から、女性の側も〝自制〟できずに純潔を失った場合はどうだろう。この場合、自尊心という概念に対する伝統的な価値観を常に照応する必要のある男性の方に、女性の体面を守るという名目で結婚する必要が生ずる。わたしの幼馴染《おさななじ》みであるメフメトの兄弟アフメトと妻セヴダは――いまでこそ幸せに暮らしているが――このような事故の結果、生涯、呵責《かしやく》の念に苛《さいな》まれることを恐れるあまり結婚した一例である。

c. 男性が娘の純潔を散らせたというのに結婚しない場合、あるいはその娘が十八歳未満であった場合などは、怒りに駆られた父親が女たらしの相手の男に結婚を迫り、法廷に訴え出ることもある。こうした係争はときに新聞に報じられる。〝誘惑された娘〟と書かれた当の娘は、写真の目線のところに太い黒線が引かれるのが普通だ。不名誉な状況にある娘のプライバシーのために、という訳である。同様の黒線は、警察の手入れによって検挙された娼婦や、姦通を犯したり、強姦されたりした女性の写真にも使用される。そのため、当時のわが国の新聞を読むというのは、黒い眼隠しをした女性のコラージュで作られた仮面舞踏会か何かを見物するのとよく似ていた。しかるに、〝軽薄〟とみなされた職業、つまりは歌手や俳優、それに美人コンテストの参加者以外の女性の写真が、眼隠しなしに紙上に掲載されることは非常に稀だった。宣伝広告でも、もっぱらイスラム教徒ではない外国の女性たちが贔屓《ひいき》にされていた。

d．分別のあるうら若い乙女がこのような状況に陥ること、つまり、自分と結婚する気のない男に自らを〝明け渡す〟ことなど当時の人々はほとんど想定していなかった。結婚の言質《げんち》も取らず、その見込みもないまま男と寝るような振る舞いに及ぶ娘がいたとしたら、それは思慮をはなはだ欠いた人間に他ならないと、根強く信じられていたのである。当時もてはやされたトルコ映画のヒロインたちは、清廉潔白この上ないダンスパーティのさなかに、飲んでいたレモネードか何かに睡眠薬を仕込まれるのが常で、かくして〝理性が麻痺した〟ヒロインは〝汚され〟、その〝宝物庫〟を奪われてしまうのだった。こうした娘たちの苦悩を描くメロドラマは、教訓として繰り返し語られた。その中では善人が死に、悪人はみな娼婦になるものと相場が決まっていた。

e．一方、性的欲求はうら若い娘の分別を取り去ってしまうものである、という認識もあった。しかし、殺し合いに発展することもままある慣習に目もくれず、性的快楽に素直に、無邪気に、そして情熱的に参画するような女は妄想の世界の産物か、さもなければ、その色欲のためにいずれは自分のことを欺《あざむ》くのではないか、と夫を怯えさせる存在だった。極度に保守的な兵役時代の友人が、〝結婚前にセックスをしすぎたので〟恋人と別れてしまったと恥ずかしそうに、そして少なからぬ後悔も交えて語ってくれたことがある。

f．こうした厳格な慣習が確固として存在し、それをないがしろにした娘たちには厳罰——社会的追放から、ときに殺人にさえ至ることもある——が待っているにもかかわらず、都市部の若い男たちの間では、ただ性的快楽のためだけに男とセックスをする未婚の娘たちが無数にいると、驚くほど広く信じられていた。社会学者であれば〝都市伝説〟と呼ぶだろうこの迷信は、田舎から移り住んできた貧しい階層やプチ-ブルの間では特に強固だった。西欧の子供がサンタクロースを信じるようなもので、それは議論の余地なく広範に受け入れられていたのだ。タクスィムやベイオール、シシリ、ニシャンタシュのような、いずれも富裕層の多い地域に暮らす〝西欧化〟した現代的な若い男性でさえ、性的な欲求不満を募らせているときなどには、この都市伝説で頭がいっぱいになってしまう。そして、〝まるでヨーロッパ女のように〟ただ逸楽のためだけに性行為に耽《ふけ》る、頭をスカーフで隠そうともせずにミニスカートをはいた女たちが暮らすのは、どうやらこの物語の舞台となっているニシャンタシュ辺りらしい、というのもまた、よく知られていた迷信の一つだ。〝ろくでなし〟ヒルミのごとき工場主の息子たち、つまりはわたしの友人たちはといえば、この伝説の娘たちは自分たちのような金回りのよい青年に近づき、そのメルセデスに乗るためならば何でもする欲深い生き物なのだろうと妄想を逞しくしていた。金曜の夜にビールをひっかけてほろ酔い気分になり、調子が出てくると、こうした娘の一人に出会おうと車に乗り込み、裏路地から大通り、歩道に至るまで、イスタンブルじゅうを揚々と捜して回るのだった。十年前の冬の晩、わたしと〝ろくでなし〟ヒルミは、彼の父親のメルセデスで何時間も通りという通りを巡って彼女たちを捜したのだが、短いどころか、スカートをはいた娘にさえ出くわさなかった。結局、わたしとヒルミはベベキの高級ホテルへ行き、そこで観光客や中年の金持ち男たちのためにベリーダンスを踊っている陽気な二人のダンサーと知り合った。ポン引きに大枚をはたいて上階の部屋にしけこみ、一晩をともにすることで溜飲を下げた次第である。来《きた》るべき幸多き世紀の読者たちに非難されても仕方のないことだ。しかし、友人のヒルミのことは弁護しておかねば。彼はミニスカートの娘が、都市伝説にいう快楽のためにセックスをする女たちであるなどとは考えていなかった。それどころか、短いスカートをはいている、髪を金色に染めている、口紅を引いている、そう言って路地で追いかけられる彼女たちを守ろうとしていたのである。彼は、金もなくぼろを身にまとい、仕事もなければ力もない、口髭を生やして粋がるだけの若者たちに、〝女性に対していかに振る舞うべきか、文明とは何なのかを教育する〟ために蹴ったり殴ったりの大喧嘩に明け暮れていた。

さてさて、勘の鋭い読者であれば、この人類学的知識がこんな場所に挿入されているのは、フュスンの恋物語のことを思い出して、わたしの心中で膨れ上がってしまった嫉妬心を冷まそうとしてのことだと察しが付くだろう。当時のわたしは、特にトゥルガイ氏に嫉妬を覚えたのは、つまるところ彼が自分と同じニシャンタシュに暮らす工場主だからで、それは自然なことだし、また一時的なものに過ぎないだろうと信じていたのだが。

16 嫉妬

フュスンがトゥルガイ氏の情熱を褒めそやしたその日の晩、スィベルとその両親が夏を過ごすアナドルヒサルの古い別荘へ夕食に行った。

「今夜はずいぶん飲んだわね、あなた。夕食に何か至らないところでもあったのかしら?」

食後に席を並べて話していると、スィベルがふいにそう尋ねた。

「婚約式をヒルトンでやるのに異論はないよ。知ってのとおり、招待客でごった返すような式をしたがっているのはうちの母さんの方なんだから。まあ母さんも楽しみにしてるんだね」

「では何だっていうのかしら?」

「何でもないって……。招待客のリストを見せてくれるかい」

「お母様がうちの母に渡したわ」

別荘は、床板のきしむ音が一枚一枚異なるような老朽化した建物で、席を立って二、三歩も歩くと、家自体が振動しているかのようだった。

「すみません。招待客リストを見せていただいてもよろしいですか?」未来の義母のそばに腰を下ろしてからそう切り出した。

「まあ、もちろんよ」

ラク酒のせいでぼやけた視界でも、トゥルガイ氏の名前はすぐに見つかった。そこらに転がってい た母のボールペンでその名前を消して、ふいに湧き上がった抑えがたい誘惑に負けて、フュスンとその両親の名前、それにクユルボスタン通りの住所を書き添えた。わたしはリストを義母に返し、声をひそめた。

「すみません。名前を消した男性は、うちと家族ぐるみの付き合いのある友人なんです。母は知らないことですが、この人はここのところ急に商売っ気にとりつかれてしまって。うちにとって不利益になることとも平気でするんですよ」

「もう友情は過去のもの、昔の良いところは残っていないとおっしゃるのね、ケマルさんは」

　未来の義母は訳知り顔で瞬きした。

「代わりに書き加えた人たちが、その人みたいにならないといいわね。何人増えるのかしら？」

「母方の遠い親戚にあたる歴史の先生と、長いことお針子をしている奥方、それに十八歳の綺麗な娘さんですよ」

「ああ、ちょうどいいわ。招待客に若い男の子が多いのに、一緒に踊れる可愛い娘たちがいないから、困っていたところなの」

　帰り道、チェティン氏の運転する父の56年式シボレーの中でまどろみながら、いつもと変わらない暗い街路の喧騒や、あちこちひび割れ、政治スローガンが書きなぐられた、苔《こけ》むす城壁の美しさをぼんやりと眺めた。市営フェリーのサーチライトが埠頭や裏道の狭間、樹齢幾百年にも及ぶスズカケノキや車のバックミラーを照らし出していた。後部座席からは、石畳を越えていく車の揺れにつられて眠りこんでしまった父のいびきが聞こえていた。

母の方は長年の夢が叶ってご満悦な様子で、すぐさま今回の訪問の意義やら招待客についての感想やらを総括しだした。家族揃って出かけた招待などの帰りに、母はいつも車中でそうするのだ。

「ええ、とっても性格が良くて、きちんとした人たちね。品行方正そのものだわ。謙虚さも礼儀正しさも、文句のつけようなし。でも何なの、あの別荘の惨憺《さんたん》たる有りさまは！　外見は綺麗なのに残念ねえ。まったく、あり得ない、信じられないわ。ああ、でも悪口と勘違いしてはだめよ、ケマル。イスタンブルにあのスィベルよりも可愛らしくて、洗練されていて、頭の良い娘なんて絶対にいないんですからね」

両親とは家の前で別れた。少し歩きたくなったので、アラアッディンの店を冷やかしに行った。兄や母に連れられた幼いわたしは、あの店で安っぽいトルコ製のおもちゃやチョコレート、ボール、水鉄砲、ビー玉、カード、おまけのシールが入ったチューインガム、マンガ、様々なものを買ってもらったものだ。閉店こそしていなかったが、店のすぐ前のクリの木の幹に掛けられているはずの新聞は外されていて、ちょうど明かりが落とされるところだった。それでも店主のアラアッディンは、思ってもみなかった鷹揚《おうよう》さでわたしを店内へ招き入れた。そして、わたしが古紙の間——朝五時に新しい新聞が届き次第返品されるのだ——をひっかきまわし、安っぽい赤ん坊の人形を見つけ、それを買うかどうか決めるまで、辛抱強く待っていてくれた。頭の中で計算してみると、このプレゼントをフュスンに渡すまで、つまり彼女を抱きしめて、もろもろの嫉妬心を忘れられるまでにはあと十五時間もあった。彼女に電話をかけられないことを苦痛に思ったのは、そのときがはじめてだった。

ふいに湧き上がったのは、まるで後悔の念のような、心が苦痛に焼かれるような感情だった。——いま、あの娘はどうしているのだろう？　気が付くと足は、家とはまったく反対へ向かっていた。クユルボスタン通りへ入り、若いころにいっとき、友人たちとカードをしたりラジオを聞いたりして屯《たむろ》した珈琲店の前を過ぎていく。昔はサッカーをして遊んだ校庭のすぐ脇も通った。かなり酔っ払っていたけれど、心の中の理性的な声がかき消えることはなく、こう囁いた――家の戸をフュスンの父親が開けてみろ、大騒ぎになるぞ。遠くにフュスンの家や、窓から洩れる明かりが見えるまで、わたしは歩き続けた。クリの木のすぐ近く、二階の窓が目に入ると鼓動が速まった。

――その瞬間のことがわかるようにと、当館には一枚の絵が架けてある。画家に事細かに指示を出して描かせた品だ。フュスンたちの家の中に灯る電球や、その光で薄いオレンジ色に染まった窓、月光でかすかに煌《きら》めくクリの木の枝々、煙突や屋根に縁取られたニシャンタシュの濃紺の空が表す夜の深さなどが、見事に写し取られているのだが、はたして、わたしがあの景色を目にしたときに感じた嫉妬のことまで、まだ見ぬ来館者に感得させうるものだろうか？

あの情景を見たとき、酩酊した頭でもはっきりと理解したことがある。自分は、月光の下で彼女に一目会おうとか、キスや言葉を交わそうなどと夢想してここへ来たのではない。彼女が他の誰かと一緒でないかどうかを確認するために足を運んだのだ。すでに〝最後まで〟を経験した彼女が、一人一人数え上げて見せたあの崇拝者たちの誰かとのセックスはどのようなものなのか、ということに興味を示さないとも限らないではないか。新しくて物珍しいおもちゃを作ってもらった子供のように、セックスの快楽に夢中になっているという事実。多くの女性には備わっていないだろうとたかを括《くく》っていた才能、つまり自分の行為にそのすべてを捧げることのできる集中力。それらがときとともにわたしの内部で膨張する嫉妬の理由だったようだ。だいぶ経ってから自宅へ取って返し、贈り物の赤ん坊を抱いたままベッドにもぐりこんだ。

朝になって会社へ向かう途中、昨夜の自分の行動や、心の中から一向に追い出せないでいる嫉妬の大きさについて考えてみた。そして、恋に落ちる、ということに怯えを感じた。メルテム・サイダーを飲むインゲも、アパルトマンの側壁で妖艶な笑みを浮かべながら忠告してくれた――気をつけなさい。手遅れにならないうちに、この秘密をザイムやメフメト、ヒルミといった男友達に打ち明けてみようかとも考えた。しかし、彼らはもともとスィベルを憎からず思っていたので、わたしを幸運なやつだと羨《うらや》んでいるのは何となく感じていたし、その上、やはり彼らが魅力的だと知っているフュスンとも関係を持ったとなれば、一番近しい友人といえども、嫉妬せずに耳を傾けてくれるとは到底思えなかった。いや、違う。その話を一度はじめてしまえば、自分の中の激しい情熱を隠しておけなくなるのが怖かったのだ。すぐにも馬鹿にしたような調子をかなぐり捨てて、フュスンの真面目さやら、まっすぐな心根のことを、熱っぽく語り出してしまうだろう。そして友人たちも気が付くのだ、ケマルはフュスンにのぼせあがっているな、と。そうこうするうちにマチカやレヴェントへ向かうおんぼろバスが――小さいころに母や兄とともにテュネルから帰宅するときに乗っていた路線である――わたしのオフィスの窓の前を通った。わたしは一つの結論を下した。フュスンへの情熱のせいで、スィベルとの結婚話を破綻《はたん》させないために、自分ができることはそう多くはない。できるのはただ、己を見失わず、人生の偶然がわたしに気前よく与えてくれた快楽と幸福の味に圧倒されずに、それを最大限に味わい尽くすことだ、と。

17　もうわたしとあなたは一蓮托生《いちれんたくしよう》なのよ

　しかし、フュスンがいつもの密会に十分遅れたというだけで、わたしは先述の結論をいともたやすく見失ってしまった。スィベルに贈られた腕時計と、フュスンが鳴らしては狂喜していた目覚まし時計を睨《にら》みつけ、カーテンの隙間から覗《のぞ》くテシュヴィキイェ大通りを眺めているうち、ふいにその石畳をきしませて歩きたいという思いが首をもたげた。トゥルガイ氏のことが頭から離れず、しばらく待ってから屋外へ出た。

　わたしの許へやってくるフュスンを見逃すまいと、道の両脇の歩道に目を配りながら、テシュヴィキイェ大通りからシャンゼリゼ・ブティックまで歩いた。フュスンは店にいなかった。

「ケマルさん、いらっしゃいませ」

「やっぱりあのジェニー・コロンのバッグを買おうと、スィベルと話し合ったんですよ」わたしはシェナイ婦人に答えた。

「あら、気が変わったという訳ね」

　婦人は一瞬、茶化すように口許を歪めたが、すぐに表情を引きしめた。わたしにフュスンについての負い目があるように、彼女にもそうと知りながら贋物の商品を売りつけた羞恥心があるのだろう。

それきり、二人とも口を噤《つぐ》み、婦人はわたしにとっては拷問にも等しい緩慢な動作で、ショーウィンドウのマネキンから贋物のバッグを取り外した。手馴れた店主というのは、ウィンドウの商品に息を吹きかけて綺麗にしないと収まりがつかないもので、彼女も満足そうにバッグの埃を払った。わたしはといえば、物憂げな日々を過ごしていると聞いたカナリヤのレモンに注意を向けていた。

代金を払い、包みを受け取っていそいそと店を出ようとすると、婦人に呼びとめられた。

「これでわたくしどものお店のことを信頼していただけましたわね。これからは、もっとうちのお店がお気に召すはずですわ」含みのある言葉を口にした彼女は、ひどく愉快そうだった。

「もちろんですとも」

もし充分な買い物をしなかったなら、ときおり店に立ち寄るスィベルに疑いの種でも植え付けるつもりだったのだろうか？　少しずつ彼女の思惑にはまっていくことよりも、くだらない駆け引きのほうに嫌気がさした。ブティックにいる間にフュスンがアパルトマンを訪ね、わたしがいないので帰ってしまうところを想像してみた。きらきらと輝く春の陽光が降り注ぐ歩道は、買い物をする主婦や、馴れないミニスカートに身を包み、流行しはじめたヒールの高い〝プラットフォーム・シューズ〟を履いた若い娘、それに休暇前の最後の登校日とあって街に繰り出した学生たちで溢れかえっていた。

フュスンの姿を捜し求めるわたしの視線は、花売りのロマの女たちや禁制品のアメリカ煙草の売人（煙草は専売公社によって扱われ、輸入は禁じられていた）、私服警官を名乗る詐欺師たちに捕まる観光客に、つまりは良く知るニシャンタシュの雑踏に注がれた。

〝人生 - 清潔な水〟と書かれたトラックが慌ただしく通り過ぎると、その背後からフュスンが現れた。

「どこにいたの？」

「どこにいたんだい？」

二人とも同じことを口にしたので、可笑しくなって笑い合った。

「シェナイのばあさんが昼休みになったのに、お店に居座っていたの。友達の店にお使いにやられちゃった。遅れて行ったら、あなたはいないし」

「心配になって店まで行ってしまったんだよ。あのバッグを買ったよ。二人の記念になるかと思ってね」

その日のフュスンはイヤリング——その片方は当博物館の入口に飾ってある——をしていた。わたしたちは並んで歩きだし、ヴァーリコナウ大通りから閑散としたエムラーク通りへ入った。子供のころ、母に連れていかれた歯医者——歯を乱暴にえぐる冷たいドリルの固さは決して忘れない——の入ったビルの前を過ぎると、坂の下に人だかりが出来ていた。そこへ駆けていく者もいれば、目にしたものに動揺し、顔を青くしてこちらへ戻ってくる者もいた。

事故があったらしく、通行止めになっていた。さきほど通ったトラックのブレーキが壊れ、坂を下りるときに対向車線に入って乗合バスと衝突したのだ。トラックの運転手が隅の方にうずくまっていて、震える手で煙草を吸っていた。一九四〇年代から走っているプリムス製のテシュヴィキイェとタクスィムを結ぶ乗合バスで、そのフロント部分はトラックの重量に耐えきれず見る影もなかったが、料金メーターだけは無傷だった。徐々に増えていく野次馬の間から、ガラスの破片や車の部品に混じって、前部座席に挟まれた血まみれの女性の身体が見えた。少し前にブティックを出たときに見かけた褐色の肌の女性だった。地面にも粉々になったガラスが散乱していた。わたしはフュスンの腕を摑んだ。

「行こう」

それでも彼女は微動だにせず、車の中で押しつぶされ、ひしゃげた女性をじっと見つめていた。いよいよ野次馬が集まってきたので、圧死した――そう、もう死んでいるのは明らかだった――女性のことよりも、人ごみの中で知り合いに出くわすのが心配だった。ようやくその場から離れたのは警察が到着してからだった。一言も口を利かずに交番のある通りを上り、急ぎ足でメルハメト・アパルトマンへ向かった。冒頭で述べた〝人生における最高の思い出〟へと向かって。

冷え冷えとしたアパルトマンの階段で、フュスンの唇を奪った。部屋に入ってからまた同じことをした。しかし、その唇が返してきたのは気後れと躊躇《ちゅうちょ》だった。

「言うことがあるの」

「言ってごらん」

「わたしの言うことに取り合ってくれないんじゃないか、もしかしたらひどい勘違いをして、あなたがおかしな態度をとるんじゃないかって、それが怖いの」

「僕を信じてくれよ」

「ええ。まだ確信は持てないけど、やっぱり言った方がいいわよね」

これ以上、心の内にしまっておくのはやめよう、そんな覚悟が滲《にじ》み出た表情だった。

「おかしな態度をとられたら、わたし死んじゃうから」

「事故のことは忘れよう。さあ、言ってごらんよ」

そう促《うなが》すと、ブティックでバッグの代金を返せないと泣いたあの日の昼のように、フュスンの目から涙がこぼれた。そして、理不尽に怒る子供のような、不機嫌そうな声が返ってきた。

「あなたを好きになってしまったの。いけないことなのに、あなたを好きになってしまったの！」

彼女の声音は非難めいたものだったというのに、そこには確かな優しさがあった。

「一日中、あなたのことを考えているの。朝から晩まであなたのことを想っているのよ」

フュスンは両手で顔をおおって、泣いた。

最初に込み上げてきた反応が、馬鹿のようなにやけ顔であったと告白しなければなるまい。しかし、それを面《おもて》に出すようなへまはしなかった。内心の喜びを押し隠して、さも思慮深そうな表情を浮かべると、驚いたように眉を吊り上げてみせたのだ。つまり、人生で一等真摯かつ充実した瞬間であったにもかかわらず、わたしはなおも衒《てら》った態度を取り繕《つくろ》っていた訳である。

わたしは精いっぱいの誠意を込めて言った。

「僕も君が好きだよ」

真率《しんそつ》な愛の告白のつもりであっても、最初にそれを口にしたフュスンに追随しただけのわたしの言葉に、彼女ほどの力強さや純粋さがあっただろうか。それはどこか慰めるような口調で、慇懃《いんぎん》さと作り物めいた調子が滲み出ていた。いや、問題はフュスンがわたしを想う以上の愛情を彼女に抱いていたかどうか——のちにそのとおりになるが、この段階では一つの可能性に過ぎなかった——ではないだろう。尻込みするほどにひたむきな愛を最初に吐露したのがフュスンであり、それによってこれまで二人が交わしていたはずの恋愛遊戯が吹き飛んでしまったということが肝心だ。しかし、〝恋の手練手管〟に長けた心の中の声は——わたしが、恋の経験豊富さを吹聴する唾棄すべき輩の誰から、いつそれを学んだかなどはどうでも良いことだ——わたしにこう告げていた。——恋の駆け引きなど知る由もないこの娘は、心の声に従うあまり恋のお遊戯を見失ったのさ、おまえにとっては好都合じゃないか、これでもう嫉妬に悩むのも、悶々とするのもお終いなのだから。

フュスンはふたたび泣きはじめ、ポケットから子供っぽいしわくちゃになったハンカチを取り出して鼻をかんだ。彼女を抱擁して、その筆舌に尽くしがたい蠱惑的なうなじや肩口を、そのビロードのような肌を撫でながら言った。

「君のように美しい娘に誰もが恋をするんだよ。その君が恋をしたと言って嘆くなんて、そんな馬鹿げた話はないよ」

フュスンは涙にむせびながら問い返した。

「じゃあ、綺麗な子は人を好きにならないっていうの？　そんなに何でもわかっているのなら、答えて」

「何を？」

「これから、わたしたちはどうなるの？」

ひたとわたしに据えられたその眼差しが、それこそが問題の核心であり、単なる耳良い言葉では彼女の注意をそらせないことや、これからわたしが口にするだろう答えが、二人の関係にとって重大な意味を持つことを予感させた。

結論から言えば、わたしは答えられなかった。いまでも、あのときのことを省みながらその答えを探し続けている。当時のわたしは、この種の深刻な問題が二人の間に割って入るのを快く思わず、その不安に苛まれるあまり、心中で密かに毒づきながら、キスをした。

欲望と無力感の板挟みになったわたしたちは、激しく唇を貪りあった。これが答えなの、とフュスンが尋ねた。

「そうだよ、これさ」

「まずは数学の勉強をしないといけないんじゃなかったの？」

答える代りにまた彼女の唇を吸った。彼女もそれに応えてくれた。二人が陥った窮境などよりも、抱きしめ合ってキスをする方がずっと現実感があり、抗いがたい〝現在〟の力に満ち溢れていたのだ。ブラウスや他の細々としたものを脱ぎ去っていくにつれ、その下から現れたのは、恋に懊悩し、世に倦《う》む娘のものにあらず、性愛の歓びに身も心も捧げる覚悟を決めた、健康的で生命力の充溢した女の肢体だった。かくして、人生でもっとも幸福な瞬間、とわたしが呼んだ時間がはじまったのである。

はたして、ある体験をしているときに、それが人生でもっとも幸いに満ちたひと時であると判別できる者はいるのだろうか。なるほど、興奮のあまり、その黄金の時間を〝正にいま〟経験していると心の底から信じ、度々そう口にする者もいるかもしれない。しかし、彼らにしても心の片隅では、この瞬間よりもさらに素晴らしく、すべての物事がいまよりも悪くなるだろうと信じている。なんとなれば、若いころというのは、これから先これから先すべての物事がいまよりも悪くなるだろう、などとは考えないもので、人生最上の幸福についてあれこれ想像を巡らせる程度に恵まれた人間ならば誰しも、自分の未来もより素晴らしいものになるに違いないと信じる楽天性を持ち合わせているものなのだ。

そしてその人生があたかも小説のように掉尾に差しかかっていると予感したときにはじめて、人は至福の記憶を選別することができるようになるのだ。――わたしがいまそうしているように。彼が経験したあらゆる出来事の中で、その記憶を選び取った理由を詳《つまび》らかにするには、彼自信の物語を――一つの小説のように――一から説き起こす必要があるのはもちろんだ。とはいえ、もっとも幸せな記憶をこれと指し示したときの彼は、それが遙か過去の出来事であり、二度と訪れることがないのを知っていて、それゆえに選定に苦痛が伴うということも弁《わきま》えている。その苦痛を耐え忍ぶためにできることは何だろう。それは、その輝かしい思い出の残滓《ざんし》である品々の所有者となることをおいて他にない。幸福な瞬間が後に残していった品々というのは、そのときの記憶を、色彩を、触覚と視覚で感じた様々な喜悦を、そしてその幸いを、実際に経験した人々よりももっと忠実に保持しているのだから。

長い情交の途中のいずこかで、あのイヤリングはフュスンの形の良い耳から外れ、青いシーツの上に落ちた。二人とも息を弾ませ、汗にまみれた彼女の肩に口づけして背中から軽く抱きすくめ、その内部へ侵入したわたしが首筋や左耳を甘嚙みしていたとき、つまり人生でもっとも満ち足りた瞬間にはその形など気にも留めなかったあのイヤリング――。

文明や博物館についての知識を幾らかなりとも持ち合わせる人であれば、この世界を示しおろす西欧文明の持つあらゆる知の背後に、無数の博物館が建っていることを見て取るだろう。その博物館を創った真の蒐集家たちが最初のピースを拾い上げたとき、多くの場合それがどこにあてはまるのかという点には無頓着《むとんちやく》であったことも知っているだろう。この最初期の偉大な蒐集家たちの多くは、のちに展示され、分類されてカタログ――最初のカタログ、すなわち最初の百科事典――に収められる一大コレクションの、その最初のひとかけらを手にしたとき、それがコレクションの劈頭《へきとう》を飾ろうとは思いもよらなかったに違いない。

人生でもっとも幸せな記憶、わたしがそう述べたものが終わりを告げると、別れのときがやってきた。イヤリングの片方は二人の間、シーツのひだの中へと姿を消し、フュスンはわたしの目を見据えて、低い声音で言った。

「もうわたしはあなたと一蓮托生よ」

その言葉に喜ぶと同時に、怖れを抱いた。

翌日もひどく暑かった。メルハメト・アパルトマンで会ったときフュスンの瞳には希望と怖れが同居しているように思えた。

「昨日つけていたイヤリングが片方ないの」

キスを済ませてからそう切り出された。

「ここだよ、君」

わたしはそう言って、椅子の背もたれにかかっていた上着の右ポケットに手を入れた。

「あれ、ないな」一瞬、なにかの災難か不運の予兆かという錯覚に捕らわれたが、朝方、暑いので別の上着を羽織ってきたのを思い出した。

「別の上着のポケットに残っているはずだよ」

「お願い、明日持ってきて頂戴。忘れないで」

フュスンは目を大きく見開いてそう言った。

「とても大切なものだから」

18　ベルクスの物語

どの新聞もあの交通事故のことを大々的に取り上げていた。フュスンは目を通さなかったそうだが、シェナイ婦人の方はその日の朝から延々とあれやこれや言っていて、ニシャンタシュのご婦人がたは、死んだ女性のことを話したいがためにブティックに立ち寄っているかのようだったのだとか。

「シェナイさんは、わたしもお葬式に行けるようにって、明日はお昼にお店を閉めるつもりなの。まるで、皆が皆あの女の人が大好きだったとでもいうみたい。そうじゃないのにね……」

「実際はどうだったの？」

「確かにあの女の人はよくお店に来たわ。それで、イタリアやパリから新しく入ってきた値の張るブラウスを『ちょっと着てみようかしら』とか何とか言って買っていくの。でも大きなパーティへ着ていったあとで、『合わなかった』って返品しにくるの。彼女が着ているのをみんなが見てるから、もう売り物にならないでしょ。シェナイさんはかんかんになってたわ。ぞんざいだとか、とんでもない値引きをさせるとかって、いつも陰口を叩いてたのよ。でも、あの人は顔が広いらしくて、強くは言えなかったみたい。彼女のこと知ってる？」

「いや。でも一時期、僕の友達と付き合っていたよ」

　ふと、死んだ女性に付いてまわる下世話な噂話については、スィベルに聞かせた方が喜ぶのではないか、と思った。だからここでフュスンに話すべきではないかもしれない、と。しかし、そんなことを考える自分がひどい嘘つきのように感じられた。一週間前であれば、フュスンに隠しごとをしようが、嘘をつこうが、さしたる痛痒《つうよう》は感じなかったろう。なんとなれば、嘘とはこの種の浮気な関係につきものの楽しみであり、避けがたいものなのだからだ。話のそこかしこを端折《はしょ》って、都合よく作り変えて話そうかとも考えたが、フュスンはわたしが何か隠し事をしていることに感づいている様子で、それもできそうになかった。

「ひどく気の滅入る話だよ。色々な男と寝ていたっていう、あの可哀相な女性を貶《おとし》めるようなね」

　本当にそんなお利口なことを考えていた訳ではない。たんに口をついて出たのだ。

「心配しないで」

　ややもしてフュスンが囁くように答えた。

「わたしは死ぬまであなた以外の男と寝たりしないから」

　会社に戻ったわたしは、何かから解き放たれたような安堵《あんど》を覚えていて、もうずいぶん前、はじめて金を稼ぎはじめたころのような意欲と信念に駆られるまま働いた。新入社員のケナン――わたしより少し年下で、わたしよりも少し見栄っ張りだった――と冗談を交わしながら債務者リストに載る百近い名前を一つ一つ確認した。

　人の悪い笑みを浮かべながら眉をひん曲げたケナンが言った。

「ジョメルト・エリアチュク《手を広げた》はどうしますか、ケマルさん？」

「もっと手を広げてもらおうじゃないか。気前よく手を開くもんだから、金が離れていってしまうのさ」

夕方になって会社を出た。帰り道に建つ、焼失を免《まぬか》れてこの時代まで残った昔のオスマン帝国の高官たちの邸宅の庭のシナノキから漂う芳香を胸いっぱいに吸い込んだ。わたしは歩いて帰宅しようと決めて、ニシャンタシュの青々と茂ったスズカケノキの木陰の下を抜けていった。渋滞の中でクラクションを忌々《いまいま》しげに鳴らす若者たちを尻目に、わたしは自分の人生に満足していた。先日までの愛情であるとか、嫉妬であるとかの激情はもはや過去のものであり、万事が元どおりになったと感じていたのだ。家でシャワーを浴び、クローゼットからアイロンがかけられた清潔なシャツを取り出した。例のジャケットのポケットを探ってイヤリングを捜したが、見つからなかった。小物入れや箪笥をひっかき回しても、見つかるのはお手伝いのファトマ婦人が拾っておいてくれた外れたボタンやシャツのカラー、ポケットから落とした小銭やライターだけだった。イヤリングはなかった。

わたしは抑えた声でファトマ婦人を呼んだ。

「ファトマさん、この辺でイヤリングの片われを見かけなかったかい?」

結婚するまで兄が使っていた、明るくて広いファトマ婦人の角部屋からは麝香《じゃこう》のように芳《かぐわ》しいアイロンの蒸気とラベンダーの匂いがした。彼女は昼のうちにアイロンをかけておいたわたしと父のハンカチやシャツ、タオルを一枚一枚、丁寧に箪笥へ仕舞いながら、〝イヤリングなんぞ〟見ませんでしたよ、と答えた。そして籠に溜まった片方が見つからない靴下の山から、まるで悪戯者の子猫を引っぱり出すような具合で、一足取り上げてこちらに掲げた。

「見てごらんなさい、〝ひっかき爪〟ちゃん!」

それはまだ小さいころに彼女から賜《たまわ》ったあだ名の一つだ。

「爪をちゃんと切らないと、穴あき靴下しかなくなってしまいますよ! もう繕《つくろ》ってあげませんからね」

「わかったよ」

テシュヴィキイェ・モスクに臨む居間の隅では、父が不気味なほど真っ白な前掛けをして、椅子にかけ、床屋のバスリに髪を切らせていた。母もいつものようにその横に座って何事か話していたが、わたしを見ると声をあげた。

「いらっしゃいな、最新の噂話を聞かせてあげるから」

母の話に辟易《へきえき》していた様子のバスリは、〝噂話〟という言葉にいっとき鋏を止めると、大きな歯をむいて、長ったらしい話に抗議してみせた。

「噂って？」

「レルザン家の末の息子がレーサーになりたがっているのだって。父親は許してないのだけどね……」

「知ってるよ。親父のメルセデスをおしゃかにしちゃったんだろう。そのあとで盗まれたって言って警察に電話したらしいね」

「ならシャズィメント家の人たちが、娘をカラハン家の息子に嫁がせようとして何をしたのかは聞いたかしら？　ちょっと、どこへ行くの？」

「夕食はいらないよ。スィベルを拾ってパーティへ行くから」

「それならベクリに今夜はボラを揚げないよう伝えなさい。無駄になってしまうから。あなたのために、わざわざベイオールの魚市場まで行ってくれたっていうのに。明日のお昼ご飯には顔を出しなさい、約束よ」

「約束する！」

絨毯は髪の毛がつかないように隅がめくられ、その下から覗く床板には、父の白くて細い髪が散らばっていた。

車庫から車を出して、石畳の道を走らせながらラジオをつけた。流れる歌に合わせてハンドルに掛けた指で拍子を取るうちにボスフォラス大橋を渡り、一時間もするころにはアナドルヒサルに着いていた。クラクションを鳴らすと、スィベルが別荘から駆け出てきた。車の中で、先日亡くなった女性がザイムの昔の恋人だったことを教えてやると、スィベルは微笑みを浮かべながら言った。

「さすがは、〝あなたには何でもお似合い〟のザイムね」

わたしは構わずに死んだ女性の話を続けた。

「あの人の名前はベルクスというんだ。僕より幾つか年上だから、三十一、二だろうね。貧しい家の出でね。社交界へ入ったあとは、スカーフを被った母親のことを敵《かたき》かなにかのように蔑《さげす》んでいたよ。まだ十九歳だから高校生のころかな、アタテュルク記念日の式典――五月十九日だ――で同い年の青年と知り合って、二人は恋に落ちた。五〇年代末のことだ。男の子の方はイスタンブルでも指折りの資産家一族だった、ほら、あの船主をやっているカプタンオール家の末息子のファリスさ。御曹司と貧しい娘の、国産映画顔負けのロマンスは何年か続いたらしいね。この高校生カップルは結婚する前にセックスして――そこまで深く愛し合っていたのか、はたまたたんに何も考えていなかったのかはともかく――それを周囲の者に洩らしてしまった。当然、結婚しなけりゃならない。でもカプタンオール家の人たちは、貧乏人の娘が一族を乗っ取るために〝最後までいった〟に違いない、だからそれを吹聴して回っているんだと決めてかかって、大反対したんだ。家族と対立してまで、娘と手を携えて結婚するような頭も、社会的な力も、そして金も息子には備わっていないのを知っていたんだね。そこで妥協案として、娘と自分たちの息子を結婚させないまま、ヨーロッパにやった。三年後に息子の方はパリで死んでしまったよ。麻薬のせいなのか、はたまた絶望のあまりなのかは知らないけれど。

ベルクスはこの手の話の常でフランス男と逃げた。そしてイスタンブルに舞い戻ると、裕福な紳士たちと浮名を流しては、社交界の女たちの誰もが羨むような派手な恋愛生活をはじめた。二番目の愛人は〝熊男〟のサビフだったなあ……。あいつと別れたあとは、失恋したばかりで塞《ふさ》いでいたデミルバ一家の長男との火遊びに耽《ふけ》った。その次の愛人のルフクも恋の痛手に悩んでいたものだから、社交界の男の子たちは一時期、彼女を見かける度ににやついて〝慰めの天使〟なんて言っていたっけ。皆が皆、彼女とお近づきになれないものかと妄想を逞しくしていたよ。夫以外に男を知らず、どんなにいっても夫に内緒で気後れを覚えながらいっときの情人と寝るのが精々のご婦人がたは——それもおっかなびっくりなものだから浮気の妙味とやらを味わい尽くすには程遠かったろうね——誰にでも人気がある独身男性と公衆の面前でいちゃつくベルクスに嫉妬していたよ。僕が思うに、うまく隠していただけでベルクスには不倫の相手もいたと思うけどね。いずれにせよご婦人がたの方は、ベルクスの破滅を願ってたって訳さ。実際、だいぶ薹《とう》が立っていたし、収入も貯金もなかったろうから、その日は遠からずやってきたのだろうけど。もしかしたら、あの人にとっては交通事故は救いだったのかもね」

長い話を聞き終えたスィベルは思案顔で答えた。

「むしろ、彼女と結婚する男性がいなかったのが驚きね。だってそうでしょう、誰も結婚を考えるほど、その女の人を愛さなかったということだもの」

「男があの手の女に患うのは、性質の悪い恋の病だけだよ。結婚はまったく別物。セックスする前にファリス・カプタンオールと結婚していたら、実家が貧乏云々は問題にならなかったはずさ。あるいは、彼女がお金持ちの家に生まれていたら、処女かどうかなんて気にもされない。ベルクスは、皆が守っている決まりごとを破って、奔放な恋愛生活を送っていたから、それをやっかんだ社交界のご婦人がたは〝慰めの娼婦〟なんて呼んでたよ。でも、初恋に全身全霊を捧げて、臆することなく恋人に純潔を与えたベルクスを、僕たちは尊敬するべきかも」

「しているの？」

「まさか。故人を惜しんでいるだけさ」

どんな経緯で誘われたのかは記憶にないが、その日のパーティはスアディィェの海沿いに建つ一軒家で開かれた。ホストの家の長いコンクリート製の桟橋が会場になっていた。手に手に酒杯を持った六、七十人の招待客たちは、誰が来た、誰が来ていると言っては、囁きを交わしていた。大多数の女性は自分のはいている長いスカートに不満そうで、一方ミニスカートでやって来た女性のほとんども、自分のふくらはぎが短かったり、太かったりするので落ち着かない様子だった。そのせいか、女性陣の第一印象は神経質で不慣れなバーのホステスのようだった。桟橋のすぐ脇にはボートハウスがあって、そこの排水口からは大量の汚水が海に流れ落ちていた。白手袋をつけた給仕たちが行ったり来たりする人いきれの中へ踏み込むと、汚水の匂いは一段と強まった。

挨拶もそこそこに、刷りたての名刺を押しつけてきた〝精神科医〟は——アメリカから戻ったばかりで、新しく医院を開いたそうだ——愛嬌のある中年女性に内密の質問をされたらしく、周りに群がる人々に向かって愛についての持論を開陳していた。曰《いわ》く、伴侶以外の相手と関係を持つ機会に恵まれながらも、ただ一人の相手とのみ床を共にすることこそ愛なのだとか。そのあとで、今年十八だという綺麗な娘を紹介され、その母親と話し込んだ。その婦人は、年がら年じゅう、政治的な〝ボイコット〟に明け暮れるトルコの大学には娘を行かせたくないらしく、適当な進学先はどこか知りたがっていた。ちょうどその日の新聞に、大学の本試験の問題用紙を出版社が盗まないように、それを刷る印刷所の従業員が長期にわたって軟禁状態におかれている、という記事が出ていたので、次第に話題はそちらへ移っていった。

ずいぶん経ってからザイム——彼は、細身で背が高く、長い顎につぶらな瞳の男前だった——と、彼と同じくらい細身で、やはり上背のあるインゲが桟橋に姿を現した。集った人々の間に不快で、ひりつくような雰囲気が漂ったのは、見映えのするカップルへの嫉妬だけではあるまい。碧眼《へきがん》に長くて細い脚、透き通るような白い肌、本物の金髪を備えたインゲの存在そのものが、自分たちの生来の姿かたちをヨーロッパ人に近づけたい願い、あがいた末に髪を金色に染めたり、眉毛を抜いてブティックからブティックへとさまよい歩いては服を物色するイスタンブルの上流の女性たちに、肌の色や人種による遺伝的形質が、容易には埋めがたいものであると、まざまざと思い知らせるからだ。わたしはというと、毎朝、その日の朝刊の広告やオフィスへ歩いて行く途中のハルビイェのアパルトマンの側壁でインゲに会うのを楽しみにしていたので、彼女の北ヨーロッパ人らしさよりも、その面立ちや笑い方、その唇に、よく知る古い友人のような懐かしさを感じたものだ。インゲの周囲にはすぐに人の輪ができた。

帰りの車中で、それまで黙りこくっていたスィベルが口を開いた。

「ザイムは、ええ、確かにいい人ね。でもあの、アラブの族長とだって寝かねない三流のドイツ人モデルを宣伝に使うだけじゃ飽き足らなかったようね。恋人になったのを見せびらかすのって、どうなのかしら。あなたはどう思う？」

「あのモデルはごくごく好意的に見積もっても、僕たちとアラブの族長に大差はないと思っていそうだけれどね。サイダーの売れ行きはいまのところ好調みたいだよ。ザイムがそう言ってた。もしヨーロッパ人たちがこのサイダーみたいなトルコの新製品を気に入ってくれたら、トルコ人はその味以上の、大きな誇りを感じるだろうってさ」

「美容院で読んだのだけど、あのモデルとザイムの写真が、『週末』誌の折り込みに見開きで載ってたわ。下品な半裸の写真が添えられたルポルタージュもね」それきり、わたしとスィベルは口を噤《つぐ》んだ。車はちょうど、霧のかかったボスフォラス大橋の下を通り過ぎた。わたしは笑顔を取り繕って話題を変えた。

「彼女に片言のドイツ語で『あなたの宣伝はとてもエレガントですね』とか話しかけていたやつがいたろう。話すときに彼女の胸に目をやらないよう、ずっと髪の毛だけ見ながら話していたやつ。あれが〝熊男〟のサビフだよ、死んだベルクスの二番目の恋人の」

スィベルは眠っていた。

19 葬式にて

あくる日、母との約束どおりに正午にオフィスを出たわたしは、歩いて帰宅し、両親と一緒にボラの揚物を食べた。皆が生真面目な外科医のような具合に、皿に盛られた魚たちのピンク色の薄い皮を剝がし、半ば透き通った華奢《きやしや》なその骨を注意深く取りのぞく最中も、母は婚約式の準備のことや、彼女のいうところの〝最新ニュース〟を捲《まく》し立てていた。婚約式に呼んでほしいと、それとなく仄《ほの》めかす者や、〝絶対に失望させたくない〟一握りの近しい知り合いを加えて、招待客リストはいまや二百三十人にまでふくれ上がっていた。そのためヒルトンの支配人は、当日になって〝異国の酒〟──なにやら神秘的な言い回しだが──が足りなくなったりしないようにと、他の大きなホテルで働く同業者や、酒類の輸入業者に連絡を取っているそうだ。イペキ・イスメトやシャズィイェ、ソラック・シエルミン、マダム・ムアッラのような、一時期はフュスンの母親の友人であったり、ライバルであったりした上流階級御用達の仕立屋は、婚約式用にあれこれと注文がつけられたドレスの予約でてんやわんやしていて、お針子たちは朝まで寝ずに働いているのだとか。母は父の容体も気にかけていた。あのころの母は、父が疲れたと言ってすぐに寝室に引っこんでしまうのは、健康のせいではなく、たんに意気が上がらないからだと考えていた。かといって、息子が婚約を交わそうというこの時期に夫をかくも意気消沈させるものが何なのか、一向に思いつかなかったようで、わたしがその原因を知っているか、それとなく尋ねたものだ。コックのベクリがヴェルミチェッリ（スパゲッティより細いパスタ。トルコ料理ではスープやピラフの中につなぎとして入れられる）入りのピラウ（ピラフに同じ）が載った魚料理——わたしが子供のころには、消化にいいからと言って、食べ終わるまでは決して許してもらえなかった一品だ——を食卓に持ってくると、母は元気の源は魚だとばかりに目を輝かせたが、すぐに顔色を曇らせた。

「ご愁傷様ねえ、あの女の人」

母は心の底から故人を悼《いた》んでいるようだった。

「あの人は色々と苦労したのよ。人生を謳歌しすぎて、色々な人のやっかみも買っていたけれど、本当はとてもいい人だったの」

母は名前こそ口にしなかったが、何年も前にウルダーに滞在したとき〝彼女〟とその恋人のデミル・デミルバーと友人になったのだと教えてくれた。父とデミルバー家の長男は賭けに熱中していたので、ベルクスと母は夜遅くまでホテルの〝田舎風のバー〟で編み物をしながら話し込んだのだそうだ。

「本当に可哀相な人よ、最初は貧乏、次は男で苦労のしどおしね」

そしてファトマ婦人の方を向いて言った。

「珈琲はバルコニーへ持っていって頂戴。お葬式を見送りましょう」

アメリカに住んでいた時期以外、わたしは人生のほとんどをこの大きなアパルトマンで過ごしてきた。居間と広々としたバルコニーは、毎日一つや二つの葬列が出てくるテシュヴィキイェ・モスクの前庭に臨んでいる。だから、葬式を見物するというのは、死という恐るべき神秘を目の当たりにできる、甘くそして無視しえない子供のころからの愉しみの一つだった。テシュヴィキイェ・モスクで行われるのは、イスタンブルに暮らす裕福な家の葬儀だけに留まらない。亡き人の地位に応じて軍あるいは市の楽団が奏でるモーツァルトの『死者のためのミサ曲』に送られて、参列者の肩に担がれた高名な政治家や軍高官、新聞記者、歌手、俳優の棺がニシャンタシュ広場までゆっくりと運ばれていくのだ。その〝死出の旅〟の出発点がこのモスクだ。小さいころ、長くてずっしり重い枕を肩に担いだわたしと兄は、レクイエムを口ずさみながら、ちょうど参列者たちがするような具合で身体を左右に揺すって廊下を歩いたものだ。コックのベクリ氏やファトマ婦人、あるいは運転手のチェティン氏なども子供のお遊びに付き合って、この葬列につき従ってくれた。国中が注目するような人物——首相であるとか、有名な金持ちであるとか、あるいは歌手などの有名人——の葬式の直前ともなれば、家の呼び鈴がひっきりなしに鳴って、呼んでもいない知り合いが「ちょっと通りかかったもので、寄ってみましたよ」などとやって来る。母はそんな客を快く迎え入れたが、陰では「わたしたちに会いに来たんじゃないのよ。お葬式を見物しに来たの！」とこぼしていた。その度にわたしと兄は、やはり葬式というのは死から教訓を得るだとか、亡き人に最後の敬意を払うだとかのためではなく、見物や儀式を眺める楽しみのために催されているのだ、という思いを新たにした。

「こっちに来なさいな。よく見えるから！」

バルコニーの小さなテーブルにつくや、母から声がかかった。

しかし、息子の顔に葬式見物のお気楽さとは無縁の表情が浮かんでいるのを見て取った母は、すかさず付けくわえた。

「ケマル、大好きだった彼女のお葬式に行かないのは、お父さんが寝室で寝込んでいるからじゃないのよ。わかるでしょう。わたしが行かないのはね、あすこにいるだろうルフクやらサミムやらのせい。あの連中が涙を隠すためじゃなくて、涙を流していないのを隠すためにサングラスをかけて、それらしくしているのを見るのは我慢ならないわ。それにここからの方がよく見えるもの。気分でも悪いの？」

「いや、大丈夫だよ」

ちょうど建物の日陰に入っているテシュヴィキイェ大通りに開いた参門の階段には、自然と女性の参列者が集まっていた。スカーフを被った女性と現代的な色とりどりのスカーフを頭に羽織った上流階級の女性たちの間にフュスンの姿を見つけた瞬間、心臓が跳ね上がった。彼女はオレンジ色のスカーフを被っていた。わたしたちの間には小鳥が飛び交い、その距離は七、八十メートルはあったろうか。しかし、彼女が溜息をついて眉をひそめ、真昼間の暑さの中でその柔らかい皮膚がうっすらと汗ばむさまや、スカーフを被った女性たちに挟まれて退屈を託《かこ》ちながら、その下唇の左の隅を前歯で甘噛みしている様子、それにほっそりとした肢体の重みを、片方の脚からもう一方へと移すのが、手に取るようにわかった。見たのではなく、感じたのだ。まるで夢の中にいるようなもどかしさを感じて、わたしはバルコニーから下へ叫び、手を振りたい衝動に駆られた。しかし、叫び声どころか声一つあげられず、ただ心の臓だけが早鐘のように打っていた。

「母さん、ちょっと出かけてくるよ」

「一体、どうしたの？　顔が真っ青だよ」

階下へ駆け降りて、遠くからフュスンを観察した。傍らにいるシェナイ婦人と、ずんぐりとした身体に瀟洒な服を着た女性との会話に耳を傾けているらしく、顎の下の不格好なスカーフの結び目に、所在なさそうに指を引っかけていた。スカーフ姿のフュスンは、近寄りがたいほどの神々しい美しさに包まれていた。拡声器からモスクの内外に向けて説教が流れ出したが、機械の不具合のせいで、死が人の子の終着点云々という説教師が説く数言の他は、聴衆の怯えを誘う抑揚のない声で唱えられる神の名前しか聴き取れなかった。途中、遅れてやってきた一団の人々が遠慮がちに参列者に加わると、皆が一斉にそちらを振り向いた。係の者がやって来て、その人々の襟元にいまは亡きベルクスの小さな白黒写真を括りつけていった。フュスンは、彼らが挨拶を交わし、あるいはキスをし、慰めの抱擁を交わすその一部始終を注意深く見守っていた。

他の参列者同様、フュスンもベルクスの写真を身につけていた。参列者が襟元に、故人の写真を括りつけるという習慣は、当時頻発した政治的殺人事件の被害者の葬式ではじめられ、すぐにイスタンブルのブルジョワもこれに倣《なら》ったのである。満ち足りた生活を謳歌する上流階級の人々が列席する葬式は本来、もっと気楽な雰囲気になるはずなのだが、黒眼鏡をかけて悲しみに沈む右派、左派の闘士よろしく、故人の写真を帯びていたからだろうか、参列者たちは、生命を捧げるに価する高邁な目的や理想、あるいは名誉のために死んだ同志を送るかのような、峻厳とした雰囲気を醸し出していた。ベルクスの死因は新聞各紙で報じられているはずなのに、西欧の模倣である黒い喪の色（伝統的な形式では、遺体は白い骸布〝ケフェン〟に包まれ、棺には緑の布がかけられる）や太い黒枠で囲われた遺影が、政治的な暗殺があったかのような重々しさを与えていた。——このときの写真もわたしの博物館に展示してある。

わたしは誰とも目を合わせないよう注意しながらその場を離れ、メルハメト・アパルトマンに向かった。そこで、苛々しながらフュスンを待った。ずいぶん経ってから、テシュヴィキイェ大通りに面した窓のカーテン——普段は閉め切られていて、埃が積もっていた——を何かに導かれるように開くと、霊柩車に納められたベルクスの棺がゆっくりと通り過ぎるところだった。

——この世には貧しさや自分の愚かしさ、あるいは社会的な差別のごとき不運のために、生涯にわたって苦境を抜け出せないままの者もいるのだ。そんな感慨が、目の前を行く霊柩車のようにゆっくりと脳裏に去来した。自分には、あらゆる不運や不幸から守ってくれている鎧があるに違いないという確信を持つようになったのは二十歳くらいのころからだろうか。わたしはこうも感じていた。——

他人の不幸に関わりすぎれば、僕自身も不幸になってしまう、鎧に穴があいてしまうんだ。

20　フュスンの最初の条件

フュスンは遅れてやって来た。嫌な予感がしたが、彼女はわたし以上に不安そうだった。謝るというよりも、罪人にでもなったかのような様子で、友人のジェイダに出くわしたと言った。フュスンからはその友人のつけている香水が匂っていた。しかし、彼女とフュスンは美人コンテストで知り合い、ジェイダも不当に扱われて三位に終わったのだ。いまの彼女は幸せそのもので、セディルジ家の御曹司と恋仲になり、男の方が特に真剣で、二人は結婚を考えているそうだ。

「何て素晴らしいんでしょうね？」

フュスンはぞっとするほどに真剣な眼差しで、わたしの瞳を覗きこんだ。わたしが頷《うなず》くと、でも一つ問題があるの、と付けくわえた。セディルジ家の跡取り息子は〝非常に真剣〟なので、ジェイダがモデルをするのを嫌がっているのだそうだ。

「たとえばいま、夏季休暇に向けてハンモックの宣伝をしているの。フード付きの二人用のハンモックね。でも恋人が厳しくて、それに保守的な人だから、ミニスカートどころかスカーフをしても出演は許さないって言うそうよ。ジェイダはモデルの専門学校に通っていたの。新聞に写真が載ったことだってあるわ。会社側はトルコ人のモデルでも構わないって言ってるのに、恋人が首を縦に振らないのよ」

「彼女に言ってやりなよ。いまに、そいつにがんじがらめにされちまうぞってさ」

「あら、ジェイダは結婚して主婦になる気満々よ」

フュスンは話の論点を理解していないわたしに苛立ちながら続けた。

「彼女が心配しているのは、男が本当に真剣なのかっていうことよ。今度会ってそのことを話し合うの。ねえ、男が真剣かどうか、どうしたらわかるのかしら？」

「知らないよ」

「あなたならそういう男性がどう考えるかわかるでしょうに……」

「僕に田舎者の保守派の知り合いはいないよ。いいから、宿題をやろうよ」

「宿題なんか一行たりともやって来てないわ。わかった？　わたしのイヤリングは見つけてくれたの？」

免許証を持っていないことを知っているくせに、検問でポケットやらグローブボックスやら鞄やらをがさごそ探る小心者の酔っ払いよろしく、わたしは咄嗟《とっさ》に身体を探りたくなったが、それを堪えて代わりに言った。

「それがね、イヤリングは家じゃあ見つからなかったんだよ。でもいまに出てくるさ」

「そう、もういいわ。帰る。もう二度と来ないから」

バッグやらなんやらをかき集めるその顔に浮かんだ失望や、苛立ちを持て余したような落ち着かない挙措。彼女は本気でそう言っていた。わたしは扉の前に立ちふさがって、行かないでくれと懇願した。酒場の用心棒のようにドアノブを掴んだまま、しゃべり続けた。いかに彼女を愛しているかと懇請する言葉に偽りがなかったからだろう、彼女は徐々に態度を和らげてくれた。唇の端には隠しきれない満足そうな笑みが現れ、少しずつ大きくなって、嬉しそうに小さく眉が吊り上げられた。

「わかったわ、帰らない。でも二つ条件があるわ。そうね、あなたが一番好きな人間は誰かしら？」

唐突な質問に困惑したものの、スィベルやフュスンの名を口に出すべきでないことくらいはわかった
「父さんかな」

「いいわ。最初の条件よ。二度とわたしに嘘をつかないって、お父様にかけて誓いなさい」

「誓うよ」

「そうじゃないわ。いま言ったことをちゃんと口にして」

「二度と君に嘘をつかないと、父にかけて誓います」

「ずいぶんと簡単に誓うのね」

「二つ目の条件は？」

しかし、その条件が口に出される前に、わたしたちは唇を重ねていた。心に開いた穴が満たされたような、安逸とした気分でベッドに入った。全身全霊で互いを求め合うわたしとフュスンは、まるで想像上の国にでもいるかのような陶酔感に包まれていた。あたかも見知らぬ星に降り立ったかのような官能の中で目にしたのは、岩塊から成る孤島の抒情的な風景や月面から撮られた写真のような光景だった。行為を終えて、不思議な世界にいるような気がしたよ、とわたしが言うとフュスンは木々に覆われた薄暗いどこかの庭や、その背後に開けた海に臨む窓、それに風に揺れるヒマワリが波立つ真っ黄色の裾野を見た、と答えた。その日以来、彼女と身体を重ね、互いの存在を間近で感じているときはいつでも――つまり、彼女の胸のふくらみやその瑞々しい先端を口に含むときや、フュスンがわたしの首筋と肩の間に鼻を埋め、力いっぱいに抱きしめてくれるとき――まぶたに同じ光景が浮かん

だものだ。二人の間の驚嘆すべき近しさこそが、わたしたちにまったく未知の何物かを感じさせているものの正体なのだ、二人とも閉ざしたまぶたの中でそう理解していた。

情事のあとの満足感が滲んだ声音でフュスンが囁いた。

「じゃあ、二つ目の条件を言うわね。あのイヤリングとそこにある三輪車を持って、お父さんとお母さんに会いに来て。一緒に夕食をするの」

「喜んで伺うよ」

わたしもまた、情事の余韻に浸りながらぼんやりと答えた。

「でもご両親に何て説明すればいいんだろう？」

「あなたは通りで親戚と行きあっても両親の近況を尋ねないの？　その親戚があなたを家に招くことだってあるでしょう？　あるいはお店でわたしに会って、お父さんやお母さんに会いたくなったりはしない？　大学入試を控えた親戚の子に毎日ちょっとずつ数学を教えるのは悪いこと？」

「近いうちにイヤリングを持って夕食に行くよ。必ずね。約束する。でも数学を教えてるのは誰にも言わない方がいい」

「なぜ？」

「君はとても綺麗なんだよ。僕たちが好き合っているってすぐに気が付かれてしまうよ」

「つまり、ヨーロッパみたいに男女が鍵をかけた部屋で二人きりでいるのは無理、セックスもせずにいられる訳ないって言うのね？」

「不可能じゃないさ、もちろん……。でもここはトルコなんだよ。数学じゃない別のことをしてるって勘ぐるに違いない。誰でも一度はそう考えるだろうさ。ご両親だって皆がそう思うのはわかっているはずだから、すぐに同じことを疑りはじめるよ。娘の純潔を汚されかねないといって、『扉は開けておけ』とか何とか言うに決まってる。男と二人きりで長いこと同じ部屋に留まっていても気にしない娘が相手なんだ、男は気を許していると勘違いするはずだ、もしまだ何もないとしてもそれは時間の問題だと、まあそんな具合にね。そのうちに、周りの連中ももうやっちまってるに違いない、と決めてかかるよ。本当に勉強をしているだけだったとしても、周囲の声を耳にしたご両親は肩身の狭い思いをするだろうね。そうして、あの室内にはもうセックスしかないんだと信じ込んでしまうんだ」

それきりわたしとフュスンは口を噤んだ。枕に頭を横たえたまま、室内を見まわした。暖房やストーブの配管のために穿《うが》たれた穴、そのコック、カーテンロッドにカーテン、壁や天井の角の線やひび割れ、塗装の汚れや埃。——当博物館の中にはあの部屋が委細そのままの姿で復元してある。あの沈黙を来館者の方にも感じてもらえるように。

21　父の物語／真珠のイヤリング

婚約式まで残すところ九日という六月初め、よく晴れた木曜日のことだった。わたしは父と二人でエミルガンにあるレストラン、アブドゥッラー・エフェンディへ赴《おもむ》いた。あの長い食事のことはいっときとして忘れはしないが、当時でさえ一生記憶に残るだろうと感じたものだ。父は憂鬱を託《かこ》って母をやきもきさせていたが、その父から、「婚約前にさしで食事をしよう。すこし教えてやりたいこともあるから」と誘われたのだ。幼いころからずっと運転手をしてくれているチェティン氏が運転する56年式シボレーの中で父がわたしに説き聞かせた人生についての助言の数々——仕事上の友人を生涯の友と思うなかれ云々——に、これもまた婚約式のための通過儀礼と思って素直に耳を傾けていたのだが、一方では、車窓を流れるボスフォラス海峡の景色や、海岸線のすぐそばを通るあの懐かしい市営フェリーの優美さ、そして昼間だというのになお暗い浜辺の林が落とす木陰に気を取られていた。子供のころのように、わたしの怠惰や浅薄、あるいは夢想癖をたしなめ、やるべき仕事や責任感のことを説かれるようなことはなかった。代わりに父は、車窓から入り込んだ潮と松の匂いの中で、人生は目いっぱいに楽しまなければいけない、なんとなれば神の寵愛というやつは明日にも四散してしまうかもしれないのだから、と教えてくれた。——当博物館には、石膏で出来た父の胸像が展示してある。その十年前に織物の輸出が成功し、家が急速に豊かになった時期のもので、ある友人の影響で芸術大学で教師をしていた彫刻家のソムタシュ・ヨントゥンチ――彼の家名はアタテュルクが付けたそうだ――を招き、その前でポーズをとったのだ。しかし、あのけしからぬ彫刻家は、父をより西欧風に見せようとして、実際よりも口髭を縮めて彫ったので、このプラスティックの口髭はわたしがあとから付け足したものである。幼いころ、怠け癖を責められるときなどは、父が話す度に揺れるこの口髭を眺めていたものだ。父は次男が仕事に熱中するあまり人生の美味を逃すのではないかという危惧も口にしたが、それはわたしがサトサトや他の幾つかの関連会社で実施した改善に、父が満足していることの表れだろうと思った。

「おまえの兄さんが何年も取り組んでいる仕事に、おまえも興味を持たなければな」

「僕はいまの仕事すべてに満足しているよ。でも、兄さんはいざ色々な問題と面と向かうと、躊躇して保守的になってしまうところがあるからね。それが僕たちの損になることもある」

父だけでなくチェティン氏までが満足そうに笑うのが見えた。

アブドゥッラー・エフェンディは昔、ベイオールの大通りに面したアア・モスクの傍らにあった。一時期は、ベイオールに繰り出し、映画館へ足を運ぶありとあらゆる有名人や金持ちが昼食に立ち寄る店だったのだが、上得意の常連たちが車を持つようになった数年前から、エミルガンの埠頭の内陸の丘陵地帯、ボスフォラスを遠望する農園に店を移したのだ。店内に入るや父は愛想のよい表情を取り繕い、顔馴染《なじ》みの給仕たちと一人一人挨拶を交わした。そして、客の中に知り合いはいないかと大広間を見まわした。給仕頭がテーブルへ案内する間にも、他のテーブルの客と二言、三言交わし、遠くに座っている知人には手を上げて挨拶した。綺麗な娘を連れた年配の婦人のテーブルにも立ち寄った。息子さんはなんて大きくなったんでしょう、驚くほどお父様にそっくり、ハンサムになったわね云々というお追従に、父は軽くウィンクを返していた。席につくと父は給仕頭に――子供のころは〝おちびさん〟だったが、いつからか〝ケマルさん〟と呼ばれるようになった――ボレキ（ピラウ、チーズなどを葡萄の葉やパイ生地で包んだ料理）やハガツオの塩漬けなどの前菜《メゼ》と、二人分のラク酒を注文した。

「おまえも飲むだろう？　煙草も吸っていいぞ」

　まるで、それまで父の前で煙草――ちなみにわたしが喫煙をはじめたのはアメリカから帰ったあとのことだ――を吸うのを禁じられていたかのような口ぶりだった。

「ケマルさんにも灰皿を持ってきてくれるかい」

　父は給仕の一人にそう言った。レストランが所有する温室で育てられたミニトマトを手に取った父は、その匂いを吸い込みながらラク酒を呷《あお》った。言うべきことがあるのだが、どのように切り出したものかと逡巡しているようだった。いっとき、二人して窓外に目を向けると、遠くの門にいるチェティン氏が他の運転手たちと談笑しているのが見えた。

「チェティンの得難さも心得ておきなさい」

　遺言めいた口調で父がいった。

「わかっているよ」

「どうだかな……。あいつはよく、宗教の話をするだろう。それを決して笑うな。心根のまっすぐないい男だ。立派な紳士なんだ、この二十年間ずっとな。いつかわたしに何かあったときも、あいつを遠ざけてはいかん。それから、他の金持ちどものように、すぐに車を買い換えようなんて考えるな。シボレーだっていいもんだ……。ここはトルコだ。十年前に政府が外車の持ち込みを禁止したのを思い出してみろ。イスタンブルじゅうが中古のアメリカ車の展示場になったんだぞ。まあ気にすることはないか、この国には腕のいい修理工がいるからな」

「僕はそのシボレーの中で育ったんだよ、心配しないで」

「そうだな、そのとおりだ」

遺言をいい渡すかのような深刻な雰囲気になったからだろう、父は本題に入ることに決めた。

「スィベルは、特別な、素晴らしい女性だ。彼女のような相手が簡単に見つからないのは、おまえだって承知しているだろう？　女というのはな、特にスィベルのような得難い花はな、決して手折ってはいかん。手の中に大切にしまっておかねばならんのだ」

そうは言ったものの、これも本題という訳ではないようだった。唐突に少し恥ずかしそうな表情を浮かべた父は、気ぜわしげに言葉を継いだ。

「あの綺麗な娘のことを覚えているか？　ほら、一度ベシクタシュでわたしと一緒にいるのを見たろう……。あの人を見たとき、どう思った？」

「どの人？」

父は苛立った。

「ケマル、十年ほど前にベシクタシュのバルバロス公園で見たろうが。わたしと美しい娘が一緒に座っているのを」

「覚えてないよ、父さん」

「覚えていない訳あるか」

父はわたしの瞳を覗きこみながら続けた。

「息子や、わたしの隣に綺麗な娘がいたろう」

「それからどうなったの？」

「それからおまえは、父に恥をかかせないよう、礼儀正しく目をそらしたよ。思い出したか」

「ううん」

「いいや、おまえはわたしたちを見たはずだ！」

わたしは父に、本当に覚えていないことを必死に納得させようとした。不安を誘う長い弁明ののち、わたしは二人を見かけたが忘れたいと思い、事実そのとおりにしたのだという結論に落ち着いた。おそらく二人は、息子に見られたことで不安に駆られたのだろう。こうして父の話は本題に入った訳だ。

「あの娘とわたしは十一年も付き合っていたんだ。素晴らしい人だった」

これは、この話のもっとも重要な点が、二つとも込められた言葉だった。

父は少し機嫌を損ねているふうだった。長いこと息子に打ち明けようと悩んでいた女性の美しさを、わたしが自分の目で確認しなかったから、いやさらに悪いことに、目の当たりにしながら忘れてしまっていたからだ。父はさっと手を動かして、ポケットから一枚の白黒写真を取り出した。カラキョイ埠頭の市営フェリーの後部デッキで撮られたその写真には、物悲しげな黒髪の女性が写っていた。

「これが彼女だ。知り合ったばかりのころに撮ったんだ。残念なことに傷んでしまって、その美しさまではっきりとはわからないが。さあ、もう思い出したろう？」

わたしは答えられなかった。父の言葉を借りれば〝過ぎた話〟なのだろうが、自分の父親から愛人の話をされて、心穏やかでいられなかった。しかし、この話のどこに不安を誘うところがあるのか、そのときははっきりとしなかった。

「いいか、いま言ったことはオスマンには洩らすなよ」

父は写真をポケットへ戻して言った。

「あいつは頑固だからな。理解できまい。アメリカを見てきたおまえだ。おまえを不安にさせるような話はするつもりもない。わかったな？」

「わかったよ、父さん」

「それなら聞いてくれ」

父はラク酒を一口含むと語りはじめた。

その美しい娘と父は、〃いまから十七年半前、一九五八年の一月、雪の降ったある日〃に出会った。その清廉で無垢《むく》な美しさに父は心動かされた。彼女は、父が設立したばかりのサトサトで働いていたのだ。最初は同僚として付き合っていた。しかし、二十七の年の差にもかかわらず、二人の関係はより〃真剣で思いやり深い〃ものとなっていった。彼女はハンサムな経営者——そのときは父は四十七歳だったと素早く計算してみた——と関係を持ったのち、父の強い要請で仕事をやめ、サトサトを出た。そして、やはり父の強い要望で他の仕事には就かず、彼女のために父が買い与えたベシクタシュのアパルトマンで〃いつか一緒になる〃夢を胸に静かに暮らしはじめたのだった。

「心根が素直で陽気な、頭の良い、類希《たぐいまれ》な女性だったよ。他の女とはまったく別物だ。わたしには他にも何回か、人には言えないような経験があるが、彼女のような娘に恋をしたことはなかった。結婚しようとさえ幾度も考えたのだよ……。でも母さんはどうなる？　おまえたちは？」

少しの間、どちらも口を利かなかった。

「誤解するなよ、息子や。おまえたちを幸せにするためにわたしが身を粉《こ》にして働いてきたと言いたい訳じゃない。当たり前のことだが、結婚したがっていたのは主に彼女の方だったしな。何年も彼女をなだめ続けた。彼女のいない生活など思いもよらなかった。彼女に会えないと苦しかった。あの苦悩はおまえには、いや誰にもわかるまい。そうするうちに、ある日彼女が『はっきりして！』と言ったんだ。母さんと別れて彼女と一緒になるのか、あるいは彼女がわたしを捨てるかだ、とな。ラク酒を頼みなさい」

「それで、どうなったの？」

父はしばらく押し黙ってから口を開いた。

「わたしが母さんやおまえたちと別れなかったので、彼女は去った」

そう口に出すのは辛そうだったが、気は楽になったようだった。そしてわたしの顔色を窺い、話を続けられそうだと見て取ると、さらに寛《くつろ》いだ態度を見せた。

「苦しんだ。本当に苦しんだよ。おまえの兄さんは結婚していたし、おまえはアメリカにいた。それでもその苦悩を母さんには努めて見せまいとした。盗人が片隅に隠れて感じる痛みとは別の苦しみだよ。無論、母さんも他の女性と同じで、何かあるのは察していたよ。しかもそれが深刻な事態だと理解していたのだろうな、結局何も言わなかった。家にいるときの母さんはファトマやベクリといつも一緒でな、まるでどこかのホテルで家族ごっこをしているようなもんだ。苦痛は止む気配もない、このまま行けば気が狂ってしまうのではないかとも思ったが、あのときそうするべきだったことは何一つできなかった。同じころ、彼女も」――父が女性の名を明かすことはなかった――「同じように悲嘆に暮れていたんだ。結婚を申し出てくれた技師がいるらしくて、わたしが決断しないなら他の人と結婚すると言って寄こしたんだ。まさか本気だとは思わなかったよ……。わたしが彼女の最初の男だった。だから他の男を求めるはずはない、〝こけおどしだ〟となった。色々と悪いことばかり考えて臆病になってしまって、結局のところ何もできずじまいだった。だからこのことはもう考えまいと決めたんだ。家族皆でイズミルの展示会に出かけたことがあったろう、チェティンが車を運転して……。あの帰りに他の誰かと結婚したと聞いたんだ。信じられなかったがね。わたしの関心を誘うか、わたしをもっと苦しめてやろうとしてそんな知らせを寄こしたに違いないと考えたのさ。彼女はわたしに会おうとせず、話し合いも拒否した。電話にも出なかった。わたしが買ってやった部屋も売り払って、どこかへ越してしまった。本当に結婚したのか、相手の技師はどこの誰なのか、子供はいるのか、暮らし向きは、そのあとの四年間というもの誰かに尋ねる勇気は出なかったよ。それを知って苦しみが増すのが怖かったんだ。でも、何も知らずにいるのも怖かった。彼女がイスタンブルのどこかで暮らしていて、新聞を開いてわたしの読んでいる記事を彼女も読んでいるのだ、わたしの観ている番組を彼女も観ているのだ、そんなふうに想像しながらやり過ごした。彼女に会えないのが悲しかったんだ。人生は無だ、そんな考えにとりつかれた。勘違いするんじゃないぞ、息子や。おまえたちや工場、それに母さんを誇りに思っているさ。でもこれはそれとは別の苦悩だったんだ」

父はずっと〝だった〟という過去形で話していたので、その話は何がしかの形で決着し、いままでは心安らかでいるのが感じられたが、それでも愉快な話ではなかった。

「ついに彼女の母親に電話することにした。母親は事情を知っていたが、わたしの声は知らなかった。だから高校の同級生の夫を装って、『妻が病気で入院して、彼女に会いたがっているんです』と嘘をついて彼女の電話番号を訊いた。母親は『娘は死にましたよ』といって泣きはじめたんだ。癌で死んだんだ！　泣いてはいけないと思って咄嗟《とっさ》に電話を切った。思ってもみなかったが、本当のことだというのは理解できた。技師と結婚などしていなかったんだ……。人生とはなんと恐ろしいのだろう。すべてはなんと空虚なことか！」

父の目が涙に濡れるのを見て、わたしは自分の無力さを噛みしめていた。父の気持ちは理解できたが、一方で怒りを覚えた。その話について考えれば考えるほどに、昔の人類学者たちが唱えた〝禁忌について思い致さない未開人〟よろしく、頭がこんがらがってしまった。

「とはいえ」

父がしばしの沈黙を破って口を開いた。

「自分の苦悩を告白して、嘆くためにおまえを呼んだのではないのだよ、息子や。おまえは婚約して、次には結婚を控えた身だ。この痛ましい話を知ってもらって、おまえの父親のことをもっとよく理解してほしいとも思っているが。だが別のことも話しておきたい。いいな？」

「何だい、それは」

「いまでは悔いている。彼女をちゃんと気遣ってやれなかったことと、彼女がいかに可愛らしく、喜ばしい、かけがえのない人であるかを直接伝えなかったことをだ。眩《まばゆ》いばかりの心根を持った、穏やかで聡明で、そしてとても美しい娘だったというのに……。綺麗な女がみんな持っているような、まるでその美しさを創ったのは自分自身だといわんばかりの驕《おご》ったところもなかった。甘ったれたところもなければ、そもそも誰かに褒められたいとも思っていなかったんだよ。彼女を失ったことや、彼女が生きている間にそうしてしかるべきだった態度をとってやれなかったことを悔いているんだ。いいかケマル、いまでも後悔しているのだ。息子や、ある女性に接するときはな、いま、手遅れにならないうちに、正しい態度をとってやらねばならん。肝に銘じておきなさい」

最後の言葉を儀式めいた声音で告げた父は、ポケットからビロード張りの古びた宝石箱を取り出した。

「これはな、皆でイズミルへ行った帰りに買ったものだ。彼女がわたしを怒らないで、許してくれたら渡そうと思っていたんだが、永遠にその機会は訪れなかった」

父はそう言って箱を開けた。

「真珠のイヤリングは彼女によく映えたろうに。これは大変高価なものだ。何年もひっそりとしまっておいたんだ。母さんにも見つけられたくなくてな。受け取りなさい。ずっと考えていたんだが、このイヤリングはスィベルに一番似合う」

「父さん、スィベルは僕の愛人という訳じゃない。妻になる女性なんだよ」

わたしは父が手渡そうとする箱の中身に視線を注ぎながらそう答えた。

「気にするな。スィベルにイヤリングの由来をしゃべらなければいい。彼女がそれをつけているのを見る度、お前はわたしを思い出すだろう。そうすれば今日言い渡した忠告を忘れまい。あの素晴らしい娘に優しくしておやり……。中には女にひどい態度をとって、それを誇らしげに語る男もいるが、決してやつらのようにはなるな。この忠告もイヤリングに込めておこうじゃないか」

父は蓋を閉じると、オスマン帝国時代の高官のような厳粛な仕草で、わたしの手のひらへ箱を置くと、まるで施《ほどこ》しを与えるようにそれを握らせた。

「息子や、給仕にいってもう少しラクと氷を持ってこさせよう」

父は注文を終えるとわたしに向きなおった。

「何と素晴らしい日だろう。そうは思わないか。ここは本当に美しい庭だ、シナノキがここまで香ってくる」

午後二時が近づいていた。続く一時間は、わたしにはどうしても外せない約束があることを必死で説明し、父がサトサトへ電話して経営者としてその約束をキャンセルするのが、どれだけ間違えているかを説くのに費やされた。

「アメリカでそういう交渉の仕方を学んできたな。たいしたもんだ」

父はそうぼやいていた。そんな父の勧める盃を断れず、わたしはもう一杯だけラク酒を飲み、腕時計を覗きこんだ。その日だけは、フュスンとの約束に遅れたくなかったのだ。

「待て、ケマル。もう少し座っていようじゃないか。見ろ、なんと愉快な親子の会話だろう。おまえはすぐに結婚してわたしたちのことなど忘れてしまうだろうがな！」

「父さん」

わたしは立ち上がりながら答えた。

「父さんが感じた苦しみはわかるよ。それに今日教えてくれた大切な言いつけも絶対に忘れない」

歳を取るにつれ、父は本当に感動したときその唇の端を震わせるようになった。父は腕を伸ばしてわたしの手を渾身の力で握りしめた。同じように握り返すと、まるでスポンジでも隠しているかのように頬が膨らみ、目にはみるみる涙が溢れた。

しかしすぐに自制して、大声で会計を頼んだ。チェティン氏が揺らさないように細心の注意を払って運転する帰りの車で、父は眠りこけていた。

メルハメト・アパルトマンに着いたわたしには何の迷いもなかった。フュスンがやってきて、長い口づけを交わしたあとで、父と昼食をしていたので酒臭いのだと説明すると、わたしはポケットからビロードの箱を取り出した。

「開けてごらん」

フュスンは恐る恐るそれに従った。

「これはわたしのイヤリングじゃないわ。真珠じゃない。すごく高いものよ」

「気に入った？」

「わたしのイヤリングはどこ？」

「君の残った方のイヤリングも消えて無くなってしまって、ある朝、僕の枕元に現れた。だから僕の見つけたもう片方と一緒にこの箱に入れておいたんだ。そうしたら真珠のイヤリングに変わってしまったという寸法さ。それで、とにかく本当の持ち主に返そうと持って来たんだよ」

「わたしは子供じゃないのよ。これはわたしのイヤリングじゃない」

「魂にかけて、僕からすればこれは君のイヤリングだよ」

「わたしは自分のイヤリングが欲しいのよ」

「君へのプレゼントなんだよ……」

「そもそも、こんな大層なもの付けられないわ。みんな、誰からもらったのかって訊くに決まっているもの」

「それならつけなければいい。でも、どうか僕の贈り物を突き返さないでおくれ」

「でもこれ、わたしのイヤリングの代わりにくれるんでしょう……。本当になくしちゃったの？　すごく気に入っていたのに」

「いずれ、家のどこかから出てくるよ、必ずね」

「いずれ、ね。ずいぶん気安く言ってくれたものね。どうでもいいんでしょう。じゃあ、いつ？　どれくらい待てばいいの、わたし？」

「長くは待たさないよ」

わたしはこの時間から早く解放されたいと思うあまり、咄嗟に答えた。

「そのときはこの三輪車も持って、君のご両親の招待に応えるよ」

「待っているわね」

フュスンはそう言ってキスをした。

「お酒臭いわ」

構わずにキスを続け、交わりがはじまると、イヤリングが見つかるかどうかという気がかりなどどうでもよくなってしまった。父が愛人に買ったというイヤリングは、アパルトマンに置かれたままになった。

22　ラフミ氏の手

婚約式の日が近づくにつれてあれこれの準備に忙殺され、恋に思い悩む暇さえなくなった。ナイトクラブに勢ぞろいした子供のころからの友人たち——そのうち幾人かは父親同士も友人だ——と、ヒルトンでの式に出すシャンパンやその他の〝ヨーロッパの〟酒をどうやって手に入れたものかと頭を捻《ひね》り、長々と話し合ったのをよく覚えている。——後世になって当博物館を訪れる方々には説明しておく必要があるだろう。当時、外国産の酒類の輸入は政府の被害妄想的な厳しい監視下にあったのだ。もっとも、当の政府には輸入業者に支払う十分な外貨がなく、シャンパンやウィスキーなどの洋酒は合法的なルートではほとんど手に入らなかった。しかし裕福な地域に店を構える食料品店や、贋物を扱う衣料品店、それに高級ホテルのバー、街の露天商、宝くじを満載したバッグ片手にうろつく何千というくじ売りには、シャンパンにウィスキー、贋物のアメリカ煙草の在庫がたっぷりとあった。わたしのように少々見栄を張る必要のあるパーティを開く者は皆、来賓者へ供すべき〝ヨーロッパの〟酒を自力で捜してホテルへ届けなければならなかった。様々なホテルのバーテンダー長たちもこの骨の折れる作業を手伝ってくれる。そして、大がかりなパーティともなれば互いに酒瓶を融通しあい、滞りなく式が進行するよう取り計らってくれるのだ。当時の新聞のゴシップ欄の記者たちもこの点にご執心で、パーティのあとで、酒のどれくらいが〝本物の外国産〟で、どれくらいがアンカラの国産ウィスキーであったかを事細かに書きたてるので、体面を保つためにも注意が必要だった。

酒の調達に疲れたときは、スィベルに電話をかけてベベキやアルナヴトキョイの山の手、あるいはちょうど開発のはじまったエティレルに繰り出し、建設中の見晴らしのよい物件を探した。レンガやセメントの匂いが漂う建設中のアパルトマンの中で、どんな生活を送ろうか、どの部屋を寝室にしようか、どこを食堂にしようか、ニシャンタシュの家具屋で目をつけた長椅子はどこへ置けばボスフォラスの風景がよく見えるだろうかとあれこれ想像を巡らせるのが——スィベルと同じように——楽しくなりはじめた。彼女は、二人で検分してきた家々の立地や景観、その美点やら欠点やらを諸々のパーティに集った友人たちの前で披露しては、〝人生設計〟という観点からこれについて論じられるのが嬉しくて仕方がないようだった。わたしはといえば、得体の知れない気後れを覚えて話題を変えたり、ザイムを相手にメルテム・サイダーの成功であるとか、サッカーの試合、夏季休暇に向けて新たに開く店などについて話していた。フュスンと過ごす秘密の愉しみのためなのかはわからないが、わたしは友人の輪に加わってもあまりしゃべらなくなり、隅から皆の様子を眺めている方が楽になっていった。実のところ、婚約式が近づくにつれて虚しさが心の中で少しずつ、膨らんでいたのだが、あのころはまだそうとは気が付いていなかった。幾年も経ったいまではわかるのだが。当時はたんに自分が〝寡黙〟になったと感じていただけだった。

「最近、あまりしゃべらなくなったわね」

ある夜、車で送っていく途中でスィベルに言われた。

「そうかい？」

「いまだって三十分も黙ったままよ」

「この前、父さんと昼食へ行っただろう……。あのときのことが頭から離れないんだよ。まるで死期を悟った人間みたいな話しぶりだったから」

六月六日金曜日、つまり婚約式の八日前――あるいはフュスンの入学試験の九日前――のこと、父と兄と連れだってチェティン氏の運転する車に乗り込んだわたしは、ベイオールとトプハーネの中ほど、チュクルジュマ浴場よりも少し坂を下ったところにある家へ弔問に出かけた。亡くなったのは父が働きはじめて以来、常にその傍らに付き従ってきた年老いた従業員だった。偉丈夫で気立てのよい彼は会社の生き字引でもあり、父のオフィスで雑用をしていた姿をよく覚えている。この働き者の従業員は、父のお気に入りだった。片腕が機械に巻き込まれてしまったために義手を付けていたが、わたしがこのラフミ氏と知り合ったのも、事故のあとで工場からオフィスへ異動したおかげだった。はじめのうちはわたしも兄もラフミ氏の義手に怖れおののいたものだ。しかし、もの柔らかで愛嬌がある彼は、まだ幼かったわたしと兄に義手を玩具代わりに貸してくれた。一時期は、父のオフィスへ遊びに行って、彼の義手を見るのが楽しみだった。オフィスの空き部屋で礼拝用の敷物《セッジャーデ》を広げたラフミ氏が、外した義手を脇に置いて祈る姿を、兄とともに飽きもせずに眺めたものだ。

父親譲りの愛嬌と、頑健な体軀を持つ二人の息子がわたしたちを迎えた。息子たちは順繰りに父の手の甲に口づけをした。丸々と太った、血色の良いラフミ氏の妻は茫然自失の態だったが、父の姿を見るや、スカーフの縁まで滴り落ちるほどの涙を目から溢れさせた。父はわたしや兄にも見せたことのない真心をこめて婦人を慰め、息子二人を抱きしめてキスを交わすと、家にいた他の縁者たちともすぐに打ち解けた。その姿には感服したものだ。一方、わたしと兄は義手のことを思い出して良心の呵責を覚えていたのでいたたまれず、所在なく突っ立っていた。

こうした場面で言葉は重要ではない。哀悼の意に真実味を持たせようとして、無理矢理に振る舞うよりも、周囲の雰囲気に合わせせる能力の方が肝要なのだ。思うに、煙草というものがかくも愛好されるのは、ニコチンの力というよりは、この空虚で無意味な世界においてその人が意味のある何かを行っているという感覚を容易に与えてくれるからではなかろうか。父と兄、それにわたしは故人の長男が差し出した国産煙草のマルテペの箱から一本ずつ抜き取り、その若者が手馴れた仕草で擦ったマッチで煙草に火を点した。そうして三人揃って、滑稽《こっけい》なほど大仰な仕草で足を組むと、煙を吸い込んだ。

ヨーロッパ人が絵を飾るのと同じで、壁には一枚のキリムが掛けられていた。吸いなれないマルテペの味のせいなのだろうか、人生における〝深遠な〟何物かを示唆する幻影——であったと思う——がわたしを捉えて離さなかった。人生の要諦は幸福である。ある者は幸福になり、ある者は幸福になり得ない。無論、多くの者はその間のどこかにいる。そしてあのころのわたしは非常に幸福であったものの、それに気が付きたくないと感じていた。いま思い返すと、無自覚こそが幸福を守る最善の方法だったのだ。しかし当時からそう悟っていた訳ではない。わたしは幸福を守ろうとしていたのではなく、遠くから忍び寄る不幸を——つまりフュスンを失うことを——恐れるあまりに、見て見ぬふりをしていただけなのだ。あのころ、口が重くなり、神経過敏になっていたのはそのせいだったのだろうか？

狭苦しくてとても裕福とは思えない、しかし清潔なラフミ氏の家の中を見まわすと、美しい気圧計——五〇年代に流行した調度である——と、〝神の名において〟とアラビア文字で書かれたパネルが壁に掛かっているのが目に入り、一瞬ラフミ氏の奥方と一緒に泣きそうになった。テレビの上には手作りの敷物が置かれていて、その上で昼寝をする置物の犬も泣きそうに見えた。しかし、それを眺めているうちに気分がよくなり、やがてフュスンのことを考えはじめた。

23 静寂

婚約式が迫ると、フュスンとの会話はいよいよ少なくなり、毎日最低二時間と決まっていた彼女との逢瀬や、日々激しさを増す愛の営みまでもが、その静寂に冒されていった。

「母宛てに婚約式の招待状が来たわ」

あるときフュスンが言った。

「お母さんはとても喜んでいたわ。お父さんも行かなきゃいけないって言っているの。わたしも来いってね。次の日の入試を欠席の理由にすれば、家で病気のふりはしなくても済むけど」

「母さんが招待状を出したんだ。来ちゃ駄目だよ。僕だって本当は行きたくないんだ」

わたしは「それなら行かないで」と言ってくれるのを期待していたが、彼女は何も答えなかった。

婚約式を控えたあの時期、わたしたちは汗まみれで身体を絡め合い、長年連れ添った恋人同士のような手馴れた仕草でお互いをかい抱いたものだ。そしてあるときにはどちらも身動き一つせず、口も利かずに、窓から流れ込む風に揺れるチュールカーテンを眺めていた。

婚約式まで毎日、同じ時間に同じアパルトマンで激しく愛し合った。すぐそこまで迫った婚約式や、これからの二人の関係については一切口にせず、それを思い出させるような事柄も避けるようにしていた。だからこそ、わたしたちは沈黙に囚われていたのだ。屋外からはサッカーに興じる少年たちの掛け声や罵り声が、相も変わらずに聞こえていた。はじめて愛を交わして以来、将来のことを話し合う代わりに、親戚やニシャンタシュで噂を聞く不良たちのことを話題にして笑い合ったものだ。それがいまや、物憂げな二人は、他愛のない睦言《むつごと》ですら長くは続けられない。これが一種の喪失であり、不幸であるのは二人とも理解していた。しかし、この悪循環こそが、二人を引き離すどころか——いびつな形ではあるが——結びつけていたのである。

ときおり、婚約式のあともフュスンと逢瀬を重ねる想像にとりつかれた。すべてが以前と同じように進行していくその楽園は徐々に、単なる幻想——妄想と言ってもよいかもしれない——から、もっともらしい仮定へと姿を変えていった。かくも真剣かつ真摯に愛を交わしているのだから、フュスンがわたしを捨てることはあり得ない、そんな論理が顔を覗かせるようになったのだ。いま思えばそれはただの思いつきであって、論理などと呼べる代物ではなかったのだが。当時のわたしは知らず知らずのうちに、そんなことを延々と妄想していた訳である。一方ではフュスンの言葉や行動から、彼女が何を想っているのか探ろうともしていた。しかしフュスンはこちらの考えなどお見通しで、どんな小さな手がかりさえ与えてはくれなかった。こうして、二人が黙ったままでいる時間はいよいよ長くなっていく。フュスンも、わたしの一挙一動を注視しては、絶望的な憶測を逞しくしている様子だった。そして、詳細な情報を手に入れようと目を皿のようにするスパイか何かのように、互いに長いこと見つめ合うのだった。——当博物館にはフュスンが身につけていた白いパンティや同色の子供っぽい靴下、それに薄汚れた白いスニーカーを展示してある。それらには何の但《ただ》し書きも付していないが、あの物憂げな静寂の瞬間のことを伝えてくれるだろう。

婚約式は足早にやって来て、気が付けば式の当日になっていた。あれこれの希望的観測は意味を失った訳である。その日わたしは、まずウィスキーやシャンパンについての問題――ある売人が先払いでないと酒を渡さないと言いだしたのだ――を片づけ、タクスィムへ出た。子供のころから通っているアトランティック・フードスタンドでハンバーガーとアイラン（薄い塩味のヨーグルト飲料）を腹に収めると、旧知の〝おしゃべり〟ジェヴァトの床屋へ入った。ジェヴァトは六〇年代の終わりにニシャンタシュからベイオールへ移転してしまったので、父や兄、それにわたしもニシャンタシュのバスリの床屋へ行くようになった。しかし、ちょうど近場にいたし、冗談を言い合って気を解《ほぐ》したくもあったので、アア・モスク近くの店へ足を運んで、髭を剃ることに決めた。ジェヴァトはその日がわたしの婚約式だと知ると大喜びして、店主自ら、新郎に相応しい髭剃りをかって出てくれた。輸入物の泡を使い、怖がらなくていいと彼が念押しした給湿器を動かし、顔の産毛や髭を丁寧に整えてくれた。床屋を出たわたしは、徒歩でニシャンタシュに戻り、メルハメト・アパルトマンへ向かった。

フュスンは時間どおりにやってきた。数日前にわたしがおずおずと、次の日は入試だから金曜日のうちに会っておこうと切り出すと、フュスンも勉強で疲れた頭を休めたいと答えてくれたのだ。彼女は試験勉強を口実に、ブティックから二日間の休みをもらっていた。彼女は部屋に入るなりテーブルにつき、煙草に火をつけた。

「あなたのことばかり考えてしまって、数学なんて頭に入らないわ」

小馬鹿にしたような口調でそう言ってから、そんなことは大嘘で、映画に出てくる気の利いた決まり文句だとでもいうように大笑いしたが、すぐにその顔が怒りで赤く染まった。

彼女があああも激しい憤りや悲しみを感じていなかったなら、わたしも冗談で返すことができただろうに。二人とも、今日の婚約式には一切触れないように気を付けていたが、それも限界だった。わたしもフュスンも悲嘆に暮れていたのだ。冗談を飛ばして誤魔化すことも、会話で紛らわせることもできないこの悲しみは、互いに打ち明け合えば軽くなるという類《たぐい》のものでもなかった。確かなのは、ただ愛の営みだけが逃避を可能にしてくれるということだけだ。しかし、二人の悲哀は情交にまで忍び込み、それを緩慢なものに変えてしまった。フュスンは身体を横たえて静養する病人のように、ベッドの上で弛緩《しかん》したまま、まるで頭の上で渦巻く嘆きの雲を眺めているようだった。その隣に横になって、一緒に天井を見つめた。サッカーをする子供たちも静かで、ただボールを蹴る音だけが響いていた。そのうちに小鳥も囀《さえず》りをやめ、深い静寂が辺りを包みこんだ。遠くから船の警笛と、それに応える別の船の汽笛だけが聞こえていた。

しばらくするとわたしたちはエトヘム・ケマル——祖父の母のそのまた母の夫——の代から伝わるコップで一杯のウィスキーを分けあい、またキスをはじめた。キスという行為に習熟した二人を、部屋の中の品々や、母が残していった衣服や帽子、小物が、いつものように優しく見守っていた。つまり、いつもと同じ素晴らしいキスを交わし合ったのである。こう書いてしまうと、この物語に関心を寄せる方々は、本当に悲しんでいたのか、と訝《いぶか》しむかもしれないが、主人公が悲嘆に暮れているからといって、物語そのものが悲劇にならねばならない謂われはないのだ。あなたがたをわたしとフュスンの嘆きに引きずりこむ代わりに、彼女の唇はわたしの口内でまるで溶けていくようだった、とだけ述べておこう。徐々に時間が引き延ばされていくかのような濃密なキスの間、一体化したわたしたちの口内の巨大な洞窟には、蜂蜜のように甘く生温かい粘液が溜まり、それが唇の端をつたって顎に流れる。眼前にはただ子供のような無邪気さだけに想像が許された、夢から抜け出したかのようなあの楽園がちらつきはじめる。頭の中に万華鏡があって、それを覗くと垣間見える極彩色の国を眺めるようなものだ。イチジクを慎重に嘴《くちばし》の間に挟みこむ愉悦にとりつかれてしまった小鳥のように、相手の上唇や下唇を軽くついばんで自分の口に含む。「もうおまえは僕のなすがままだ！」とでもいうように、捕まえたそれを歯の間にからめ取る。もう一羽の小鳥も、唇の奔放な振る舞いに耐えしのび、しかし喜悦を覚えている。他者になすがままにされるという鳥肌が立つような戦慄を味わいつつも、同時に、恋人の慈悲に決然と身を委ねるという蠱惑的な誘いを、唇だけではなく全身で感じとり、慈しみと服従の間のこの加減こそが愛のもっとも暗く、深い場所であることを生まれてはじめて体感するのだ。そののち、今度は自分が相手に同じことをしてやる。かくして二人の口内で急《せ》くように身悶えする舌は、歯と歯の間に互いの姿を認めると、憑かれたような激しさによってではなく、むしろ温良に満ちた抱擁と接触によって、その愛の味を思い出させるのだった。

長い長い交情が終わって、二人はまどろんでいた。開け放たれたバルコニーの戸から甘くてシナノキの香る風が吹き込んだ。カーテンが跳ね上がり、一瞬だけわたしたちの顔を絹のように撫でていくと、二人ともはっとして目を覚ました。

「夢の中でヒマワリ畑にいたの」とフュスンは言った。「それでね、ヒマワリがそよ風でおかしな具合に揺れてるの。気持ちが悪くて叫びたいのだけど、できないの」

「怖がらないで。僕はここにいるから」

二人がどのようにベッドから抜け出して服を身にまとい、玄関へ向かったかは説明しないでおこう。わたしは落ち着いて試験に臨むよう、受験票を忘れないよう、すべてうまく行って合格するはずだ、そう声をかけてから、この数日というもの何千回も言おうと思っていたことを、努めて平静を装って口にした。

「明日、同じ時間に会わないかい?」

「会うわ!」

フュスンは目をそむけて答えた。

　その背中を愛情を込めて見送りながら、これで婚約式もこの上なく素晴らしいものになるだろうと思った。

24 婚約式

――イスタンブル・ヒルトン・ホテルを写したご覧の絵葉書たちは、この物語から実に二十年余を経たのち、イスタンブルでも指折りのコレクターたちと知己を結んで入手したものや、あるいはヨーロッパの蚤《のみ》の市、そして無数の小さな博物館を巡って手に入れたものである。延々と値段交渉を続けたのち、有名なコレクターであり蒐集狂であるハリト氏は、ついにこの絵葉書に手を触れ、近くで観察する許可をくれた。それを見ていると、婚約式のみならず、子供のころの記憶も甦ってくる。わたしが十歳のとき、両親は興奮した面持ちでヒルトンのオープニングセレモニーに出向いていった。今日ではほとんど忘れられてしまったアメリカの映画スター、テリー・ムーアや、イスタンブルじゅうの上流階級が参加したのだ。わが家の窓からも見えるホテルは、イスタンブルの古びて、くたびれたシルエットに急速に馴染み、やがて両親もことあるごとに利用するようになった。わたしの父が商品を卸していた外国企業の要人たちは、一様に東洋的なダンスに興味津々で、しょっちゅうヒルトンに屯《たむろ》していた。日曜の晩などはわたしたち一家も総出でホテルへ行き、いまだトルコのどのレストランでもお目にかかれなかった〝ハンバーガー〟なる驚異的な食べ物を賞味したものだ。わたしと兄は、半月刀のような髭を生やした門衛の金色の飾り紐《ひも》やきらびやかな肩章、ザクロのように真っ赤な制服に羨望の眼差しを向けていた。あのころ、〝西欧〟の新しいものはまずこのホテルでお披露目されたので、有力紙が記者を常駐させるほど賑《にぎ》わっていた。母はお気に入りのスーツが汚れるとヒルトンのクリーニング係に送り、出来上がりを待つ間にロビーで友人たちとお茶を飲むのを楽しみにしていた。わたしの親戚や友人の多くも、地下のダンスフロアで披露宴を行うのが習いだった。スィベルの母が所有するアナドルヒサルの別荘は半ば廃墟と化していたので、婚約式にはそぐわないと判断された。その時点で両家ともにヒルトンでの挙式を決めたのだ。付言しておけば、富裕な紳士や進んだ女性に結婚証明書の提示を求めることなく部屋を貸し与えたイスタンブルで最初のホテルでもあった。

チェティン氏は、まるで空飛ぶ絨毯のような日除けの下の回転ドアの前にわたしと両親を降ろした。父はこのホテルに入る度に気分が高揚するようで、やけに勢いよく言った。

「あと三十分あるな。花婿や、座って一杯やろうじゃないか」

父はロビーを見渡せる席に腰を下ろし、顔見知りの年老いた給仕に二杯のラク酒と母にはチャイを持ってくるよう言った。夕食どきのホテルの混雑や、婚約式の時間がくるのをいまかいまかと待ち構える招待客を、これまでの日々を思い返しながら眺めるのは気分がよかった。ロビーを行き来する陽気な人々に紛れて、めかし込んだ招待客や知り合い、仲の良い親戚たちがすぐ目の前を通り過ぎていったが、シクラメンの幅広の葉が遮《さえぎ》っていてわたしたちの姿は見えないようだった。

「あらあら、レッザンのとこの娘さんは大きくなったのねえ。可愛くなったわ」

そう声をあげた母は、すぐに別の客を見つけると眉を吊り上げた。

「足の長さに合わないミニスカートなんて禁止すべきなのよ。ああ、なんてことでしょう、パムク家の人たちをあんなに後ろに座らせたのは誰かしら！」

母は父の質問に何事か答えてから、ふたたび招待客へ視線をもどした。

「ファズラ婦人たら、あのざまは何？　昔は目を見開くほど綺麗だったのに。あの人から美しさを取ったら何にも残らないわよ。おとなしく家に引っ込んでいてくれれば、あんな姿を見なくて済んだのにねえ。あのスカーフを被った人たちはスィベルのお母さんの親戚ね。ヒジャビさんがいるわね。バラの花みたいに素敵な奥さんと子供を捨てて、あんな下品な女と結婚したんですものね、あの人ももう終わりよ。ああ、見て。美容師のネヴザトよ。あいつったら、ズュムリュトをわたしとまったく同じ髪型にしたのよ。殴ってやりたいわ。この人たち誰かしら、鼻も姿勢も、いいえ服までキツネにそっくりじゃないこと？　ケマル、お金は持ってる？」

「いま何の関係があるんだ？」

父が辟易《へきえき》した様子で言った。

「だって慌てて帰ってきたと思ったら、婚約式ではなくて、まるでナイトクラブへ出かけるような格好に着替えていたんだもの。ポケットにお金は入れてきた？」

「入ってるよ」

「よろしい。しゃんと背筋を伸ばしてまっすぐ歩くのよ。みんなが見てるんですからね。さあて、わたしは先に行ってるわね」

父は指を一本立てて給仕に合図した（トルコでは挙手する際に指を立てるのが普通）。そしてわたしの目を覗きこんで、親指と人差し指で酒の量を指示し、二人分のラク酒を追加した。それを見た母が父に尋ねた。

「いっときはあんなに塞《ふさ》ぎこんでいたのに。何かあったの？」

「わが子の婚約式に飲んで愉しんじゃいかんかね？」

「ああ、見てあなた！　何て綺麗なのかしら！」

スィベルを見つけた母が声をあげた。

「ドレスも華やかねえ。真珠がよく映えているわ。いいえ、本人があんなに美人なんですもの、何を着たって引き立つのねえ。ほんと、なんて優雅な着こなしなんでしょうね？　ああ、ほんとに可愛らしくて、堂々とした娘さんだこと！　ケマル、あなたは自分がどれだけ運がいいかわかっているかい？」

スィベルはわたしたちのすぐ目の前で二人の美しい女友達と抱擁を交わした。友人たちはつい先ほど火をつけたばかりの細長い煙草を、互いの化粧や髪の毛、それにドレスのセットが乱れないように大げさな所作で慎重に持ちなおすと、口紅で赤く、艶やかに輝く唇を重ねた。そして、ドレスやこの日のために準備してきたネックレスやらブレスレットやらを見せあって嬌声をあげた。

「頭の良い人間は、人生が素晴らしいもので、その目的が幸せになることだと知っているものだ。しかし、愚か者だけが幸せになる。どうなっているんだか」

三人の美しい娘たちに視線を注ぎながら父が呟いた。

「うちの息子の人生最良の日なのよ、今日は。なんでそんなくだらないこと言うのよ、ミュムタズ」

母は父をたしなめ、わたしに向きなおった。

「さあ息子や、何をじっとしているんだい。スィベルのそばへいっておやり。いつもあの子と一緒にいなさい、そして幸せを分かち合うのよ！」

わたしがグラスを置いて植木鉢の後ろから彼女たちに近づいていくと、スィベルの顔には幸せそうな微笑みが咲いた。

「どこにいたんだい？」と言いながらスィベルにキスをした。

友人たちを紹介されたのち、わたしとスィベルは一緒にホテルの大きな回転ドアに目を向けた。

「とっても綺麗だよ、スィベル。誰もかなわないくらい」

スィベルの耳元で囁いた。

「あなたもとっても格好いいわ。でも、ここでぐずぐずしてはいられないのよ」

それでもわたしとスィベルはそこを動けなかった。わたしが彼女を引き留めたからではない。回転ドアを回して入ってくる人々から目が離せなかったのだ。知り合い、見知らぬ人、招待客、数少ない身なりの良い観光客。

当時、イスタンブルにいる〝西欧化〟した金持ちの数などたかがしれたもので、皆が互いの顔も、その風評も知悉《ちしつ》していた。だから、何年も経ったいまでさえ、回転ドアから入ってきた人々を思い出すことができる。アイヴァルク産のオリーブと石鹸で財を築いたハリス家の人々と知り合ったのは、バケツとシャベルで砂遊びをしたがるわたしや兄を、母がマチカ公園へ連れていったときのことだ。彼らとそっくりの長い顎の新妻——親族内で結婚したのだ！——さらに長大な顎を持つ息子たち。父と兵役を共にし、わたしのサッカー観戦仲間でもあり、昔はゴールキーパーを、いまは車の輸入業者をしている〝無駄口〟カドリ氏、イヤリングやブレスレット、ネックレスや指輪をぴかぴかと光らせるその娘たち。商売に手を出したことですこぶる家名を貶めた猪首《いくび》の御曹司——父親は前の大統領だ——とその優雅な妻。当時は最先端と謳《うた》われた外科手術をまっさきに取り入れ、上流階級の子弟のほとんどの扁桃腺を切除して回ったバルブト医師。彼のラクダ色のコートと鞄を見ただけで子供たち——わたしも例外ではない——は怖れおののいたものだ。

「スィベルの扁桃腺はまだありますよ」

彼と親しげに抱擁を交わしながらそう言うと、医師は他の者にも何度となく繰り返しているらしい冗談を返した。

「綺麗な女の子をおどかしてやるなら、いまじゃもっと医学的に洗練されたやり方があるからね」

ジーメンスのトルコ支社代表取締役であるハルン氏が通りかかったので、わたしは母が機嫌を損ねないよう願った。母が常々〝熊〟だとか〝言語道断〟だとか評するハンサムかつ物静かで、成熟した佇《たたず》まいを見せるこの男は、二番目の妻の連れ子――つまり義理の娘だ――と、社交界じゅうの〝鬼畜！ 破廉恥《はれんち》！〟という絶叫を尻目に三度目の結婚をしたばかりだった。第二次世界大戦中に政府が少数民族にだけ課した税金を払えず、労働キャンプ送りになったユダヤ人やギリシア人の工場や財産を差し押さえ、一夜にして高利貸しから工場主へと転身したジュネイト氏と妻のフェイザン。父はジュネイト氏に道義上の怒りよりはむしろ嫉妬を覚えていたようだったが、同時に彼との付き合いを大切にしていた。長男のアルプテキンはわたしと、その妹のアセナはスィベルと、おのおの小学校の同級生だった。婚約式の当日、回転ドアの前でそれを知ったわたしとスィベルは大喜びし、後日四人で集まろうと決めたのだった。

「そろそろ下に降りようか？」

図らずも、スィベルは母と同じ言葉を繰り返した。

「あなたとっても格好いいわ。でも姿勢を正してまっすぐ歩いてね」

そのときコックのベクリ氏やファトマ婦人、門番のサイム氏、そしてその妻子たちがぎゅう詰めになって回転ドアから吐きだされてきた。皆が着飾っているのを見て、わたしは知らず知らずのうちにスィベルの手を握った。ファトマ婦人や、サイム氏の妻のマジデは、母がパリで買ってきたお洒落なスカーフを自分たちなりにアレンジして頭に巻いていた。スーツにネクタイを締めたにきび面の息子たちは、スィベルにちらちらと羨望の眼差しを向けていた。父の親友である〝正論屋〟ファヒル氏と妻のザリフェもいた。父は、この友人がフリーメイソンに属しているのを快く思っておらず、家では悪しざまに罵《ののし》り、彼らは実業界に隠然たる〝影響力と特権のネットワーク〟を張り巡らせているのだ、と息巻いたり、「ほら見ろ、やはりな！」と言っては反ユダヤ的な出版社から出されるフリーメイソンの暴露本を嬉々として読んでいた。〝正論屋〟氏が家へやって来る前には、『フリーメイソンの内幕』だとか『わたしはフリーメイソンの会員だった』だとかの本を書架から抜いてはこそこそと隠していた。

そのすぐ後ろから社交界の誰もが知る悪名高き、〝ゴージャス〟シェルミンが入ってきた。この女性はイスタンブル――いや、おそらくはイスラム世界――唯一の女の女衒《ぜげん》、つまりはポン引きであり、首の切り傷を隠すために決して外されることがないという会社のロゴをあしらったネッカチーフを巻いている。彼女は、異常に高いハイヒールをはいた自分の〝娘たち〟の一人を伴って、ごく自然な様子で入ってきたので、わたしは一瞬招待客かと勘違いしてしまったが、そのままホテルの中のパティスリーへ消えていった。ついでやって来た近眼で度の強い眼鏡をかけた〝ネズミ顔〟ファルクは、母親同士が親しかったので、子供のころ誕生日会を祝い合った仲だ。また、一緒にいる煙草会社で財をなしたマルフ家の息子たちは、家の家政婦同士で付き合いがあり、一時期公園で遊んだ間柄だ。スィベルも彼らのことはサークル・ドリヤンというナイトクラブで知り合って、よく知っていた。

わたしたちに指輪を付ける役である元外務大臣のメリクハン氏が、年老いて太った図体を揺らしながらフュスンの父親と一緒に回転ドアから姿を現し、旧知のスィベルを見つけると彼女を抱きしめてキスをした。それからこちらの全身を眺めまわし、スィベルに向きなおり、「素晴らしい。男前じゃないか。はじめまして、若者よ」と言ってわたしの手を握りしめた。スィベルの女友達が笑顔で輪に加わると、元外務大臣は女好きで包容力のある年配者特有の余裕を見せて、彼女たちのドレスやスカート、アクセサリー、髪型に冗談と真剣味を巧妙に織り交ぜた大げさな賛辞を贈った。そして一人一人の頬に口づけし、自信たっぷりといった様子で階下へ降りていった。

「虫がすかん男だ。あの小便野郎め」

階段の途中で父がこぼした。

「放っておきなさい、ミュムタズ！　それよりも足元に注意して！」

「ちゃんと見てるよ。目があるんだから」

ドルマバフチェ宮殿にはじまりボスフォラス海峡や対岸のウスキュダル、カドゥキョイの沖合に立つクズ塔を一望するサロンからの光景を見ると父の機嫌も直った。わたしは父の腕を取り、盆に盛った鮮やかな色彩のカナッペを差し出す給仕の間をぬって、招待客とキスをして近況を尋ね合い、あるいは思い出話に花を咲かせながら、挨拶を交わしていった。

「ミュムタズさん、素晴らしい息子さんね。あなたの若いころにそっくりだわ」

「おやおや、わたしだってまだまだ若いですよ。しかし、どなたでしたかな……」

声をかけてきた婦人にそう答えた父は、わたしに「離しなさい。そんなにしっかりと腕を握られたら、身体が不自由なのかと思われるだろう」と言った。

わたしは静々《しずしず》と身を離した。庭園は美しい娘たちで埋め尽くされていて、眩《まぶ》しいほどだ。多くはつま先の開いたハイヒールをはいていて、そこからは慎重に、それでいて嬉々として消防車のように真っ赤に塗られた足の爪が覗いていた。丈の長いドレスを着た娘たちは、胸元を大きく開けて、腕や肩を出す反面、足を人目に晒《さら》していないので心から寛《くつろ》いでいる様子だった。わたしもほっと胸をなで下ろしたものだ。ほとんどの娘たちはスィベルのように、金具の付いた小ぶりなバッグを提げていた。

しばらくするとスィベルが寄ってきてわたしの腕を抱え込むと、彼女の数多い親戚や子供のころや学生時代の友人、あるいはそれまでまったく知らなかった人々を順に紹介してくれた。

「ケマル、あなたを気に入るに違いない友達がいるのよ」

それが新しい知り合いに引き合わせるときの彼女の口癖だった。興奮した面持ちの中に率直さを滲《にじ》ませつつも、少しかしこまって、その人物を褒める度に、彼女の顔は誇らしげな熱を帯びていった。これまでずっと、自分の友人たちを紹介しようと考えて、入念に計画を練っていたのだろう、わたしがその思惑どおりに振る舞ったものだから、彼女はことのほか嬉しそうだった。自らが思い描き、計画していた〝幸福な人生〟を形作る細々とした要素が、いま正に実現している最中だったのだ。あたかも、彼女なりの努力を重ねた結果、その身体のあらゆるしわの一つ一つに至るまでが、ドレスにあしらわれた真珠や襞《ひだ》や結び目の計算し尽くされた美しさに、欠けるところなく見合うものとなっているのと同じように。だからスィベルは、その晩の新しい思い出、新しい顔ぶれ、自分を抱擁し、キスを与えてくれたすべての人々こそが新たな幸せの由縁だと考えていたのだろう。彼女は誰にも彼にも顔を上気させて笑顔をふりまいた。ときおり、しなだれかかるようにして、わたしの肩にあてがった毛抜きのようにすぼめたその指で、わたしには見えない髪の毛や埃の粒を、保護者のように慎重な態度で取り除いた。

握手やキスを交わし、軽口をたたき合った人々のことを把握するころには、招待客たちの緊張もやわらぎ、徐々に酒も回り、大笑いやくすくす笑いの声がそこかしこからあがるようになっていた。女性陣は一様に、髪を染めて洒脱な装いを凝らしていたが、ほとんどは腰まで見えるような背中の大きく開いたドレスを着ていたので肌寒さを感じているようだった。男性陣は、子供が着る祭日用の晴れ着のようにボタンをぴっちりと閉めた白いスーツを身にまとい、トルコの平均からいえば色彩豊かというべきネクタイを締めていた。三、四年も前に流行した幅広で大きな、極彩色の〝ヒッピー・スタイル〟のネクタイの残滓《ざんし》である。数年前に世界を席巻した大きなもみあげであるとか、キューバンヒールの靴、あるいは長髪の流行が終わったのは誰の目にも明らかだったが、トルコの財産家や中年男性だけは例外だった。あの熱狂が去ったことを知らなかったのか、あるいは信じたくなかったのだろう。〝流行〟というには程遠い、先の広がった黒いもみあげに、伝統的な黒い口髭や黒い長髪も相俟《あいま》って、男たちの肌は常よりもくすんで見えた。そのせいもあってか、四十歳以上の男性は皆、その癖毛にブリリアンティンをつけていた。ブリリアンティンやその他の男性用のコロン、それよりも匂いの強い女性用の香水、招待客の多くがたいして深く吸い込みもせずに吐きだす煙草の煙、あるいは厨房から漂ってくる油の焼ける匂い。それらが春のそよ風と一つになると、幼いころに両親が開いたパーティを思い出した。イスタンブルでも指折りの楽団〝銀の葉〟がこの夜のために練習したらしいありきたりの曲でさえ、わたしが幸せ者なのだと囁きかけているようだった。招待客たちは突っ立ったまま待つのに飽きてきた様子で、年老いた者はすでに疲れ、腹をすかせた者はテーブルの間を駆け回り、あるいは子供の手を借りて見つけた所定の座席に腰を落ち着けていた——「おばあちゃん、僕らのテーブル見つけたよ！」「どこだい？　こら、走っちゃいけないよ、転ぶよ」。メリクハン氏がわたしの腕を取ると、外交官や政治家に特有の、丁寧ではあるが有無を言わせない調子で、隅の方へと引っぱっていった。そして子供のころから知っているというスィベルがいかに気配りに長《た》け、洗練されているか、その一家もまた文化的かつ気立ての良い人々であるかを滔々《とうとう》と語りはじめた。

「ああも洗練された古い一族は最近ではもういないよ、ケマルさん。君は実業家だからわたしよりもよくご存じでしょうが、どこもかしこも礼儀知らずの成り金だらけでしょう。街に出れば出たで、妻や娘が頭にスカーフを巻いている。この前ベイオールで見たんですよ。全身黒ずくめの奥方を二人引き連れたアラブ人みたいな男が、アイスクリームを彼女たちに食べさせているのをね。さて、あの娘と結婚して死ぬまで幸せに暮らす覚悟は決めたのかな？」

「はい、もちろんです」

冗談めかした答えを期待していたのだろう、先の外務大臣は頭痛でもしたかのように顔をしかめた。

「婚約は決して破れない。つまりあの娘の名前は君が死ぬまで付いて回るんだよ。真剣に考えたかね？」

いつの間にかわたしたちの周りには招待客の輪が出来ていた。

「考えました」

「それならすぐに婚約させてあげよう、食事がはじめられるように。では位置について……」

わたしを快く思っていないのは明らかだったが、気にならなかった。元大臣は周囲に群がる招待客たちに、まず兵役時代の思い出話を語り、これが四十年前の国と彼自身がいかに貧しかったかという結末に落ち着くと、いまは亡き妻と挙げた、招待客のさんざめきや活気に見放された婚約式の話がそれに続き、最後にスィベルとその家族に惜しみない称賛を与えた。彼のスピーチは面白味に欠けていたが、盆を持って遠巻きに見守る給仕たちまで、それがひどく愉快な話でもあるかのような微笑みを浮かべて、楽しそうに耳を傾けていた。スィベルと仲が良く、彼女に心酔していたウサギのような前歯が可愛らしい十歳のヒュルヤが銀の盆――いまもこの博物館に展示してある――に指輪を載せて持ってくると、一瞬、会場に静寂が下りた。わたしとスィベルは興奮し、大臣もまた狼狽《ろうばい》した様子で、はじめのうちは三人とも、どの指輪をどちらの手のどの指にはめればよいのかこんがらがってしまった。野次を飛ばそうと待ち構えていた幾人かの者が、「その指じゃない、もう片方の手だよ」と囃《はや》したてた。学生の一団から洩れた楽しそうな忍び笑いに後押しされて、ついに指輪が定められた指にはめられると、メリクハン氏は指輪をつなぐリボンを切った。途端に、まるで一斉に飛び立つ鳩の群れのような拍手と歓声があがった。これまでの人生で知り合った沢山の人々が嬉しそうな微笑を湛えて、わたしたちを祝福してくれた。筋書きどおりであるのはとうの昔からわかっていたはずなのに、知らないうちに子供のように興奮していた。もっとも、心臓が早鐘のように打っていたのは別の理由による。

人いきれの向こうに、両親と一緒に佇むフュスンの姿を見つけたのだ。強烈な歓喜が全身に広がった。スィベルの頬に口づけし、わたしたちのところへすぐに駆けつけキスしてくれた両親や兄と抱き合った。自分が皆の祝福に囲まれて興奮していることは重々、承知していた。それにもかかわらず、その喜びを招待客だけでなく、自分からも隠しおおせたならいいのに、などと考えていた。わたしとスィベルのテーブルはダンスフロアのすぐ脇にあった。そこに座る直前、フュスンが会場の一番後ろのサトサトの関係者席の近くに、両親と一緒に腰を下ろすのが見えた。

「二人とも幸せそう」

そういった兄嫁のベッリンにスィベルが洩らした。

「でもとても疲れたわ。婚約式がこんな具合なら、結婚式はどうなってしまうのかしら？」

「そのときはもっと幸せな気分になるわよ」

「あなたにとって幸せとは何なのかな？」

わたしはベッリンに尋ねた。

「まあ、何てむつかしいことを訊くのかしら」

そう言いつつもベッリンは幸せについて考える素振りを見せてくれた。しかし冗談めかしたとものとはいえ、その質問に不安を覚えたらしい彼女は結局、恥ずかしそうに微笑んだだけだった。ふいにわたしとベッリンは、やっと食事にありついた客たちの立てる満足そうな嬌声や、ナイフとフォークのかちゃかちゃという音の間に、誰かに何かを説明する兄の甲高くてよく通る声を聞き分けた。ベッリンは一瞬だけ兄に視線をやってから言った。

「家族、子供、その賑《にぎ》やかさかしら。幸せじゃないとき、いいえ、一番苦しい時期でも幸せでいるように振る舞うの。どんな悩みでもその家庭の空気の中に溶けて、消えていってしまうようにね。あなたも子供をつくりなさいな。田舎の人たちみたいにいっぱいね」

「なんだ。どんな噂話をしてるんだ？」

「二人に、子供をつくるようにって言ってたの」

話の輪に加わった兄にベッリンが教えた。

「何人くらいつくる予定なの？」

誰も見ていない隙に、グラスに半分ほど残っていたラク酒を一気に呷《あお》った。しばらくすると、ベッリンがわたしの耳元に顔を寄せた。

「ねえ、このテーブルの端に座っているあの男の人と可愛らしい子は誰？」

「スィベルの高校の同級生のヌルジハンだよ。フランス留学のときからの親友なんだ。スィベルが、彼女と僕の友人のメフメトを隣同士に座らせたんです。間を取り持ってやりたいんだ」

「いまのところ進展なしのようだけどね！」

ベッリンがそう評したので、スィベルが彼女に憧れと同情の入り混じった感情を抱いていることや、一緒にパリで勉強しているころにヌルジハンがフランス男たちと恋に落ち——これらはスィベルにせがまれて聞く羽目になった話だが——果敢にも彼らと肉体関係を持ったこと、イスタンブルの社交界にはばれないように引っ越して、彼らと同棲をはじめたこと、しかし結果としてひどい失恋を経験して疲れ果て、親友のスィベルの勧めもあってイスタンブルに戻りたがっていることなどを説明し、最後にこう付けくわえた。

「でもそのためには、彼女を大切に思い、同じくらい進歩的で、フランスでの過去や昔の恋人たちのことに拘泥しないような人と知り合って、なおかつ彼に恋する必要があるんだってさ」

ベッリンは笑いを押し隠しながら囁いた。

「そういう恋の気配は微塵《みじん》もなさそうね。メフメトの家族は何をしてるの?」

「金持ちだよ。お父さんはアパルトマン専門の有名な建設業者だったんだ」

ベッリンは疑問を呈するかのように、左眉を悪戯っぽく吊り上げた。仕方なくわたしは、ロバート・カレッジ以来の親友であるメフメトが、品行方正な男であり、もちろんその家族も信心深く保守的であることや、母親が紹介するイスタンブル生まれの学のある花嫁候補たちを何年ものあいだ断り続けていて、自分で見つけ、恋人になった相手としか結婚する気がないのだと教えた。

「いまのところ、自分で見つけてきたモダンな女の子とはまったく何もないですけどね」

「当然、何もないでしょうね」

ベッリンは少し偉そうにそう言った。

「どうして?」

「見てみなさいな、あんなアナトリアの山奥から出てきたような人と……。女の子は世話人を介して正式に結婚したいものなの。あんまりうろちょろしすぎて、男たちに〝娼婦〟って陰口をたたかれるのは怖いもの」

「メフメトはそんな人間じゃない」

「でも出自や家族、それに見かけはそんな感じよ。頭の回る子ほど、その男性の考えていることではなくて、家族やその振る舞いを見るものなのよ。そうじゃなくて?」

「確かにそうかもね」

わたしは頷いた。

「いざ声をかけても、メフメトはとても真剣だというのに一向に仲が進展しないですから。その頭の回る子――名前は言わないでおくけれど――の方は、結婚する気があるかもわからない他の男には親しげで、そっちと仲良くなってしまうことが多いかな」

「ほら、言ったとおりじゃなくて！」

ベッリンは誇らしげに続けた。

「結婚前に馴れなれしくするような女だったといって、何年もしてから奥さんを蔑《さげす》むような男がこの国にはいっぱいいるのだもの。もう一つ教えてあげる。あなたのお友達のメフメトはね、全然仲良くしてくれないその子たちに恋していないの。もしそうなら、女の子はそれとわかるもの。そうしたらもっと別の態度をとるはずよ。もちろんセックスするかは別だけれど、でも結婚できるくらいには彼と親密になるでしょうね」

「でもメフメトだって、女の子が彼と親しくなる素振りも見せず、保守的な臆病者でいるうちは、恋することもないんじゃないかしら？　鶏が先か卵が先かだよ」

「そうでもないわ。恋愛にはセックスも、性的なあれこれも必要ないもの。レイラーとメジュヌーン（ペルシアに起源を持つ恋愛物語。主人公カユスは王女レイラーに恋するあまり狂人となり、放浪を重ねる）のようにね」

「うーん」

わたしの唸《うな》り声を聞きつけた兄がテーブルの向こう側から声を張り上げた。

「ひそひそやっていないで俺たちにも教えてくれよ。誰が誰と寝ているって？」

「子供たちがいるのよ！」と咎《とが》めるような視線を兄に送ったベッリンは、ふたたびわたしの耳元で言った。

「そういう訳だから、あなたはまず、あの上辺だけは優しそうなメフメト君が、仲良くなりたいと思う子がいても本当に恋に落ちることがないその理由を突き止めないとね」

常々、ベッリンの知性を恃《たの》みにしていたわたしは、思わず、メフメトは場末の違法な娼館に出入りしているんですよ、と明かしそうになった。メフメトにはスラセルヴィレルやジハンギル、ベベキやニシャンタシュに点在する幾つかの淫売宿に馴染みの〝娘たち〟がいるのだ。職場で知り合った二十歳にも届かない高校を卒業したての娘たちと、いつ叶うとも知れない関係を築こうと躍起になる一方で、わたしの友人は毎晩のようにそうした値の張る娼館へ赴《おもむ》いては、ヨーロッパ映画のボヘミアンを気取る娘たちと朝まで乱痴気騒ぎを繰り広げていた。飲みすぎたときなど、娘たちに払う金が足りないだとか、疲れすぎて頭が回らないだとか洩らすことがあった。夜半にパーティから抜け出したわたしとメフメトは、いつも数珠を手にした父親と頭をスカーフで覆った母親や姉妹たち――無論、断食月には、日のあるうちに食べ物を口にすることは一切ない――の住む家へ帰る代わりに、友人と別れたその足でジハンギルやベベキの娼館の方へ消えるのだ。

「今夜は飲みすぎよ。そんなに飲んではいけないわ。お客様の目もあるんだから……」

「わかっているよ」と言いながら、わたしはグラスを取り上げた。

「オスマンを見てごらんなさい、きちんとしているでしょう。あなたは節度を弁《わきま》えていないんだから。どうして兄弟でそうも違うのかしら？」

「そんなことない。僕たちはよく似ているよ。それにこれからはオスマン兄さんよりもしっかりするし、真剣になるつもりだよ」

「まあわたしも糞真面目なのは虫が好かないけれどね」

そういってベッリンはまた何事か話していたが、しばらく経つとぽつりと言った。

「あなた、聞いてないわね」

「なんで？　聞いていますよ」

「それなら何を話していたか言ってごらんなさいな！」

「『恋愛は昔の物語のようでなければいけない』ってことでしょう。レイラーとメジュヌーンみたいに」

「やっぱり聞いてなかったのね」

ベッリンは仕方なさそうに笑ったが、その顔には気遣わしげな表情が浮かんでいた。わたしがかなり酔っていることに婚約者は気が付いているのだろうか、と心配したのだろう、ベッリンはスィベルの方を振り返ったが、メフメトとヌルジハンに何かを説き聞かせている最中だった。

実際にはベッリンと言葉を交わしている間もわたしの頭の一部はフュスンのことで占められていて、背後のどこかに座っている彼女を肌で感じていた。あのときのわたしが彼女のことばかり考えていたという事実を、読者のみならず自分自身からも隠しおおそうとして、ここまで書いてきたが、もう充分だろう。もとより読者諸兄がご存じのように、そんなことがうまく行く訳もない。これ以降は、読者に、そして自分に対しても正直になろうではないか。

フュスンに一目会いたかったわたしは、何がしか言い訳をしてテーブルを離れた。その内容までは覚えていないが。会場の後方を見渡したが、彼女の姿は見当たらなかった。人がごった返していて、こういったパーティの常で皆が皆、大声で話していた。テーブルの間には、隠れんぼをして遊ぶ子供たちの嬌声も響いていた。それに音楽や食器のぶつかり合う音が加わって、耳鳴りがするほどの大音響が会場を包みこんでいた。そのすさまじい音の洪水の中を、フュスンに会えるという望みを胸に会場の後方へ歩いていった。

「おいケマル、おめでとうよ。あとでベリーダンスもあるんだろ？」

誰かの声に呼びとめられた。ザイムたちのテーブルにいた気取り屋のセリムで、まるで気のきいた冗談を口にしたかのように、にやにや笑っていた。

「ケマルさん、あなたは素晴らしい娘さんを選ばれたわ」

今度は感じの良い中年の女性に声をかけられた。

「あなたは覚えていないでしょうねえ。わたしはお母様の……」

しかし彼女がわたしの母とどこで知り合ったのかを言い終える前に、手に盆を持った給仕に押しのけられ、彼女と離れてしまった。

「婚約指輪を見せて!」

「おやめなさい、恥ずかしい!」

わたしの手にしがみついた子供を、太った母親が強引に引きはがした。顔を引っ叩こうとでもしたのだろうが、ちびの方は馴れきったものでひょいと身をかわした。仕方なく母親は、「こっちに座ってなさい!」と叱ってからこちらに向きなおった。

「ごめんなさいね。おめでとうございます」

別のテーブルに座って酒で顔を真っ赤に染めて大笑いしている見知らぬ中年女性と目が合った。彼女はすぐに居住まいを正し、夫が彼女を紹介してくれた。彼らはスィベルの親戚で、聞いたところ、わたしと夫の方は兵役で同じアマスヤにいたそうである。彼らの席に座ったかどうかは記憶が定かでない。フュスンを見つけようとテーブルの間に注意深く視線を走らせたものの、その姿はどこにもなかった。まるで空中に溶けて消えてしまったかのようで、心が苦しくなった。それまで感じたことのない不安が、身体じゅうへと広がった。

「誰かお捜しですか?」

「いえ、婚約者が待っているだろうから。でも、一杯お付き合いしますよ……」

これを聞いたそのテーブルの人々は大喜びして、我さきにと席を譲ってくれた——いえ、皿とフォークは結構ですよ、ラク酒を少しだけ。

「ケマル、エルチェティン提督を知っているかい？」

「ああ、うん」

そう答えたものの、紹介されたその軍人が誰か思い出せなかった。

「わたしはスィベルの父親の叔母の娘の夫だよ。おめでとう、お若いの」

提督は控えめな態度でそう教えてくれた。

「申し訳ありません、提督。平服をお召しなので一瞬、わかりませんでした。スィベルがいつもあなたのことを誇らしげに話していました」

これは嘘ではない。何年も前にヘイベリ島にある従姉妹の別荘へいったときに、子供のころはハンサムな海軍将校に夢中だったとスィベルから聞いたことがある。裕福な家庭ではどこでもそうだが、大方その提督とやらも、政府とのコネクションや徴兵猶予、あるいは軍高官とのパイプが大切なので蔑《ないがし》ろにはできない相手なのだろうと考えて、真面目に取り合わなかったのだが、実際に会ってみると、彼に迎合して、気に入られたいという不思議な衝動をなぜか覚えた。「提督、軍はいつになったら政権を掌握するのですか？　共産主義者と対立する極右勢力、その双方が、わが国に災厄をもたらそうとしているのに」云々と彼に訴えたいとも思ったが、そんなことを口にして自分が礼儀を弁えない酔っ払いと周囲に思われるのも癪《しゃく》だった。ふと立ち上がったわたしの目にフュスンの姿が飛び込んできた。

「すみません、失礼します！」

テーブルの人々にそう告げて席を離れた。酒を飲みすぎたときの常で、幽霊になったかのような覚束ない足取りだった。

フュスンはさらに奥のテーブルに席を移していた。スパゲッティストラップのドレスを着ていて、健康的な肩がむき出しだった。髪の毛も美容室でセットしてきたらしい。彼女は美しかった。ちらりと遠くから彼女の姿を認めただけだというのに、身体じゅうが幸福感と興奮で満たされた。

彼女はわたしに気が付かない振りをした。彼女とわたしを隔《へだ》てるテーブルは七つ。その四番目はそわそわと落ち着きのないパムク家の人々で占められていた。彼女の方へ向かって人をかき分けながら進んでいき、いっとき父と一緒に仕事をしていたパムク家のアイドゥンやギュンドゥズの兄弟と言葉を交わしたが、頭の中はフュスンのことでいっぱいだった。そばのテーブルにサトサトの関係者たちが座っていて、若くて自惚《うぬぼ》れ屋のケナンが他の客と同じくフュスンを凝視して、彼女に話しかけていた。

羽振りの良い一時期を経て、手をこまねいているうちに財産を失った家の多くがそうであるように、パムク家の人々もまた家族で固まっていて、新興の金持ちを前にして憂鬱《ゆううつ》になっている様子だった。美しい母親、父親と兄、叔父、それに従兄弟たちと一緒にテーブルにつく二十三歳のオルハン氏が、ひっきりなしに煙草をふかしては、苛立たしげな様子で、人を小馬鹿にするような笑みを浮かべようと努めている以外、特筆すべきことはなかった。

退屈なパムク家のテーブルを離れ、わたしはフュスンへと近づいていった。はてさて、わたしが身体から滲み出る愛情を抑えきれないまま大胆に歩み寄ったときに、さすがに知らぬふりをできなくなった彼女の顔に浮かんだうっとりとした表情を、どう説明すべきだろうか？　桃色の肌には一瞬にして朱が差し、溢れんばかりの生気がみなぎった。ネスィベ婦人と交わした目配せから、フュスンが母親にすべてを打ち明けたのがわかった。まず母親のかさかさとした手の甲に接吻し、何も知らされていない様子の父親の手を握った。その指は長く、手首も細くて、まるで娘のように美しい手だったのを覚えている。そして、わたしの女神の手を取り、屈《かが》んでその両頰に唇をあてたのだ。首筋と耳の下の感じやすい部位に唇が触れると、あの幸せと悦楽に彩られた記憶や、アパルトマンで交わした情熱が甦った。幾度も口の中で繰り返したはずの「なぜ、来たんだい?」という問いは、いつの間にか「よく来てくれたね!」という歓迎の言葉にすり替わっていた。今日の彼女は目の周りに薄くアイラインを引いて、薄桃色のチークを差していた。その化粧に香水の芳香が加わって、それらが彼女をまるで外国人のように見せると同時に、女らしさを引きたてていた。少し赤くなった目や、子供のように厚ぼったい下のまぶたはきっと、わたしと別れたあと一晩じゅう泣きはらしたせいだろう。しかしその顔つきは自分の正しさを確信する淑女のものだった。そして彼女は敢然とこう言ってのけた。

「ケマルさん、スィベルさんとお会いしましたよ。素晴らしい方を選ばれたんですね。おめでとうございます」

「ああ、どうもありがとうございます」

待っていたかのように母親も口を開いた。

「ケマルさん、とてもお忙しいはずですのに、娘に熱心に数学を教えていただいたんですってねえ。神様の祝福がありますように!」

「でも試験は明日でしょう? 今晩は早めに家へ帰られた方がよろしいですよ」

「ええ、もちろん。あなたのおっしゃるとおりですわ。でもあなたと勉強して、この子ったらくたびれてしまったみたいなの。もしお許しがあれば、一晩、羽を伸ばさせてあげたいんですよ」

わたしは理解ある教師のような微笑みをフュスンに向けた。人いきれと音楽の喧騒の中で——いや、まるで夢の中にでもいるかのように――わたしたち二人のことを気にかける者などいないように思えた。フュスンが母親に向けた視線の中に、あのアパルトマンでときおり見せる怒りを見いだしたわたしは、半ばまで露《あら》わにされた魅力的な胸元、欠けるところのない美しい双肩、子供のように滑らかな腕に視線を走らせた。幸福という名の浜辺に寄せては返す巨大な波が心の奥で膨れ上がり、ここに集う全員にこの勝利のことを洗いざらい話してしまいたいという耐えがたい誘惑を感じた。

〝銀の葉〟楽団はプレスリーの『イッツ・ナウ・オア・ネヴァー』の変奏曲である『ボスフォラスの一夜』を奏でていた。その瞬間のわたしは、この世における純然たる幸福が、自分を祝福する人々に囲まれた〝正にいま〟、掌中にあるのだと信じきっていたのだが、この瞬間を〝人生でもっとも幸せな思い出〟として紹介することができないのは、読者諸兄もご存じのとおりである。どうしてそこまでの幸せを感じたのかといえば、ネスィベ婦人の意味ありげな言葉や、フュスンの怒りと失望を孕《はら》んだ眼差しが、わたしたちの関係が今夜で終わらないことを仄《ほの》めかしていたからだ。彼女の母親までもが、何がしかの期待を込めて、ふたりの関係をこれから先も容認していこうとしていたのである。あのとき、細心の注意を払って彼女を慰撫し、いかに愛しているかを伝えられていれば、フュスンが生涯にわたって自分と連れ添ってくれるだろうことに気が付けたものを！ 神の恩寵篤《あつ》き幾人かの僕《しもべ》たち――わたしの父や叔父たち――に、数々の労苦を経て齢五十に至ってはじめて赦《ゆる》された、少しばかりの戒律違反、男の幸せ。すなわち、学があり文化的で賢く、なによりも美しい女と満ち足りた家庭生活を共有し、他方で美しく魅力的で官能的な娘と隠れた愛人関係を結ぶという幸運を、このわたしは大した苦労もせずに三十歳にして手にしたように思えた。わたしはまったく敬虔《けいけん》な性質ではないけれども、あの夜ヒルトンの庭園に集った陽気な招待客たち、色とりどりの明かりやスズカケの木々の間から覗くボスフォラスの海明かり、その背後に広がる紺碧《こんぺき》の空などは、天上の喜びを表した一葉の絵葉書のように、記憶に刻み込まれている。

「どこにいたの？」

わたしを捜しにきたスィベルが言った。

「心配していたのよ。あなたが少し飲みすぎてるってベッリンに教えられたの。大丈夫？」

「ああ、ちょっと飲みすぎたけど、もう大丈夫だよ。唯一の悩みは幸せすぎるってことかな」

「わたしもとても幸せよ。でも気がかりが一つだけあるの」

「何だい？」

「ヌルジハンとメフメトがうまく行きそうもないのよ」

「それならそれでいいじゃないか。僕たちは幸せだろう」

「いいえ、いえいえ、二人ともが望んでいることなのよ。お互いがもう少し心を開けば、すぐにだってできるはずってわたしは思ってるの。でもなかなか打ち解けてくれないの。だから折角《せっかく》の機会を逃がしてしまうのじゃないかって心配で」

わたしは遠くに座るメフメトに目をやった。ヌルジハンを口説き落とせず、まったく歯が立たないことに、今更ながら気が付いたらしく、自分の不甲斐なさに猛《たけ》るあまりやけになっているようだった。その脇には空いた皿が山と積まれた小さなワゴンが置かれていた。

「そこに掛けて二人で話そうよ。きっとメフメトはもう手遅れだよ。あいつがきちんとした可愛い子と結婚する可能性はないんだから！」

「どうして？」

テーブルに落ち着いたスィベルは好奇心と怖れに目を見開いた。メフメトは香水の匂いがぷんぷん香り、赤い照明に照らされた娼館の部屋の外では、幸せを見いだせないだろうと説明してやった。そして寄ってきた給仕にラク酒を頼んだ。

「その部屋のこと、よく知っているのね！　わたしと知り合う前に彼と一緒に行ったんじゃないの？」

「僕は君を愛しているんだよ」そう言って、婚約指輪に目を奪われている給仕のことなど気にかけずにスィベルと手を重ねた。

「でもメフメトの方は、どんないい子が相手でも心の通った愛の営みはできないかもしれないね。彼もそう感じているに違いないよ。だからあんなに焦っているのさ」

「ああ、何てことでしょう！　だから女の子たちは彼に怯《おび》えてしまうのね……」

「彼も女の子を怯えさせるような態度をとらなければよかったんだろうけど。彼女たちが警戒するのは正しいよ。もしセックスをしても彼が結婚してくれなかったら？　口約束をして、そのまま放り出されたら？　彼女たちはどうなってしまうと思う？」

「みんなが知っていることよ」

スィベルは慎重にそう答えた。

「何を知っているの？」

「男を信じるか、信じないかってことをよ」

「そんなに単純じゃないよ。ほとんどの子はそれが確信できないから、悩んでいるんだ。そんな状態でセックスまでこぎつけたとしても、怯えすぎて愛の喜びまではわからないだろうな。何にも考えずに身を捧げるような娘がいるなら別だろうけれど、まあいないだろう。メフメトのやつ、ヨーロッパのフリーセックスの話に涎《よだれ》を垂らして聞き入っていたっけ。そんな話を聞かなければ、近代的だ、文明的だといって結婚前の相手とセックスできるなんて考えにとりつかれなかっただろうに。いまごろ自分を好いてくれた品行方正などこかのお嬢さんと幸せに暮らしていたろうさ。見なよ、実際はヌルジハンの隣で四苦八苦しているだけさ……」

「ヌルジハンがヨーロッパで男と寝たのを知っているんだわ……。それであんなにおっかなびっくりなだけよ。わたし、助け船を出してくる」

ちょうど〝銀の葉〟楽団が、十八番の『幸福』を演奏しはじめた。抒情的な曲の調子はすんなりとわたしの心に入りこみ、フュスンについての悩みや、彼女を我がものとした満足感がない交ぜになった愛情が込みあげてきた。わたしは老成した雰囲気を装って、説明を続けた。あと百年も経ってこの国が近代化した暁には、処女性にまつわる悲劇や畏怖から解放され、死後に天の園で約束された姿そのままに愛を交わし合うだろう、しかしそれまでは、数々の愛や性的な苦痛に相も変わらず悶え苦しむことになるだろう、と。

しかし根が素直な美しいわが婚約者は、わたしの手を取って言った。

「そうじゃない、そうじゃないわ。わたしたちが〝いま正に〟幸せなように、あの二人だってすぐに幸福になるの。だって、わたしとあなたが必ずメフメトとヌルジハンを結婚させてあげるんですもの」

「わかったよ。でもどうすればいいんだい？」

「婚約したての二人が、もう隅《すみ》に引っ込んで噂話ですか？」

唐突に見知らぬ男性に声をかけられた。

「ここへ掛けてもよろしいですかな、ケマルさん？」

男はそう言うと、答えも待たずに椅子を寄せてわたしたちのそばに腰を下ろした。四十がらみの男で、胸にカーネーションを差し、気が遠くなるような甘ったるい女性用の香水をつけていた。

「新郎新婦がこんな隅に引っ込んでひそひそやっていたら、招待客もいい気がしないのでは？」

「僕たちはまだ新郎新婦ではありませんよ。婚約しただけですから」

「ですが、ケマルさん。皆さんおっしゃっていますよ。この素晴らしい婚約式など、絢爛《けんらん》豪華この上ない結婚披露宴への序曲に過ぎないとね。披露宴はヒルトンではやられないんでしょう？　どこでやるおつもりで？」

「すみません、どちら様でしょうか？」

「ああ、謝られる必要はありませんよ。あなたはわたしを知らないんだから。わたしら物書きはみんなが自分を知っていると思い込む癖がありましてね。スュレッヤー・サビルといいます。『アクシャム』誌に〝白いカーネーション〟名義で記事を書いていると言えばおわかりになるかもしれませんね」

「ああ、あなたが書く社交界のゴシップ記事は、イスタンブルじゅうの人が読んでいますわ。わたし、てっきり女性の方だと思っていました。流行やファッションのことをよくご存じだから」

取りなすように言ったスィベルを尻目に、わたしは思わず、「誰があなたを招待したんです？」と尋ねてしまった。

「どうもありがとうございます、スィベルさん。しかしヨーロッパでは、女性の間の流行を解するというのは常識ですよ。よく気のつく男性であれば、ですが。ケマルさん、わが国の報道法に準ずるなら、このプレスカードを責任者に提示する限り、わたくしども新聞記者は万人に開かれた集会へ参加する権利を有します。わざわざ招待状を刷るような集まりであれば、法律的にも〝公衆に開かれている〟とみなされるのですよ。とはいえ、招かれていないパーティへ出席したことは一度としてありません。わたしを呼んだ方がどなたかといえば、他でもないあなたのお母様です。お母様は、あなた方が社交界のゴシップとおっしゃったものを、近代的な一人の人間として重視なさり、わたしをちょくちょくパーティへ呼んでくださるのです。わたくしどもは互いを信頼しておりますので、伺う機会を得なかった幾つかのパーティの様子などは、お母様から電話でお聞かせ願い、そのまま記事にすることだってあります。というのもお母様は息子のあなたと同じで、あらゆる物事に慎重を期し、誤った情報を口にするということがありませんから。だからわたしの書いた社交界のゴシップには一つとして間違いはありませんし、あり得ないのですよ、ケマルさん」

「スュレッヤーさん、あなたはケマルを誤解しています……」

スィベルが脇で呟いたが、記者は構わず続けた。

「つい先ほど、けしからぬ輩が『イスタンブルじゅうの密輸ウィスキーとシャンパンがここにある』と言っていましたよ。わが国は外貨不足に喘《あえ》いでいます。わが国の工場を動かそうにも、燃料を買う外貨にすら事欠く始末なのですから！　妬《ねた》みや金持ちへ敵愾心を燃やして〝密輸酒はどこから〟などと題して新聞に書き立て、この美しい夜に泥を塗ろうという者だっているかもしれません。そういった手合いに、もしわたしにしたのと同じ失礼な態度でお臨みになれば、実際よりもなおひどく書かれることでしょうね。いいえ、脅かすつもりはないのです。あなたの不用意な言葉は永遠に忘れましょう。何といってもトルコの報道は自由なのです。しかし、あなたも正直に一つだけ質問に答えてくださいますね」

「もちろんですとも、スュレッヤーさん。何なりと」

「少し前に婚約したてのお二人が、仲睦まじく、しかし真剣に何事か話し合われていましたね。とても気になったのです、何を話していたのでしょうか？」

「お客さんは食事に満足しているだろうかとか、そんな話題ですよ」

わたしが答えると、スュレッヤー氏、いや〝白いカーネーション〟はスィベルに言った。

「スィベルさん、あなたに良い知らせがありますよ。未来の旦那様は嘘がお上手でないようだ!」

「ケマルは気のいい人なんです。話していたのはこういうことです。つまり、この人たちの中で何人が恋をしていて、何人が結婚していて、どれくらいの人がセックスのことで悩んでいるのかしらって」

「ははあ、なるほど」

ゴシップ記者は曖昧に頷いた。〝セックス〟という言葉はあのころはじめて知られるようになり、当初は非常にフェティッシュな意味合いを含んだ言葉だったのだ。彼は醜聞というべき告白に出くわしたような態度をとるべきか、それとも人間の業の深さに理解を示したものか、考えあぐねている様子で、一瞬二の句が継げなかった。

「確かにお二人はそうした苦悩とは無縁の、幸福な新しい世代ですな」

その言葉には嘲《あざけ》りこそ含まれていなかったが、微妙な立場のときは相手におべっかを使うのがもっとも無難であると経験から知っている者の投げやりさが滲んでいた。そして、それこそが悩みの種だとでもいいたげな憂鬱な面持ちを作ると、会場に集う招待客たちにまつわる様々なゴシップを披露しはじめた。どこぞの家の跡取り息子に望みのない恋心を抱く娘、その〝自由奔放さ〟のために良家を追い出され、ついには様々な男性の渇きを癒すに至った娘、名望家の放蕩息子に娘を嫁《とつ》がせようと躍起になる母親、そしてすでに結婚の約束を交わしながら、別の娘に恋をしてしまった、とある家のだらしのない息子。わたしとスィベルが興味津々で耳をそばだてているのを確認した〝白いカーネーション〟はいよいよ調子を上げて、ダンスがはじまるころには「いずれこうしたスキャンダルは一つずつ明るみに出ることとなるでしょう」と息巻いていたが、彼の話を終いまで聞くことはできなかった。

額に青筋を立てた母がやって来て、招待客の目があるというのに主役の二人が所定の席から離れ、噂話にうつつを抜かすのは無礼千万と捲《まく》し立て、席へ帰されてしまったからだ。

ベッリンの隣に座るや否や、コンセントを差し込んだ機械のように、フュスンの幻が心の中でぱっと瞬いた。その幻影は不安ではなく幸せの光を放っていて、今夜のみならずわたしの未来の遙か先までを照らし出していた。このときはじめて、幸福の真の源を隠れた恋人に置きながら、妻や家族こそがそれだと言わんばかりの態度で暮らす男たちと同じことをしている自分に気が付いた。スィベルのお陰でとても幸せだ、そう振る舞っているだけの自分に。

ゴシップ記者と少し言葉を交わした母が、わたしたちのテーブルへ戻ってきた。

「まったく、ああいう記者には気をつけなさい。嘘ばかり書きたてて、悪いことは何でもするんですからね。その上で、もっと広告欄を買うよう、お父さんを脅かしたりするのよ。さあさ、二人ともお立ちなさい。踊りましょう。皆さまが主役をお待ちかねよ。ほら、オーケストラもダンス用の曲をはじめているわ。ああ、スィベル、あなたは何て可愛らしいんでしょう、何て素敵なことでしょう」

〝銀の葉〟楽団が奏でるタンゴに合わせて踊りだすや、招待客すべての物言わぬ視線に晒された。それは二人の幸福感に、どこか作り物めいた印象を抱かせた。まるでディスコの人目につかない暗がりにいるかのように、スィベルは腕をわたしの肩に巻きつけ、頭をもたせかけて、ときおり微笑んだり、何事か呟いたりした。ターンを繰り返すうち、わたしの視線は徐々にスィベルの肩越しに見える景色の方へ吸い寄せられていった。皿が満載された盆を片手に、婚約した二人の幸せを控えめな笑みを浮かべて見守る給仕の視線、スィベルの母が流す幾滴かの涙、鳥の巣のようにセットされた髪の女性、わたしたちがいなくなったので互いに背を向けあうヌルジハンとメフメト、先の大戦——つまり第一次世界大戦のことだ——で富を得た九十には達しようかという老紳士が、木綿のネクタイを締めた下男の手を借りて食べ物を口へ運ぶさま。しかし、会場の後ろの方、フュスンが座っている辺りには決して目を向けないようにした。幸せそうなスィベルが、肩越しに見えるものをいちいちわたしに説明している姿を、フュスンに見られたくなかったのだ。

ふいに拍手が沸き起こったが、それもすぐに止んだ。わたしたちは気にせずにダンスを続けた。そのうち他のペアがダンスをはじめたのを見計らってテーブルへ戻った。

「とってもよかったわ。本当にお似合いよ」

ベッリンがそう言って出迎えてくれた。このときはまだ、ダンスの輪の中にフュスンの姿はなかったと思う。ヌルジハンとメフメトの距離が一向に縮まらないのに焦《じ》れたスィベルは、「彼にもっと積極的になるよう言って頂戴」とせっついた。しかし、わたしは何も言わなかった。ベッリンもスィベルの意見に反対した。彼女によれば、無理強いはよい結果を生まないし、先刻から注意して見ていたけれど、メフメトだけではなく、ヌルジハンの方も高飛車でよそよそしい態度のままだ、二人が望まないのであれば強要するべきではない、というのがその理由だった。

「いいえ、披露宴には魔法の力があるんです」

スィベルはそう抗弁した。

「ほとんどの人は結婚相手とそこで知り合うんですもの。女の子だけじゃない、男の子だって、披露宴ではその気になるものよ。手助けは必要だろうけれど……」

「何の話だい？　俺にも聞かせてくれないか」

そう言って議論に加わった兄は、事情を聞くと訳知り顔で言った。「世話人を立てて結婚相手を探すというやり方はもう古いよ。とはいっても、実際にはヨーロッパみたいに男女が知り合える場所は、この国にはそうないからな。信用のおける世話人は、前よりも忙しくしているらしいぜ」そして、話題の張本人であることも忘れて、ヌルジハンに向きなおると質問を投げかけた。

「君も、世話人に頼んで結婚なんてしないだろう？」

「相手が素敵な男性だったら、出会う過程なんて重要じゃないわ、オスマンさん」

ヌルジハンはくすくすと笑いながらそう答えた。一同は何とも剛毅《ごうき》な意見を聞いた、どうせただの冗談だろう、と口々に囃したて、大笑いしたが、その中でメフメトだけは顔を赤く染めて目をそらした。スィベルがわたしの耳に顔を寄せた。

「見た？　メフメトったらうろたえていたわ。自分が馬鹿にされたと思ったのよ」

――この会話のあいだ、ダンスフロアへ目を向けることはなかったので、誰が踊っていたのかは見ていない。しかしずいぶんあとになってから、博物館を設立するころに出会ったオルハン・パムク氏は、おおよその時間帯にフュスンが二人の男性と踊っていたと教えてくれた。彼は一人目の男性については知らないと言っていたが、わたしはそれがサトサト社のケナンであると直《ただ》ちに理解した。そしてパートナーを務めた二人目の男性は、少し前にパムク家のテーブルで顔を合わせたオルハン氏その人だったのだ。わたしとフュスンの物語を書いてくれたこの作者は、二十五年も前のダンスのことを目を輝かせながら、誇らしげに語ってくれた。フュスンと踊りながらオルハン氏が何を感じたのか、自分の目で確かめてみたい読者諸兄はどうか〝幸福〟と題した最終章の終りの方を見ていただきたい。彼がダンスのことを真率《しんそつ》に解説してくれているようだから。

オルハン氏が踊っていたのと同じときに、我々は恋愛や結婚、世話人、そして〝近代的な生活〟について含蓄に富む会話の真最中だった。しかしメフメトはそうした話題や、なによりもヌルジハンの忍び笑いに耐えかねたようで席を立ってしまった。一瞬、場には気まずい空気が流れた。

「わたしたち、すこし調子に乗りすぎたわね。彼を傷つけてしまったみたい」

スィベルがそう言うとヌルジハンが抗議した。

「わたしを見ながら言わないでよ。あなたと同じことしかしていないわ。みんなだってお酒を飲みながら、ずっと笑っていたじゃない。可哀相なメフメト」

「ケマルが彼を連れ戻してきたら、彼に優しくしてくれる、ヌルジハン？　あなたが彼を気に入るだろうって、わたしはわかっているの。メフメトだってあなたを好きになるに違いないわ。でもまずは、優しくしてあげないと」

スィベルがメフメトと彼女の仲を取り持ちたいと、皆の前で率直に口にしたので、ヌルジハンは相好を崩したが、口ではこう返していた。

「すぐに結婚する必要なんてないわよ。でも、こうしてわたしと知り合ったのだから一言、二言のお世辞くらい言えるだろうに」

「努力はしていたのよ。でもあなたみたいな性格の子が相手だから難しかったのよ」

それからスィベルは悪戯っぽい笑みを浮かべて、ヌルジハンの耳に口を近づけると、何かしか囁いた。

「諸君、どうして俺たちトルコ人が恋愛の道に長けていないか知っているかい？」

兄は酒の入ったときにはいつも浮かべる、あの茶目っ気のある表情で切り出した。

「つまりは、いちゃつける場所がないってことにつきるのさ。恋愛遊戯《フロルテ》って言葉さえトルコ語にはないんだから」

「あら、あなたの恋愛遊戯なんて、せいぜい土曜日の午後に婚約前のわたしを映画館に連れていくことだったんじゃなくて？　五分休憩の間にフェネルバフチェの試合結果を確認したいからって、携帯ラジオまで持ってね」

兄がやり返した。

「いいや、本当のところ、ラジオを持っていったのはおまえに驚いてほしかったからだ。イスタンブルで、きっと一番に携帯式のトランジスタラジオを手に入れたのが嬉しくてさ」

次にヌルジハンも、母親がトルコではじめて電動ミキサーを使った人間であると告白した。イスタンブルの雑貨屋に、トマトソースの缶詰がお目見えする幾年も前——つまり五〇年代の終わりごろのことだ——ブリッジでもして遊ぼうと友人たちが家へやって来る度に、トマトやセロリ、ビート、ラディッシュなどの各種ソース缶を融通するだけでは飽き足らず、渡されたクリスタルガラスのコップでソースを賞味する上流階級の婦人たちを台所に招き入れ、トルコに輸入された最初の電動ミキサーを披露するのが常だったのだとか。折しも会場には五〇年代の名曲が流れていたので、わたしたちはそれに耳を傾けながら、電気剃刀《かみそり》やカービングナイフ、電動缶切り、その他ありとあらゆる奇怪かつ恐ろしげな道具の思い出話に花を咲かせた。富裕層の中でも最先端を自認する人々は、新奇な品物をイスタンブルで最初に使うという喜びに抗しきれず、慣れない道具で手や顔を傷だらけにしていたものだ。狂喜してヨーロッパから持ち込まれ、一度使ったきり壊れてしまったテープレコーダー、使うとヒューズが飛ぶドライヤー、お手伝いの娘たちを恐怖させたコーヒーメーカー、国内には一切、替えの部品がなかったマヨネーズ製造機。ばらばらにして捨てる訳にもいかず、結局、家の埃っぽい片隅に何年もしまい込まれたまま忘れられていった器具たちを思い返して笑い合ううちに、いつの間にやらヌルジハンの隣のメフメトの席にはザイムが腰を下ろしていた。器用なわたしの親友はすぐに会話に溶け込み、三、四分もするとヌルジハンの耳元に何事か囁きかけて彼女の笑いを誘うまでになっていた。

「あなたのドイツ人モデルはどうしたの？　彼女のこともすぐに捨ててしまったのかしら？」

ザイムはスィベルの皮肉に堪《こた》えたふうもなく言った。

「インゲは僕の恋人じゃないよ。ドイツに帰ったんだ。単なる仕事仲間。時々イスタンブルの夜を見せてあげようと思って、一緒に出かけたけどね」

「つまり、〝単なるお友達〟って訳ね！」

スィベルが口にしたのは、当時数を増やしつつあったゴシップ雑誌が繰り返し用いた言い回しだ。

「今日、映画館で彼女を見たの。宣伝が流れてね、可愛らしく笑ってサイダーを飲んでたわ」

ベッリンはそう言って兄に向きなおった。

「お昼ごろかしら、停電があって美容室を出たの。それで、シテへ行って映画を観ていたのよ。ソフィア・ローレンとジャン・ギャバンのね」

そしてザイムに向かって言った。

「あの広告、街のどのキオスクでも見かけるし、子供だけじゃなくて大人まで、あなたの会社のサイダーを飲んでるわ。おめでとう」

「時流に適っていたんだよ。運が良かっただけさ」

ヌルジハンのもの問いたげな視線と、これまでの経緯を説明してほしそうなザイムの目配せを受けたわたしは、この友人がメルテム・サイダーを新しく出したシェクタシュ社の社主であることや、街の至るところに掲げられた広告の中の魅力的なドイツ娘をわたしたちに紹介してくれたことを手短に説明した。それが済むとザイムはヌルジハンに尋ねた。

「わが社のサイダーをもう試していただけましたか？」

「ええ、もちろんですとも。特にイチゴ味が気に入ったわ。あんな美味しいサイダーは何年かけてもフランス人だって作れないかも」

「フランスで暮らしていらっしゃるんですか?」

そう尋ねたザイムはテーブルの面々が注目するなか、われわれ全員を週末の工場見学に誘った。

「そして、そのあとはボスフォラスを船で巡って、ベオグラードの森あたりでピクニックをしましょう」しばらくするとザイムとヌルジハンはダンスフロアへ消えていった。

「行って、メフメトを見つけてきて。ザイムの手からヌルジハンを救い出すの」

「でもヌルジハンは助けてほしがってるのかな?」

「女の子をベッドに放り込むことしか頭にないあのカサノヴァ気取りの餌食にしろって言うのね」

「ザイムは心根のまっすぐないいやつだよ。女に弱いところがあるだけさ。それにヌルジハンがフランスにいたときみたいにアヴァンチュールを愉しむのはいけないことかい? 結婚は絶対条件なのかい?」

「フランス人は結婚前に男と寝たからって、差別したりしないでしょう。ここでは名前が出るわ。それに一番大切なのはね、わたしがメフメトを傷つけたくないってこと」

「それは僕も同じさ。でも、この悩みが僕たちの婚約に水を差すのはご免だよ」

「あなたには、友達の仲を取り持つ喜びがわからないみたいね。二人が結婚したら、この先何年もわたしたちの大親友になるって想像してみて頂戴」

「今夜じゅうにメフメトがザイムからヌルジハンを取り返せるとは思えないけどね。あいつはパーティや催し物で他の男と競うのが苦手だから」

「じゃあ、あなたが勇気づけてあげなさいな。ヌルジハンの方にはわたしが言って聞かせるから。さあ、行って、メフメトを連れもどしてきて」

わたしがようやく腰を上げるのを見て、スィベルは満足そうに唇の端を持ち上げた。

「あなた、とってもハンサムよ。他の子に引っかかったりせずにさっさと戻ってきてね。そうしたら、またダンスに連れていって」

何度かフュスンを見かけたような気がしたが、ほろ酔い気分でひしめきあう招待客の歓声と嬌声の中、テーブルをぬってメフメトを捜す間にも数多くの客と握手を交わさなければならず、それどころではなかった。

まだ小さかったころ、毎週水曜日の昼下がりにベジークで遊ぼうと家によく来た三人の婦人――示し合わせたように揃って髪の毛を明るい茶色に染め、これまた申し合わせたように各人の間には夫がちょこんと腰かけていた――が、手を振りながら、幼児でも呼ぶような調子で「ケマール！」と声をあげたことや、握手を交わした父の友人でもある輸出業者の白い礼服や金のカフスボタン、マニキュアを塗ったその爪、手から一向に消えなかった香水の匂いのことを覚えている。ちなみに、輸入業者の方はこの十年後に、〝大臣を嵌《は》めた商人〟として、各紙を賑わすことになる。法外な賄賂を要求した関税・専売公社大臣に、表にはガズィアンテプ市の景色が印刷され、中にしこたまドル札が詰め込まれた特大のバクラヴァ（甘味の一種。パイに似る）の箱を贈った彼は、その裏にガゾ社の録音機を絆創膏で張り付けておいて、二人の間で交わされた親しげな会話を公表したのだ。幾つかの顔には昔から知っているような近しさを覚えた。母が丁寧に切ったり張ったりしてこさえたアルバムの中で見かけた人物たちだったのかもしれない。しかし、それがどこの誰で、どの客の伴侶なのか、あるいは姉妹なのかは思い出せなかった。

人の良さそうな中年女性に声をかけられた。

「ケマル坊や、六歳のとき、わたしにプロポーズしたのを覚えているかしら？」

今年で十八だと、あとで聞かされた彼女の娘に目をやって記憶が甦った。

「ああ、メラルおばさん！　娘さんは若いころのあなたそっくりですね！」

　彼女は、母の大おばの一番下の娘にあたった。娘が大学の入試を明日に控えているので、早めに帰ることをしきりに詫びるメラル婦人の話を聞きながら、わたしと朗らかな彼女と、そして顔立ちの整った娘との歳の差が、いずれも十二歳分だと思いあたって、またフュスンを想った。それまで目を向けないようにしてきた彼女のテーブルの方を窺ったが、人波に隔てられているせいなのか、ダンスフロアにもテーブルにも彼女の姿は見つからなかった。――父の若いころからの友人であり、そのときは保険業者をしていた〝船を沈めた〟ギュヴェン氏が収まったこの写真――ちなみにわたしも片手だけ映っている――は、ヒルトンで催された数知れない披露宴やパーティの写真を集めては、ごちゃごちゃとした家に溜めこんでいたある蒐集家から買い取ったものだ。その三秒ほどあとに撮られたショットを見て、後ろの方に佇《たたず》む銀行家の紳士ともあの晩、握手を交わしたのを思い出した。そして、彼がスィベルの父親の知り合いであると教えられ、この紳士が夢中で濃い色のスーツを選んでいる姿をロンドンのハロッズへ行く度に――つまり二度とも――見かけたことを思いだして驚いたものだ。

　メフメトを捜し歩きながらも、呼びとめられる度に腰を下ろし、招待客と一緒に記念写真を撮った。肌の色の濃い女性たちは、一様に髪を金色に染め、男たちは揃って自惚れが強く、しかし裕福だった。どれもこれも似たり寄ったりのネクタイや腕時計、ハイヒールやブレスレットを身につけた男女。男たちのもみあげと口髭はどれも同じ。一方で、彼らのほぼ全員と面識があり、共通の思い出を持っていることに安心感を覚えてもいた。それは、行く手でわたしを待ち受ける人生の素晴らしさを知らせるようでもあり、ミモザの香るこの夏の夜の比類なき美しさを実感させてくれるようでもあった。トルコ初のミス・ヨーロッパの頬にもキスをした。彼女は二度にわたる恵まれない結婚を経て四十歳を過ぎると、貧しい人々や障害者、孤児を支援する組織が開催するチャリティパーティに専心するようになった。献金を募るために二カ月に一度は父のオフィスへ顔を出すこの婦人を母は、「理想主義なんて呼べる代物《しろもの》じゃないわよ、ケマル。上前を撥《は》ねているんですからね」と腐《くさ》していた。船主である夫が家族内の争いで目に銃弾を浴びて殺されて以来、親族会議に涙ながら参加するという未亡人とも出会い、夜の美しさについて語り合った。当時のトルコでもっとも愛され、またもっとも新奇かつ挑戦的なコラムニストとして知られたジェラール・サリク――当博物館にも彼のコラムが展示してある――の柔らかい手を心からの敬意を込めて握りもした。彼らはイスタンブルで最初に財をなしたイスラム教徒の一家だ。スィベルが呼んだ客たちの固まったテーブルでは、故ジェヴデト氏の息子や娘たち、それに孫たちと一緒に写真を撮った。あるテーブルでは、当時誰もが夢中になって観ていたテレビドラマ『逃亡者』の話で盛り上がった。今度の水曜日に最終回を迎える予定だったのだ。医師リチャード・キンブルは妻殺しという身の覚えのない罪を着せられ、無実を証明することもできずに逃げて、逃げて、逃げまくったものだ！

会場の隅の庭園に隣接したバーでやっとメフメトを見つけた。ロバート・カレッジ時代の友人であるタイフンと並んでスツールに腰かけ、楽しそうにラク酒を飲んでいた。

「おお、新郎様のお出ましだ……」

わたしが腰を下ろすとタイフンが声をあげた。わたしたち三人は懐かしさの入り混じった微笑みを交わした。それは広い会場で出会えた喜びというよりも、その〝新郎様〟という言い回しが、とある愉快な思い出を連想させたからだ。高校の最終学年の一時期、わたしたちは昼休みに学校を抜けだし、タイフンのメルセデス――裕福なタイフンの父親が、不真面目な息子が学校へ行くようにと買い与えたのだ――に乗り込むと、昔の軍人の邸宅跡に開かれた絢爛《けんらん》豪華な娼館を目指してエミルガンの港から丘をよく登っていった。毎回、美しく、愛嬌のある馴染みの娘と部屋にしけこみ、ときには彼女たちを車に乗せてドライブに繰り出した。三人とも隠しがたいほどの情熱を相手の娼婦に感じていて、彼女たちの方も晩に相手をする年寄りの金貸し連中や酔っ払った実業家よりもずいぶんと安い対価しか求めなかった。経営者であるど派手な出で立ちの老娼婦も、ビュユク島にある上流階級御用達の会員制クラブのダンスホールにでも迷い込んだのかと勘違いするほどに慇懃《いんぎん》な態度で出迎えてくれた。ミニスカートをはいた娘たちは、煙草をふかしたり、昔懐かしい絵物語を読んだりしてホールで客を待つのだが、ある宵の口に昼休みに抜け出してきたままの——つまり、ブレザーを羽織って、ネクタイを締めたままの——恰好でいるわたしたちを見るや老娼婦は堪《こら》えきれずに大笑いしてこう叫んだのだった。「娘たちや、学生の新郎様たちのお出ましだよ！」メフメトを元気づけようと、まずこの懐かしい思い出話をすることにした。あの日、ことを終えたわたしたちは、鎧戸の間から入る春の日射しに温められた室内で、眠気に抗い切れずに寝過ごしてしまった。午後最初の授業をまるまる逃し、次の時限も半ば以上過ぎてから教室に入っていくと、年老いた女性の地理教師が尋ねた。

「申し開きはありますか？」

わたしたちはこう答えたものだ。

「ええと、生物の勉強をしていたのですよ、先生」

それ以来、三人の間では、〝生物を勉強する〟というのが、娼館へ行こう、を意味する符丁になった。建物の正面の壁に〝ヒラル・ホテル‐レストラン〟と書かれたあの古い屋敷。娘たちが〝花〟や〝葉〟〝月桂樹〟〝バラ〟のように植物に所縁のある源氏名ばかりだったのを思い出して、わたしたちはひとしきり他愛のない冗談を交わし合った。夜になってから屋敷を訪ねたことも一度だけある。娘たちと一緒に部屋に入ってからすぐに、名の知れた金持ちと同僚のドイツ人がやって来て、娘たちは皆、その外国人のためにベリーダンスをしろと命じられ、わたしたちも部屋から追い出されると、大慌てで階下へ下ろされてしまった。詫びのつもりだったのかはわからないが、「レストランの奥の席から、おとなしく見ているだけならよろしい」と言われて、彼女たちのダンスを眺めた。鱗《うろこ》のようにきらきらと光るダンサーの衣装を身にまとった娘たちが、盛りを過ぎた金持ちたちのためではなく、わたしたち三人を魅了しようとしてベリーダンスを踊ってくれたことに疑いはない。三人とも、いまではあれが恋だったと知っていて、あのとき天にも昇るような心地で見惚れたダンスを懐かしんだ。メフメトとタイフンは、わたしが夏季休暇を利用して帰国した際に、警察署長が代わる度に装いを新たにし、手を替え品を替えてしぶとく生き残るこうした高級娼館の珍奇さを説明してくれた。たとえばスラセルヴィレル大通りには、ギリシアふうの七階建ての古いアパルトマンがあり、警察が毎日のようにガサ入れを行っては一つのフロアを立入禁止にしてしまう。しかし、実は他の階にも同じような家具や鏡が設《しつら》えられた部屋があって、娘たちはそこへ移るだけなのだとか。あるいは、ニシャンタシュのある裏通りには外扉に用心棒が立っている娼館があって、金持ちではないと判断された客はみな追い返されてしまうのだそうだ。つい先ほど回転ドアの前で見かけたゴージャス・シェルミンなども、十二年ほど前までは、日が傾くとテールフィンの付いた62年式プリマスを駆ってパルク・ホテルやタクスィム広場、ディヴァン・ホテル周辺を流し、車に乗せた二、三人の娘たちに客が付くのを待っていたものだ。前もって電話しておけば、〝宅配サービス〟もしてくれた。懐旧のこもった話しぶりから察するに、二人は〝処女〟であるとか〝名誉〟であるとかを前にして、木の葉のように頼りなさげに身を震わせる〝まっとうな〟娘よりも、娼婦たちの方が大きな喜びを与えてくれると考えているようだった。

ちらりと目をやると、フュスンはテーブルにいなかった。しかし両親が座ったままなので、まだ帰ってはいないのだろう。もう一杯ラク酒を注文し、不動産業者であるメフメトに最新の住宅事情を尋ねた。するとタイフンの方が、先ほどと同じからかうような調子で、新しく出来た豪華な娼館群の住所を教授しようと言い出した。風紀警察のガサ入れで逮捕された有名な国会議員、待合室で出会ったもののタイフンと目を合わせぬように窓の外ばかり見ていた知り合いの妻帯者たち、あるいはことの最中に心臓発作を起こし、ボスフォラス海峡に臨む豪邸のベッドで、二十歳のチェルケス娘（コーカサス地方の一民族）の腕の中で死んだはずなのに、公の発表では自宅で妻に看取《みと》られて亡くなったとされている首相候補にして、元軍人のさる有名政治家。タイフンは、様々な逸話に彩《いろど》られた愉快な娼館を列挙してみせた。メフメトに目を向けると、どうやら人を突き放すような、乱暴な言葉を並べたてるタイフンの話しぶりが気に食わないようだった。わたしは、そもそもヌルジハンは結婚相手を探すためにトルコへ戻ってきたのだ、と思い出させてやり、こう言い添えた。

「スィベルの話じゃあ、彼女も君が気に入ったみたいだってさ」

「あの子、サイダー屋のザイムと踊っているじゃないか」

「君に嫉妬してほしいんだよ」

わたしはダンスの方には目もくれずにそう答えた。メフメトは少しためらってから、ヌルジハンは素敵な女性だと思う、彼女の方も〝真剣〟なのであれば、その隣に座ってお世辞の一つも言えると思う、もし結婚ということになれば、命が果てるまでわたしに感謝する、と正直に口にした。

「じゃあ、何で最初から彼女に愛想よくしなかったんだよ」

「わからないよ。ただできなかったんだ」

「さあ、戻ろうぜ。君の席に他のやつを座らせるなよ」

またぞろ来賓者とキスや抱擁を交わしながらテーブルへ戻る途中、そういえばヌルジハンのダンスの腕前はどの程度なのかと、フロアへ目を向けた。そこではフュスンが踊っていた。相手は、サトサトの若くて二枚目の新しい事務員ケナンだった。二人は身体を密着させていて、わたしは腹の中に重たいものを感じながら席についた。

「どうしたの。駄目だったの？　でもヌルジハンももう望み薄ね。だって、ザイムにまんまとたらし込まれているもの。見てよ、あのダンス。あなたももう気にしないで」

「いや、違う。メフメトはその気になったよ」

「じゃあ、どうしてそんなしかめ面なのかしら？」

「そんなことないよ」

「もう、ケマルったら。ご機嫌な斜めなのが一目瞭然よ」

スィベルは笑って続けた。

「さあ、何なの？　それとこれ以上飲んだらだめよ」

楽団は途切れることなく演奏を続けていた。次の曲はゆったりとした、雰囲気のあるメロディーで、テーブルの面々は長いこと口を開かなかった。心を責め苛む嫉妬が、どろどろの粘液となって血液に交ざったような感覚に襲われていたのだが、自分ではそうと認めたくなかった。わたしもメフメトも決して目を向けなかったが、踊っている男女が曲に合わせてさらに身体を寄せあったのは、ダンスフロアを眺める人々の顔に浮かぶ真剣な、あるいは軽い羨望の表情から容易に知れた。そのとき兄が何か話していたけれど、何年経っても思い出すことができない。ただ、それがひどく重要な話題だとでもいうように、懸命に集中しようとしたことだけは覚えている。そうするうちに、先ほどよりもさらに勿体ぶったロマンティックな曲がはじまった。兄だけでなくベッリンやスィベルまでもが、ホールの男女が互いに抱きしめ合うさまをちらちらと横目で気にしはじめた。頭の中がこんがらがってしまい、救いを求めるようにスィベルに話しかけた。

「何て言ったんだい？」

「え？　何も言ってないわ。大丈夫？」

「〝銀の葉〟の連中にメモでも渡して少し休憩してもらおうか？」

「何で？　このままでいいのよ、お客様には踊ってもらいましょうよ。見てみなさい、どんな恥ずかしがり屋さんだって女の子たちに目が釘付けよ。われ先にダンスへ立っていくじゃない。このうち半分は、相手の子と結婚するに違いないわ」

　わたしは視線をあげず、メフメトと目配せも交わさなかった。

「ああ、戻ってきたわ」

　一瞬、フュスンとケナンのことかと思い、心臓が高鳴ったが、帰ってきたのはヌルジハンとザイムだった。動悸も収まらないまま、わたしは弾かれたように立ち上がるとザイムの腕を摑んだ。

「来いよ、バーの方で一杯やろう」

　彼をバーへ連れていく途中、またしても客たちの応対をするわたしを尻目に、ザイムは自分に気のありそうな二人の娘と冗談を交わしていた。娘の一人は長い黒髪にオスマン人のような鉤鼻《かぎばな》の持ち主だった。彼女の悲しそうな眼差しを見て、数年前の夏にザイムに手ひどく振られ、一時は自殺さえ考えていたらしいという噂を思い出した。

「どんな子でもおまえにひっかかるんだな」

　席につくとわたしは正直な感想を洩らした。

「何かコツでもあるのかい？」

「僕は本当に何にもしてないぜ」

「あのドイツ人モデルとも何もなかったのか？」

ザイムは、真実を押し隠してしまう酷薄な笑みを浮かべて答えた。

「あからさまに相手の名前を出すのは好みじゃないな。スィベルみたいな素敵な子を見つけたんだ、実際のところ僕も結婚したくなったぐらいだよ。本当におめでとう。あの子はまったくもって完璧さ。君が幸せいっぱいなのも目を見ればわかるよ」

「いまは言うほど幸せじゃないさ。そのことを君に聞いてほしかったんだ。力になってくれるだろ？」

ザイムはわたしの目を覗きこみながら答えた。

「君のためなら何だってするよ。わかってるだろう。さあ、僕を信じて話してみなよ」

バーテンダーがラク酒を用意するのを待つ間、フロアに視線を向けた。――あのときフュスンは、音楽の雰囲気に呑まれるままケナンの肩に頭をもたせかけてでもいたのだろうか？　彼女のいる一角は照明が暗く、いくら目を凝らしてもはっきりとは見えなかった。

「母さんの遠縁にあたる娘がいるんだ」

ホールに目を向けたままいった。

「フュスンていう名前なんだけど」

「美人コンテストに出た？　いま踊っている？」

「どうして知ってるんだ？」

「だって、すごい美人じゃないか。ニシャンタシュのブティックの前を通りかかる度に見かけるよ。他の連中もそうだけど、僕もわざとゆっくり歩いて店内を覗きこんでるんだ。ちょっと想像できないような綺麗さだ。誰だって知ってるよ」

「彼女と付き合っているんだ」

ザイムがおかしなことを言い出さないうちにそう告白すると、彼は少し羨《うらや》むような表情を浮かべた。

「あの子が他のやつと踊っているだけで、心が張り裂けそうなんだ。きっと、こいつは良くない恋だよ。もうお仕舞いにしようと考えててね。ずっとこんな調子じゃ身がもたない」

「確かに、お相手は最高だけど、状況は最悪だね。長続きするものじゃない」

どうしてだい、とは訊かなかった。ザイムの顔に、蔑みや嫉妬の影が差していたのかは、いまとなって確認のしようもない。しかし、前置きもなしに「フュスンの相手をして彼女を守ってくれないか」と頼めなかったのは事実だ。まずは、二人の間の深い心のつながりだとか、互いに対する真摯な心根について説明して、それにしかるべき敬意を払ってもらおうと考え、フュスンへの様々な想いを語りはじめた。しかし、幾らも経たないうちに彼女との馴れ初《そ》めを順を追って説明することはできても、その精神的な側面について語るのは困難極まりないと思い知らされた。下手な説明をすれば、ザイムに神経過敏で、滑稽《こっけい》なやつとみなされるかもしれないし、ひょっとしたら、彼自身が愉しんだ様々なアヴァンチュールのことは棚に上げて、恥ずべき人間と思われるのではないかと怖くなってしまったのだ。——何年も経ったいま、あのときのことを書いていると、自分の心の機微《きび》がよくわかる。そもそも、わたしがこの友人に期待していたのは、フュスンへの真剣な気持ちを知ってもらうことではなかった。自分の幸運であるとか幸せであるとかを理解してもらいたかっただけなのだ。しかし当時は、その自慢たらしい手前勝手さには気が付かぬふりをして、ザイムと肩を並べてフュスンのダンスを眺めながら、酒で霞《かすみ》がかった頭でなおも彼女のことを捲《まく》し立てた。そして、彼の顔色を盗み見て、そこに妬《ねた》みを感じ取る度に、「彼に羨んでほしいのではない、理解してほしいだけなのだ」と自分に言い聞かせた。自分がフュスンにとって初めての男だったことや、セックスのときに感じる得難い幸福感、あるいは痴話喧嘩、それにそのとき思い浮かんだ、幾つかの得心《とくしん》のゆかない点をザイムに話した。

「要するに」

わたしは思いつくままに言葉を継いだ。

「いま一番の望みは、死ぬまであの子を手放したくないってことだ」

「わかるよ」

ザイムがわたしの身勝手さを責めもせず、禁じられた恋を弾劾《だんがい》することもなく、ただ男らしい理解を示してくれたので心が少しだけ楽になった。

「目下の悩みは、彼女が踊っている相手が、僕の下で働いているケナンだってことだ。フュスンは僕に焼いてほしくてあんな悪戯をしているだけなんだよ。もちろん、フュスンが本気になってしまうのも心配だがね。ケナンは若くて勤勉だから、理想の夫といえば、確かにそのとおりなんだし」

「わかるよ」

「少ししたらケナンを親父のテーブルへ引っぱっていこうと思うんだ。そのとき、すぐにフュスンのところへ行って、相手をしてやってくれないかい？　ほら、腕のいいサッカー選手みたいに彼女をすぐ近くで〝マーク〟してほしいんだ。そうすれば今夜のところは、嫉妬で頭がおかしくなることも、ケナンを首にしてやるとか、そんな妄想にとりつかれることもないし、滞りなくこの幸せな夜を終えることができそうなんだ。フュスンは明日、入試があるからしばらくしたら帰るだろう。この不自然な関係もいまに終わるはずだし」

「君の彼女が僕に興味を持つかはわからないけどな。それともう一つ問題があるんだよ」

「なんだい？」

「気が付いたんだけど、君の婚約者はヌルジハンを僕から遠ざけようとしている。メフメトとの仲を取り持とうって腹なんだろうけど。でも彼女、僕の方に気があると思うんだ。僕も彼女のことがすごく気に入ったんだよ。だからケマルにも手伝ってもらいたい。メフメトは友達だろ。平等に競わせてくれよ」

「何ができる？」

「今夜はメフメトとスィベルがいるから、たいしたことはできないさ。それに、君の彼女のことがあるから、ヌルジハンの相手もできそうにない。その辺の埋め合わせをしてくれよ。来週の日曜日、うちの工場へ遊びに来るとき、ヌルジハンも連れてくるって約束してくれ」

「よし、約束だ」

「でも、スィベルはどうして僕をヌルジハンに近寄らせようとしないんだい？」

「君の女癖のせいだろ。あのドイツ人のモデルやらダンサーやら。スィベルはそういうのが好きじゃないんだ。友達を信用できる男と結婚させたいんだってさ」

「頼むから、悪い人間じゃないって取りなしてくれよ」

「しているさ」

わたしはスツールを引きながら答えた。一瞬、ザイムが不機嫌そうに口を噤《つぐ》んでしまったので、急いで付けくわえた。

「僕のためにわざわざありがとう。でもフュスンの相手をするときは、彼女に惚れちまわないように心してくれよ。本当に可愛い子だからさ」

ザイムの顔に何とも訳知り立てな表情が浮かんだが、わたしは自分の嫉妬を恥ずかしいとは思わなかった。話がついて、気が楽になっていたからだろう。

スィベルのところへ戻る途中、母たちのテーブルにも顔を出した。ラク酒のせいでかなりご機嫌の父に、サトサトの関係者席にいる勤勉な新入社員を紹介したいと耳打ちした。ケナンと同じテーブルの同僚たちが嫉妬しないよう気遣った父は、会いたい旨を認めたメモを取らせ、わたしに渡した。それをホテルのオープン以来の付き合いがある給仕のメフメト・アリに、ケナン本人に渡すようにと申し渡した。その間に母が、「もう飲んじゃだめ、充分でしょ！」とグラスを取り上げようとしたので、父のネクタイにラク酒がこぼれた。曲が途切れた合間を縫って、グラスに盛ったアイスクリームが運ばれてきた。食べ物の残りかすや縁に口紅の残るグラス、染みのついたナプキン、吸殻がいまにも溢れそうな灰皿、ライター、汚れた空の皿、くしゃくしゃに潰れた煙草の箱。それらはまるで、わたしの混乱した頭が生んだ幻のようだった。料理の皿が運ばれてくる前には煙草をふかして愉快にやっていたというのに、いまや夜が終わりに近づいたのが感じられて、寂しくなった。ふいに、六、七歳の男の子が懐に飛び込んできた。子供はなんやかんやとごねて、ちょうどテーブルに帰ってきたスィベルの隣に座ると、彼女と遊びはじめた。母が、子供とそれを抱くスィベルを見て、「お似合いよ」と言う間にも、招待客たちはふたたびはじまった音楽に合わせて踊っていた。しばらくすると、これでもかとめかし込んだケナンがやって来て席についた。席を立つところだったメリクハン氏と父に、「お会いできて、これほど光栄なことはございません」と挨拶をした。大臣がふらつきながら去るのを待って、父に紹介した。

「ケナン君はサトサトの地方支社を開こうといつも言っていてね、イズミルの事情には特に明るいんだ」

父と会社の面々は、全員に聞こえるように彼を褒めそやした。そして父は、新入りの〝幹部候補〟にいつもする質問を口にした——お若いの、何語ができる？　本は読むのかい？　趣味は何だい？　結婚は？

「結婚している訳ないじゃない」

母が口を挟んだ。

「いまさっきネスィベのところのフュスンと上手にダンスをしていたんですもの」

「ああ、綺麗な子だったな」

「親子揃って仕事の話ばかり、退屈でないと良いのだけど、ケナンさん。いまは若い子と遊ぶことで頭がいっぱいよねえ」

「いいえ、奥様。ミュムタズさんとお知り合いになれる栄誉に比べれば他のことなんて」

母が、わざとケナンにも聞こえるように父に囁いた。

「礼儀正しくて、優しそうな若者ねえ。今度、家に招待しましょうか？」

母はいつも、誰かを気に入ったり、評価したりするとそれをわたしや父にだけ言っているように見せかけながらも、当人の耳に入るような声音で話すのだった。そして、褒めそやされた相手が恥ずかしがることこそ、自分の力の証左だと納得して、うっすらと微笑むのである。だから〝銀の葉〟楽団が重々しいムードミュージックをはじめたときも、ケナンを相手にする母の顔にはお馴染みの笑みが浮かんでいた。ザイムがフュスンをエスコートしてダンスに加わるのを目の隅で確認してから、わたしは話を続けた。

「折角だからサトサトと支社の話、父さんがいるうちにここで済ませてしまいたいな」

「自分の婚約式だっていうのにお仕事の話かい？」

母に答えたのはケナンだった。

「失礼。奥様はご存じないかもしれませんが、ケマルさんは定時後になって皆が帰宅したあとも、週に三、四日はオフィスに残って、遅くまで仕事しているんですよ」

「ケナンと一緒のときもあるけどね」

わたしはそう付けくわえた。

「ええ。ときにはケマルさんとふざけ合ったりしながら。朝まで働いて、債務者の名前を駄洒落にしたりもしますね」

「不渡りになった債権はどうしている？」

父がそう尋ねた。

「それは会社の担当者と株主も交えて話した方がよくないかい」

そのあとは、オーケストラの奏でる重厚な曲を聞きながら、小切手のことやサトサトに行うべき改革のこと、あるいは、父がケナンと同年代のころにベイオールにあった盛り場の話で盛り上がった。父が最初に雇った会計係であるイザク氏──父につられてわたしとケナンも彼が会社の皆と囲んでいるテーブルの方を振り返って、グラスを上げて挨拶した──の得意とする手練手管《てれんてくだ》や、父いうところの〝夜と青春の美〟、やはり冗談交じりに話題に上らせた〝愛〟の話に花が咲いた。父が執拗に尋ねたにもかかわらず、ケナンが自分の恋について明かすことはなかった。母はケナンの家族のことをあれこれ尋ね、彼の父親が市役所の役人であることや、長く路面電車の運転士をしていたことを知ると叫ぶように言った。

「ああ、昔の市電はよかったわねえ！　みんなもそう思うでしょう！」

いつの間にか客の半分以上が帰っており、父もときおり眠そうにまぶたをしばたたいていた。父と母は帰り際にわたしたちにキスをすると、スィベルの目をじっと見つめながら忠告した。

「遅くなりすぎないようにね。わかったかい、息子や」

ケナンはサトサトの同僚たちのテーブルへ戻りたがっていたが、わたしは彼を離さなかった。

「そのイズミル支店の話、兄さんにも通しておこうじゃないか。この三人が揃うなんて滅多にないんだから」

親族のテーブルに残っていた兄にケナンを紹介したいと伝えると、彼は左の眉を悪戯っぽく吊り上げて、「おまえ、相当酔っ払ってるな」と答えた。兄がずいぶん前からケナンと知り合いであることを、わたしは失念していたのだ。兄はベッリンとスィベルに目配せし、手に持っていたグラスを指さした。確かに、矢継ぎ早に二杯のラク酒を呷った直後のことだった。それというのも、ザイムとフュスンが踊っているのが目に入る度に、謂《い》われのない嫉妬を感じて、思わず杯を重ねてしまったのだ。彼らを妬むのはお門違いであるが、兄が債権の回収の難しさを説く間にも、ケナンを含むテーブルの全員がザイムとフュスンのダンスに見惚れていた。彼らに背を向けて座るヌルジハンでさえ、ザイムが他の娘に興味を持っているらしいのを感じ取って、機嫌を損ねていた。思惑どおりにことが運んでいるのは、酔っ払った頭でも理解できたので、ときおり、「僕は幸せだ、僕は幸せだ」と自分に言い聞かせた。ケナンもわたしと同じような所在なげな面持ちをしていた。雇い主の身勝手に振り回された上に、ついさっきまではものにできそうだった美女を取り逃がしたので、苛立っていたのだろう。テーブルに顔見知りのいないこの年若い友人のためにラク酒——それは当博物館に飾ってあるこの細長いグラスに注がれた——を注文して彼の前に置いた。一方、ついにヌルジハンとメフメトが重い腰を上げて、ダンスフロアへ向かうのを見たスィベルは、嬉しそうに目を輝かせていた。そして、慈愛に満ちた微笑みを浮かべて言った。

「充分でしょう、あなた。もう飲んではだめよ」

その魅力的な笑みに心を動かされて、スィベルと一緒にフロアへ出た。しかし、ダンスに夢中になる客の間に入ると、自分の間違いに気が付いた。フュスンもフロアのどこかで踊っている最中に違いないのだ。〝銀の葉〟楽団が奏でるのは『あの夏の思い出』という曲で、去年スィベルと過ごした満ち足りたヴァカンスの日々のことをまざまざと甦らせる力があった。――そう、当博物館に展示してある品々にあればよいと、わたしが願ってやまないその力が。スィベルも同じことを思い出していたのか、愛おしそうにわたしに抱きついてきた。これから先の人生を他ならない彼女と歩んでいく、あの夜のわたしにはそのことがよくわかっていたはずなのに、なぜ婚約者を優しく抱擁してやれなかったのか！　フュスンのことが頭にこびりついて離れなかったのだ。踊る人々の中に彼女の姿を探しながら、スィベルと分かち合っている幸せを見られてはならないと、抱きしめ返すのを躊躇《ちゅうちょ》したのだ！　それを誤魔化すように、ダンスをしているカップルたちに声をかけ、片っ端から冗談を飛ばした。彼らの方も、自分の婚約式でついに酔っ払ってしまった花婿に似つかわしい、楽しそうな微笑みで応えてくれた。

途中、いまをときめくあのコラムニスト氏と肩がぶつかった。気立てのよさそうな浅黒い肌の女性と踊っていた。「ジェラールさん、愛は新聞と似ているって思いませんか？」ヌルジハンとメフメトが近くに来たときには、二人が長年付き合っている恋人同士だとでもいうように冷やかしてやった。母のところへ遊びに来る度、使用人に会話を聞かれてはまずい云々と言い訳しては、必要もないのにフランス語で話したがるズュミュリュット婦人には、お望みどおりにフランス語で話しかけた。無論、声をかけた人々が笑ったのは、わたしの冗談が冴えていたからではない。たんに酔っ払ったパーティの主役を面白がっていただけだろう。スィベルは一生涯、思い出に残るようなダンスを婚約式でする、という夢には早々に見切りをつけて、代わりにわたしの耳元で囁き続けた。――あなたのこと、本当に愛しているわ、酔っ払ったあなた、とってもチャーミングよ、結婚の世話人じみた態度が気に障ったのならごめんなさい、でも友達の幸せのためにやったことなのよ、見て、女たらしのザイムったらヌルジハンの次はあなたの親戚のあの子を狙っているわ。わたしは眉間にしわを寄せて、ザイムが実際は善人で、信頼できる友人でもあると答え、スィベルがザイムに辛く当たるのを心配している、と言い添えた。

「わたしのことを話したの？　ザイムと？　彼、何て？」

曲と曲の間にスィベルがそう尋ねた。ふたたびジェラール・サリク氏と隣り合わせになった。

「腕のいいコラムニストと愛を繋ぐものを見つけましたよ、ケマルさん」

「何ですか？」

「愛もコラムニストも、わたしたちを〝いま〟楽しませるものだということです。しかし、その美しさであれ、力強さであれ、どちらも頭で考えて計るものではありませんが」

「先生、そのことをいつか記事にしてくださいよ」と返したが、彼はもうパートナーの浅黒い肌の女性の話に集中していて、聞いていなかった。そして、フュスンとザイムがすぐ近くで踊っていた。フュスンは相手の首元に頭を近づけて何事か囁いていて、ザイムも楽しそうな笑みを浮かべていた。フュスンばかりか、ザイムまでもがわたしに気が付かないふりをしているのではないかという疑いが頭をもたげた。音楽に合わせて巧みにターンすることで見て見ぬふりを装っているのではないか、と。

わたしは曲との調和を崩さないよう慎重にスィベルを引っぱり、彼らの方へ近づいていった。そして、追跡している商船に真後ろから追いつき、その船尾に衝角をぶつけようとする海賊のガレオン船よろしく、フュスンとザイムにぶつかった。

「ああ、失礼！」

空々しくもわたしはそう謝った。

「ああ、君たちか。調子はどうだい？」

フュスンの顔に浮かんだ幸せそうで、それでいて混乱したような表情にわたしは我に返ったが、酔っ払ったふりをしていれば言い訳が立つのではないかと思い当たった。わたしはスィベルの手を離し、ザイムに向きなおった。

「君たち二人で少し踊ったらどうだい」

わたしがそう促《うなが》すと、ザイムはフュスンの腰から手を離した。

「ザイム、君はスィベルが君のことを勘違いしているって気にかけていたろう。それにスィベル、君だってザイムに色々と訊きたいことがあるんじゃないかな」

さも、二人が友達になれるよう心を砕いているといった具合に、二人の背中を押した。スィベルとザイムがしかめ面でダンスをはじめ、わたしとフュスンは一瞬の間、見つめ合った。彼女の腰に手を置き、軽やかにターンをしながら二人から遠ざかると、まるで望まぬ結婚相手から花嫁を救い出した恋人のように胸が高鳴った。

はてさて、彼女を腕の中に取り戻したときの、あの安心感をどう説明するべきだろうか？　先ほどまで、ひっきりなしに頭の中で鳴り響いていた容赦のない騒音は、招待客たちのざわめきやオーケストラの騒々しい演奏、あるいは街から洩れ伝わる音なのだとばかり思っていたが、それはフュスンと離れ離れになっていた寄る辺なさに他ならなかったのだ。この世でただ一人の人間に抱かれたときにだけ赤子が泣きやむように、心を解きほぐし、滑らかにしてゆく、満ち足りた沈黙がわたしを包み込んだ。目を覗きこむと、彼女も同じように感じているようだった。あの騒音から隔てられたこの静寂こそが、互いが互いに与え合う、その幸せの証左だったのだ。そう悟ったわたしは、ダンスが永遠に続くよう願った。しかし、踊り続けるうち、その沈黙が彼女にとってまったく別の意味を持っていることに気が付いた。彼女は口を噤《つぐ》んで待っていたのだ。わたしが冗談ではぐらかしてしまったあの質問の答えを。沈黙は幸せであると同時に、あの問いに答えさせるためのものだった。——「わたしたちはどうなるの?」彼女がそのために今日、この場所へやって来たことを今更ながらに理解した。この婚約式で男たちが彼女に寄せた多大な関心や、子供たちの目にすら浮かんでいた羨望が彼女に自信を与え、この恋の苦しみを和らげたはずだ。そうとなれば、彼女がわたしとのことを〝お遊び〟とみなしかねない。夜が終わるまでもう間がないという焦燥感と、フュスンを失うかもしれないという恐怖が、いまや必死に働きはじめた霞がかかった頭の中で一つになった。

「僕たちのように、愛し合う二人の間には誰も入れないんだよ。誰もね」

何の意図もなしに口をついて出た言葉に、自分でも驚いた。

「僕たちのような恋人は、どんなことがあっても愛が終わらないと知っている。だから苦しい時期を迎えて、心が望むのとは裏腹に互いに辛く当たったり、誤った態度をとったりしているときでさえ、心の中には決して尽きることのない思いやりがあるんだ。でもこれからは決して、今夜のようなことはしないよ。すべてきちんとするから僕を信じておくれ。聞いているかい、フュスン?」

「聞いてるわ」

周囲の踊り手たちがこちらを見ていないのを確認してから、わたしは続けた。

「僕たちは最悪のタイミングで出会ってしまったね。最初のころは、二人ともどれくらい本気になれるか確信が持てなかったけど、いまは違う。これからは全部きちんとする。いま一番心配なのは君の試験だよ。今夜のところは、こんなことで頭を悩ませてはいけないよ」

「これからどうなるの。答えて」

「明日、いつものように」——このときわたしの声は少し震えていた——「二時にメルハメト・アパルトマンで落ち合わないかい? 試験が終わったあとで。僕がこれからどうするつもりかは、そのときゆっくり説明してあげる。信じられないなら、死ぬまで僕に会わないでいい」

「いいえ、ここで言って。そうしたら行くわ」

それまでは、彼女が時間どおりに来てくれて、いつものように愛し合える、二人は死ぬまで一緒だなどと都合の良い想像をしていたのだが、いざ彼女の滑らかな肩や蜂蜜色の腕に手を触れた瞬間、彼女のためならどんなものでも犠牲にできる自分に気が付かされた。

「もう誰も、僕たちの間に入りこむことはできないよ」

「じゃあ明日試験が終わったら行くわ。あなたが約束を反故《ほご》にしないよう願うわ。これからどうするつもりか、しっかり説明して頂戴」

姿勢を崩さないようにしながら、彼女の尻にあてがっていた手に優しく力を込めた。曲に合わせて自分の方へ引き寄せようとしたのだ。彼女は身をよじって抗ったが、それがさらに興奮を誘った。しかしフュスンは、衆人環視の中で女を抱きしめるのは、愛情というよりは、たんに酔っ払っているからだと思ったらしい。それを感じ取って力を緩めると、フュスンは言った。

「座った方がいいわ。みんな見ているもの」

「すぐに帰って眠るんだよ。試験のとき、君を愛する僕のことを想っておくれ」

腕の間から抜け出した彼女にそう囁いた。

テーブルに戻るとベッリンと兄のオスマンが二人して仏頂面で話し込んでいるだけで、他の者の姿はなかった。

「調子はどう?」

「最高だよ」

ベッリンにそう答えながら、ちらかった卓上や誰もいない座席を見まわした。

「スィベルはダンスをあきらめたようよ。さっきケナンさんがサトサトのテーブルに連れていったから、あっちで盛り上がっているんじゃないかしら」

「フュスンと踊ったのはいいことだぞ。母さんが冷たい態度を続けるのは間違ってる。一族は皆、あの娘のことを心配しているんだから。美人コンテストのことだって水に流そうと思ってるんだ。また何かやらかさないよう見張ってはいるが、そういうこと全部をあの家も、うちの者全員も知っておく必要がある。俺はあの子が心配だよ。自分を美人だと過信しているのさ。服装もあけっぴろげ過ぎる。ちょっと目を離した隙に子供から大人の女になっているじゃないか。それならそれで、さっさと品行方正な男と真っ当な結婚をしないことには、悪い噂を立てられて、いまに不幸になるぞ。あの子は何か言ってたか？」

「明日、大学入試があるらしいよ」

「それなのに、まだダンスをしているって？　もう十二時を回ってるんだぞ」

兄は自分のテーブルの方へ戻っていくフュスンに目を向けた。わたしは席を立って会場の反対側へゆっくりと歩いていった。兄がわたしの望みとは正反対のことを話しはじめたときには、その話に耳を貸さないようにするのが、わたしの子供のころからの習慣だ。だから、後ろで兄が「おまえが連れてきたあのケナンだけどな、気に入ったよ。彼と結婚すればいいのにな」と大声で言って寄こしたときも、少し離れたところから、「そう彼らに伝えておこうか？」と怒鳴り返しただけだった。

――あの夜、真夜中を少し回ったあのとき、サトサト社やフュスン一家の席の方へと向かうわたしがこれ以上なく恵まれ、そして幸せであったのだということを何年もの間、幾度となく思い返したものだ。すべてがいまよりもずっと理路整然としていて、十三時間四十五分後にはフュスンとあのアパルトマンで会うことになるのだ。あのとき眼前できらきらと輝いていたボスフォラスの海のように、わたしの前途には幸福を約束された人生が続いていたのだ。ダンスに疲れ果て、艶めかしく服をはだけた美しい娘たち、夜の終わりまで留まってくれた知人や幼馴染み、あるいは生まれたときからよく知っている心優しい婦人たち。彼らと冗談を言い合いながらも頭の片隅では、このままいけば終いにはスィベルではなくフュスンと結婚することになるだろうと、警鐘のような声が鳴り響いていた。

雑然としたサトサトの関係者席についていたスィベルは、お遊びで死者の魂を呼びだそうとして、降霊会をしているらしかった。無論、本物の霊力があるという訳ではなく、たんに酔っ払っていたのだろう。他の者もほとんどが本気ではなく、〝呼びだした霊〟が降りてこないとわかるや、さっさと解散してしまった。スィベルもそれに混じってテーブルを変え、今度はフュスンとケナンのそばに腰を下ろすと、すぐに三人でおしゃべりをはじめた。ケナンはテーブルへ近づいてきたのがわたしだと認めるや、ふたたびフュスンとダンスに立とうとしたが、フュスンはわたしに一瞥《いちべつ》をくれたのち、靴が爪先に合わないからと言って断った。ケナンは、さもフュスンではなくダンスがお目当てだったとでもいう態度を取り繕《つくろ》って、その夜に演奏された中でも特にテンポの早い曲を踊ろうと、パートナーを探しに行ってしまった。こうしてひと気の失せたテーブルの隅、フュスンとスィベルの間の席が残ったのである。わたしは二人の間に腰を下ろした。――あの瞬間をフレームに収めておけば、ここに展示できたのに！

フュスンとスィベルは、長年の知り合いに対しても少し距離を置き、互いを尊重し合うニシャンタシュのご婦人がたそのままに、慇懃《いんぎん》な物腰を崩さず、かしこまった言葉遣いのままだった。彼女たちは降霊術について話していたが、フュスンは――それまでわたしは、彼女の宗教的な教養はお粗末なものだろうとたかを括《くく》っていた――霊魂は〝わたしたちの宗教が言うとおり〟に存在することに疑いはないが、現世で生きる我々が死者の霊と話そうとするのは教義と相反する、宗教的に見ても罪に価するとロにした。

「三年くらい前に、父の言いつけに背《そむ》いて一度だけ高校の友人たちと降霊会に加わりました。好奇心に負けて。音信不通の大好きだった幼馴染みの名前を何も考えず、こうして紙に書いたんです。信じてなんかいなかったし、話の種になればいいくらいの気持ちでふざけて書いたんです。そうしたらその霊がやって来て、とっても後悔したの」

「まあ、どうして?」

「行方知れずのネジデトがとっても苦しんでいるのが、コップの震え具合でわかってしまったんです。コップがひとりでにかたかたと動きだしたので、ネジデトがわたしに何か伝えようとしているって感じて……。そうしたら突然コップが静かになったんです。みんな、あんたの友達はいま死んだのよって。あの人たちはどうしてネジデトが死んだなんてわかったのかしら?」

「どういうこと?」

「その夜、なくなった手袋の片方を探そうと家のチェストを開けたら、引き出しの奥から何年も前に彼がくれたハンカチが出てきたんです。確かに、コップが止まったのは何かの予兆だったのかもしれません。でもわたしはそういうふうには考えませんでした。そのことから一つ学んだんです。自分の大切な人を失ったときは、その名前を遊び半分に使って彼らを煩《わずら》わせまいって。そんなことをするくらいなら、その人を思い出させてくれる品——そうね、たとえばイヤリング一つでさえ、何年も残る思い出になるし、慰めになるって」

「フュスンちゃんや、さあお家に帰りましょう」

そのときネスィベ婦人が彼女を呼んだ。

「明日は試験があるんでしょう。ほら、お父さんも眠そうよ」

「ちょっと待って、お母さん！」

フュスンはきっぱりとそう返すと、スィベルが口を開いた。

「わたしも降霊会なんて信じていないわ。でも、もし誰かの霊を呼べたなら絶対見逃さない。だって、みんなが遊んでいて、怖がっているものを実際に見てみたいもの」

「もし、あなたの愛する人に会いたくて仕方なくなったら、あなたはどうしたいですか？　友達を集めてその人の霊を呼ぶの？　それともその人の形見を、たとえば煙草の箱とかを探す？」

スィベルが答えあぐねる間に、フュスンはさっと席を立ち、隣のテーブルに置いてあったバッグに手を伸ばして取り上げ、わたしとスィベルの前に置いた。

「このバッグを見る度にわたしは恥ずかしくなります。あなたに贋物を売ってしまったのを思い出すんですもの」

フュスンが腕に提げているのを目にしても、わたしにはそれが〝あの〟バッグだとは判別がつかなかった。わたしの人生でもっとも幸せな瞬間が訪れる少し前、シャンゼリゼ・ブティックでシェナイ婦人から買った〝あの〟バッグは、道で偶然フュスンと行きあってのち、アパルトマンへ持って帰ったのではなかったか？　ジェニー・コロンのバッグは昨日もあそこにあったはずだ。一体どうしてここにあるのだろう？　手品師に化かされたように、頭がこんがらがってしまった。

「でも、とってもあなたに似合っているわ」

スィベルはそう答えた。

「オレンジ色の服や帽子にすごく合っていて、最初に見たとき、羨ましかったわ。返品したのを後悔したくらい。本当に素敵よ」

きっと、シェナイ婦人は他にも多くのジェニー・コロンの贋物を持っているに違いない。わたしに売ったあとで、店のショーウィンドウに新しいのを飾り付けることだってあり得るし、それを今夜使うようにとフュスンに貸し与えてもおかしくはない。

「バッグが贋物とわかってからは、お店に全然来てくれなくなりましたね」

フュスンはスィベルに優しく微笑みかけながら言った。

「だからとても悲しかったんです。でももちろん、あなたが正しいわ」

そう言ってフュスンはバッグの口を開けると中を見せた。

「この国の職人たちはヨーロッパ製品をとてもうまく真似するんです。神様が彼らを祝福してくださいますよう。でもあなたのように本物を知っている人には贋物だってわかってしまうんですね。一つだけ言わせてください」

フュスンは唾を飲み込んだきり黙りこんでしまったので泣きだすかと思った。しかしどうにか踏みとどまった様子で、家で諳《そら》んじてきたと思《おぼ》しき文句を、眉をひそめて口にした。

「わたしにとってはそれがヨーロッパの物かどうかは重要じゃありません……。本物か、贋物かだってどうでもいいの。人はその製品が贋物だから使わないんじゃなくて、〝安く買ったのがばれてしまう〟ことが怖くて、使いたがらないんだと思います。わたしが良くないと思うのは、品物自体じゃなくて、そのブランドばかりを気にすることです。自分の考えではなくて、他の人の言うことしか気にしない人っているでしょう」

そういった彼女はちらりとわたしを見やった。

「今夜のこと、何年経ってもこのバッグと一緒に思い出します。本当におめでとうございます。忘れられない夜になりました」

彼女は立ち上がり、わたしとスィベルの手を握ってから両頰にキスをした。去り際に隣のテーブルにも足を伸ばしてザイムを軽く抱擁し、スィベルに向きなおった。

「ザイムさんとあなたの婚約者は親友なんでしょう？」

「ええそうよ」

スィベルはそう答えた。フュスンが父親に肩を抱かれて離れていくと、スィベルは「何でわたしにあんなことを訊いたのかしら？」と呟いた。しかし、そこには彼女を見下すような響きはなく、反対に好感を持ち、感銘を受けたとさえ取れる調子が滲んでいた。

両親に挟まれてゆっくりと会場をあとにするフュスンの背中を、わたしは愛情と称賛を込めて見送った。

ザイムが近寄ってきて、わたしの隣に腰を下ろした。

「後ろの君の会社のテーブルだけどね、一晩じゅうスィベルと君の冗談で盛り上がっていたぜ。友人として警告しておくよ」

「おいおい、どんな冗談だよ」

「ケナンがフュスンに説明してたんだ。そしてフュスンが僕にね。フュスンの心を傷つけるような冗談だよ。社員は皆、毎晩オフィスでスィベルと会っては社長室のソファでことに励んでいるのを知ってるってさ。冗談もそれに関するもののようだよ」

「今度はなに？」

テーブルに戻ってきたスィベルが声をあげた。

「わたしをがっかりさせるのは、今度は何なの？」

25　待つことの辛さ

一晩じゅう寝つけなかった。フュスンを失うのが怖くて堪らなかったのだ。確かにここ最近はサトサトのオフィスでスィベルと会っていたが、そんな噂はどうでもよかった。明け方近くに少しまどろんだきり、起きるとすぐに髭を剃って表へ出て、時間をかけて通りを散歩した。帰り際に遠回りをしてフュスンが試験を受けている工科大学の敷地に百十五年も前から建っている旧タシュ駐屯地（オスマン帝国時代に建てられた軍の医学校、病院）の前を通りすぎた。往時には、トルコ帽を被ってぴんと張った口髭をたくわえた帝国軍人たちが授業を終えて出てきたのと同じ大きな門の周りにはいま、試験を受けている子供を待つスカーフを被った母親や煙草をふかす父親が列をなして座りこんでいた。新聞を広げたり、おしゃべりをしたり、あるいは漫然と空を見上げている親たちの間にネスィベ婦人の姿を探した。石造りの建物の高いところにある窓と窓の間の壁には、六十六年前にスルタン・アブデュルハミトを玉座からひきずり下ろした行動軍（一九〇九年に統一と進歩委員会がイスタンブルの反動革命を鎮圧するために送った部隊）の兵士によって穿《うが》たれた弾痕がいまでも残っていた。わたしはその窓の一つを凝視しながら、神に懇願した——問題を解いているフュスンに手助けをしてやってください、そして試験が終わったら、元気な姿の彼女を僕のところへお遣わしください。

しかしその日、フュスンはアパルトマンに現れなかった。きっと、一時的に腹を立てているだけだろうと思った。カーテンの隙間から射し込む六月の強烈な日射しが部屋の温度をどんどんと上げていく間にも、約束の二時を過ぎ、気が付けばさらに二時間が経過していた。誰もいないベッドを眺めているのに嫌気がさしたわたしは、ふたたび街をうろつくことにした。日曜の午後、公園で暇をつぶす兵隊や、鳩に餌をやる楽しそうな子供連れの家族、海岸のベンチに腰かけて船を眺める者や新聞を読む者を眺めながら、明日になればいつもどおりの時間にフュスンは来てくれると信じようとした。しかし、次の日になっても、さらに四日が過ぎてもフュスンは来なかった。

わたしは毎日に二時なるとメルハメト・アパルトマンを覗きに行き、彼女を待つようになった。約束の時間よりも早くアパルトマンに着くと、より大きな苦痛を感じるとわかって以降は、二時五分前より早くには行かないことにした。もどかしさのあまりぶるぶると震えながら部屋に入ると、最初の十分か十五分の間は恋しさと希望がないまぜになる。心臓と腹の間の疼《うず》くような痛みと、額と鼻の奥に感じる興奮がぶつかり合うのだ。しばらくして、カーテンの間から通りを窺《うかが》う。外扉の前にある街燈の弱々しい光をじっと見つめ、少しばかり部屋を漁り、下を通る者たちの足音に聞き耳を立てる。ときたまカツカツというヒールの音が聞こえると、それを彼女の足音と比べてみる。しかし足音は速度を緩めることもなく通り過ぎていくのが常だった。入口の扉が小さな音を立てて閉められると、彼女が来たのかとも思う。しかしすぐに、アパルトマンから出ていく他の誰かだとわかって、苦々しい思いでそれを見送る。

――フュスンは今日は来ないだろう、とゆっくりと理解するその最初の十分か十五分をわたしがどう過ごしていたかについては、ここに展示してある時計や使用済みのマッチ棒、それにマッチブックから容易に窺えるだろう。部屋の中をうろつき回り、窓を覗き、あるいは部屋の隅に突っ立ったまま、身動き一つせずに身内に寄せては返す苦痛の波音に耳を澄ます。時計がコチコチと時を刻むのに合わせて、一秒一秒を、やがて一分一分を数えながら、その痛みを和らげようとする。いつも約束の時間が迫る度に、〝今日だ、そう、すぐに来てくれる〟、そんな思いが、春の花のようにひとりでに蕾《つぼみ》を開く。そんなときは一刻も早く彼女に会いたいと思い、時間が早く過ぎればいいと願う。しかし彼女がやってくるはずの五分後はなかなか訪れない。そう信じ込もうとしているだけで、本当は彼女がやって来ないのを頭のどこかでわかっていて、時間が過ぎてほしくないからだ。そして、いざ二時になると、約束の時間になったのを喜ぶべきなのか、それともフュスンが来る可能性が刻一刻と減っていくこれからの時間を悲しむべきなのかわからなくなる。桟橋から離れていく船に乗る旅人のように、その過ぎ去った一秒一秒が、あとに残してきた恋人と離れゆく時間であるのを知っているわたしは必死に、たいして時間は経っていないと思い込もうとする。一秒一分を表すマッチ棒を、頭の中の小さなマッチブックの中に収めていく。そうすれば毎秒、毎分ではなくマッチブックにまとめられた五分間だけを悲しめば良くなるからだ！　こうしてわたしは、約束の刻限を過ぎてから刻一刻と募る苦悩を、その五分の終わりまで引き延ばすのである。しかし、最初の五分が過ぎてしまうと、つまりフュスンの遅れが現実のものとして認識されると、棘《とげ》のような疼痛《とうつう》が身内へ沈澱していく。しかし今度は——そのときでさえはなはだ疑問を持ってはいたものの——彼女が五分か十分くらい約束に遅れることもあるだろう、と考えはじめる。これ以降の五分単位のマッチブックは、最初のものに比べて苦痛も幾分か軽くなる。もうすぐ呼び鈴が鳴るだろう、少ししたら二度目に出会ったときのように突然目の前に現れるかもしれないと想像する。そして呼び鈴が鳴ったら、約束を破ったことを怒ろうか、それともすぐに許すかを決めておく。ほんの数瞬ではあるが、こうした妄想と回想は対になっていて、そのときたまたま目に留まった品——たとえば、彼女が初めてやってきたときに使ったチャイカップであるとか、矢も楯《たて》もたまらずに室内を歩きまわりながら意味もなく取り上げたこの小さくて古くさい花瓶であるとか——が、彼女の面影をまざまざと甦らせるのだった。そうするうちにマッチブックも四つ目、五つ目となり、失望感にさんざん抗った末に、ついにはその日フュスンが来ないことを、渋々ながら理性で受け入れざるを得なくなる。その瞬間の心の痛みは耐えがたいもので、それをやり過ごすために、わたしは病人のようにベッドに倒れ込むのだった。

26 愛の苦痛の解剖学的位置づけ

当時、イスタンブルの薬局のウィンドウに張られていたパラディソン製薬の鎮痛剤の販促ポスターは人間の内臓を図解したものだった。わたしはそれがひどく気になったものだ。当博物館にこれが飾られている理由は、愛の与える苦痛が身体のどこに現れ、どこでより痛みを増し、あるいはどこへと転移していったかを来館者にわかりやすく説明するためである。ご来館いただけない読者のためには、はじめにひどく痛み出したのは胃の左上方部であった、と説明しておこう。ひどいときは胸部と胃の間の隙間——ポスターの人体図にあるとおりだ——にまで痛みは広がった。そんなときに苦痛は左半身のみならず、右半身にも波及する。まるでネジまわしか、真っ赤に焼けた鉄で体内をほじくられているような、あるいは胃からはじまって腹中全体に、過剰な胃酸が溜まっているようなひどい痛みで、炙《あぶ》られて熱くなった、べとつく小さな沢山のヒトデが胃の内壁にへばり付いているような感じだ。全身に広がり、留まるところを知らない痛みは、額や首筋、背中、つまり身体じゅうを軋《きし》ませ、胃を中心としてお腹や臍《へそ》の周りに星形に手を伸ばし、強酸性の粘液よろしく喉元や口にまでせり上がって来ることもある。そんなときわたしは、窒息するような恐怖を覚えて全身を痛みでわななかせながら、うめき声をあげるのだ。手を壁に叩きつけたり、体操をしたり、とにかくスポーツ選手のように身体を酷使すると、いっときは痛みを忘れられるのだが、それが一番遠のいているときでさえ、痛みは一滴、また一滴とわたしの血中に混入していくように思われた。力いっぱい捻《ひね》っても決して締まらない蛇口のようなものだ。痛みが喉まで昇ってくると、今度はものを嚥下《えんげ》するのも困難になるし、痛みがふたたび背中や肩、腕にまで飛び火することもある。しかし痛みの中心は常に、胃だった。

触知性の痛みであるにもかかわらず、頭ではこの激痛は心と関連する何かであると理解していた。だからといって、痛みを無くすために頭で考えて心の浄化ができる訳でもないのだが。いずれにせよ、まったく未知の経験であったので、はじめて奇襲を受けた自信過剰な指揮官のように途方に暮れるのが精々だった。それでも、痛みに耐えるだけの希望や、フュスンが次の日にはアパルトマンに来るかもしれないと考えるに足る沢山の理由——あるいは虚妄——で頭の中はいっぱいだった。

頭が冴えているときには、フュスンは婚約式だけが原因で怒っているのではないだろうとも考えた。スィベルとの度重なるオフィスでの逢瀬をひた隠しにし、嫉妬に駆られるあまり、策を弄してケナンを遠ざけ、そしてイヤリングの問題も一向に解決しなかった。そうしたすべての咎《とが》に腹を立て、わたしを懲らしめようとしているのではないだろうか、と。しかし、わたしのみならずフュスンも他の相手には望むべくもない愛の交わりという喜悦を味わえないのだ。それはフュスンにとっても責め苦に等しい試練であり、その不在には耐えられまいとたかを括《くく》っていた。この痛みは、それが身体じゅうに伝染していくのと向き合い、歯を食いしばって耐えるべきものかもしれない、そうすれば次に会ったとき、同じような苦痛に耐えて来たはずの彼女は、わたしを受け入れてくれるに違いない。そんな都合のいい考えが浮かんで、すぐに悔恨の念に呑まれて消えていった。トゥルガイ氏を妬《ねた》むあまり、フュスンたちに招待状を送ってしまったこと、なくなったイヤリングを探しだして彼女に返してやらなかったこと、もっと時間を割いて真面目に数学を教えてやらなかったこと、三輪車を持って彼女の家へ行って、家族と食卓を囲まなかったこと、すべてが苦痛とともに思い出された。後悔がもたらす痛みはすぐに引くのだが、同時に心の奥底を抉《えぐ》るような性質を持っていて、太ももやふくらはぎの裏側であるとか、肺や肝臓を襲ってはこちらの気力を削ぎ落としていった。そんなとき、わたしは立っていることができず、その後悔ごとベッドへ倒れ込みたい衝動に駆られる。

入学試験がうまくいかなかったのが問題なのでは、とも考えた。そして、彼女にみっちり数学を教えてやるさまを夢想して苦痛が和らいでくると、授業のあとで彼女と身体を重ねるところを想像する。頭の中に浮かぶそうしたイメージは、彼女と過ごした幸せな時間の中でも特に素晴らしい瞬間と一体になっていた。やがて、婚約式でダンスをしながら彼女が口にした言葉、つまり試験が終わったらすぐにわたしに会いに来るという約束を守らず、申し開きさえないことに怒りを覚えるようになった。式でわたしの妬心を誘おうとした彼女への苛立ちや、細々とした出来事――たとえば、サトサトの社員たちがわたしを愚弄するかのような陰口を叩いていたことなどだ――に覚えた怒りもあいまって、わたしはそうしたすべての憤りを糧として、彼女から距離を置き、わたしを罰そうとする傲慢な彼女と、心静かに向き合おうと努めた。

細々とした怒りで気を奮い立たせ、数々の希望的観測を抱き、さらには自らの心を欺《あざむ》くためのありとあらゆる手段を講じたにもかかわらず、金曜日になり、約束の時間を三十分近く過ぎても彼女が姿を現さないに及び、ついに音《ね》を上げた。いまや痛みは死に至るかと思えるほど容赦のないものに変じていて、獲物に一切の手心を加えない野生の獣のようにわたしの心身を蝕《むしば》んでいた。それこそ死体のようにベッドに横たわり、シーツに滲みこんだ匂いを嗅ぎ、六日前にここで営まれた情事に想いを馳せ、彼女なしでこれからどうやって生きていけばいいのかを考えた。すると今度は、怒りとない交ぜになった、抗いがたい妬みの念が心の中で膨らみはじめた。――フュスンは新しい恋人を見つけたのではないか。嫉妬に伴う苦痛はまず精神を冒し、幾らも経たないうちに胃の腑に巣食う愛の苦痛と手を組んで、宿主を酷い恐慌状態へと追いやった。これまでも、意気を挫《くじ》き、羞恥心を惹起するこの手の妄想に捕らわれたが、いまのそれは押し留めることができないほど苛烈なものだった。やがて苦痛に後押しされるようにして、フュスンの新しい恋人は、ケナンやトゥルガイ氏、あるいはザイム、その他、彼女を信奉する他の誰かに違いないと考えるようになった――セックスにあれほど大きな喜びを見いだした女だ、当然、他の誰かと試してみたいと思うに決まっている。かくして、鬱積《うっせき》した怒りは、彼女への復讐へと向けられていった訳である。頭の一角に残った理性は、はじめのうちこそそれが単なる嫉妬に過ぎないと知覚していたが、心の中に激しく、次から次へと吹きつける卑俗な思いつきの前に徐々に屈服していった。わたしはすぐにシャンゼリゼ・ブティックへ行ってフュスンに会わないことには、腹立ちのあまり気が狂ってしまうと思い、家を出た。

期待に胸躍らせながら、急《せ》かされるようにしてテシュヴィキイェ大通りを歩いていった。もうすぐ彼女に会えるという考えで頭がいっぱいで、いま思えば彼女に何と言えばよいのかも考えていなかったのだが、彼女の姿を一目見るだけで、あらゆる苦痛が一時的に止むだろうという確信があった――彼女はこちらの言い分にも耳を傾けるべきだ。言いたいことは山ほどある。そもそも、ダンスをしながら話し合うと約束したではないか、どこかのパティスリーにでも入って、話し合わないと。

ブティックの呼び鈴を耳にすると、心臓が鷲《わし》づかみにされたような息苦しさを覚えた。カナリヤの籠はなくなっていた。フュスンが店にいないのはひと目見て理解したが、怖れや虚無感に呑まれまいとして、奥の部屋に隠れているだけだと自分に言い聞かせた。

「いらっしゃい、ケマルさん」

シェナイ婦人が悪魔のような笑みを浮かべて言った。

「ショーウィンドウに掛かっている刺繍の入ったパーティバッグを見せてほしいのですが」

わたしは囁くようにそう口にしていた。

「ああ、いいお品物ですよ。お目が高いですわね。お店にいいものが入って来ると、いつもあなたが最初に目をつけられて、買って行かれるのねえ。それはパリから届いたばかりなんですの。留め金に宝石が付いていて、中に小銭入れと鏡が入っているの。もちろん、ハンドメイドですよ」

シェナイ婦人はウィンドウからバッグを取り出して、褒めそやした。

わたしはカーテンで遮《さえぎ》られた奥の部屋を盗み見たが、フュスンの姿はなかった。わたしは婦人が持ってきた洒落たバッグを注意深く検分しているふりをして、彼女が提示した目が飛び出るような値段にも文句ひとつ言わなかった。バッグを包装しながら、「皆さん、婚約式は素晴らしかったと口々におっしゃっていますわ」と語る婦人に、とっさに目についた一対のカフスボタンも包んでくれるよう頼んだ。何か値の張るものを買いたかったのだ。喜色満面の婦人の顔色を見て、思い切って尋ねた。

「あの、僕らの親戚の子はどうしたんですか？」

「あら、ご存じないのね？　フュスンは急に仕事をやめてしまったのよ」

「本当に？」

シェナイ婦人は、わたしの捜し人が誰か気が付いたらしかった。このままでは上客を取り逃がすとでも思ったのか、こちらの事情を探るような目つきで、穴が開くほどじっと見つめられた。

わたしは自制して、それ以上は訊かなかった。また例の痛みがぶり返してきたが、冷静な方のわたしは右手をポケットに突っ込み、婚約指輪を付けていないのを悟られまいとした。代金を払うとき、婦人の瞳に宿っていたのは憐《あわ》れみだったのだと思う。フュスンを失ったわたしと婦人は、互いに不思議な親近感を覚えていた。彼女がもういないのが信じられず、もう一度奥の部屋へ目をやった。

「ご覧のとおりなの」

婦人が口を開いた。

「最近の若い子は苦労するのが嫌いだから。楽をしてお金を稼ぐのが好きなのね」

特に最後の言葉が、わたしの苦痛や嫉妬心を大いに誘った。

一方、この痛みをスィベルに気取《けど》られることはなかった。わが婚約者はわたしの表情や仕草の端々から目ざとく何かを察知した様子ではあったが、最初のうちは何も尋ねないでいてくれた。しかし婚約式から三日後、夕食の席で思い悩むわたしを見かねて、わたしが飲みすぎだと優しく諭すと、「何があったの?」と訊いてきた。わたしは、兄と仕事のことで衝突してしまい、気疲れしているだけだよ、と嘘をついた。腹部から上下の方向へ、つまり首筋や脚に広がる痛みに悶《もだ》えながら、フュスンのことを考えていた金曜の晩にも、同じ質問をされたが、わたしは兄との口喧嘩の内容を細々とでっち上げて誤魔化した。このでまかせは何年も経ってから現実のものとなる。神の思し召しとは実に均衡がとれている。スィベルは笑って言った。


「気にしちゃだめ。そうだ、ザイムやメフメトはヌルジハンとの距離を縮めようと躍起になっているでしょう。日曜のピクニックで二人が仕掛けるつもりでいる作戦を、聞かせてあげましょうか?」

27 無茶しないで、落ちちゃうわよ

このピクニック用バスケットは、フランス式の庭園や住宅を紹介する雑誌——スィベルやヌルジハンがよく読み耽《ふけ》っていた——に想を得つつも、わが国の伝統的な造形美と一体となった逸品で、チャイが詰められた魔法瓶や、プラスティックケースの中にはドルマ（ピーマンなどの野菜の中に肉や米を入れて煮込んだ詰め物料理）や卵の精巧な模型が収められ、メルテム・サイダーの瓶やザイムの祖母の代から伝わる瀟洒な敷布も収められている。これが当館に展示されている理由は、あの日曜日のピクニックのことを雄弁に物語ってくれるのももちろんだが、この博物館の狭隘《きょうあい》さであるとか、わたしの苦痛を目にした来館者の方々の息苦しさを、少しなりとも軽減するよう願ってのことでもある。しかし、読者ならびに来館者の方々に断っておこう。ピクニックへ行こうが、あの痛みを忘れることは一瞬たりともなかった、と。

日曜日の朝、わたしたちはまずボスフォラス海峡西岸のビュユクデレに位置するメルテム・サイダーの工場を訪ねた。建物の壁にはインゲの巨大な絵が描かれていて、その上側に書き込まれた左翼的なスローガンは黒く塗りつぶされていた。洗浄と瓶詰めを行う工程では、真っ青なエプロンを掛けてスカーフで頭を隠し、黙々と働く女性たちや、それとは打って変わって喧《かしま》しく陽気な上役たちが働いていた。盛大な宣伝とともにイスタンブルじゅうへ出荷されているメルテム・サイダーの工場で働くのは、たった六十二人きりだった。ザイムの案内で見学している間、レザーブーツを履き、流行りのベルトを締め、ジーンズをはいているスィベルとヌルジハンの、有体《ありてい》に言って過度にヨーロッパ風なその出で立ちや、天真爛漫な雰囲気にかすかな苛立ちを覚えて、口中で「フュスン、フュスン、フュスン」と呟きながら、気を落ち着けようとした。

見学が終わると二台の車に分乗してベオグラードの森や風光明媚で知られるオスマン帝国時代のダム群を目指した。昔ここを訪れたヨーロッパ人のピクニック客よろしく、百七十年も前にヨーロッパ人画家メリング（一七六三―一八三一。イスタンブル周辺の景色を版画にした画家）が写し取った景色に囲まれたわたしたちは、ダムを見下ろす草地に腰を落ち着けた。わたしはそこに寝そべったきり昼近くまで青空を見上げていた。ザイムとスィベルは揉めながらも、買ったばかりの真新しい縄でペルシアの庭園から伝わったという値打ち物のブランコを掛けようと奮闘していた。彼女の溌剌《はつらつ》とした美しさや優雅さを、驚きを新たに視界の片隅で見守っていたことは鮮明に記憶している。わたしとヌルジハン、それにメフメトはいっときの間、子供のころによくやった〝九つ石〟をして遊んだ。大地からは心地よい土の匂いが立ちのぼり、ダムの向こうの湖からは松やバラの芳《かぐわ》しい香りが漂っていた。それを胸いっぱいに吸い込んでいるうちに、わたしの前途に待つ輝かしい人生が天与のものであるという思いを新たにした。何の見返りも求められずに与えられたこの美しい日々を、恋の痛みとやらで汚すのは何とも馬鹿げたこと、いや、もはや罪とさえ言えるのではないか。痛みは腹を中心に、身体じゅうへと死の病のように広がっていたが、フュスンに会えないという悩みにかくも打ちのめされている自分が、ひどく恥ずかしくなった。もっとも、その羞恥心によって自信を失い、気弱になっていたからこそ、嫉妬で周りが見えなくなっていたのではあるが。あれだけ遊んだというのに、真っ白なままのシャツにネクタイを締め、サスペンダー付きのズボンをはいたメフメトが食卓の準備をする一方、ザイムはキイチゴ摘みを口実に、ヌルジハンと連れだってどこかへいってしまった。ふと、ザイムがこのピクニックにいるのを喜んでいる自分に気が付いた。彼がここにいるということは――ケナンや他の男と会っていないとは言い切れないものの――フュスンとは会っていない証拠に他ならなかったからだ。もう一つ気が付いたことがある。友人たちとおしゃべりに興じ、あるいはボールで遊んでいる間や、スィベルをブランコに乗せて子供のように揺すってやるとき、あるいは新型の缶切りを試していて婚約指輪をはめた右手の薬指をざっくりと切ってしまい血塗《まみ》れになったときなどには、気がそれてフュスンのことを考えずに済むのだ。手の出血は一向に止まらなかった。「これは僕の血中に混入した恋の毒なのではあるまいか？」そんなことをくだくだと考えているうちに、頭がこんがらがってしまったわたしは、ブランコに飛び乗ると全力でこぎ出した。ブランコがまるで落下するように勢いよく引き戻されると、腹部の痛みが少し軽くなった。ブランコの長い縄はきしみをあげ、わたしは空中に巨大な弧を描きながら、地面すれすれまで頭をのけぞらせた。愛の苦痛が幾ばくか和らいだ。

「ケマル、何してるの！　やめて、無茶しないで、落ちちゃうわよ！」

スィベルはそう叫んでいた。

午後の日射しが涼しい木陰にまで忍び寄ってくるころになって、「血が止まらないし、気分も悪いからアメリカン病院に行って指の傷を縫ってもらいたいんだ」と告げると、スィベルは驚いて両目を見開いた。なぜ、夕方まで待てなかったのだろうか？　スィベルは必死に止血しようとしてくれた。しかし、あなたがた読者には告白しておかなければいけない。わたしは血が止まらないようにと、スィベルに隠れて傷口を押し開いたのだ。

「いや、楽しいピクニックに水を差したくないよ。君まで僕と一緒に帰ってしまったら、みんなに失礼だしね。夕方になったら彼らが君を街まで送ってくれるよ」

そう言い残して車の方へ歩き出したものの、気遣うような、一点の曇りもないスィベルの眦《まなじり》を背中に感じて、振り返って見つめ返した。

「どうしちゃったの？」

スィベルは出血以上に深刻な何かを感じ取ったようだった。あのとき彼女を抱きしめて自分の苦痛や憂いを忘れたいと、さもなければ彼女にわたしの気持ちを告白したいと、どれほど願ったことか！　しかし実際には愛しい婚約者に優しい言葉一つかけることなく、激しく脈打つ心臓の音を聞かれまいとして、そそくさと車へ乗り込んだのだった。キイチゴを摘んでいたヌルジハンとザイムも何かあったのを察して近寄ってきた。ザイムと目が合った。わたしの行き先を瞬時に悟ったようだった。車を発進させるとき、ちらりと見えたスィベルの顔に浮かんでいた純粋な気遣いや悲しみについては語らないでおこう。読者諸兄よ、どうかわたしを人でなしとは思わぬよう。

日射しがさんさんと降り注ぎ、心地よい熱気に包まれたあの日の午後、わたしは狂ったように車を飛ばし、たったの四十七分でニシャンタシュへ舞い戻った。なぜなら、アクセルを踏み込む度に、フュスンが今日こそメルハメト・アパルトマンへやって来るに違いないという確信が強まっていったのだ。――一番はじめの日にも、彼女は何日か遅れてアパルトマンに来たではないか？　車を停め、約束の時間のちょうど十四分前になってアパルトマンへ駆けこむと、一人の中年女性が大声でわたしを呼びとめた。

「ケマルさん、ケマルさん、あなたが正解だったわ」

振り返って、「どうしました？」と訊き返しながら、相手が誰か思い出そうとした。

「ほら、婚約式でわたしたちのテーブルへいらっしゃって、『逃亡者』の最後がどうなるかって盛り上がったじゃありませんか。あなたの勝ちよ、ケマルさん！　ドクター・キンブルはついに無罪を証明したの！」

「ああ、本当に？」

「景品はいつ取りにいらっしゃる？」

「今度、伺います」

わたしはそう返すとまた走った。

あの女性が話していたハッピーエンドは、フュスンが今日こそ来るという兆《きざ》しに他ならない。十分か、十五分もすればフュスンと愛の営みをはじめるのだ、そうわたしは確信し、震える手で鍵を取り出すと、部屋に入った。

28　品々の慰め

四十五分経ってもフュスンは来なかった。わたしは死人のようにベッドに横たわり、瀕死の獣が身体の具合を探るような慎重さと、そして無力さで、腹から発して身体じゅうを苛む苦痛の音に耳を傾けていた。いまや、まったく未知の激痛が、わが物顔で身体を支配していた。ベッドから身を起こして、気晴らしでもした方が幾分ましなのはわかっていた。この部屋から、フュスンの体臭が染みついたこのシーツや枕から、身を遠ざける必要があることも知っていた。しかし、その気力が湧かなかった。

ベオグラードの森に皆と一緒に残っていればよかったという後悔が、今更ながらに押し寄せてきた。この一週間というもの、自分に指一本触れない婚約者を見て、スィベルは怪訝《けげん》に思っていることだろう。わたしの悩みの原因に見当もつかないので、おいそれとは尋ねてこないだけなのだ。スィベルの優しさや慈しみに触れたかったが、いまから車に乗って森へ取って返すどころか、起き上がる余裕さえなく、ただスィベルがわたしを慰めてくれるさまを想像した。胃や背中から脚に至るまで、あらゆる方向から、息が止まるほどの激しさでわたしを責め苛む激痛から逃れ、あるいはそれを和らげるために何かをする力はもう残っていなかった。そんな自分の体《てい》たらくを認識した瞬間、どっと徒労感が押し寄せ、後悔という名の波となって、身体の痛みと同じくらいに深くわたしの心を抉《えぐ》った。しかし、ふと奇妙な違和感を覚えたわたしは、唐突に悟った――もし、この後悔のさらに奥へと分け入り、心を引き裂こうとする激痛にどっぷりと浸かったのなら、フュスンへ近づけるのではないか。もちろん、それは単なる妄想だという考えも頭の片隅をよぎった。しかし、そう信じるよりほかなかった。いずれにせよ、この部屋を離れてしまえば、彼女はわたしを見つけられないのだから。

後悔の中へ身を投じ、腹や骨の中で酸の詰まった小さな爆弾が、ちょうど打ち上げ花火のような具合で破裂する只中で、わたしは堆積した彼女との記憶を一つ、また一つと再生していった。その度に多大な苦痛をあとに残しながら、ついにいま現在の、フュスンのいないこの空虚な時間へとたどり着いた。その虚無は、たじろぐほど苛烈な、未知の苦痛でわたしの身体を満たしていった。この新しい苦痛の波に溺《おぼ》れまいとして、彼女との思い出やその残り香が漂う品物を片端から手に取り、あるいは口に押し込んで味わった。そうしていると、苦痛が薄らぐことを発見したのだ。たとえばそのころニシャンタシュのパティスリーで盛んに焼かれていたクルミと乾しブドウの入ったクロワッサン。これはフュスンの好物でもあったので、わたしが買ってきて進呈したものだ。クロワッサンを口に含むと、それを食べているときに彼女と笑顔で交わした会話――メルハメト・アパルトマンの門番の妻であるハニーフェ婦人が、フュスンをいまだに上の階の歯医者の患者だと思っている云々――が甦るのだ。わたしは狂喜した。母の箪笥の奥から見つけてきた古い手鏡。わたしたちはそれをマイクのように手に持って、有名な歌手、司会者のハカン・セリンカンの真似をした。お針子の母親に伴われてやって来た子供の彼女に、母が与えたわたしのお古のアンカラ急行の模型。わたしとフュスンは懐かしさのあまり、子供のように夢中になって遊んだ。小さいころ遊んだスペースガン。わたしたちはひとしきりそれを撃ち合ったのち、ちらかった部屋の隅にはいつくばって、くすくすと笑いながら、どこかへ行ってしまった弾を探した。品々を手に取る度に甦る記憶が、わたしの慰めとなった。ああも満ち足りていた時間の中でさえ、ときおり先の見えない不安に駆られ、悲しみの雲が日の光を遮ることもあった。あるときフュスンはこの博物館にも展示してある砂糖壺を手に取ると、こちらに向きなおって、「スィベルさんと会う前にわたしと出会いたかったって、考えたことはある?」と尋ねた。こうした幸せな記憶が去ったあとには、必ず全身を揺さぶるような苦痛が襲ってきて、立っていられないこともわかってきたので、あらかじめベッドに横たわるようにした。かくしてわたしは、空想に浸るあまりにベッドから抜け出せなくなっていった。そこに身を横たえていると、わたしを取り囲む品々が空想をかき立て、思い出を呼び覚ましてくれるのだ。

はじめて愛し合ったとき、彼女が慎重に腕時計を載せたコーヒーテーブルは、ちょうどわたしの頭の脇に置かれていた。その上の灰皿にフュスンが押しつけて火を消した吸殻がそのままになっていることに、一週間後の今日、はじめて気が付いた。すぐにそれを摘み、いがらっぽい焦げた匂いを嗅いでから、唇に銜《くわ》えこんだ。実際にはしなかったのだが、もし火をつけてそれを吸ったなら、彼女になったような心地がして陶然となったに違いない。しかし、もうフィルターしか残っていないのであきらめた。彼女の唇が触れたであろう吸殻の端を、まるで傷口に慎重に包帯を巻く心優しい看護婦のようにそっと、頬や眼の下、額、首へと、順に押し当てた。明るい未来を約束する未開の大陸や、その天国からこぼれおちたかのような神々しい景色、幼いころに母が見せてくれた慈愛に満ちた思い出、お手伝いのファトマ婦人に抱かれてテシュヴィキイェ・モスクへ行ったときの映像が、眼前に去来した。もっとも、痛みはすぐにぶり返し、嵐の海のようにわたしをその荒波の中へとさらっていった。

夕方の五時近く、いまだにベッドに横たわるわたしは、祖父が死んだときのことを思い出していた。祖母は悲しみに耐えられず、ベッドだけでなく、部屋そのものを改装してしまったものだ。わたし自身も、このベッドやこの部屋から、いや、不思議と心安らぐ古臭さを醸し出し、安逸とした愛の残り香が染みつき、その一つ一つがひとりでに囁きだすかのような品々すべてから、いま身をひきはがさないなら、駄目になってしまうと思った。しかし、心の中にはまったく逆の、それらを抱きしめていたいという思いがあった。フュスンにまつわる品々の持つ慰撫の力のためなのか、たんに祖母よりも意志薄弱だったためなのかまでは、いまでもわからないが。裏庭でサッカーをしている少年たちの楽しげな喚声や悪口も、空が暗くなるまでわたしをベッドに縛りつけて離さなかった。夜になって帰宅し、ラク酒を三杯空けてからスィベルに電話をするころになって、指の傷がずいぶん前に塞がっているのに気が付いた。

七月半ばまで毎日、二時になるとアパルトマンへ足を運んだ。フュスンがもう来ないと確信して以来、痛みは日を追うごとに少しずつ、軽くなっていった。自分が彼女の不在に慣れつつあるのだと、そのときのわたしは思っていたようだが、いま思えば大きな誤りである。たんに品々が与えてくれる幸福感と戯れることで、気が紛《まぎ》れていただけだ。婚約式のあとの最初の週末、頭の中の主要部分は——ときに拡大し、ときに収縮することはあったものの——絶えず彼女で占められていた。数学者風に言えば、苦痛の全体量は一向に減少しておらず、むしろ期待値に比例してなお増加していたのである。部屋へ行くのは半ば習慣のようなもので、彼女に会えるという希望を見失わないための儀式に過ぎなかった。

部屋で過ごす二時間あまりの間は、ベッドに寝転がってひたすら空想に耽った。そして幸せな思い出できらきらと瞬き、いまやわたしの妄想にも彩られた品々——ここに展示してあるクルミ割り器や、フュスンが幾度も動かそうと試みて、その手の匂いが滲みこんだバレリーナの形をした飾りの付いたこの古い時計などだ——を手に取り、顔や額、首に押し当てては、痛みを和らげようとした。そして二時間後、つまり満足この上ない情事を終えて二人がまどろみから覚める頃合いになると、わたしは悲嘆や痛みに打ちのめされ、普段どおりの暮らしへ意識を戻そうとあがくのだった。

もはや、いかなる輝きも生活の中には見いだせなかった。スィベルは――会社の者に二人の情事が露呈したと言い訳をして、いまだに身体を重ねずにいた――病名のないわたしの病を、ある種の男性に特有の結婚前の苛立ちであり、医者たちにも診断できない鬱症状の一種と見なしていて、驚くほど深刻に捉えていた。そして、婚約者の悩みを取り除いてやれない自分を密かに責めているらしく、とても気を遣ってくれた。わたしの方も彼女に優しく接しようと努め、それまで行ったことのなかったレストランへ、おせっかいな友人たちと連れだって繰り出した。一九七五年のあの夏、イスタンブルのブルジョワの中でも特に恵まれ、裕福な人々を紹介しようと思いついたわたしは、ボスフォラス海峡沿いの高級レストランやナイトクラブへ頻々《ひんぴん》と足を運び、あるいは様々なパーティに顔を出した。メフメトとザイムの間で揺れ動くヌルジハンの幸せそうな様子をスィベルと一緒になって祝ったが、内心ではその幸福に畏敬の念を覚えていた。いまや幸福は、生まれたときに神がわたしに与えてくれた天与の権利ではなくなっていたからだ。それは幸運と才覚に恵まれ、慎重な人間が努力を重ねたうえで摑み取り、なおかつ守りぬくことのできる、稀なる神の祝福へと変じたのだ。ある晩、わたしとスィベル、そして友人たちは、開店したばかりのメフタプというレストランへ行った。門の前には守衛が立っていた。海峡に突き出した小さな船着場のそばにバーがあったので、一人でガゼル社の赤ワインを飲んでいると――スィベルと他の友人たちは食卓に座ったまま笑い声をあげていた――トゥルガイ氏と目が合った。その瞬間、フュスンに出会ったかのように動悸がして、痺れるほどの嫉妬の怒りが全身を包んだ。

29 彼女のことを想わないときはもうなかった

トゥルガイ氏が、いつものように親切で洗練された物腰で笑いかけるかわりに、顔をそむけたとき、自分でも思ってみないほど傷ついた。婚約式に招かなかったのだから、彼の態度は当然だと思う一方で、フュスンがわたしを見返してやろうとして彼の許《もと》へ戻ったのではないかという考えが頭から離れなかった。怒りは、徐々に困惑へと変わっていった——もしかしたら、今日の午後にシシリ辺りの別宅でフュスンを抱いたのかもしれない、いや、彼女と会って言葉を交わすだけでも、許しがたい。トゥルガイ氏がわたしより先にフュスンを見染め、わたしと同じく彼女のことで思い悩んだという事実は、わたしの怒りや侮蔑の念を軽くするどころか、むしろそれをかき立てた。わたしはバーで酒を呷《あお》り、スィベルは夜が深まるにつれて、より辛抱強く、優しくなっていった。彼女を抱きしめ、ペッピーノ・ディ・カプリの『憂鬱』という曲を一緒に踊った。

あくる日の朝、酒の力でなだめていた嫉妬が、頭痛とともにふたたび疼《うず》きだすのを感じて、この痛みは決して減じず、虚無感も徐々に増していくだろうとしぶしぶ認めた。会社まで歩いて行くときも——メルテム・サイダーの広告のインゲは、いまでも流し目をくれていた——、オフィスでファイルの山を前に頭を抱えているときも苦痛は止まず、昼が近づくにつれて痛みは増す一方だった。こうしてわたしは、時間が経ってもフュスンを忘れられず、さながら義務のように、彼女を想ってしまう自分を受け入れざるを得なくなった訳である。

いくら神に請い願ってみても、彼女の思い出が薄らぐこともなければ、痛みが和らぐ気配もなかった。明日の痛みが今日よりも軽くなりますように、少しでも彼女のことを忘れられますように、毎日そう願いながら過ごしていた。しかし目が覚めても、腹中にとぐろを巻く激痛は一向に引かなかった。ガス灯の内ガラスが煤《すす》で汚れるように、身体の中が黒ずんで、汚れていくかのようだった——ああ、彼女のことを考える時間が少しでも減れば、時が経てば彼女を忘れられるのだと確信できればと、どんなに信じたかっただろう！　もはやフュスンを想わない時間の方が少なかった。いや、頭が空っぽになるのはほんの一瞬で、正確にいえば四六時中、彼女のことを考えていたのだ。彼女を想わずにいられるこの〝幸せ〟な時間はほんの一、二秒の、ひどく短いもので、その忘却の時間が終わると、痛みはひとりでに再燃し、腹や鼻孔、内臓に毒を垂れ流すのだ。人がいなくなると勝手に消えるアパルトマンの自動電灯のようなものだ。こうなると、呼吸困難に陥ってしまい、正気を保っていることにさえ、多大な努力を要した。

痛みが最高潮に達すると、その出口を求めるあまり、誰かと心を開いて語らったり、フュスンに会いたくなったり、はたまた、憎しみに満ちた怒りに任せて、自分が妬ましいと思う誰かに喧嘩をふっかけたくなったりもする。オフィスでケナンに会う度、自分を抑えるので精一杯だった。それでも、痺れるような嫉妬の怒りは絶えず襲ってきた。フュスンがケナンと関係を持っていないのは確かだったが、彼が婚約式でフュスンに寄り添っていたことや、フュスンの方も——わたしの嫉妬を誘おうとしてだとは思うが——それを拒まなかったことだけで、妬ましさを覚えるには十分だった。昼が近づくにつれ、いつのまにかケナンを首にする口実を探している自分に気が付き、はっと我に帰る。しかし内心ではこう思っているのだ——陰険なやつなのは、火を見るよりも明らかじゃないか、と。それでも昼休みに入ればアパルトマンへ行ける。わずかな可能性とはいえフュスンを待つことを考えると心が落ち着いた。もっとも、午後になり、約束の時間を過ぎても彼女が来ないと、待つという苦痛は耐えがたいものとなる。そして、翌日も彼女は現れないだろうと感じ、あらゆる物事が悪い方向へと向かっているのを、ぞっとしながら理解するのだった。

もう一つ、ひっかき傷のように頭にこびりついて離れなかったのは、自分が味わっているこの苦痛に、はたしてフュスンは耐えられるのだろうか、という疑問だった——無論、すぐに他の相手を見つけたに違いあるまい、でなければ耐えられるものではないのだから、いまごろ、七十四日前に覚えたばかりのセックスの悦びを、その男と分かち合っているに決まっている。だというのにわたしは来る日も来る日も痛みに悶え、死人のようにベッドに倒れ伏したきり、馬鹿のように彼女を待ち呆けている。いや、わたしは馬鹿ではない。なぜなら彼女に騙されたのだから。まだ幸せな関係が続いていたとき、婚約式での二人は未来への不安に怯えながらも、愛を確かめるように踊り、そして彼女は入学試験が終わったら会いに来ると約束したのだから。わたしに婚約者がいることに失望し、別れようと決心したのなら——なるほど、これはありそうな話だ——なぜあのときわたしに嘘をついたのだろうか？　思考が堂々巡りを繰り返すうちに、やがて身体の中の苦痛は怒りに、そして、「おまえは間違えている」と言ってやりたいという強い欲求へと変化していった。それまでも、馬鹿の一つ覚えのように幾度となく試みてきたのだが、わたしは想像の中で彼女と意見を戦わせることにした。合間に一緒に過ごした、あの忘れがたい安穏とした日々の記憶が忍び込み、天国そのままの情景が目の前に浮かぶ。それに懐柔されぬよう、今度は彼女へぶつけるための文句を一つ一つ思い出す、そのいたちごっこを延々と繰り返した。「君は、僕と別れたいと面と向かって言うべきだったんだ」「もし試験が失敗したのだとしても、その責任は僕にはないぞ、僕を捨てる気なら、それは知っておくべきじゃないか?」「死ぬまで僕と一緒だと言ったじゃないか?」「君は僕に最後のチャンスを与えるべきなんだ」「イヤリングだって、見つけたらすぐに持っていくつもりだったのに」「他の男が僕ほどひたむきに君を愛してくれるとでも思っているのか?」——わたしはベッドを離れると、これらすべてを彼女に直接言おうと心に決めて、通りへ飛び出した。

30　フュスンはもういない

半ば駆け足で彼女の家へ向かった。まだアラアッディンの店の角にも来ないうちから、この上ない幸福感が身内で急速に膨らみはじめた。それは本来、彼女に会ってから抱くべきものであるというのに。七月の暑さの中、木陰でうとうとしている猫に笑顔をふりまきながら、なぜもっと早く彼女の家を直接訪ねようと思い至らなかったのかと自問した。いつの間にか腹の左上に巣食っていた痛みは和らぎ、脚も思いどおりに動くようになっていた。背中に張りついていた疲労感もなくなった。家が近づくにつれて、彼女がいないのではないかという怖れが募り、心臓が早鐘のように打ちはじめた。——あのとき、わたしは彼女に何を話すつもりだったのだろうか？　もし母親が出てきたら何と言う気だったのだろうか？　一瞬、部屋へ取って返し三輪車を取ってこようかと考えたが、顔を合わせればそんな言い訳が必要のないことは、彼女も承知しているだろうと思いなおした。クユルボスタン通りに面した、こじんまりとしたアパルトマンの、冷え冷えとした屋内へ足を踏み入れたわたしが幽霊のようだったのであれば、階段を上って家の呼び鈴を鳴らしたときのわたしは、さながら夢遊病者のようだったに違いない。——来館者の方は、どうかあなたの目の前にあるそのボタンを押してごらんなさい。そして、あのころこの国で流行《はや》っていた小鳥の鳴き声を模したその呼び鈴を、このわたしが耳にしたときの気持ちや、心臓が、まるで喉頭と口の間に押し込められた小鳥さながらに身をよじるさまを想像していただけまいか。

扉を開いたのは母親だった。そして廊下の暗がりに立つ来訪者を見た彼女はまず、招かれざる勧誘員にするように鼻を不機嫌そうにひん曲げた。しかしすぐに誰か気が付いて、顔を輝かせた。その反応に勇気づけられたせいか、腹の痛みはさらに軽くなった。

「まあ、ケマルさん！　いらっしゃい」

「近くを通りかかったので寄ってみたんです、ネスィベおばさん」

ラジオドラマに登場する謹厳実直な隣人の若者のような声音でそう言った。

「昨日知ったんですが、フュスンはお店の仕事を辞めてしまったようですね。そのくせ連絡も寄こさないし、心配になったんです。どうでしたか、娘さんの試験は？」

「ああ、ケマルさん、可哀相なあの子。中に入って、話し合いましょうね」

その話し合いという言葉が仄《ほの》めかすものの意味について考えもせずに、裏通りにある薄暗い家の中──親戚同士で、一緒に編物をした仲の母でさえ、一度として訪ねなかった──へ慎重に足を踏み入れた。覆い布のかかった肘掛け椅子と食卓、砂糖入れが一つとクリスタルガラスのグラスセットが入れられた食器棚、テレビの上には居眠りをする犬の置物があった。すべてが輝いて見えた。それらは、フュスンという名の素晴らしい存在を構成する付加物なのだ。部屋の一隅には、ミシンや裁《た》ち鋏《ばさみ》、色とりどりのボビン、まち針、それに縫いかけの服が置かれていて、ネスィベ婦人は縫い物の途中だったのだとわかった。あの日、フュスンは家にいたのだろうか？　おそらくいなかったのだろう。しかし何かを期待するかのような婦人の物欲しげな、それでいて計算高い態度が、わたしに希望を抱かせた。

「座りなさいな、ケマルさん。珈琲を淹れてあげる。ひどい顔色よ。ちょっと休んでいきなさい。あんた、冷えたお水もいるかい？」

「フュスンはいないんですか？」

喉に押し込められていた堪《こら》え性のない小鳥が、わたしの口をこじ開けてそう囀《さえず》った。

「いないわ、いないの！」

その声音には、〝もっとも、あなたが事情を知っていたとしても、どうにもならなかったけれどね〟とでも言いたげな色が滲んでいた。

「あなた、珈琲の甘さは？」

婦人は〝あんた〟から〝あなた〟に切り替えてそう問うた。

「普通で！」

何年も経ったいまならば、ネスィベ婦人の方も本当は珈琲などどうでもよくて、たんにわたしに何と答えるべきか思案するために台所に引っ込んだのだとわかる。フュスンの自宅に染みついたその残り香を嗅ぎ分けるのに夢中で、彼女に会えるかもしれないという期待で目が曇っていたあのときには、知る由《よし》もなかったが。シャンゼリゼ・ブティックで見知ったわが友人のレモンが鳥籠の中で囀った。まるで客人の苦痛をなだめようとでもいうようなピーピーという鳴き声に、わたしは少しだけ周りが見えるようになった。目の前のコーヒーテーブルの上に幾何の授業で使うようにと——あとで数えてみたところ七度目に会ったときだ——フュスンに渡した三十センチ定規が載っていた。白く塗られた両端が細くなっている珍しい品だ。母親が縫い物をしている傍らで、彼女は幾何の勉強をしていたに違いない。定規を取り上げて鼻に近づけると、フュスンの手の匂いが思い出されて、その姿が眼前に甦った。はたしてあのとき、わたしの目に涙は浮かんでいたろうか？　ネスィベ婦人が戻ってくる物音がしたので、わたしは定規を上着のポケットに突っ込んだ。

婦人は珈琲を置くと、わたしの正面に腰を下ろした。煙草に火をつける仕草は、フュスンとそっくりだ。

「フュスンの試験はね、うまくいかなかったんですよ」

彼女は、わたしにどういう態度をとるべきか決めたらしかった。

「ひどく動転していてねえ。半泣きで会場から出てきたもんだから、結果はわかりきってたの。そりゃあもう落ち込んでしまってねえ。ああ、もう大学へ行けないのね、あの可哀相な子は。仕事も辞めてしまったし、数学の勉強もあの子には堪《こた》えたのね。あの子を心配してくれてのことでしょうけど。ご存じのとおり、婚約式の晩も本当に元気がなくてねえ。色々ありすぎて混乱してしまったのね。もちろん、あなただけの責任という訳じゃないけれどね。見ていられないって、父親があの子を遠くへ連れていったの。そう、とっても遠くによ。もうあの子のことはお忘れなさい。あの子もあなたを忘れるでしょう」

二十分後、わたしはメルハメト・アパルトマンのベッドの上にいた。目から一筋、また一筋と涙がこぼれ、その軌跡を頬に感じながら天井を眺めていると、ふと定規のことを思い出した。——そう、中学高校で使っていたこの定規こそ、当博物館における最初期のコレクションの一つなのである。いま思えば、子供のころにわたしが使っていたのとよく似たこの定規を、彼女に持っていてほしかったのだと思う。フュスンを思い出させてくれるだけでなく、心の痛みに耐えながら、彼女の人生からわたしが取り上げてわがものとした品なのである。定規の目盛りのついた側をゆっくりと口内へ挿し込んでみた。舌がピリピリするような味がしたが、時間をかけてよく味わった。彼女がこの定規を使っていたときのことを思い出そうとして、定規を口に銜《くわ》えたままベッドに寝転がり、気が付いたときには二時間が経過していた。それほどこの定規が気に入ったのだ。まるでフュスンの姿を目にしたような幸せに浸れたから。

31 彼女を思い出させてくれる街の通り

彼女を忘れるために周到な計画を準備せねば、これまでどおりの生活を続けるのは不可能だ。いまや、どんなに鈍いサトサトの社員でさえ、雇い主から滲み出る黒々とした痛哭《つうこく》に違和感を覚えていた。母も、わたしと婚約者の間に何か問題が生じていると考えたらしく、何かにつけそれを聞きだそうとするようになった。たまに家族揃って食卓を囲むと、父と同じに、飲みすぎぬよう注意された。嘆き悲しむほどに、スィベルの関心や思いやりもいや増していった。感情が爆発してしまう瞬間はすぐそこまで迫っていると感じるようになり、密かに恐れおののいていた。そして、この懊悩《おうのう》から逃れるためにはスィベルの下心のない慈愛が必須だとも理解していたので、彼女との関係が破綻するのも怖くて仕方がなかった。

あの部屋に通うこと、フュスンを待つこと、あの品々を手に取って彼女を想うこと、わたしは意志の力を振り絞ってそれらを自らに禁じた。それ以前にも同じように試みたのだが、様々な口実――ああ、スィベルに花を買っていってあげよう、などと自分に言い訳をして、シャンゼリゼ・ブティックのウィンドウを覗きこむ等々――をこさえては、尻切れトンボになっていたのだ。今度はより厳しく、計画的な対策を講じようと決心した。そこで、フュスンとの思い出が残り、それまでの生活の中で大きな比重を占めていた通りや場所を頭の中の地図から取り出して、書き出してみた。

――当館に掛けてあるニシャンタシュの地図は、あのころ、必死になって記憶の中から掘りおこし、それらの位置を書きこんだ代物である。足を踏み入れてはならないと決めた通りや場所は赤で塗られている。ヴァーリコナウ大通りとテシュヴィキイェ大通りの交差点に近いシャンゼリゼ・ブティック、メルハメト・アパルトマンのあるテシュヴィキイェ大通り、交番とアラアッディンの店がある角などは、地図と同様に頭の中でも真っ赤に塗られていた。エムラーク通り――今はアブディ・イペクチ通りと呼ばれている――や、地元の人々がたんに交番通りと呼んでいた通り――こちらはのちにジェラール・サリク通りと改名した――フュスンが住んでいたクユルボスタン通り、及び赤く塗られたこれらの道に通じる小道もすべて立入禁止にした。オレンジ色に塗った箇所は一分が惜しいほど急いでいるときの近道のため――酒を飲んで遠回りが億劫《おっくう》だ、などという理由は論外だ――速足でそそくさと通り抜けるという条件を守れば通行可とした。自宅やテシュヴィキイェ・モスクなども、他の多くの小道と同じで、気をつけていないと失恋の痛みがぶり返すので、オレンジ色だ。黄色の通りも要注意。彼女と会うために会社を出てアパルトマンへ向かう道や、フュスンが店を出て帰宅する道――これはわたしが想像した道順だが――のように、苦痛を悪化させかねない危険な思い出や罠で溢れているからだ。こうした通りへの立ち入りは許可されているが、気を引き締めてかからねばならない。その他、フュスンと少しだけ関係のある場所、たとえば子供のころ、羊を屠《ほふ》るところを見た空き地であるとか、テシュヴィキイェ・モスクにいる彼女を眺めた自宅の居間の隅っこであるとかの数限りない場所にもチェックが入った。わたしはこの地図をいつも頭の隅に留め、赤い箇所には決して入らなかった。こうした用心を重ねれば、いつか恋の病が治ると信じていたのである。

32 フュスンと錯覚した幻影や幽霊

それまで、人生の大半を過ごしてきた場所への立ち入りを厳しく制限し、彼女の面影が残る品々と距離を置いてはみたものの、残念ながら忘れることはできなかった。というのは、街角の雑踏や、パーティの人いきれの中に亡霊のようなフュスンの姿を目にするようになったからだ。

驚くべき最初の邂逅《かいこう》は、七月の終わりにスアディィェに移っていた母たちのところへ向かう途中に起こった。カバタシュ埠頭を出てウスキュダルへ近づいていく車載フェリーの車の中で、他の気の早いドライバーたちと同じようにエンジンを掛けて接岸するのを待っていると、すぐ脇の歩行者専用の昇降口から出ていくフュスンの姿が目に入った。車用の昇降口はまだ開いていなかったので、すぐに運転席を飛び出していけば追いつけたが、車の流れを止めてしまったろう。鼓動の高鳴りを覚えながらわたしはフェリーから車を下ろした。しかし、あらん限りの声をあげて彼女に呼びかける寸前、視界に飛び込んできたその下半身は、フュスンの美しい肢体よりも肉付きがよく、大作りで、その顔も彼女とは似ても似つかないことに気が付いた。翌日、例の痛みが幸福感に取って代わったその十秒足らずのことを幾度も思い返すうちに、いまに彼女とあんな具合に偶然出会うだろうと、半ば本気で信じるようになった。

何日かあとの午後、暇つぶしに映画でも観ようとコナク座に立ち寄った。映画が終わり、表へ通じる広くて長い階段をのろのろと昇っていると、ほんの十歩ほど前を行く彼女を見かけた。金色に染められた長い髪や、ほっそりとした身体つきを見た瞬間、心臓が跳ねあがり、知らないうちに足が動いていた。彼女に走り寄り夢見心地で声をかけようとしたが、やはり直前になってフュスンではないと知って、その声を呑み込んだ。

ニシャンタシュには彼女の面影が残りすぎていたため、そのころはよくベイオールへ出ることにしていたが、一度など店のウィンドウに映りこんだ人影を彼女と見間違えて逆上してしまった。また別のときには、やはりベイオールの買い物客や映画館へ吸い込まれていく人の流れの中に彼女のものとしか思えない軽やかな歩き方の女性を見つけた。わたしは後を追ったがすぐに見失ってしまった。あの人物が、苦痛が見せたただの幻だったのか、それとも本当に彼女だったのか判断がつかず、つづく数日というもの同じ時間帯にアア・モスクとサライ座の間を意味もなく行ったり来たりした。そのあともビアホールに腰かけて、酒を飲みながら通りや雑踏に目を凝らし続けた。

——天国から抜け落ちてきたかのようなこうした瞬間は、ほんの短い間しか訪れなかった。たとえば当館に展示してあるタクスィム広場の写真に写っている白い影などは、わたしが見た白昼夢を彷彿とさせる。

そのころになってようやく、フュスンの髪型や背格好がイスタンブルの若い娘や女性たちの多くに共通し、本来は黒味がかった髪の毛の多くが、金色に染められていることに思い当たった。ほんの一、二秒現れてはすぐに消えてしまうフュスンの幻影は、イスタンブルの通りじゅうに溢れかえっていたのである。しかしそうした幽霊を間近で観察すると、わたしのフュスンとはまったくの別人であるとわかるのだった。ダージュルク・クラブハウスでザイムとテニスをしていると、コートの隅のベンチに腰かけて、笑いながらメルテム・サイダーを飲んでいる三人の娘の中にフュスンがいた。わたしは最初、彼女を見つけたことよりも、クラブハウスへ来ていることに驚いたものだ。また別の幻影はカドィキョイから着いたフェリーの降船客に交じってガラタ橋の方へ向かい、通り過ぎる乗合バスに手を挙げていた。しばらくすると、頭も心もこの幻影との付き合い方に習熟していった。サライ座で次の上映までの空き時間に、四列向こうに二人の姉妹と並んで腰かけ、ブズ・セラプ社のチョコレート・アイスクリームを嬉しそうに舐めている彼女を見かけたが、フュスンは一人っ子だとすぐには思い至らず、その幻影がわずかなりとも苦痛を和らげてくれるのに身を任せ、彼女が本当のフュスンではないこと——どころかまったく似てもいなかったのだが——は考えまいとした。

ドルマバフチェ宮殿の前庭に立つ時計塔の前に佇《たたず》むフュスン、手提げ鞄を持った主婦としてベシクタシュのショッピングモールの中を歩くフュスン。わたしがもっとも驚いたのは、ギュムシュスユのとあるアパルトマンの三階の窓から通りを見下ろしている彼女を見つけたときだ。歩道に突っ立ったまま凝視するわたしを見た窓際のフュスンの亡霊が、こちらを見つめ返したのだ。わたしが手を振ると、彼女もそれに応えてくれた。しかし手を振り合いながら、それが彼女でないとわかった途端、恥ずかしくなってそそくさとその場をあとにした。未練は残っていたが、時間が経つにつれて、前の男を忘れさせようとした父親が、すぐに別の男と結婚させ、いまは新しい人生を営む傍らで、わたしに会いたいという思いを募らせているのだと夢想するようになった。

最初の遭遇がもたらした紛うかたなき癒しの瞬間、あの数瞬を除けば、こうした亡霊はみな、フュスンではなく不幸なわたしの魂に生じる有象無象《うぞうむぞう》の情念が生みだしたものであると、理解しているつもりだ。しかし幻ではあっても、彼女と出会えば幸福感に包まれるのも事実だった。いつしかわたしは、彼女が現れそうな盛り場に足しげく通うようになった。そこは頭の中の地図に印が入れられていた。フュスンと思われる人影に出くわす可能性の高い場所へ行きたいという衝動は、日増しに強くなった。こうして、わたしにとってのイスタンブルという都市は、彼女を追懐させてくれる印に満ちた世界となった訳である。

彼女の亡霊を見かけるのは漫然と歩きながらふと遠くを見やったときがもっとも多かった。それでわたしは、いつもぼんやりと街を歩きまわった。傍らにスィベルがいようが、ナイトクラブに集まったときであろうとも、ラク酒をしこたま飲めば、様々な衣装に身を包んだフュスンの幻が見えた。過剰な反応を示して、周囲にばれてしまうのが怖かったので、理性をかき集めてその女性がフュスンではないのだと早々に気が付くようにしてはいたが。——キルヨスのシレ・ビーチを写したこの風景写真を展示しているのは、夏の正午、暑さや徒労感で頭の巡りが鈍り、注意力が散漫になったときに、ビキニを身につけて羞恥心で顔を赤らめる若い娘や女性たちの間にフュスンの姿を見かけたことを示すためである。共和国が建国され、アタテュルクの諸改革から半世紀を経た当時、わたしの国の人々はビキニや水着を着てビーチに繰り出すことはかろうじて覚えたものの、そこで互いに羞恥心を覚えずに海水浴を楽しむ術《すべ》までは学んでいなかった。わたしは、彼らの感じる恥ずかしさと、フュスンの繊細さの間に相通ずるものを感じていた。

耐えがたい渇望が襲ってきた瞬間、ザイムとビーチボールをしているスィベルのそばを離れたわたしは、少し離れたところで砂の上に寝そべり、愛の不在によって痛めつけられた不甲斐ない身体を炙《あぶ》ってくれとでも言うように、日光の只中へ身を投げだしながら考えた。砂浜や桟橋を見渡し、わたしを見つけて駆けよって来たスィベルが、彼女だったらよかったのに、と。それにしてもなぜ、フュスンの頼みを聞き入れて、一度でもキルヨスのビーチへ来なかったのだろうか！　どうして、神が与えてくれたあの貴重な贈り物の価値を理解できなかったのだろう？　いつになったら彼女と会えるのだろう？　砂浜に横たわって日の光を浴びていると涙が溢れそうになった。しかし、自分が悪いのはわかっていたのでそれもできず、砂に顔を埋めて悪態をついた。

33　くだらない暇つぶし

　生活がわたしの手から離れていく。あの婚約式の日まで感じていた活力や色彩はもはや失せ、一時期はわたしのものであった——残念ながら、そうとは知らなかったのだが——力や確信も消えた。幾年も経ってから筆をとってみると、当時感じていた凡庸さや低俗さを見事に言い表した詩行をネルヴァル（フランスの詩人、小説家。中東を見聞し、イスタンブルにも足を運んだ）の本の中に見つけた。愛の苦悩に身を焦《こ》がし、遂には自ら首を括《くく》って死んだ詩人は、人生そのものへの愛を失ったことを悟ったのち、『オーレリア』の一節で〝これから先の人生は自分にとってくだらない暇つぶしでしかない〟と述べているのだ。わたしも、正にそう感じていた。フュスンのいないままに過ぎていく日常の中で、ありとあらゆるものが月並みの、無意味なものであるという思いが拭《ぬぐ》えず、そうした凡庸さを感じさせる物や人に怒りを感じていた。とはいえ、いつかはフュスンを見つけて言葉を交わし、彼女を抱きしめられるだろうという淡い希望まで失った訳ではない。その期待だけがわたしを——良きにつけ悪しきにつけ——日常に繋ぎとめてくれていて、あとで悔やむことになるにしても、例の苦痛を紛らせてくれるのだった。

　この最悪の時期のある日のこと——ひどく暑い七月の朝だった——、兄から電話があった。長年、わが家と共同で商売を行い、多くの事業で成功を収めてきたトゥルガイ氏が、婚約式に呼ばれなかったことに気を悪くしている、それだけならばともかく、先に共同入札で獲得した敷布の大口の輸出契約から降りたがっている、兄は怒りも露《あら》わにそう捲《まく》し立てた。兄のオスマンは一族の趨勢《すうせい》にかかわる招待客の名をリストから消去したのがわたしだと、母から聞いたそうだ。わたしは、この話をすぐに友好的に解決し、トゥルガイ氏の機嫌を取るからと約束して兄をなだめた。

すぐにトゥルガイ氏に電話をかけて約束を取り付けた。翌日の昼近く、うだるような暑さの中、バフチェリエヴレルの大きな工場に車を走らせた。街の景観を醜く歪めていく新築のアパルトマンや倉庫、中小の工場がひしめきあう、ごちゃごちゃとしていて、妙に圧迫感のある一帯を眺めていても、さほどの寂寥感は覚えなかった。その理由はフュスンの近況を知り、あるいはその伝言を預かっているかもしれない相手に会えるからに他ならなかったのだが、わたしは同じような状況で――ケナンと話したり、タクスィムでシェナイ婦人に出くわしたときなどだ――いつもそうしてきたように、内心の興奮を押し隠し、ただ〝仕事〟のために行くのだと、自分に言い聞かせていた。いま思えば、自分を欺《あざむ》きつづけていたわたしが、トゥルガイ氏との〝仕事〟をうまくやりおおせるはずもなかったのだが。

詫びを入れようと、わたし自らがわざわざ出向いてきたので、氏は自尊心をくすぐられたらしく、丁寧に応対してくれた。トゥルガイ氏は、何百人という娘たちが働いている染色工場や、織機の脇で機械を動かす若い娘たち、あるいは新しく〝近代的〟に設計された設備や〝衛生的〟なカフェテリアなどを、とりわけ自慢するふうもなく、むしろ彼と組んで仕事をする方が我々のためにもなると仄《ほの》めかすような屈託のない態度で見せてくれた。ある機械の裏でこちらに背を向けて立つフュスンの幻影を見た瞬間、わたしはどきりとしてここに来た本当の理由を意識しはじめた。氏はいつも従業員と昼食を共にするらしく、わたしにもそこへ加わるよう望んだが、わたしはこの〝根の深い話題〟を話し合うためには、少し酒でも入れながら話すべきだ、と提案した。そのときでさえ、〝これは彼にきちんと謝意を伝えるためなんだ〟と信じ込んでいた。口髭を生やした凡庸なその顔には、わたしがフュスンのことを暗に指していることに気が付いた様子もなかった。わたしが婚約式の一件を切りださないので、「不注意は誰にでもありますよ。もういいんです」と少し高飛車に言っただけだ。氏には仕事のことしか頭になかったというのに、わたしがそれを知らないふりをするので、結局心根がまっすぐで勤勉なこの紳士は、バクルキョイの魚料理屋にわたしを誘った。彼のムスタングに乗り込むや、この座席でフュスンと幾度も唇を重ねたことや、まだ十八にもなっていなかったフュスンを追い詰め、自分のものにしようとした事実が脳裏をよぎった。フュスンが彼のもとに戻ったということもあり得る、そんな疑いが鎌首をもたげた。理性の方はこうした想像を恥じ、また彼がおそらくは何も知らないであろうとも承知していたのだが、自分を押し留められそうになかった。

　レストランに入り、街のごろつきか何かのようなふてぶてしい態度で、彼の正面の席に腰を落ち着けると、毛の生えたその手がナプキンを取り上げて胸元に掛ける様子や大きい鼻の穴、締まりのない口許が目に入った。何もかもが悪い方へ向かっていて、心は苦痛と嫉妬で塗りつぶされていく。我慢の限界はすぐそこにあった。給仕に「ちょっと、君」と声をかけ、あるいはハリウッド映画そのままに、まるで傷口にあてがうような丁寧さでナプキンを口に持っていくその仕草も、わたしの神経を逆なでした。それでも何とか堪え、食事の半ばまでは平静を装《よそお》ったのだ。しかし、内心のやるせなさを誤魔化そうと呷《あお》ったラク酒のせいだろうか、知らないうちにわたしの悪心は身体の外へと洩れ出していた。敷布の問題は解決し、共同事業には何の問題もない、あとはこの大仕事を成功させるのみだと、馬鹿丁寧な口調でトゥルガイ氏が言ったとき、ついにこう答えたのだ。

「この事業がうまく行くかどうかではなく、わたしたち自身が良い人間であるかどうかが重要でしょう」

トゥルガイ氏は手の中のグラスに目を落として答えた。

「ケマルさん、あなたやお父上、あなたのご家族を尊敬しています。辛い時期もありましたが、わたくしどもはこの美しくも貧しい国で裕福になるという、神がその従順な下僕にのみお赦しになった幸運を摑んだのですから。神に感謝しましょう」

「あなたがそんなに信心深いとは思いもよらなかったな」

わたしは馬鹿にしたようにそう言った。

「親愛なるケマルさん、わたしに何か至らないところがありましたか？」

「トゥルガイさん、あなたはわたしの一族の年端もいかない娘の心を傷つけた。彼女に酷《ひど》いことをした。いいや、それどころか、金で彼女を自分のものにしようとした。シャンゼリゼ・ブティックで働いているフュスンはね、母方のごく近い親戚なんですよ」

彼が灰を浴びせられたようなしかめ面をして俯《うつむ》いたとき、わたしは自分がトゥルガイ氏に嫉妬していた本当の理由を理解した。それは彼がフュスンの恋人だったからではなく、その失恋の苦しみを体《てい》よく忘却し、わたしよりも先に平穏なブルジョワとしての生活を取り戻したからなのだ。彼は驚いたように答えた。

「あなたの血縁だとは思ってもみませんでした。お恥ずかしい限りです。もしご家族がわたしに会うのに耐えられず、そして、そのためにわたしが招待されなかったのだとしたら、あなたが正しい。お父様やお兄様も同じようにお考えなのでしょうか？　どうしましょう、共同事業を取りやめますか？」

「そうしましょう」

そう口にした瞬間、後悔がどっと押し寄せた。

「そうなると契約不履行はあなた方の責任ということになりますが」

トゥルガイ氏はそう言ってマルボロに火をつけた。いまや愛の苦痛に、自分のしでかした大きな過ちから来る羞恥心が加わった訳である。帰り道、かなり酔っていたが、構わずにハンドルを握った。十八歳のころまでは、バクルキョイからイスタンブルへもどる海岸沿いに続く城壁に沿って車を走らせるのが大好きだった。いまではその喜びさえ、内心の恐怖に冒されて、拷問に等しかった。街並みもその優美さを失ってしまったかのようで、そこから逃れるようにアクセルを踏み込んだ。エミノニュのイェニ・ヴァーリデ・スルタン・モスクの近くに架かる歩道橋をくぐるとき、道路にはみ出していた歩行者を轢《ひ》きそうになった。

オフィスに着いたわたしは、一番いいのはトゥルガイ氏との共同事業の解消が、それほどの痛手ではないと自分に、そして兄のオスマンに信じさせることだと腹を括《くく》った。今回の入札に詳しいケナンを呼ぶと、彼はことの顚末《てんまつ》に異様な関心を示した。わたしはこの一件が、「トゥルガイ氏が、その人間性の欠点から我々に不貞を働いた」ためと、かいつまんで説明した上で、契約分の敷布を自分たちだけで調達できるか尋ねた。ケナンは、それは不可能だ、本当の原因は何なのだと問い返したので、わたしはトゥルガイ氏とは手を切らざるを得ないのだ、と繰り返した。

「ケマルさん、可能な限りそれは避けるべきです。お兄様とは会われましたか？」

そう尋ねたケナンは、この件はサトサト一社に留まらず、系列の会社にも打撃を与えるだろう、契約日までに敷布を集められなければ、ニューヨークの法廷から非常に重いペナルティを課されるだろうと必死で説明した。

「お兄様はご存じなんですか？」

ケナンはもう一度訊いた。煙突の煙のようにわたしの口から立ち上るラク酒の臭いに気が付いたからだろう。会社だけでなく自分の上司を慮《おもんぱか》るようなポーズをとるべきだと考えたらしい。

「もう矢は放たれたんだよ。トゥルガイ氏抜きでやり遂げよう。どうすればいいかな」

ケナンは答えなかった。それが不可能なことくらい、わたしにもわかっていた。しかし頭の中の理性的な部分が働かず、ただ何か揉め事を起こして、諍《いさか》いをしたがる悪魔の囁きに屈してしまったのだ。ケナンは兄と会わなければ、と繰り返しただけだった。

そのときのわたしが、当館に展示してあるこのサトサトのロゴが入った灰皿や、ホチキスをケナンの頭に投げつけるようなことはなかったが、そうしたいと思っていたのは確かである。常々、滑稽《こっけい》だと思っていたそのネクタイと、灰皿にあしらわれたロゴの配色が同じだと思い当たって驚いたのは覚えているが、そのときにはもう怒鳴り声をあげていた。

「ケナン君、君は兄の会社ではなく、僕のところで働いているんだろうが！」

ケナンはもっともらしく答えた。

「ケマルさん、どうかご容赦ください。もちろん、そのつもりです。ですが、婚約式でお兄様に引き合わせていただきましたし、あれ以来よくお会いしているではありませんか。この件を早いうちに知らせないと、お兄様は悲しまれると思ったんです。皆と同じで、あなたの苦境を理解して、力になりたいと思われているはずです」

〝皆と同じで〟という言葉を聞いてわたしは、怒りに我を忘れそうになった。一瞬、この男を首にしようとさえ思ったが、彼の不敵さに尻込みしてしまったのだ。頭の一部が麻痺してしまって、愛や嫉妬、今日の出来事、あらゆるものを正確に見定めることができなかった。罠に落ちた獣のような苦痛を感じていたのだ。そして、わたしに残された幸せはただ一つ、フュスンに会うことだと理解した。

世間体などどうでもよい、なぜなら、あらゆるものがまったくもって、くだらない暇つぶしなのだから。

34　宇宙飛行士になった犬

フュスンの代わりにスィベルと会った。苦痛はいまや耐えがたく、わたしはいとも簡単に屈服してしまって、誰もいなくなった会社に独りぼっちで座っていれば、小さなロケットに乗せられ、宇宙の広大無辺な暗黒へと送りだされたソ連の犬のような気持ちになるだろうという怯えがあったのだ。そこで、社員が帰宅したあとでスィベルに電話をかけオフィスに呼び出した訳である。彼女は、婚約者が〝婚約式前の性的慣習〟を取り戻そうと決意したのだと思ったようだ。よく気の回る彼女は、わたしが特に好きなシルヴィーの香水をつけ、婚約者が眩惑されるのをよく知っているネットストッキングにハイヒールをはいてやって来た。わたしの悩みが解決したのだろうと喜び勇んで駆けつけた彼女を前にすると、その期待を裏切って、内心の絶望感をほんの少しでも吐露し、幼いころに母にそうしたように、君に縋《すが》りつきたくて呼んだんだ、とは言いだせなかった。かくしてスィベルは、前にもまして嬉しそうな態度で、まずわたしをソファに座らせ、おつむの足りない女秘書よろしく一枚一枚衣服を脱ぎ捨てると、妖艶に微笑みながら胸元にしなだれかかってきた。――わが家にいるかのように心を落ち着かせるその髪や首筋の匂いであるとか、慣れ親しんだ安心を覚える距離感が、どれほどわたしの気分を解《ほぐ》してくれたのかは、説明しないでおこう。なんとなれば、察しのいい読者や来館者の方々であれば、そのあとの情交について想像を逞しくすることなど思いのままだろうから。心の底から寛《くつろ》いだからだろうか、ことを終えないうちに安逸として、満ち足りた眠気に誘われるまま瞳を閉じ、夢の中ではスィベルでなくフュスンに出会った、とだけ述べておこう。

汗まみれになって目覚めると、わたしたちは抱き合ったままで眠りこけていた。二人とも一言も口を利かなかった。スィベルは物思いに沈みながら、わたしは罪の意識に苛《さいな》まれながら、薄暗がりの中で服を着た。表を通り過ぎる車の明かりやトロリーバスの角《つの》がときおり散らす紫電が、まだ幸せだったころと同じように室内を照らした。

わたしとスィベルはファイェ・レストランへ向かった。どこへ行こうか、などと話し合うことはなかった。笑いさんざめく客たちに交じってテーブルについていると、自分の婚約者がいかに気立てが良く、美しく、そして賢明なのか再確認した。他愛のない話を交わしたり、わたしたちのテーブルを訪れ、去っていくほろ酔いの友人たちと談笑したり、あるいはヌルジハンとメフメトが連れだって来店したものの、早々に別れて出ていったと給仕に聞かされたりしたことなど、そのときのことはよく覚えている。しかし一時間もすると、ふと沈黙がテーブルを支配した。わたしもスィベルも、もはや避けては通れない本題について考えていたのだ。わたしは二本目のチャンカヤ産のワインを注文した。スィベルもかなり飲んでいた。

「いい加減、教えてちょうだい。問題は何なの？　さあ言って」

「僕にわかっていたとしても」

わたしはそう切り出したものだ。

「頭のどこかで、それをわかりたくない、言葉にしたくないって思ってしまうんだ」

「つまりあなた自身にもわからないということ？」

「ああ」

「それでもわたしよりはわかっているはずだわ」

　スィベルは微笑んだ。

「何だと思うんだい、君は？」

「あなたの悩みを、わたしがどう思っているのかが心配？」

「この問題が解決できずに、君を失うのが怖いんだ」

「怖がらないで。わたしは我慢強いし、あなたを愛しているんですもの。言いたくなければそれでいいわ。おかしな心配はしていないから。だから安心していいの。時間はたっぷりあるのよ」

「おかしな心配？」

「たとえば、あなたがホモセクシャルだなんて思ってないわ」

　彼女はわたしを安心させようとしてさらに笑みを大きくした。

「どうも。他には？」

「性病とか子供のころのトラウマとかの線もないわね。でも、カウンセラーならあなたの力になれるかもしれない、とは考えてる。精神科に行くのは恥ずかしいことじゃないもの。ヨーロッパやアメリカでは誰でも通《かよ》っているのよ。もちろん、すべてをカウンセラーに打ち明ける必要があるけれど。わたしに話してくれないこともね。さあ、あなた。わたしに話して。何があろうと赦してあげるから」

「怖いんだ。そうだ、踊ろうか？」

　わたしは笑顔を作ってはぐらかした。

「それなら、わたしに知らせていないことがあるって認めなさいな」

「マドモアゼル、どうかわたくしの誘いを断らないでいただきたい」

「ああ、ムッシュー、わたしは何て厄介《やっかい》な人と婚約してしまったんでしょう！」

そう答えた彼女をエスコートして、ダンスの輪に加わった。

——当館には、あの暑い七月の夜に社交クラブやパーティ、レストランなどでしこたま飲んだあとのわたしとスィベルの秘密の会話や——こう呼ぶのが正しいかはわからないが——深い愛情の記念として、各店のメニューであるとか、グラスであるとかが展示されている。あの愛は、性的なものを伴わず、ただ揺るぎない慈《いつく》しみによって育《はぐく》まれたものであったが、肌や身体の魅惑とも決して無縁ではなかった。あそこに居合わせた人々も、夜が更け、酔いに任せてダンスに興じる若い二人から、やっかみ混じりにそれを見て取ったことだろう。遠くでオーケストラの奏でる『バラと唇』や、ディスクジョッキー——当時はほとんど知る者のない職業だった——がかける種々の流行歌が、蒸し暑い夏の夜に身じろぎ一つせず静かに耐える木々の葉の間を流れるなか、腕の中の婚約者を抱き寄せた。オフィスのソファでするように、内心の恐怖であるとか、彼女と共有する喜びであるとか、あるいは連帯感に促されるままに。そして、いつもわたしに安心感をもたらしてくれる髪の毛や首筋の匂いを吸い込んだ。そうしている間は、宇宙飛行士の代わりに空へと送り出されたソ連の犬のような孤独を感じる自分を馬鹿らしく思い、いつまでも彼女が一緒にいてくれるという安らぎを噛みしめていられた。酔いに背中を押されたスィベルは、わたしをきつく抱きしめてくれた。同じように情熱的に踊るカップルたちの見守るなか、二人してよろめき、フロアに尻もちをつきそうになったりもした。わたしたちは、どこか奇妙な、それでいて熱に浮かされたような状態で、ありきたりの日常から切り離されていった。スィベルは嬉しそうだった。同じイスタンブルの街角では、共産主義者と民族主義者が銃撃戦を繰り広げ、銀行は襲撃され、あるいは爆破され、珈琲店がマシンガンの掃射を受けていて、その傍らではわたしがその苦悩をひた隠しにしている。スィベルの精神にある種の深みを与えたのは、わたしの苦悩の方だった。

しばらくして席につくと、ふたたびわたしの隠し事が話題になった。しかし、いまやへべれけと言ってよいスィベルは、先ほどのように話し合ってそれを理解しようとする代わりに、ただ受け入れようという心持ちになったようだ。不断の努力によって自己暗示をかけたスィベルは、わたしの奇矯な態度や苦悩、男性能力の減退は結婚前にありがちなものであり、互いの優しさや同情心を試す取るに足らない悩み、あるいはすぐに忘れてしまうだろう一過性の悲劇に過ぎないと思うことにした様子だった。あたかも、わたしの苦悩こそが、金持ちで、そして浅薄な友人たちと、特別な二人を分かつとでもいうように。その夜も、友人たちと一緒にモーターボートに乗ってあちこちへ出かけたが、わたしとスィベルがパーティの終いに桟橋から海に飛び込むようなことはなかった。わたしの懊悩と秘密めかした態度が、彼らとわたしたち二人を〝別物〟にしていたのだ。わたしがフュスンについて思い悩むほどに、スィベルはそれを心から真剣に受け止め、わがことのように慮り、わたしはその態度に大いに満足する。こうして、わたしたち二人は深くつながっていた訳である。しかし、酒の力を借りた作り物の真摯《しんし》さに互いが勘づいたとき、夜のふとした瞬間、あるいは古びた市営フェリーの発する、あの物悲しげな汽笛を遠くに聞くとき、わたしの顔に浮かんだ得も言われぬ表情――誰かをフュスンと見間違えたのだ――にスィベルが気が付かなかったはずがない。彼女はそれに苦しみ、夜の暗闇に潜む危険が、自分の想像よりもずっと恐ろしいものなのだと、理解したに違いない。

その直感に従ったスィベルは手はじめに、友人のような気安さで、「カウンセリングを受けてはどうかしら?」と提案し、七月の終わりになるとそれが絶対条件に変わっていた。彼女の欠けるところのない友情と、そして優しさを失いたくないわたしは、首を縦に振るしかなかった。

ちょうど有名な精神科医――注意深い読者であれば、彼が婚約式で語った愛についての持論を思い起こすであろう——がアメリカから帰国していた。蝶ネクタイにパイプという出で立ちのこの医師は、イスタンブルの狭い社交界を相手に自分の職業の重要性を認めさせようと躍起になっているらしい。何年も経ってからこの博物館を建てる際に彼のもとを訪れた。当時のことを憶えていれば、あれこれ聞きだそうと考えたのだ。また、蝶ネクタイとパイプを当館に寄贈してくれるよう頼むという目的もあった。精神科医は当時のわたしの悩みなど綺麗さっぱり忘れていた。それどころか、いまではイスタンブルの上流階級が揃って知るところとなったわたしの不幸についてさえ、何も聞いていないようだった。あのころ、彼のもとを訪れた多くの患者同様、単なる好奇心に駆られた野次馬の一人としか思っていなかったのだ。一方のわたしが覚えているのも、病気になった息子を医者のところへ連れていく母親よろしく、一緒に行くと言ってきかないスィベルの頑固さと、「わたし、待合室で待っているからね」という言葉だけなのだが。実のところ、彼女には来てほしくなかった。西欧以外の国々、特にイスラム教徒の国々のブルジョワは、精神的な問題は家族内の結束と秘密の共有によって治療するのを習わしとしていたからだ。スィベルは、精神分析なるものは、その伝統を持たない西欧人のために発明された〝科学的な秘密の告白〟のための儀式だと考えていた。あれやこれや適当なことを話し、所定のフォームの空欄を神経質に埋めたあとで医者が、「〝あなたの問題〟は何ですか」と質問するに及んで、「恋人を失ったので、宇宙に送られてしまったソ連の犬のような孤独を感じます」と答えてやりたくなったものだ。代わりにこう答えた。「とても美人で、魅力的な婚約者と婚約したのですが、彼女とセックスができなくなったことです」医者は欲求が起こらない原因を尋ねた——その原因を言い当てるのが彼の仕事だと思うのだが。神のご助力の賜物《たまもの》で、わたしの脳味噌に舞い降りた解答は、様々なことが起こり、あれから何年も経ってしまったいまでさえ、失笑を禁じえないものである。しかし、少しは合っているとも思うのだ。

「生きるということを怖がっているのだと思いますよ、先生」

以後、二度と足を運ぶことのなかったわが精神科医は、診察の終わりにこう言ってわたしを元気づけた。

「生きることを怖がらないで、ケマルさん！」

35　コレクションの最初の種

精神科医の励ましに納得してしまったわたしは、病気は軽くなったものと、無邪気に決め込んだ。そして、長いこと自らに禁じてきた赤く塗った通りを闊歩するさまを想像して、喜び勇んだものだ。アラアッディンの店、幼いころから母親と一緒に買い物に出かけた界隈《かいわい》、商店の空気。それらを肌で感じたはじめの数分間は意気軒昂《けんこう》そのものだったので、本当は生きることに怯えてもいないし、病気でもなかったのだと思ったほどだ。調子に乗ったわたしは、シャンゼリゼ・ブティックの前を通っても、愛の痛痒《つうよう》を感じなかったならばすべては元どおりということに違いないと考えた。しかし、まだ店までかなりあるというのに、それが視界に入っただけで容易に冷静さを失ってしまった。

待ち構えていたかのように痛みがぶり返し、警鐘が心の中で鳴り響く。フュスンが店にいるのではないかと思うと心臓が早鐘のように鳴りはじめる。頭が混乱して、さきほどまでの自信は萎《しぼ》んでしまい、反対側の歩道へ渡って店のウィンドウを覗きこむことにした。フュスンがいる！　歓声をあげそうになるのを堪《こら》えて、店の入口へ走った。しかし、いざ店内へ入ろうという段になって、それがフュスンではなく、あの幻影だと気が付いた。彼女の代わりに別の店員が雇われていたのだ！　徒労感のあまり、足元から崩れ落ちそうになった。ふと、夜な夜なナイトクラブやパーティで踊って過ごす現在の生活が、何とも偽物じみたありきたりのものに思えた。わたしにはこの世で一緒にいたいと思い、抱きしめたいと願うたった一人の相手がいて、人生のたった一つの中心点はここにはないというのに、くだらない暇つぶしで無聊《ぶりょう》を慰めるのが、自分やフュスンにひどく無礼なことに思えたのだ。婚約式以来、延々と感じている後悔と罪の意識はない交ぜになり、いまや抑えがたい大きさに膨らんでいた。わたしはフュスンに対して不義を働いていたのだ！　一刻も早く、彼女のもっとも近くにいられる場所へ行かなければならない。

十分も経たぬうちに、メルハメト・アパルトマンのわたしたちのベッドに横たわっていた。フュスンの匂いをシーツのひだの間に嗅ぎ分けようとしたわたしは、あたかもそれを体内に取り込み、彼女そのものになろうとでもするかのようだった。しかしベッドの残り香は薄れ、シーツを必死で抱きしめなければならなかった。痛みが耐えがたくなると、サイドテーブルに手を伸ばして、ガラス製の文鎮を手に取った。そのガラスには彼女の手や肌、うなじの匂いが滲みついていて、口や鼻、それに内臓に心地よい刺激を与えてくれた。彼女の香りを吸い込み、文鎮と戯れながら長いことベッドに寝そべったままでいた。――いま、ふと日にちを計算してみたのだが、この文鎮は六月二日に彼女に贈った品である。フュスンは母親の疑いを招かぬようにと、それを家へは持って帰らなかったのだ。他の贈り物と同じように。

スィベルには、医者の診察はひどく長引いたが、わたしの告白のどこにも問題は見当たらず、医者は特に何もしなかった、よって二度と医院には行かないと伝え、しかし少し持ちなおしたような気がするとも付けくわえておいた。

アパルトマンへ行って横になり、フュスンの品々をいじくっていたので、実際に調子は良かったのだ。しかし、二日もしないうちに例の苦痛は元の状態に戻ってしまった。それから三日後、ふたたびアパルトマンのベッドへ行って彼女が触れた別の品——極彩色に塗られた油絵筆——を手に取った。そして、見慣れない物ならば何でも口に入れてしまう幼児さながらに、それを口や肌になすりつけた。またしても痛みが一時的に引いた！　しかしこれは麻薬のようなもので、しばらくすると身体が慣れてしまうのではないか、慰めを与えてくれるこうした品々へ依存するようになってしまうのではないかという恐怖も強かった。その依存症は、フュスンを忘れることをさらに困難にするのではなかろうか、と。

二、三日に一度、二時間ほどをアパルトマンで過ごすようになった。そのことはスィベルに隠しておく一方で、自分自身でも極力気にしないよう努めた。アパルトマン通いなど何のことやら、という態度を取り続けるうちに、病気が我慢できる程度に沈静化しつつあるような気がしてきた。当初、祖父の代から伝わるターバンやフュスンが頭に被ってふざけていたトルコ帽、彼女が試していた母の昔の靴——フュスンの靴のサイズは母と同じ三十八号だった——のような諸々の品を眺めやるわたしの眼差しは、コレクターというよりは、薬を見つめる病人のそれに近かった。フュスンを想起させる品々は苦痛を和らげるために必須だった。しかし、ひとたび痛みが収まると、今度はその病気を思い出させるものに変わってしまうので、そうした品で溢れるアパルトマンから逃げ出したくなる。これを繰り返すうちに、つまりは病気は軽くなっているのだ、と気楽に考えるようになった。この楽観主義に勇気づけられているときは、昔どおりの生活に戻り、すぐにもスィベルとセックスできるようになるだろう、彼女と式を挙げたのちは平凡な、しかし幸多き結婚生活を送るのだろうと、嬉しさと寂しさが入り混じった心持ちで夢想したものだ。

もっとも、アパルトマンを出た直後の楽観が長く続く訳もなく、一日も経たないうちに恋しさはひどい痛みに変わり、二日も経てばそれが耐えがたい激痛となって、ふたたびあの部屋へ足を運ぶ必要に迫られるのだ。そして室内に入るや、チャイカップや、放ったままのバックル、定規、櫛、消しゴム、ボールペンなどに飛びつき、あるいは母が古くさいとか役に立たないとかぼやいて残していった品々の間を巡って、フュスンが手を触れ、戯れた品や、その手の匂いが滲みこんだ物を探しまわるのだった。そうして、各々にまつわる思い出を一つ一つ思い浮かべるうちにも、わたしのコレクションは徐々に増えていった。

36 愛の苦痛を和らげる小さな希望のために

——当館に展示してある手紙は、最初期のわたしのコレクションが姿を現しはじめたあの重要な時期に書かれたものだ。その手紙が封筒に入れられたままになっている理由は、ひとえに二十年経ってこの博物館を開くときにさえ感じた羞恥心による。本書の読者や来館者がもしそれに目を通したのならば、フュスンにあけすけに請いへつらうわたしの姿を認めることとなるだろう。彼女に不実な態度をとったこと、それを後悔していること、耐えがたい苦痛に責め苛《さいな》まれていること、愛が神聖にして不可侵なものであること、そして、よりを戻してくれるのならスィベルと別れることなどが書き綴《つづ》られているのだ。終わりまで書きあげてから、無条件にスィベルと別れると書けばよかったと後悔したものだ。しかしあの晩、浴びるほど酒を食らって、スィベルに縋《すが》りつく以外に何ができたというのだろう。彼女と別れると言いきれるほどには、心が固まっていなかった。テクストの内容よりもその存在そのものが重要であるこの手紙を、十年後にフュスンのチェストの中から見つけたとき、それを書いたころの自分が、なんと自己欺瞞《ぎまん》に満ちていたのかと改めて驚かされた。フュスンに対する激しい恋慕や自分の無力さには目を瞑《つむ》り、フュスンとの再会を示す、いま思えば何とも馬鹿げた兆《きざ》しを見つけてきては自分を納得させ、他方ではスィベルと築くつもりでいた幸せな結婚生活に未練を残しているのだから。結びの一文を書き換え、スィベルとの婚約は破棄する、この手紙を届けてくれたジェイダの世話で君と結婚する、とでも提案すればよかったのだろうか？　当時は思いつきさえしなかったこのアイデアに思い至ったのは、美人コンテスト以来のフュスンの親友であるジェイダに出会ったときだった。彼女に会うやフュスンとの結婚生活の詳細に至るまでが眼前に浮かびあがったのである。

——さて、愛の苦痛云々という憂鬱な話題に飽きた来館者のために展示してあるのが、この華やかな新聞の切り抜きである。コンテストのために撮られたジェイダの写真と、人生の目標の欄で〝理想の男性〟と幸せな結婚をすることと答える彼女のインタビューが載ったルポルタージュである。彼女は悲惨なこの物語をそのはじめから承知していて、わたしのフュスンへの愛に敬意を払ってくれた数少ない人物である。寛大にも、この若いころの美しい写真を当館に寄付してくれたジェイダ婦人に、この場を借りてお礼申し上げたい。苦痛のあまりに書きなぐった手紙がフュスンの母親に見つかるのは避けたかった。そこで、郵送ではなくジェイダに直接渡してもらおうと決め、秘書のゼイネプ婦人の助けを借りて彼女を探した。フュスンがわたしとの関係を明かしていたこの友人は、重要な用件で会いたいと連絡しても、驚く素振りさえ見せなかった。マチカで彼女と落ち合ったときには、自分の愛とその苦しみをジェイダに吐露するのを少しも恥じていない自分に気が付いた。彼女が成熟した大人の態度ですべてを了解しているのが肌で感じられたし、また、そのときの彼女が幸せの真っ只中にいるのが、傍目《はため》にも明らかだったからだろう。彼女が妊娠し、セディルジ家の跡取り息子であり、裕福かつ保守的な恋人も結婚を決意した直後だったのである。近く結婚式を催すのだと包み隠さずに教えてくれた。そこへ行けばフュスンと会えるかい？　彼女はどこにいるんだい？　ジェイダは答えをはぐらかした。フュスンがそうするよう言ったに違いない。タシュルク公園へ向かって歩きながら、彼女は愛情というものの深遠さや重大さを、それに見合う重々しい言葉で語ってくれた。それに耳を傾ける間、わたしは遠くに見えるドルマバフチェ宮殿を眺めていた。宮殿はまるで夢の中から抜け出してきたような神秘的な佇《たたず》まいだった。子供のころに返ったような不思議な気分になったのを覚えている。

フュスンの暮らしぶりを知りたかったが、しつこくそれを問い質《ただ》すことはできなかった。ジェイダの方は、わたしがスィベルと別れ、フュスンと結ばれて、互いに親友同士の付き合いをできれば、と思い描いているようだった。しばらくすると、知らず知らずのうちにわたし自身もその夢の虜《とりこ》になっていた。わたしとジェイダは公園に入り、腰を下ろした。七月の昼下がりのボスフォラス海峡へ続く水路の美景、目の前にそびえるクワノキ、アンティーク調の背の低いテーブルに座ってメルテム・サイダーを飲む恋人たち、乳母車を押す母親たち、向こうで砂遊びをする子供たち、ヒマワリの種やヒヨコマメを食べながら談笑する大学生たち、その殻をついばむ鳩と二羽の雀。——そうした人々の光景はわたしが忘れそうになっていた何か、ありふれた人生の素晴らしさというものを思い出させてくれた。そんな訳で、大きな瞳をいっぱいに見開いたジェイダが手紙を渡してくれると約束し、「フュスンは必ず返事をくれるわよ」と勇気づけるように言ってくれたとき、わたしの胸は期待ではち切れそうだった。

しかし、返事はなかった。

あらゆる手を尽くし、それを癒す方法を探したにもかかわらず、八月の初めのある朝、苦痛は軽くなるどころか、たゆまず、着々と増しつつあるのだと、観念した。オフィスで仕事をしていても、電話で誰かと話していても、フュスンとのことをどうにかする名案は一向に思い浮かばず、腹の中でとぐろを巻く激痛が、ある種の結論めいたものを導き出し、それが電流のように静かに、しかしめまぐるしく頭の中を駆けまわっていた。つまり、愛の苦痛をなだめすかそうとして試した様々なアイデアは、はじめのうちは確かに効果があったが、長い目で見れば何の役にも立たなかったのだという結論にたどり着いたのである。

運であるとか、秘された徴《しるし》であるとか、あるいは新聞の星座占いに異常な興味を覚えるようになった。特に『最新通報』紙の〝あなたの星座、あなたの一日〟欄や『生活』誌の占い欄には信憑性があった。専門家と称する人々は、新聞や雑誌の読者に——そして特にこのわたしに、「今日はあなたの大切な人から知らせが届きます！」と言っていたのだ。自分の星座以外についても同じようなことが書いてあったが、どれももっともらしく、信じるに足るもののように思えた。とはいえ、星占いの記事を熱心に読んだからといって、占星術そのものを信じていた訳ではないし、退屈しきった主婦のように何時間も星座にかかずらっていたのでもない。ひっきりなしに襲ってくる痛みを紛らせるために、「扉を開けて入って来るのが女性なら、いつかフュスンに会える、男性だったら会えない」と自分に言い聞かせるのと同種の慰めに過ぎなかった。

森羅万象には人間が占いの種にできるようにと神が遣わした徴が溢れかえっている。「最初に通る赤い車が左から来ればフュスンから知らせがある、右からならもっと待たなければいけない」、そんなふうに考えながら会社の窓から行き交う車を数えて過ごした。「フェリーから船着場に最初に降りるのが自分なら、もうすぐフュスンに会える」と思いつけば、わたしはもやい綱が投げられる前に船から飛び降りた。「最初に降りるやつは驢馬だぞ！」と後ろから係員のがなり声が聞こえ、続いてフェリーの汽笛が鳴った。幸先が良い、なぜかそう思ったわたしは、今度は「フェリーの上階へ続く階段が一基ならフュスンにすぐ会える」と考えた。だから二基の階段を目にしたときには痛みが増した。しかし、そうした賭けが心の安らぎになっていたのだ。

最悪だったのは真夜中に痛みで目が覚めてしまい、眠れないことだった。そんなときはラク酒を飲み、無力感からウィスキーやワインを重ねて呷《あお》った。不安を煽《あお》る、小うるさいラジオを消すように、自分の不安も消してしまいたかった。ある晩には、手にラク酒のグラスを持ち、母のくたびれたトランプで運勢を占ってみた。また違う晩には父がほとんど使わなくなったサイコロを、毎回次で最後にしようと思いながら何千回も転がした。酔いが回ってくると、苦痛が奇妙な快感に変わっていき、悲劇の主人公気取りで自分の状況が小説や映画、オペラのようだと感じるようになる。

スアディイェの別荘に泊まったある晩、夜明けまでまだ数時間あったが、またしても寝つけないと見切りをつけたわたしは、足音を殺して海側のテラスに出た。松の香りの中で寝椅子に身体を伸ばして、島々の明かりが瞬くのを眺めながら眠ろうと考えたのだ。

「おまえも眠れないのか?」

すぐそばで父の囁き声がした。辺りが暗いので、もう一脚の寝椅子に寝そべっていた父が目に入らなかったのだ。

「このところね、ときおり眠れなくなるんだよ」

後ろめたさを覚えながら囁き返すと、父は優しく答えた。

「気にするな、いっときのことだよ。おまえはまだ若いんだから。苦悩して眠れなくなるにはまだ早い。怖がらなくていい。でも、わたしの歳になってまだ人生に後悔するようなことが残っていたら、朝まで星でも数えていなさい。だから決して、後悔するようなことをしちゃいかんぞ」

「わかったよ、父さん」

わたしは小さな声でそう答えた。しばらくすると、わずかなりとはいえ痛みが収まり、眠気が訪れた。——あの夜、父が着ていた寝巻の襟《えり》と、いつも悲しい気持ちにさせられるスリッパの片方は、当館に展示してある。

──実をいうと、当時のわたしの習慣について、あなた方に隠し事をしていた。わたし自身さして重要にも思えず、また読者や来館者に不当に蔑《さげす》まれるのを避けたかったからなのだけれど、この物語をわかりやすくするためにも、そのうちの一つについては告白しておきたいと思う。昼休みになると、秘書のゼイネプ婦人は他の社員と連れだって昼食に出かける。その時間帯にわたしは、折に触れてフュスンの自宅へ電話を入れるようにしていたのである。彼女はまったく電話に出なかった。つまり父親と一緒に旅立った先から帰っていないということで、無論父親もいないようだった。電話を取るのはいつも、家で縫い物をしているネスィベ婦人だったが、いつかフュスンが受話器を持ち上げるのではないかという淡い期待を抱いていたのである。あるいは、ネスィベ婦人がフュスンについて何か洩らすのではないか、電話に応対する母親の向こうでフュスンの声がするのではないかと考えて、口を噤《つぐ》んで耳をそばだてたこともある。電話がつながった瞬間から無言を押し通す方が簡単だったのだろうが、沈黙が続いて不審に思ったネスィベ婦人が話しかけてくるのに耐えるのは至難の技だった。なぜならネスィベ婦人は無言電話にひどく狼狽《ろうばい》してしまい、その怖れやら怒りやらを考えなしに捲《まく》し立てるからだ。彼女は、電話口にいるのが変態嗜好の持ち主であれば、小躍りして喜ぶような反応を見せたものだ──「もしもし、もしもし、どなた？　誰なの？　誰が電話しているの？　何か言って、堪忍してよ。もしもし、もしもし？　あなた誰？　何で電話したの？」。こんな具合に、自分の不安をあからさまにしてしまうのだ。すぐに受話器を戻すであるとか、わたしより先に切るであるとか、一向に思い至らないようだった。時間が経つにつれ、電話の向こうの遠縁の女性が、ちょうど車のライトに照らし出されて金縛りにあったウサギのように慌てふためくさまに悲しくなり、虚しさを覚えるようになったので、やがてこの習慣はやめてしまった。

フュスンの気配はなかった。

37 空っぽの家

八月の終わり、コウノトリが翼を連ねてボスフォラス海峡やスアディィエの別荘、それに近海の島々を越えてヨーロッパから南東のアフリカへ戻っていく季節になった。わたしは、両親が帰ってくる前に、テシュヴィキイェ大通りに面する誰もいないわが家で大規模なパーティを開こうと決めた。それまでも、毎年友人たちの執拗《しつよう》な頼みを断り切れずに同じようなパーティを催していた。スィベルは喜び勇んで買い物をしたり、食卓の位置を変えたり、夏に備えてナフタリンを間に挟んで丸めて仕舞っておいた絨毯を床に広げたりしていた。わたしも彼女を手伝おうと自宅に向かったが、その前にフュスンの家に電話を入れた。ここ何日か、いくら鳴らしても誰も出ないので心配になったのだ。その電話番号はもう使われていないという音声が流れたとき、腹の中にあった重苦しさが一瞬で身体じゅうに広がった。

その十二分後、一時期は近寄らないようにしていたはずのオレンジ色に塗られた通りへ出たわたしは、正午の日陰のようにゆっくりと、しかし着実にクユルボスタン通りのフュスンの家へ近づいていった。遠くに見えてきた家の窓にはカーテンがなかった。呼び鈴を鳴らしても誰も出ない。扉を叩き、殴ったりしながら、もし誰もいなくなってしまったのなら死のうと思った。

「どなた？」

薄暗い地階から門番の女性が声をかけてきた。

「ああ、その三号室の人たちね。引っ越したの。あの人たちはもういないのよ」

「いえ、ここを借りたいと思いまして」

咄嗟《とっさ》に嘘をついた。女性に二十リラを握らせると、スペアキーで扉を開けさせ、室内に足を踏み入れた。――ああ、神よ！　あの誰もいない部屋の寂寥感、くたびれ、半ば朽ち、打ち捨てられたような台所のタイル、失われた恋人が歳の数だけその身を清めたはずのぼろぼろのバスタブ、彼女が魔法のようでおそろしいと言っていた瞬間湯沸かし器、壁に残る釘穴やそこに掛けられていた鏡や額縁の痕《あと》。あれらのことをどう説明すればよいだろうか？　わたしは、そこかしこに滲みこんだフュスンの匂いや、部屋の隅に残るその面影を、そして彼女が生まれたときから暮らしてきたこの家の間取りを、あるいは壁とそこに点々と残された壁紙を、彼女への愛情と一緒に、大切に記憶の中にしまいこんだ。一角に張り付いていた壁紙の大きな切れ端を破いてはがし取ると、懐にしまった。彼女の部屋と思われる一室のドアノブも、十八年の間、彼女が手を触れていたことを想いながらポケットに収めた。浴室に付属するトイレの給水タンクから下がった洗浄用の鎖紐の端に付いた陶器の握りに触れると、ひとりでに外れて手の中に落ちてきた。部屋の隅に捨てられた紙屑、木片に混じって落ちていた赤ん坊の人形の片腕、雲母《うんも》で出来たビー玉、疑いもなく彼女のものと断じたヘアピン。それらもポケットにしまった。一人になってこの品々に慰めを見いだすことを思うと、心が落ち着いた。ひととおり物色を済ませてから、門番の女性にどうして店子《たなこ》が何年も住んでいた家を離れたのか、と尋ねた。彼女によればもう何年も大家と家賃のことで諍《いさか》いを起こしていたらしい。

「他の地区の家賃がもっと安いとでもいうんですかねえ！」

わたしはそう答えて、通貨価値が下がっているのに物価は上がるばかりですしね、と付け足した。

「前の借り主はどこへ引っ越したんですか？」

「わからないわよ。わたしたちや大家に黙って行ってしまったの。不義理よねえ。二十年間続いた関係もおしまいさ」

わたしは無力感に打ちのめされ、息がつまりそうだった。

ここへ来て呼び鈴を鳴らし、扉を叩いて中へ入るとフュスンに会えるという期待は、自分で思っていた以上に大きなものだったのだ。いまやその最後の心の慰めも、彼女に一目会うという夢も消え失せた。その絶望に耐えるのは至難の技だろう。

その十八分後、わたしはメルハメト・アパルトマンのベッドに横たわり、持ち帰った戦利品に慰めを見いだそうとした。フュスンが手を触れ、戯れたそれらを手に取り愛撫し、眺めまわしながら、うなじや肩、むき出しの胸や腹にあてがううち、その中に堆積していた思い出が、労《いた》わるように優しくわたしの心を包んでいった。

38　夏の終わりのパーティ

　ずいぶん経ってからアパルトマンを出て、別荘には顔を出さずにまっすぐテシュヴィキイェのわが家へ向かった。パーティの準備を手伝おうとやって来たわたしを見て、スィベルが言った。

「シャンパンのことを訊こうと思っていたのよ。別荘へ電話しても、いつもいないって言われるんだもの」

　それには答えず、部屋へ引っ込むとベッドに横になった。自分はなんと不幸せなのだろう、今夜は最悪の気分で過ごすことになりそうだ、と思ったのを覚えている。苦痛に苛《さいな》まれながらフュスンのことを想像し、その持ち物に慰めを見いだすというのは、自分でも何か忌《い》まわしい行為に思えた。一方で、そこへ沈潜していきたいと思わせる魅力的な別世界への扉を開く鍵であったのも事実だ。そんな歪んだ男が、婚約者が一所懸命に準備したパーティに欠かすことのできない、裕福で賢明、かつ人生の楽しみ方を知悉《ちしつ》する真っ当な男性を演じるのは不可能に近かった。かといって、自分がホストを務める集まりで、しかめ面をして何でもかんでも見下す、激しやすい二十歳の若造のように振る舞う訳にもいかない。婚約者が名前のない病に冒されているのを知るスィベルはわたしに好意的だ。しかし、夏の終わりにお祭り騒ぎをしたいと思ってやって来る招待客たちまでがそうとは限らない。

もっとも、夜七時になって最初の客が着くと、わたしはイスタンブルのバーや総菜屋が秘密裏に売り買いしている禁制品の洋酒に明るいホスト役に徹し、皆に酒を勧めた。通ぶってレコードへのこだわりを見せ、ビートルズの『サージェント・ペパーズ・ロンリー・ハーツ・クラブ・バンド』――ジャケットが好きだったのだ――やサイモン&ガーファンクルをかけ、あるいはそれに合わせてスィベルやヌルジハンと陽気に踊ってみせた。ヌルジハンがついにメフメトを選んだことも判明した。もっとも、ザイムの方はさして気にしていない様子だった。ヌルジハンがザイムと寝たのではないか、と眉をひそめて洩らしたスィベルには取り合わなかった。夏の夕べ、テシュヴィキイェ・モスク中庭のスズカケノキは、ボスフォラス海峡から吹きわたる北風にそよぎ、子供のころから変わらない、あの心躍るようでいてどこか優しげな音を立てていた。空が暗くなるにつれ、一九三〇年代から建っている古いアパルトマンの屋根やモスクの上を、ツバメたちが甲高い鳴き声を残して横切った。世界はかくも美しかったのだ。夏用の別荘へ避暑に行かなかったニシャンタシュの住人たちが観るテレビの光が、薄闇の中に浮かび上がっていた。退屈しきった若い娘や不幸せそうな父親がバルコニーへ出てきて、階下の車の流れを茫洋と見つめていた。わたしはといえば、そうした光景を眺めながら自分の心中を推し量り、フュスンを忘れるのが不可能だという事実を前にして震えあがっていた。家のバルコニーに腰を下ろして涼を取るふりをしながら、ときおりこちらへやって来る友人たちのおしゃべりに耳を傾け、呷るように杯を重ねた。

ザイムは可愛らしい娘――大学入試でかなりの高得点を取ったそうで、嬉しさではちきれんばかりだった――と一緒だった。アイシェという名のその娘とも言葉を交わしたし、スィベルの友人で革製品の輸出業をしている控えめな男性――彼もラク酒をこよなく愛していた――とも酒を酌み交わした。いつしか空は、ビロードのような優しい闇の中に沈んでいった。長いことバルコニーにいると、「あなた、失礼に当たるわ。少しは中にお入りなさいな」とスィベルにたしなめられた。わたしたちは互いを力いっぱい抱きしめ、希望のない、しかしロマンティックなダンスに興じた。そうすると、明かりが幾つか消され薄暗くなった居間——生まれて以来ずっと暮らしてきたあの部屋——が、まるで見知らぬ場所のような雰囲気と色彩を帯びて、わたしは婚約者をぎゅっと抱き寄せた。この夏じゅう託《かこ》っていた憂鬱や、たがの外れた酒量は、夏の終わりに来てスィベルにも伝染してしまったようで、愛しいわが婚約者の心がわたしと同じように揺れ動いているのが感じられた。

当時のゴシップ専門のコラムニスト風の言い方をすれば、〝夜更けすぎてからのアルコール摂取とその悪影響〟によって、パーティは乱痴気騒ぎの様相を呈していた。コップや瓶、レコード盤が割られ、幾つかのカップルは周りに見せつけたいとでも思ったのか、はたまたヨーロッパの雑誌の芸術欄やスキャンダル記事に触発されたのか、人前でも構わず唇を重ね、中にはわたしや兄の寝室に忍び込もうとするカップルさえいる始末だ。しかしパーティには何かの終わりを予感させる雰囲気が漂っていた。それは、金持ちの息子たちの友人グループであるとか、青年期であるとか、あるいは時代の最先端にいるという自負心であるとかの終わりだったのかもしれない。十年ほど前だろうか、両親の不在を狙って夏の終わりにこのパーティをはじめたころには、そこに潜むのは父や母へのアナーキズムだった。台所に置かれた高価な器具をぞんざいにいじくり回し、両親の箪笥からは古臭い帽子や香水瓶、電動靴磨き機、蝶ネクタイ、衣服を引きずり出してきて、互いの獲物を披露しながら酔いに任せて笑いあうのだ。そうすることで、政治的な怒りを表現しているのだと錯覚しては悦に入ったものだ。

のちに、この無礼極まりない一団にあって、二人の友人が本気で政治に取り組むことになる。一人は一九七一年のクーデター後に逮捕され、拷問を受け、一九七四年の恩赦まで牢獄に放り込まれた。二人目は、〝無責任かつ増長しきった有産者〟たる我々を疎《うと》んじ、グループから離れていった。

明け方が近づくと、ヌルジハンまでが母の衣装簞笥をひっかき回しはじめた。しかしそれは、アナーキストの怒りに後押しされたものではなく、女性としての興味や年輩者への敬意、あるいは几帳面さに裏打ちされた行為でしかなかった。

「明日、キルヨスに海水浴に行くの。お母様の水着があるなら見てみたいのよ」

ヌルジハンは至極真面目な態度のままそう言った。その言葉で、フュスンがあんなにもせがんだというのに、キルヨスの海水浴場へ連れて行ってやらなかったという後悔がふたたび押し寄せ、わたしは堪えきれずに両親のベッドに身を投げ出した。寝転がったベッドの上から、酔っ払ったヌルジハンが水着探しという言い訳を盾に、五〇年代から残っている刺繡入りの靴下や茶色い糸でステッチが施された洒落たベルト、その他、メルハメト・アパルトマンへ島流しにされずに済んだ帽子やらスカーフやらを検分するのを眺めていた。ナイロンのストッキングに詰めこまれて、引き出しの裏に置かれた鞄の中に隠してある家屋や地所やアパルトマンの権利書——母は貸金庫を信用していなかったのだ——、すでに売却したか、店子に貸してしまったために用をなさなくなった何十という鍵の束、あるいは父と母の結婚披露宴について報じる三十六年も前のゴシップ記事、その十二年後の日付の『生活』誌の社交欄の切り抜き——こちらには人ごみに混じって瀟洒かつ豊満な母が移った写真が載っている——、酔っ払ったヌルジハンは、それらを辛抱強く検《あらた》めていた。

「お母様って、とっても素敵だけどちょっと変わった女性だったみたいね」

「まだ生きているよ」

死人のように横たわったままそう答えた。フュスンとこの家で生涯暮らせたならどんなに素晴らしいだろうと想像していると、ヌルジハンが可愛らしい、愉しそうな笑い声をあげた。酔っ払っているというのに、どこか秘密めかした魅力的な笑い声に釣られたのだろう、スィベルと、次いでメフメトが寝室に入ってきた。スィベルも友人と一緒になって、酔っ払い特有のあの生真面目さで、箪笥を漁りはじめた。メフメトはベッドの隅――起きぬけの父がいつも、スリッパをはく前に、自分の足指をぼんやりと眺めているのと同じ場所だ――に腰を下ろし、愛情と称賛のこもった眼差しでヌルジハンを見つめていた。はじめて心の底から恋に落ち、結婚を考えられる恋人が見つかった彼は、この上なく幸せそうだった。同時に、その幸福にうろたえ、気後れを覚えている様子だった。もっとも、メフメトを羨ましいとは思わなかった。恋人に欺《あざむ》かれ、唾棄すべき最悪の結末を迎えることを、あるいは後悔することを彼が極度に恐れていたからだ。

スィベルとヌルジハンは箪笥から引きずり出してきた――つまり、当館に展示してある――品々を互いに見せ合っては笑い転げていたが、しばらくすると海水浴のための水着を探していたのを思い出したようだった。

水着探しや海水浴の話は日の出まで続けられた。車を運転して帰れるほど素面《しらふ》の者は一人もいなかった。酒癖に不眠症、そして愛の苦痛に責めたてられていたわたしにとって、キルヨス・ビーチへ行くというのは気の重い話だった。正直に言うと、決して行きたくなかった。だからスィベルと一緒にあとから合流する、と約束してからも、気の進まなそうな態度をとり続けた。空がしらみはじめるころ、母が珈琲を飲みながら葬式を見物していたバルコニーへ出たわたしは、下に群がった友人たちに手を振って、別れを告げた。通りに屯《たむろ》したザイムと新しい恋人のアイシェや、ヌルジハンとメフメト、それに他の幾人かは酔いも醒めやらぬふうで、大声で話したり、赤いゴムボールを投げ合ったり、落としたボールを追いかけまわしたりしながらおおはしゃぎを続けていて、あまりのけたたましさにテシュヴィキイェじゅうの人間が起きるのではないかと思った。ようやくメフメトの車のドアが閉められると、モスクの中庭を朝の礼拝に訪れた老人たちがゆっくりと歩いていくのが目に入った。その中には、年始になるとサンタクロース（トルコでは年末年始の祭礼がないため、クリスマスが年末から年始にかけてのイベントとして定着している）の格好で富くじを売っている向かいのアパルトマンの門番の姿もあった。メフメトの車が危なっかしく発進したかと思うと、すぐに急ブレーキをかけてバックしてきた。ドアが開くとヌルジハンが出てきて、六階にいるわたしたちに大声で絹のフラールを忘れたと怒鳴った。急いで室内に戻り、フラールを手に戻ってきたスィベルは、それをバルコニーから下へ放った。紫色の布がゆっくりと落ちていきながら、そよ風に乗った凧《たこ》のように身をよじり、開いたり閉じたり、風をはらんで膨らんだり捻《ねじ》れたりするのを、スィベルと肩を寄せ合って母の部屋のバルコニーから眺めた。あのときのことだけは、決して忘れない。あれが、わたしの婚約者との最後の幸せな思い出だからだ。

39　告　白

かくして、〝告白〟と名付けられたこの章に至った訳である。当館のこのセクションに掛けられた額縁や、壁紙、その他すべてを萎《しな》びた黄色に塗らせたのは、わたしのたっての希望だ。友人たちが海へ向かい、なおもわたしが両親のベッドに伸びきっている間にも、ウスキュダルの後背から姿を現した巨大な太陽が、広い寝室を深いオレンジ色に染め上げていった。ボスフォラス海峡の彼方《かなた》を大きな外洋客船が通っていて、汽笛を木霊《こだま》させながらこちらへ近づいてきた。

「さあ」

スィベルが口を開いた。

「ぐずぐずしないで。みんなに追いつかないと」

しかし、横たわったままでいる婚約者を見たとき、彼女はわたしに海水浴へ行く意思がないのを——無論、二日酔いで車が運転できないから、などとは考えなかったろう——すぐに悟ったに違いない。そして、得体《えたい》のしれない病とやらが、もう引き返せないところまで悪化してしまったことにも気が付いたはずだ。その話題に触れたくなかったのだろう、彼女はわたしから目をそらした。それでも、最初に口を開いたのは彼女の方だった。それを勇気と呼ぶ者もいるかもしれない。ちなみに勇気とは、脅威に向かって考えなしに突っ込んでいくという意味だ。

「今日の午後、本当はどこにいたの？」

そう尋ねてから彼女はすぐに後悔したようで、優しい口調で付けくわえた。

「あとで恥ずかしくなったり、言いたくないのなら、それでも構わないからね」

隣に横になった彼女は、人懐こい猫のように真摯《しんし》な慈《いつく》しみを込めながら、恐る恐るわたしを抱きしめた。これから彼女を傷つけようとしている自分が、恥ずかしくて仕方がなかった。しかし、もう手遅れだ。恋の妖精はアラジンの魔法のランプから出てきてしまったのだから。もうあなた独りで秘密を抱え込まないで、とその抱擁が言っている気がした。

「春先に一緒にファイェ・レストランへ行ったのを覚えているかい？」

わたしは慎重に話をはじめた。

「君はある店のウィンドウでジェニー・コロンのバッグを見かけて、気に入っただろう。通り過ぎてからも一瞬、振り返って見ていたね」

こうして、本題が贋物のバッグではなく、のっぴきならない何かだと悟り、怯えたように目を見開く愛《いと》しい婚約者に、事の顚末《てんまつ》を語り聞かせたのである。——そう、最初の展示品をご覧になってからここまで見てきた読者諸兄や来館者の方々が、すでに良くご存じの物語を。当館を訪れた方がこれまでの経緯を思い出せるようにと、このセクションには特に選《え》りすぐった重要なコレクションである写真が並べてある。

同様にスィベルにも、フュスンとの再会や、それに続く苦悩に満ちた物語のことを、細心の注意を払いつつ、順繰りに説明しようとした。わたしとフュスンの心に棘のように残る何年も前の交通事故、実際に冒してしまったスィベルに対する様々な裏切り。まるで、背中に負った重荷のように逃れがたい後悔と罪悪感を覚えた。だが、この呵責の念はひょっとしたら、自分の罪の意識を軽くしようとし、それがもうずっと昔に終わったことだと思い込もうとするあまりに、わたしがあの物語の中に紛れ込ませただけなのかもしれない。フュスンとの間に営《いとな》まれ、無視しえない位置を占めていたセックスについて、事細かにスィベルに説明するのはさすがに控えた。代わりに、それがただのアヴァンチュールであり、結婚前のトルコ男が皆するような火遊びに過ぎないと言い繕《つくろ》おうとした。しかしスィベルの涙を前にして、早くも後悔していた。

「あなたは最低よ」

スィベルはそう言って、母の昔の小銭が詰められた花柄のバッグと白と黒の縞模様の父の夏用サンダルを投げつけた。二つとも命中しなかった。小銭が割れたガラスのように周りに飛び散った。スィベルの目から止めどなく涙が溢れだすのを見て、わたしは言い募《つの》った。

「ずいぶん前に終わったんだよ。でも自分のしたことに嫌気がさしてしまって。問題は相手がどこの娘で、どんな子かってことじゃないんだ」

「婚約式でわたしたちのテーブルに座った娘でしょう？」

スィベルはそう言ったが、その名前を口にする勇気はないようだった。

「うん」

「汚らわしい！　最低の売り子娘ね！　まだそいつと会っているの？」

「もちろん会ってないさ……。君と婚約したから彼女を捨てたんだ。あっちもどこかへ行ってしまったよ。他の男と結婚したらしい」

どうしてこんな嘘を思いついたのだろうか。いま思い返しても驚くばかりだ。

「それで式のあと、僕は落ち込んでいたんだ。でももう終わったことなんだよ、スィベル」

スィベルは小さな嗚咽《おえつ》を洩らしたが、顔をしかめてそれをぐっと堪えるとまた質問した。

「その女のことが、忘れられないっていうんでしょう？」

賢明な婚約者は、簡にして要を得た一言で真実を言い当てた訳であるが、心ある男であるなら、その問いに「そうだ」と答えられようか？

「違うよ」

渋々、そう返した。

「君の思い過ごしだよ。肝心なのは一人の娘を弄んでしまったことと、それで君との関係を汚してしまった責任なんだ。それを思うと、くたびれ果ててしまって、何をしても楽しくないんだ」

そう口にしてみたものの、スィベルは信じなかった。無論、わたし自身も嘘だと知っていた。

「今日の午後、どこにいたの？」

スィベルではない誰か、理解ある誰かであれば喜んで話したことだろう。彼女の思い出が残る品々を口に含み、あるいは肌に擦《こす》りつけていることや、そうしながら彼女を想って涙に暮れているのだと。しかし、スィベルに捨てられたら生きていけない、正気を保っていられないというのもよくわかっていた。実のところ、「すぐに結婚しよう」とでも言えばよかったのだ。世間に横行する真っ当な結婚というものは、人生につきもののこうした難事や報われない恋を忘れるためにこそ行われているのだから。

「結婚式の前に子供のころのおもちゃをいじってみたくなっただけだよ。スペースガンがあって、まだ動くんだよ……。不思議と懐かしくなってね。だからあの部屋へ行っていただけさ」

「そんな部屋に行くのなんて許さない！　そこであの女と何回も会ったんでしょう？」

スィベルはわたしの答えを待たずに、また泣き声をあげた。優しく抱きしめてやると、スィベルは涙を溢れさせた。常日頃から感謝している婚約者の身体を、気心の通じたパートナーを思いやるように抱きすくめた。彼女はさめざめと泣きながら腕の中でまどろみ、いつしかわたしも寝入ってしまった。

正午近くになって目を覚ますと、スィベルはずいぶん前から起きていたらしく、すでに化粧を済ませ、台所には二人分の朝食まで用意されていた。

「パンが欲しければ、向かいの店に行って新鮮なのを買ってきなさい！」

彼女は冷たくそう言い放った。

「でも動きたくなかったり、気が乗らないって言うなら、ぱさぱさのパンを焼くわ」

「いや、行くよ」

宴のあとの取り散らかった居間の、両親が三十六年間、毎日向かい合って食事をしてきた食卓でわたしとスィベルは朝食をとった——当館には、あのときわたしが買ってきたのとまったく同じパンが、展示してある。当時の証になれば、昔を思い出させてくれる慰めになれば、と願ってのことである。イスタンブルでは、パンの重さはときとともにわずかばかり変わったとはいえ、何百万という人々が半世紀にもわたってオリーブやヨーグルトと一緒にこのパンだけを食べて暮らしていたのである。それだけではない。人生というものが何かの繰り返しであるということ、そして時が経てばすべての記憶が容赦なく風化してしまうという真実を指摘するためにも、このパンは飾られているのだ。さて、スィベルはいま思い出しても驚きを禁じ得ない毅然《きぜん》とした態度で言った。

「あなたが恋だと思い込んでいるあれこれなんて、一過性のものよ。すぐにどうでもよくなって、正気に戻るでしょうよ。あなたがとりつかれている馬鹿げた考えを、すぐに取っ払ってあげるから！」

スィベルの下まぶたには涙の跡を隠すためにぶ厚くパウダーが塗られていた。自分もひどく気落ちしているというのに、それでもなおわたしを傷つけるような言葉を避け、慈しみ深く接してくれるスィベルを眺めていると、自分をこの苦しみから救ってくれるのは彼女の気丈さをおいて他にないと思えた。すべて彼女の言うとおりにしようと決心した。かくして、焼きたてのパンに山羊のチーズ、オリーブやイチゴのペーストが添えられたありふれた朝食を前にして、わたしとスィベルは、この家を離れて、ニシャンタシュやその周辺には当面近づくべきではない、という取り決めを交わしたのである。つまり赤やオレンジで塗られた通りへの立入禁止を宣言したのだ。

スィベルの両親はいま、いつもは冬を過ごしに帰るアンカラの実家に戻っていて、アナドルヒサルの別荘には誰もいなかった。すでに婚約を済ませたわたしたちが別荘で二人きりで過ごしても、見て見ぬふりをしてくれるだろうとスィベルは断言した。すぐにその別荘へ、彼女のところへ引っ越せば、あれこれと考え込んでしまう癖もなくなると期待していた。失恋旅行にヨーロッパへ出かけていく若い娘のように、悲しみに暮れつつも回復への望みを胸に荷物をまとめていると、スィベルは「これも持っていって」と言って、冬用の靴下を旅行鞄に放り込んだ。その靴下が、治療がひどく長引くことを予感させて、わたしは憂鬱を感じたのだった。

40　別荘での生活とその慰め

　新しい生活への期待感も手伝ってか、わたしは、別荘での暮らしは必ずや癒しをもたらすだろうと信じていた。すぐにも病気は治るに違いないと信じきっていたのだ。別荘で暮らしはじめると、夜遊びに耽《ふけ》り、あるいは酔っ払って真夜中に帰ってきたとしても、朝になってボスフォラスの波間に反射する不思議な光がブラインドの間から射し込み、部屋の天井で戯《たわむ》れはじめるや、さっさと起きられるようになった。指先でブラインドを押し広げると目に飛び込んでくる美しい景色を見る度に、その美しさに驚嘆したものだ。その驚きの中には、忘れてしまったと思っていた人生の素晴らしさを再発見する興奮も含まれていたように思えるのだが、もしかしたらそう信じたかっただけかもしれない。ときに、わたしのそうした感動をスィベルが敏感に感じ取ることもあって、彼女は絹のナイトガウンを羽織り、裸足のままでフローリングの床を小さく軋《きし》ませながら傍らへ寄り添ってくるのだった。そして、海峡の美しさや波に揺られながら通り過ぎていく赤く塗られた漁師の小舟を、あるいは日の光に照らされた対岸の、その黒々とした林から立ち上る靄《もや》や、早朝の不気味なしじまの中、波しぶきを立てて街へ向かう最初の客船が流れに舵を取られて傾くさまを、スィベルと一緒にのんびりと眺めるのだった。

スィベルもわたしと同じように、別荘暮らしの喜びが病気の特効薬になると考え、過大に見積もっていた。互いへの愛があれば充分というお気楽なカップルよろしく、ボスフォラス海峡に臨む出窓で夕食をとっていると、アナドルヒサル埠頭を発った市営フェリーが別荘の目の前を通り過ぎていく。髭を生やし、帽子を被って舵を握る船長が、わたしたちの食卓を賑《にぎ》わわせるサバ料理やナスのサラダ、フライ、ラク酒につまみの山羊のチーズやメロンを見て、操舵室の中から「召し上がれ！」と声をかけていく。スィベルはこうした心温まる出来事をことのほか喜んだ。婚約者を癒し、幸せを呼び戻すと信じていたのだろう。朝、目が覚めるとすぐにスィベルと一緒に海に飛び込んだり、船着場の珈琲店へ行って胡麻パンとチャイで朝食を済ませて朝刊に目を通す。あるいは、庭のトマトやトウガラシを丹精し、昼になると獲れたての魚を携えてやって来る漁師の船へ駆けて行って、ボラやタイを選ぶ。風一つなく、ランプに蛾が群れ集う暑い夜には、燐光を放つ海へざぶんと浸かる。夜にベッドに潜りこむと、麝香《じゃこう》のようないい匂いのするその肢体がわたしをゆったりと抱きしめる。あらゆる生の歓びこそが、婚約者の病を治すに違いないとスィベルが信じきっているのがありありと感じられた。しかし、果てることのない饗宴にでも興じるかのように、腹部の左側に居座った痛みはさらに悪化していて、わたしはスィベルを抱けなかった。そんなときわたしは、「僕たち、まだ結婚していないからね」と冗談を飛ばして誤魔化した。愛しい婚約者の方も、調子を合わせて冗談で返し、場を取り繕ってくれた。

彼女の心の中に、わたしへの蔑みや憎しみが芽吹きつつあるのを感じることもあった。海に面したテラスの長椅子に腰かけて物思いに耽っているとき、呼び売り商人から買った茹でトウモロコシをがつがつと貪《むさぼ》っているとき、仕事へ行こうと車に乗りこむ前にスィベルの両頬に、若くて気さくな夫を気取ってキスをするときに、そう感じた。一向に彼女とセックスをできるようにならないのが直接の原因だったが、それよりもなお恐ろしかったのは彼女の疑念だった。多大な使命感と、そして愛情とをもって進める〝婚約者の治療〟がその実、何の役にも立っていないのではないか？　病が〝完治〟したとしても、将来的にスィベルとフュスン二人をものにしたいと望んでいるのではあるまいか？　わたしの方は、後者の可能性については信じたいと思っていたのだから、その疑いも当然だ。いつかフュスンから便りが来て、すぐに元どおりの幸せな関係に戻り、また毎日のようにメルハメト・アパルトマンで逢瀬を重ねることを夢想する一方で、愛の苦痛がこのまま治り、スィベルを抱き、彼女と結ばれて子供をつくり、幸福な人並の家庭生活を営むことを夢見ていたのだから。

とはいえ、そんな戯言《たわごと》を信じられるのは、大量に酒を飲んで気分が良くなったときか、美しい朝が心の安らぎを与えてくれる束の間だけで、それもごく稀《まれ》だった。フュスンを忘れられなかった。激痛はフュスンがそこにいないからではなく、痛みがいつ終わるのか杳として知れない不安から襲ってくるようになっていた。

41 背泳ぎ

どこか後ろ暗い美しさに満ちた、哀愁漂う九月の日々を耐え抜くにあたって重大な発見があった。背泳ぎをしていると腹の痛みが和らぐのだ。そのためには、背泳ぎをしながらボスフォラスの水の中に頭を突っ込み、海底が見えるように仰向けに反り、一定時間、息継ぎをせずに水を掻かなければならない。潮流と波の狭間を仰向けになって泳ぎながら目を開ける。瞳に映るのは逆さまになったボスフォラスの海中で、それが色を変えながら徐々に深まっていく暗闇を覗きこんでいると、愛の苦痛とはまったく無縁の、広漠たる感覚に包まれる。

ここの海は、陸から離れるとすぐに深くなるので、海底が見えないこともあったが、逆さまになって、色彩に満ちた世界の、雄大で神秘的な佇《たたず》まいを見ているだけで、生きる喜びや、自分が何か巨大な存在に属しているのだという謙虚な気持ちが湧きあがる。ときには錆びた缶詰やサイダー瓶の蓋、口を開けた黒いムール貝などに混じって、ずいぶん昔に沈んだ船の残骸が目に入り、歴史や時間の長大さであるとか、自分の卑小さを思い知らさせられる。そうすると、自分の愛が孕《はら》む虚栄心や自分本位な側面が浮き彫りになり、愛とわたしが名付けたものの苦痛を倍加させているのが、自分の脆弱さに他ならなかったのだと得心がいく。必要なのは、痛みの有無に一喜一憂することではなく、身体の下にたゆたう広大無辺にして妙《たえ》なる世界の一部となることなのだ、と。心が洗われる思いだった。ボスフォラスの海水で口内や鼻孔、耳孔が満たされると、わたしの中の均衡や幸福を司る精霊も悦《よろこ》んでいるのが感じられた。大海が与えてくれる陶酔感に浸《ひた》る傍ら、水を掻きつづけるうちに腹痛はいつの間にか消え失せ、あとに残るのはフュスンへの深い慈しみの念と、彼女に怒りや害意を覚えていた理不尽な己《おのれ》の姿だった。

そうこうするうちに、控えめに汽笛を鳴らすソ連の石油タンカーや市営フェリーに向かって泳いでいく婚約者の姿を認めて、スィベルがテラスから喉も張り裂けんばかりの大声で警告を発するのだが、わたしの耳まで届くのは稀だった。頻繁に海峡を行き交う市営フェリーや外国の石油タンカー、石炭を積んだ貨物船や海峡沿いのレストランへビールやメルテム・サイダーを運ぶはしけ、客を乗せたモーターボート、いずれに接近するのも危険この上ないというのに、わたしが挑みかかるようにしてそれらに近づいていくものだから、スィベルは背泳ぎを禁止したがった。それでも、わたしの病気に効果があると承知していたので、強く言うのは控えていた。スィベルに勧められて独りで閑散としたビーチへ出かけたり、風も波もない日には黒海岸のシレ・ビーチまで足を延ばした。あるいはスィベルと連れだってベイコズの先にある小さな入り江にも行った。わたしは水から顔をあげることなく、観想の果てに辿りつけるあの境地に至ろうと、飽きもせずに泳ぎつづけた。水から上がって浜辺へ寝そべりまぶたを閉じていると、これまでの経験など、恋の熱に浮かされた純朴で、自尊心の強い男であれば誰にでも降りかかる、取るに足らない災難なのだ、と気楽に思えるのだ。

一つだけ不思議だったのは、苦痛が一向にやまないことだった。静かな夜更け――いや、遠くを行くはしけのエンジンが発する、可愛らしいポンポンという音だけは聞こえていた――には、わたしを慰めようとしたスィベルが、「あなたの病気も、〝そろそろ〟治るんじゃないかしら」と口にしたものだ。真実がその正反対であるのは、二人ともよくわかっていたというのに。この症状は、わたし自身の頭や心の先天的な欠陥に起因するのだと納得できれば、少しはましになったかもしれない。しかし、自分が、救い主であり、母であり、天使であり、恋人でもあるわが婚約者の善意に過度に依存する惰弱な人間に感じられてしまい、思うようには行かなかった。ほとんどの場合、虚無感に呑み込まれないように、背泳ぎをしていれば病に打ち勝てるとだけ信じるようにしていた。もっとも、それが欺瞞《ぎまん》であるのはよくわかっていた。

九月の間に三回、メルハメト・アパルトマンへ行った。スィベルのみならず自分をも欺きながら、ではあるが。ベッドに横たわり、フュスンが手を触れた品々を手に取り、すでに読者諸兄がよく知っているやり方で自分を癒そうと努めた。彼女を忘れることはできなかった。

42 秋の憂色

十月の初めに北からやって来た嵐が過ぎ去ると、ボスフォラスの水は人が浸かれないほど冷たくなり、わたしの憂鬱も隠しきれないほど深まった。日暮れが早まり、裏庭やテラスには気の早い落ち葉が舞い散るようになった。避暑に使われていた他の別荘からはひと気が失せ、最初に雨が降った次の日から、それまで埠頭や桟橋にもやわれていたモーターボートに代わって、それまで仕舞いこまれていたオートバイが通りにひしめきあうようになった。そのころには、この美しい別荘から二人を引き離そうとする、秋の物悲しく、重々しい空気が肌で感じられるようになった。無気力さ、見るも明らかな悲嘆、あるいは毎夜、浴びるように酒を飲む悪習、すべてに回復の兆《きざ》しは見られなかったが、それを止める気力もスィベルには残っていないようだった。

十月も終わりにさしかかると、スィベルは錆びの味がする水や、荒れ果てた台所の幽暗で寒々しい雰囲気、あるいは別荘の壁に開いた穴やらひび割れから吹きこむ、氷のような北風に、ほとほと嫌気がさしたようだった。まだ暑かった九月には、頻々《ひんぴん》と遊びにやって来て、酔っ払ってテラスから海に向かって哄笑を放っていた友人たちの足は遠のき、街では華やかな秋の暮らしがはじまったのだと感じられた。——当館には別荘の裏庭にあった、じめじめした礫岩《れきがん》やその上を這っていたナメクジ、雨が降ると姿を消してしまう臆病な同居人であったトカゲが展示されている。それらは新興の富裕層たちが、冬になってさっさと別荘暮らしに見切りをつけたことの証《あかし》である。来館者の方々に、秋の憂色の一端《いったん》なりとも知っていただければよいのだが。

次第に、別荘で冬を越すためには、フュスンを忘れたことを性的に証明して見せなければいけないという重圧を覚えるようになった。その試みは、電気ストーブで必死に暖を取ろうとした天井の高い寝室での夜の生活を、さらに惨めなものにしただけで、昔のように互いへの思いやりや共感に満たされながら抱き合って寝ることは、いよいよ少なくなった。昼間のわたしたちは、「オスマン帝国時代から残る木造の貴重な別荘群で電気ストーブを使うなど、それを火事の危険にさらす無知蒙昧《もうまい》にして、無責任な行為だ」と嘲《あざけ》る一方で、夜になると寒さに耐えかねて、そっとストーブの電源を入れるのだった。十一月、暖房が入るころになると、あれほど逃れたいと思っていたはずの都会的なパーティや、新しいクラブのオープニングセレモニー、冬のために装《よそお》いを新たにした街角や映画館の入口の雑踏へと、様々な口実を設《もう》けては出かけるようになった。

取ってつけたような言い訳をしてニシャンタシュで待ち合わせたある晩、久しぶりにファイェ・レストランへ行ってみようという話になった。空き腹を温めようと、ラク酒のロックを一杯ずつ頼み、馴染みの給仕やフロア長のサーディやハイダルに近況を尋ね、街中で互いに銃撃を繰り返し、あるいは爆弾を投げ込む極右組織や左派の活動家たちこそが亡国の危機を招くのだ、とひとしきり腐《くさ》した。政治の話をするとき、年のいった給仕たちは普段どおり、慇懃《いんぎん》に対応してくれたが、レストランにいる顔見知りの客たちはこちらが礼儀正しく微笑みかけても、一向に近寄ってこなかった。またわたしが皆の機嫌を損ねるようなことをやらかしたに違いないと思ったのか、蔑むような態度でスィベルに問い詰められた。わたしは慎重に言葉を選びながら、兄とトゥルガイ氏が和解し、ケナン——さっさと解雇してしまえばよかったと悔やんでいた――を間に立たせて、新しい会社を立ち上げ、例の大口の敷布の入札を口実にわたしをのけ者にしているのだとを説明した。

「ケナンって、あの婚約式で素敵なダンスを披露したケナンでしょう?」

〝素敵なダンス〟と彼女が口にしたのは、フュスンの名前を出さずに話を進めたかったからだ。いまでは、二人とも婚約式には苦々しい思い出しかなかったので、話題を変えようとしたが、適当な言葉が見つからず、口を噤《つぐ》んだ。わたしの〝病気〟が発覚した当初の気力に満ちたスィベルであれば、どんなに嫌な記憶であれ率直に口にしたはずなのだが。

「それでそのケナンが新しい会社の取締役にうまいこと納まるという訳?」

ここのところすっかり板についた、嘲るような口調でスィベルはそう言った。かすかに震えるその手や濃く塗られた口紅を見ながら、フランスで学んだ賢明で朗《ほが》らかなトルコ娘が、悪癖だらけの金持ち男と婚約してすっかり酒浸りになり、口うるさくて皮肉屋のトルコの主婦に変貌してしまったという悲しい事実を受け入れた。

わたしがケナンに嫉妬しているのを知っていて、皮肉っているのだろうか? 一カ月前なら思いつきさえしなかった疑いが、頭をもたげた。

「はした金を稼ごうとしてあくせくしているだけさ、放っておこうよ」

「はした金でないのは良くわかってるんでしょう? あなたを仲間はずれにして、食い物にしてるのよ。目の前で甘い汁を吸っている連中に、見て見ぬふりを決めこむの? 対抗すべきよ、断固として戦うべきだわ」

「どうでもいいよ」

「そういう態度は嫌いよ。何でもかんでも放ったらかしにして、人生に背を向けるような態度はね。

まるで負け犬になりたがっているみたい。もっと強くならないとだめよ」

「もう一杯頼もうか？」

わたしは笑みを浮かべてラク酒のグラスを掲げた。

一杯ずつラク酒を注文し、それが来るのを待つ間、二人とも一言も口を利かなかった。腹を立てているときにいつも出来るしわ——疑問符に似た形をしていた——がスィベルの眉間に刻まれていた。

「ヌルジハンたちに電話してみたら？　きっと来てくれるよ」

「さっきしたわ。でもここの公衆電話、壊れているの。繋がらなかったわ」

スィベルは忌々《いまいま》しげにそう言った。

「そういえば、待ち合わせまで何をしてたの？　何を買ったんだい？　袋の中身を見せてくれよ」

彼女は誤魔化されず、袋の口を空けようともしなかった。

「あの女に前みたいに夢中じゃないのは、もうわかっているの」

ふいに予想もしなかった深刻な雰囲気でスィベルがそう口にした。

「あなたの悩みはね、他の人に恋したということじゃないのよ。わたしを愛せないことなのよ」

「なら、僕はなんでこんなに君と一緒にいるんだい？」

スィベルの手を取ってわたしは続けた。

「君の手を握らないで、いや、君なしで僕がやっていきたいって？　馬鹿げてる」

前にもこの手の言い合いはあったが、スィベルの瞳にはいままで見たことのない真剣な光が灯っていて、彼女の言葉がひどく怖かった。

「独りでいたら、フュスンを失った苦痛に耐えられなくて、きっと死んじゃうって知っているからでしょう！」

彼女はもう、自分たちの置かれた状況の醜悪さに耐えかねていたのだ。

「わたしを抱きしめるのは、愛情からじゃないでしょ。たんに自分は災難に見舞われたんだって思い込みたいからなのよ」

「僕が？　どうして災難なんかに遭いたがるのさ？」

「何でもかんでも軽蔑したがる悲劇の主人公でいるのが楽しいんでしょ。でもね、あなた。いい加減、正気に戻る頃合いなのよ」

わたしは言葉を尽くした――こんな最悪な時期はすぐ過ぎるよ、そうしたら息子二人に、君によく似た娘も三人欲しいな、幸せでやかましくて、賑《にぎ》やかな家庭をつくろう、年がら年じゅう笑い声の絶えない、愉しい暮らしを送れるはずだよ、輝いた君の顔を見るだけで、君の賢明な助言に耳を傾けるだけで、君が台所で何かしている物音を聞くだけで、僕は一等、幸せになれるんだ。

「だから泣かないでおくれよ、スィベル」

「そんなの、もうあり得ないわ。わかっているの」

そう呟いたスィベルの目から、涙がとめどなく流れ落ちた。彼女はわたしの手を離すとハンカチを取り出して鼻をかみ、目元をぬぐった。そしてパウダーを取り出すと顔や眼の下に塗りたくった。

「なぜ、僕が信じられないの？」

「自分を信じられないからよ、きっと。ときどき、自分がひどく醜く思えるんだもの」

ふたたび手を握り締めながら、彼女のことをいかに愛しているかと説き聞かせていると、「おお、何とロマンティックな恋人たちだ」という声が聞こえた。タイフンだった。

「みんな君たちのことを噂しているぜ。知ってたか？　あれ？　どうしたんだ？」

「皆は何て言ってるんだ？」

わたしはそう聞き返した。タイフンは九月の間、度々別荘に来てくれたが、スィベルが泣いているのを見て、陽気な雰囲気はすぐになりをひそめ、そそくさとテーブルを離れようとした。しかし、スィベルの顔に浮かんだ、縋《すが》るような表情を目にしたためか、浮かせかけた尻をそのまま椅子へ戻した。

「近しい女友達が交通事故に遭って、亡くなってしまったの」

スィベルはそう言い繕《つくろ》い、わたしは「みんなが何て言ってるって？」とからかうように繰り返した。

「お悔やみを申しあげるよ」

タイフンはそう言ってから、さっさと退散しようと左右を見まわし、ドアから入って来た知り合いの一人に大げさな素振りで声をかけた。席を立つ間際、こう言った。

「そんなに愛し合ってるのにさっさと結婚しないのは、ヨーロッパ人みたいに結婚が愛の墓場だと考えてるからだってさ。俺に言わせてもらえば、やっぱり結婚した方がいい。みんな、ひどくやっかんでるからな。あの別荘は不吉だ、なんて言う連中もいるぜ」

タイフンがいなくなるとすぐに、通りかかった若くて男前な給仕にラク酒を二杯注文した。スィベルは夏の間じゅう、様々な言い訳を考え出しては、友人たちがいぶかしむわたしの鬱状態を糊塗《こと》しようと努めてきたが、結婚もせずに一緒に住んでいる云々を筆頭に、ありとあらゆる噂が囁かれているのは、二人とも承知していた。酔っ払ったスィベルが洩らした、婚約者についての辛辣な冗談や愚痴を彼らが忘れる訳もなかったし、あるいはわたしの背泳ぎや、見るも明らかなその鬱症状が、揶揄《やゆ》の格好の対象になっていることも。

「ヌルジハンたちを食事に誘おうか？　それとも僕らだけで食べる？」

「もう少しここにいましょう。お店の外から電話してみて。電話用硬貨は持っている？」

——五十年か、あるいは百年後にこの物語を読んでいる新世界の幸せなあなたが、水も出ず——そのため金持ちは自分で雇ったトラックに水を運ばせていた――電話も繋がらない一九七五年のわが国を馬鹿にして唇をすぼめたりせぬよう、当時煙草屋などで売られていた縁がギザギザのこの電話専用の硬貨を飾っておこう。わたしの物語がはじまったころ、イスタンブルの街にある数少ない公衆電話は、完膚なきまでに壊されているか、そうでなくともほとんどが故障していた。郵便局が管轄するテレフォンブースから電話がかけられた記憶はない。電話ができるのは、西欧の映画を真似た国産映画の中のヒーローたちだけだった。しかし、先見の明のある起業家たちが、商店や雑貨店、珈琲店の電話を使用できる度数付きの硬貨を代わりに売っていたのだ。これで、わたしがニシャンタシュの店から店へさまよい歩いていた理由がおわかりだろう。一軒のスポーツくじの販売所で空いている電話を見つけたが、ヌルジハンは話し中で、店の者もかけなおさせてくれなかった。しばらくして、今度は花屋からメフメトに電話すると、ヌルジハンと一緒に家にいるので、これからレストランへ向かうと言ってくれた。

店から店へ歩くうち、いつの間にかニシャンタシュの中心街まで来ていた。メルハメト・アパルトマンのこんなにも近くにやって来たのだから、そこの品々を一目見た方が病気にも良かろうと自分に言い聞かせた。部屋の鍵はいつも持ち歩いていた。

室内に入って顔と手を洗い、手術の準備を整える医者のように慎重にジャケットを、次いでシャツを脱ぎ、フュスンと四十四回愛を交わしたベッドの端に腰を下ろした。そして、彼女の思い出が息づく品々に囲まれながら、それらを愛《め》で、愛撫し、都合一時間半ばかりの幸せに浸った。このとき愛でた品のうち、三つは当館でも公開している。

レストランに戻ると、メフメトとヌルジハンだけでなくザイムも席についていた。酒瓶や灰皿、皿やコップがひしめきあう食卓や、イスタンブルの富裕層が立てる笑い声に安堵したのをよく覚えている。

「ごめんよ、みんな。遅れてしまって。とんでもないことに巻き込まれてしまってね」

何か嘘で取り繕おうと考えながらそう挨拶すると、ザイムが答えた。

「いいさ。座れよ。何もかも忘れてみんなで楽しもう」

「いつも楽しんでいるさ」

スィベルと目が合った。酒に濁《にご》ったその目には、婚約者の病気に対する諦念がありありと浮かんでいた。わたしがどこへ行って、何をしていたのか彼女は承知していたのだ。無論、彼女は腹を立てていたが、騒ぎ立てる気さえ起きないほど酒に飲まれていた。いや、埋められない溝ができたあとでも、わたしを愛していてくれたのかもしれない。あるいは、わたしを失って、婚約がご破算になるのは、あまりにも惨めだと考えていたのかもしれない。いずれにせよ彼女は何も言わなかった。彼女の気持ちが手に取るようにわかったので——あるいは、そのときは気が付かなかった別の理由があったのかもしれない——、ふいに彼女との強い連帯感を感じた。わたしの依存心がスィベルの希望だったからこそ、それまでの彼女は、病気は治ると楽観視できたのだ。しかしあの晩、そういう類の気楽さはもう終わりだと、二人ともが予感した。

ヌルジハンと踊ったとき、「スィベルを悲しませているわよ、あなた。怒っているもの。レストランで婚約者を独りにして、待ちぼうけさせたりしちゃだめ。あなたを愛しているんだから。彼女は繊細なの」と忠告された。

「棘《とげ》がなければ恋のバラも芳《かぐわ》しくはならないんだよ。君たちはいつ結婚するんだい？」

「メフメトはすぐにでもって。でもわたしはまず婚約したいわ。それからあなたたちみたいにね、結婚する前に全力で愛し合おうって決めてるの」

「僕たちなんか見本にしない方がいいよ……」

「あら、わたしたちに隠している具合の悪いことでもあるのかしら?」

ヌルジハンは作り物めいた笑顔で好奇心を隠そうと努めているように見えた。

もっとも、ラク酒が苦痛を和らげ、現れては消えるフュスンの幻影を見せていたので、彼女の質問に答える暇はなかった。夜も深まり、わたしはスィベルと踊りながら、まるで高校生の恋人同士のように、自分を捨てないよう彼女に誓わせた。彼女も根負けしたようで、わたしの不安を優しくなだめてくれた。わたしたちのテーブルに、入れかわり立ちかわりやって来る様々な友人たちは、口々にここを出て別の場所へ繰り出そうと誘った。ボスフォラス海峡まで行って車内でチャイでも飲もうと女性陣を誘う抜け目のない連中もいれば、カスムパシャの臓物料理屋へ行こうという者、カジノへ行ってミュージカルを見ようという者。メフメトとヌルジハンはおどけた調子で抱き合い、ロマンティックに踊るわたしとスィベルの真似をしては、皆の笑いを誘っていた。空が白みはじめるころ、ファイェ・レストランを出たわたしは、友人たちの反対を押し切って車のハンドルを握った。車がふらつく度に、スィベルは金切り声をあげた。車載フェリーに乗り込み、徐々に明るくなっていく海を越え、船がウスキュダル岸に近づくころには二人とも居眠りしてしまい、遠慮がちにガラスを叩く下働きの少年に起こしてもらった。食料品を運ぶトラックや、市営バスの下船を邪魔していたのだ。海峡沿いの道路を走っていると、視界の隅に松の木が唐突に現れては消えていった。舞い散る紅葉の下をよろめきながら、なんとか事故にも遭わず、別荘へたどりついた。そして、やんちゃな夜を過ごしたあとの常で、きつく抱きしめ合いながら眠りについた。

43 寒くて孤独な十一月の日々

　あくる日、スィベルがニシャンタシュでわたしが姿をくらました一時間半について尋ねることはなかった。しかし、わたしにとりついた妄執が消えまいという怖れは、昨日の夜を境に二人の間で確信に変わっていた。自制や禁止が、何の役にも立たなかったのは明らかだ。その一方で二人は、かつての美しさを失ったこの古びた別荘での暮らしに満足していた。二人を取り巻く状況がいかに失望に満ちていたとしても、二人を結びつけ、わたしの痛みを和らげてくれるものが、荒れ果てたこの場所には確かにあったのだ。もはやここでの暮らしが二人の愛情を甦らせてくれることはないだろう。しかし、このある種の敗北感が、互いへの信頼感を深めてもいた。別荘に残る、いまは消え果ててしまったオスマン帝国の輝きの最後の残滓《ざんし》が、そこに生きた過去の恋人たちや新たな世代の婚約者たち双方の人生に横たわる〝欠落〟に運命的な深みを与え、愛の喪失という辛い現実から守ってくれたのだ。

　夕方になると海の見える場所へ食卓を動かし、腕や肘を窓枠にかけながら向かい合って、イェニ・ラク（専売公社の製造するラク酒の銘柄。イェニは「新しい」の意）を飲みはじめる。ほろ酔い気分になったときのスィベルの視線は、「セックスをせずとも二人をつなぐものがあるとすれば、それは結婚よ」と雄弁に語っていた。多くの既婚者たちは――これは父や母の世代に限らず、わたしたちの年代でも同様である――夜の生活がなくともそれを〝ごく自然〟と捉え、幸せに暮らしているではないか？　三杯、四杯と杯を重ねるうち、身近な人間や単なる顔見知り、あるいは年齢の上下を問わずに、知り合いのカップルや夫婦について、「あの人たちがいまでもセックスしていると思う？」と尋ね合っては、冗談交じりとはいえかなり真剣に頭を悩ませた。当然ながら、この蔑視――いま思い返すと苦々しい思いに捕らわれる――は、近い将来、わたしとスィベルが満ち足りた性生活を再開できるという前提に立っていた。この種の話題は、二人をより深く結びつけ、理由のない罪悪感を惹起しつつも、親近感を強める役に立った。しかし、実のところは、いまでもわたしたちは結婚が可能で、人にも誇れる性生活をいつの日か取り戻せると密やかに、しかし絶え間なく信じようとあがいていただけなのだ。憂鬱を託《かこ》っているときでさえ、わたしの皮肉や冗談、あるいは優しさにほだされたスィベルは明るい将来に目を向けようとしていたのであるし、その期待が膨れ上がったときには、自ら進んでわたしの腕の中にしなだれかかることもあったのだ。彼女の希望的観測がわたしに伝染することもあった。そんなときは、「結婚しよう」と告げるべきか迷ったものだ。しかし、翻意されて、プロポーズをはねのけられるのが恐ろしかった。純潔を捧げた挙句に店番の娘風情に婚約者を寝取られたとあっては、ずたずたに引き裂かれたその自尊心を慰撫する格好の手段は、わたしへの復讐しかなかったのだから。彼女がそれを実行するときこそが、二人の関係の終わりだろうという予感があった。そしてスィベルが復讐に走らないのは、四カ月前まで夢見ていた満ち足りた結婚生活や、子供や友人に囲まれた、誰もがうらやむ、不安一つない幸せな暮らしがすぐそこにあるというのに、それを失うのがいまだに信じられず、行動に移すのを躊躇《ちゅうちょ》していたからに過ぎない。こうしてわたしたちは、息の詰まるような日々の暮らしを、奇怪な愛情と互いへの依存心で乗り切ろうとしていた訳である。酒の力を借りてようやく眠りについた真夜中過ぎ、それでも不安のあまり目を覚ますと、わたしたちは抱きしめ合ってそれを忘れようとした。

風一つない十一月半ばからはじまったこの憂鬱に苛《さいな》まれて眠れない夜や、深酒がたたって、喉の渇きを覚えて目を覚ました夜には、閉ざされた鎧戸のすぐ外で、漁師が網を海中に投じる音に耳を傾けた。寝室のすぐ脇に泊まった舟には、漁に習熟した父親と、その言い付けに素直に従う、やせっぽちで可愛らしい声をした息子が乗っていた。漁火《いさりび》が鎧戸を抜けて部屋の天井に美しい模様を描き出し、物音一つない夜のしじまの中で、櫂《かい》が水を切る音と引き上げられた網から滴る水音、そして口も利かずに網を見守る親子の咳払いだけが聞こえていた。漁師の親子がやって来たのに気が付いて目を開けると、わたしとスィベルは互いの身体を引き寄せる。そして、すぐそこにわたしたちがいるとは思いもよらない親子が櫂を軋《きし》ませる音や、魚を驚かせて網に誘いこもうと石を投げるときの息遣い、そしてほんの時たま交わされる言葉に耳をそばだてるのだ。「息子よ、しっかり握るんだ」「さあ籠を上げてみなさい」と漁師が言い、しばらくすると耳が痛くなるほどの静寂を破って、「そこにも何かいるよ!」と可愛らしい息子の声が続く。互いの温もりをすぐそばに感じながら、わたしとスィベルは、はたして息子は何を指さしたのだろうか、と考えた。魚か、あるいは危険な釣り針か、さもなくばベッドで二人してあれこれと想像を膨らませた別の生き物だったのだろうか? まどろみながら漁師の親子について想像を巡らせるうち、そのまま寝入ってしまうこともあれば、舟が遠ざかっていく音を聞くこともあった。日のあるうちに親子について話し合った記憶はない。しかし暗闇の中で漁師とその息子の声が聞こえると、わたしの背中に回されたスィベルの腕から力が抜けるので、彼女も大きな安心感を覚えていたのだろう。眠っていても、彼女がわたしと一緒になって漁師の到来を待ち望んでいる気配がした。漁師と息子のやり取りが聞こえるうちは、まだ一緒にいられるとでもいうように。

しかし、日を追うごとにスィベルは、わたしへの苛立ちと自分の美しさへの疑念を募らせていった。

その瞳はしばしば涙で濡れ、口喧嘩や諍《いさか》いが増えていった。スィベルがわたしを喜ばせようとしてくれたこと——たとえば、わざわざ作ってくれたお菓子や苦労して持ち帰った新しいコーヒーテーブル——に、手にラク酒のグラスを持ったままフュスンの思い出に浸るわたしは、まともに反応すらしなかった。スィベルも扉を叩きつけるようにして出て行った。彼女を怒らせてしまったのを悔やんでいるというのに、気後れや嫌悪感が邪魔して謝罪できず、そばへ行こうという気力も湧かなかった。行ったところで悲嘆に暮れる彼女を見ているだけだった。いつもこんな調子だった。

もし婚約を破棄したなら、社交界の人々は「結婚もしないで同棲していた」と言って、延々とスィベルを責め立てるだろう。いかに毅然《きぜん》とした態度を貫いたところで、あるいは友人たちがいかに〝西欧化〟していたところで、結婚しなければそれは愛の物語ではなく、単なる破廉恥《はれんち》な女の悪評に成り下がってしまうのを、スィベルはよくわかっていた。婚約破棄については話し合わなかったが、日を追って周囲の風当たりは強くなっていった。

ときおりメルハメト・アパルトマンへ出かけていって、ベッドに横たわってフュスンの思い出の品々をいじくると気分が晴れるので、苦痛が一過性のものに過ぎないと錯覚することもあった。そして、それがスィベルに希望を与えるだろう、とも。夜になって街へ出て、都会の遊びや友人の集まり、種々のパーティに顔を出せば、少しなりともスィベルの気が紛れるのも事実だった。しかし、酩酊と漁師の親子の立てる物音以外に、わたしたちの破鏡の嘆きを隠してくれるものはなくなっていた。そうした日々にあってなお、わたしはフュスンの居場所を知ろうと躍起になっていて、臨月も間近というジェイダをせっつき、ときに金を握らせようとさえした。わかったのはフュスンがイスタンブルのどこかにいる、ということだけだった。街の通りを端から端まで探しまわるべきだったのだろうか？

冬のはじめ、気の塞《ふさ》ぐ、寒々しい別荘暮らしはいまだに続いてた。ある日、「ヌルジハンと一緒にクリスマスのパリへ行こうと思っているの」と言われた。ヌルジハンは、メフメトと婚約する前に買い物を楽しみ、やり残してきた仕事を終わらせるためにパリへ行こうと考えているらしい。「彼女についていこうと思うの」と言われたとき、わたしもそれを強く勧めた。スィベルがパリにいる間に、全力でイスタンブルじゅうを巡ってフュスンを探し、何の結果も得られなかったとしたら、帰国したスィベルと結婚しようと決心したのだ。熱心にパリ行きを勧めるのを不審に思うスィベルに、空気や土地を変えるのは二人にとって良い刺激になるよ、帰ってきたらそこからやり直そう、と結婚の約束さえ仄《ほの》めかしながら――無論、具体的な話はしなかったが――説得した。

彼女と距離を置きたかった。しかし、パリから帰って彼女――そしてわたし――が正気を取りもどしたら結婚しようと考えていたのは嘘ではない。メフメトと一緒に、空港まで見送りに行った。早く着きすぎたので完成したばかりの真新しいターミナルのこじんまりしたテーブルに腰かけ、壁に張られたインゲのポスターに勧められるままメルテム・サイダーを飲んだ。別れ際に抱きしめてやると、スィベルは涙を流した。もう決して、昔のような日常には戻れないことや、長いことスィベルと離れ離れになるのが怖くて仕方がなかったが、すぐにそれは悲観が過ぎると思いなおした。空港から帰る車中、わたしとメフメトは黙りこくっていた。やがて、はじめてヌルジハンと何カ月も離れ離れになる友人がぽつりと呟いた。

「あの子たちがいない暮らしなんてありえないよな」

夜になると耐えがたい虚無感と悲しみが襲ってきた。古い家の中には、ミシミシと床板の軋む音以外にも、海が立てる、どれ一つとして同じものはない波音が響いていたのを、はじめて知った。波がテラスの下のコンクリートに当たって砕ける音と、ボートハウスの前を通るときに渦巻く潮流の音は、まったく違うものだった。北からの強風で別荘のあちこちがガタガタと軋むのを聞きながら、したたま酒を飲んでベッドに倒れこみ、朝を待った。ふと、もう長いこと漁師の親子が来ていないのに気が付いた。頭の中にいる、現実的でまともな方のわたしは、人生のある時期が終わりを告げたと感じていたが、孤独を怖れる方のわたしは、その現実の受け入れを拒んでいた。

44 ファーティフ・ホテル

あくる日、ジェイダと会った。手紙をフュスンに渡してもらった代わりに、彼女の親戚をサトサトの会計部門に入れてやったので、今度は少し強い調子でフュスンの住所を訊くつもりだった。ひょっとすると、堪えきれずに教えてくれるかもしれない。しかし、わたしの執拗《しつよう》な問いかけは、秘密めかした態度ではぐらかされ、いまフュスンと会っても良いことはないと仄《ほの》めかされただけだった。ジェイダはかなり大きくなったお腹をときおり満足そうに撫でながら、生きること、愛、幸福、それらは得難いものであり、誰しも自分の身を守り、この限りある世界で幸せを摑もうと死力を尽くしている、と語った。彼女からは、何者にも容易《たやす》くはなびかない成熟した逞しさが滲みでていた。

そんなジェイダを脅して、問い詰めるなど無理な相談だ。アメリカ映画に出てくるような私立探偵事務所はイスタンブルにはまだ開いておらず——この三十年後にできるのだ——フュスンの行方を追う手立てはなかった。

まずはフュスンの両親を見つけようと考え、父の会社の後ろ暗い部分を請け負うボディーガード——一昔前は用心棒と呼ばれていた——のラミズをあちこちへ送った。彼は強盗事件を密かに調査しているという嘘をでっち上げて聞きこみを行ったものの、目立った収穫はなかった。サトサトと税関や財務省の間に問題が起こる度に手を差し伸べ、危ない橋を渡ってくれたセラミ叔父も、引退した警察部長という立場を利用して人口統計局や警察署、町役場などに問い合わせてくれたが、犯罪歴のない人間を探すのは難しいという返事だった。歴史教師であったフュスンの父親が、退職前に教鞭をとったヴェファ高校とハイダルパシャ高校には、わたし自らが出向いた。世話になった教師を訪ね、その手の甲にキスをしようとやって来た真面目な卒業生になりすましたのだ。そこでも捗々《はかばか》しい成果は得られなかった。母親の方の行方をたどるには、ニシャンタシュやシシリ周辺のどの家へお針子へ行っていたかを調べるしかなかった。しかし、肝心の仕立屋はネスィベ婦人との連絡に仲介者を立てていたようで、見つからなかった。かくしてわたしの夢は破れ、腹の痛みはいよいよ激しくなっていった。午前中は会社で働き、昼休みにメルハメト・アパルトマンへ行ってベッドに寝転がると、そこのコレクションを抱きしめては幸福感に浸ろうとあがく。それから会社へ戻ったり、そのまま車に乗ってイスタンブルの通りを適当に流したりした。フュスンに出会うことを祈りながら。

車窓に現れては消えていくイスタンブルじゅうの地区や通りに目を凝らしたあの彷徨《ほうこう》は、何年も経ったいま思い出しても、愉快なものではなかった。市の西側に集中するヴェファやゼイレキ、ファーティフ、コジャムスタファパシャといった鄙《ひな》びた貧しい地域で、フュスンの幻影を多く目にしたので、わたしは度々、金角湾を渡って旧市街へ赴《おもむ》くようになった。煙草をくわえ、石畳に覆われたでこぼこの隘路へと、ガタガタと揺れる車を進めていくと、唐突に街角にフュスンの姿が現れる。すぐに車を停めて、彼女がここで暮らしているのだと想像をふくらませる。いつしか、美しくも貧しいこれらの地区に深い愛情を覚えるようになった。スカーフを被ったくたびれた中年女性、幻想的な街の佇まいに魅せられた外国人観光客に抜け目のない眼差しを注いで値踏みする柄の悪い若者たち、珈琲店で新聞を広げて暇をつぶす失業者の老人たち、そして彼らが吸いこむ石炭の匂いの混じった空気の漂う道々。わたしは愛情を込めてそれらを祝福したものだ。充分に距離を取って跡をつけた人影が、フュスンとは似ても似つかないと判明しても、わたしは街を離れようとはしなかった。フュスンの幽霊がしばしば現れるのは、彼女がこの近くのどこかにいるという証拠にしか思えず、通りという通りを巡り歩いた。猫たちが屯《たむろ》する広場、二百二十年も前に造られた壊れかけの泉亭の大理石、いや、目に入る限りのすべての壁面が、左派、右派を問わない政党や、当時は〝セクト〟と呼ばれていたグループの掲げるスローガンや死を予告する脅し文句で埋め尽くされていたとしても、不安を感じなかった。なぜなら、少し前までフュスンがこの付近にいたのだと信じ込むわたしにとって、この街はおとぎ話に出てくるような光に満ち溢れた場所だったのである。——彼女の亡霊が徘徊するこの地域をもっと歩いてみないと、珈琲店に座って通りを監視する必要もあるな、網を張って彼女が通るのを待たなければ、彼女とその家族に近づくためには、彼らと同じような暮らしをする必要があるだろうな、そう思うようになった。

かくして、毎晩のように通っていた社交パーティや、ニシャンタシュやベベキに建てられた流行のレストランから足が遠のいた。その上、毎晩のようにわたしと会うのが当然だと考えるメフメトから、〝あの子たち〟のパリでの買い物の様子を何時間も聞かされるのに嫌気がさしていた。彼から逃げようとしても、クラブなどに行くと必ずこちらを見つけては、ヌルジハンとの電話の内容を聞いてほしがるのだ。わたしの方は、スィベルと電話する度に話すことがなくて難儀しているというのに。確かに、スィベルを抱きしめ、癒されたいと思ったが、彼女に感じる罪の意識や、その偽善的な態度に疲れ果てていたので、むしろいない方が心安らかだった。とはいえ、いまの作り物めいた関係を終わらせるためにも、昔の自然な自分を取り戻さなければ、とは感じていた。ニシャンタシュから遠く離れた、さびれた旧市街でフュスンの姿を探しつづけていると、これまでほとんどこの地域に寄りつかなかった自分に怒りが湧いた。街路を巡りながら、なぜ婚約を思いとどまらなかったのか、なぜそれを破棄しようと思いきれなかったのか、いやすべて遅すぎると後悔の念に囚われた。

スィベルの帰国が二週間後に迫った一月の半ば、わたしは荷物をまとめて別荘を出た。そしてファーティフとカラギュムリュクの間にあるホテルで暮らすようになった。——当博物館には、このホテルのロゴの入った鍵やレターヘッド、何年も経ってから入手したホテルの看板が置いてある。フェスンの姿を求めてファーティフ地区から坂を下り、金角湾の近くをうろついているうちに夕立に降られて、たまたま目の前にあったのがこのホテルだった。その日、わたしはイスタンブルから出ていったギリシア人たちが住んでいた石造りの家々や、いまにも倒壊しそうな木肌がむき出しの木造家屋に住む家族たちを覗き見していた。窓から垣間見える彼らの貧しさや家族の多さ、騒々しさ、あるいはその幸せや不幸せに当てられて疲労困憊《こんぱい》してしまい、日も急速に落ちてしまったので対岸へは戻らずに、どこかで酒を飲もうと坂を上っていった。大通りから少し入ったビアホールに入り、テレビを見ながら酒を飲む若者に交じってまだ九時前だというのに痛飲した。表へ出るころには、車をどこに停めたのかも思い出せないほど酔っ払っていった。車はなく、フュスンや自分のこれからを思いながら雨の中を延々と歩きつづけた。暗く、泥だらけの道で彼女を想うと、痛みが増したが幸せを感じた。そして、真夜中になってふいに目の前に現れたファーティフ・ホテルへ入り、部屋を取ったのである。

数カ月ぶりにまともに眠った。続く晩も、同じように心安らかな眠りが訪れた。わたしは驚いた。朝まで昔の楽しい夢を見ながらぐっすりと眠れたのだ。漁師とその息子のやり取りに耳を傾けていたときのように、夜気に鳥肌を立てて起きることもあったが、あれこれ考え込まずに、夢の続きを見ようとすぐに眠りたいと思えるのだ。

別荘へ戻り、身の回りの品やウールの靴下、冬着を鞄に詰め込んだ。両親に問い詰められぬようにと家には寄らずに、鞄を持ってホテルへ行った。普段どおりに朝早くサトサトへ行き、早めに退社してイスタンブルの街を駆けずり回った。夕方のビアホールで疲れた足を休めるうちに、この貧しい街への愛がいつ果てるともなく湧いてきた。そのときは苦痛を与えるだけだと思っていた――わたしの人生のどの局面もそうなのだが――ファーティフ・ホテルでの暮らしが、実のところこの上なく充実した時間だったと確信するようになったのは、それから何年も経ってからだ。毎日、昼休みには会社を出てメルハメト・アパルトマンへ通った。日を追うごとにコレクションの数は増えていき、わたしは部屋の品々をより慎重に扱うようになっていった。それらを愛撫しては苦痛をなだめ、夜になれば酒を飲み、ぼんやりとした頭でファーティフやカラギュムリュク、バラトの裏通りを何時間も歩きまわった。カーテンの隙間から家々の中を窺《うかが》い、食卓を囲む家族の幸せそうな様子を眺めた。しばしば、〝フュスンはこの辺りのどこかにいる〟という考えにとりつかれたが、気分はよかった。

ときおり、この地域にいるとかくも気が晴れるのは、フュスンが近くにいるからではなく、もっと別の理由があるのではないかとも思った。空き地、石畳で覆われた泥だらけの小路、行き交う車、捨てられたブリキ缶、歩道の端々、街燈の下、半ば空気が抜けたボールでサッカーをする子供、この場末の街では人の人生をありのままに見つめられた。父のビジネスが大きくなり、工場が拡大するにつれ、家族は裕福になったが、それに見合う〝西欧式〟の暮らしの難しさのせいで、生きるということの根本的な側面を見失っていたようにも思えた。そしていま、この裏通りで、失われた人生の軸となるものを捜し歩いている。ラク酒で濁った頭のまま、狭苦しい通りや泥のはねる坂道、あるいはしばしば階段に出くわす袋小路を抜けていくと、犬のほかは人っ子ひとり見えなくなっているのに気が付く。閉じられたカーテンの向こうに灯されたランプや、煙突から立ち昇る青くて細長い煙、ショーウィンドウの中のブラウン管や家々の窓に映し出される明かりを、生まれてはじめてまともに見た気がした。ある日、ザイムと一緒にベシクタシュの魚市場へ行った。その中にある居酒屋で魚をつまみながらラク酒を飲んでいると、まるでザイムの話からわたしを守ろうとでもするかのように、あの真っ暗な裏通りの情景が目の前に甦った。

ザイムは、ついこの前参加したパーティの様子やダンス、社交界での噂話、メルテム・サイダーの成功、そして、わたしのスィベルに対する責任について話していた。特筆に価するようなゴシップもあったが、彼は詳しく語らなかった。ザイムはわたしが別荘を出て、夜も実家に帰っていないのを知っていたが、わたしを悲しませるようなこと——フュスンのことや失恋の苦しみ——については尋ねなかった。わたしはときおり探りを入れては、フュスンの行方を知っているかどうか確かめようとした。その一方で、自信ありげに、自分が何をしているのかよく承知しているふうを装い、毎日オフィスへ行って熱心に働いていると強調するのも忘れなかった。

一月の終わりの雪のある日、パリのスィベルからオフィスへ電話が入った。彼女はひどく動揺していて、わたしが別荘を出たのを隣人や庭師から聞いたと捲《まく》したてた。もう長いこと、電話でさえ声を聞いていなかったのを思い出した。思えばそれ自体が、二人の間の冷えきった感情や疎遠さの表れだったのだが、当時は国際電話をかけるのは容易ではなく、受話器を手に取り、聞いたこともないような雑音の合間に大声で叫ばなければならなかった。だから、必要があると思われる——そして自分でも空《むな》しく感じるような——愛の言葉を社員に聞かれてしまうことを怖れて、電話を延ばし延ばしにしていたのだ。

「別荘から出たんですって！　夜もご両親のところにも戻っていないって！」

「ああ」

自宅へ帰らず、フュスンの思い出ばかりが残るニシャンタシュを出ようと、二人で決めたんじゃないか、とは言えなかった。わたしの近況を誰から聞いたのかも尋ねなかった。秘書のゼイネプ婦人は、上司が婚約者と気楽に話せるよう気を利かせたのか、椅子から跳ねるように立ち上がると、部屋の扉を閉めた。しかし、スィベルが聞き取れるよう、声を張り上げなければならないことに変わりはない。

「何をしているの？　どこに泊まっているの？」

ファーティフのホテルに泊まっているのはザイムにしか話していないが、会社じゅうの人間が耳をそばだてている中で話題にしたくはなかった。

「あの女のとこに戻ったの？　ねえケマル、正直に言って」

「戻ってない！」

わたしはそう答えたが、電話の向こうのスィベルに届くほどの大声は出なかった。

「聞こえないわ、ケマル。もう一度言って」

「戻ってないよ」

わたしはか細い声でそう答えるのがやっとだった。あのころの国際電話の常で、どよめく海に耳を傾けたときのような、茫洋とした雑音が受話器から洩れ出た。

「ケマル、ケマル……。聞こえないの、お願い、切らないで……」

「ここにいるよ！」

「正直に言って」

「変わったことは何もない」

わたしは少し声を張り上げた。

「もういいわ！」

スィベルがそう言うと、回線は不気味な海鳴りに呑まれ、バリバリという割れるような音がして切れた。そして、「パリとの回線が途切れました。もう一度、お掛けになられますか？」という交換局の女性の声に切り替わった。

「いいや、娘さん。結構だよ」

相手の年齢にかかわらず女性社員に「娘さん」と呼びかけるのは父の癖だった。思わず父の真似をした自分に驚いたが、スィベルの決意の籠った態度には、正に驚倒したと言えるだろう。しかし、もう嘘をつくのには飽き飽きしていたのだ。スィベルは二度とパリから電話を掛けてこなかった。

45　ウルダーでの休暇

二月、イスタンブルの多くの家族がウルダーへスキーに行く十五日間の学校休暇がはじまった。スィベルは帰国したようだった。甥っ子たちを連れて山へ行くつもりだったザイムが、その前に会社に電話をしてきて、ファイェ・レストランで一緒に昼食をとることになった。向かい合わせでレンズマメのスープを飲む間、親友は友情に満ち満ちた眼差しでこちらの目を覗きこんでいた。

「君が生きることから逃げて、日に日に元気をなくして、苦悩にとりつかれていくのを見るのは辛いよ」

ザイムが言った。

「やめろよ。何もかも順調さ……」

「幸せそうには見えないよ。幸せになろうと努力しなきゃ」

「僕にとって人生の目標は幸福じゃない」

わたしはそう答えた。

「だから僕が人生に背を向けてるだとか、幸せに見えないだとか思うだけさ。……僕は、心の平安を与えてくれる別の暮らしをはじめたんだ」

「それならいいけど……。だったらその生活のことを聞かせてくれよ。僕らは本当に心配しているんだ」

「〝僕ら〟って？」

「茶化すなよ、ケマル。気に障るようなことを言ったかい？ 僕は一番の親友だろう？」

「そうだよ」

「僕たち……僕やメフメト、ヌルジハン、それにスィベルに決まっているだろう。三日後にウルダーへ行くんだ。君も来いよ。ヌルジハンは遊びたい盛りの姪のお目付け役で行くそうだから、僕たちもついていくんだ」

「スィベルが帰ってきたって言ってたな」

「もう十日前だよ。先週の月曜日さ。彼女も君に来てほしがってる」

ザイムはそう言って、善意に満ちたその目を細めた。

「でもそれを君に知られたくないみたいだ。だから彼女には内緒でこうして話しているんだ。ウルダーに着いても僕が言ったことは秘密だぞ」

「いや、行く気はないよ」

「来いよ、元気になるから。悩みなんてすぐになくなるさ」

「知ってるのは誰だい？ フュスンのこと、ヌルジハンやメフメトは知ってるのかい？」

「もちろん、スィベルは知っているよ。君の最近の様子について彼女と話し合ったんだ。彼女は君を愛しているんだよ、ケマル。君をこんな状態にしてしまったしがらみについても承知しているし、理解もしている。あの娘は君の手助けをしたいだけなんだ」

「本当に？」

「君は良くない方へ行こうとしてるんだよ、ケマル。誰しも、出会ってはいけない相手に惹かれるもんさ。恋をしないやつはいない。でもみんな、最後には人生が台無しになる前にそこから抜け出すんだよ」

「じゃあ小説や映画の恋愛は何なんだい？」

「恋愛映画は僕も大好きさ」

ザイムはそう答えた。

「でも、いまの君みたいなやつの味方をしている映画は観たことがない……。六カ月前、君は皆の前で盛大に婚約を交わしたんだ。素晴らしい晩だったなあ！　そして結婚する前に別荘で一緒に暮らしはじめて、パーティを開いた。みんな何て粋《いき》なんだろうと思ったもんさ。結婚も決まっていたし、汚らわしいと思うやつもいなかった。いや、君たちに倣《なら》おうって言ってる人もいたよ。でもいまは、勝手に別荘を出ていってしまった。スィベルを捨てるつもりなのかい？　君はいじけた子供みたいに何も話してくれないじゃないか」

「スィベルはわかってくれるよ……」

ザイムはわたしの言葉を遮《さえぎ》って言った。

「そんな訳ない。他の者にどう説明する気だい？　何て言うんだい？　わかってくれるもんか。スィベルは他の人とどう接すればいい？　『婚約者が店番の女の子に恋しました。だから別れました』とでも言うのかい？　君を憎むだろうよ……。話し合わないと。ウルダーに来ればすべて忘れられるさ。僕が保証する。スィベルもなかったことにしてくれる。ビュユク・ホテルで彼女とヌルジハンは一緒の部屋に泊まる。僕らとメフメトのために二階の角部屋も予約してある。霧のかかったウル山の頂上が見える三段ベッドのあるあの部屋だよ。君が来たら、また昔みたいに朝まで大騒ぎしよう。メフメトのやつ、ヌルジハンにぞっこんだからね、からかってやろうよ」

「いや、からかわれるべきは僕だよ。少なくとも、メフメトとヌルジハンは一緒にいるんだから」

「僕を信じてくれ。君を冗談の肴《さかな》には決してしない。他のやつにもさせない」

ザイムは無邪気にそう言った。わたしのことが社交界、いや最低でも〝僕ら〟の間では揶揄《やゆ》の対象になっているのだろう。わたしの推測にすぎないが。

とはいえ、わたしを助けようとしてウルダーでの休暇というアイデアを思いついたザイムのそつのなさには驚かされた。子供や学生のころはよく、父の同僚やクラブの友人、あるいはニシャンタシュの他の裕福な知り合いと連れだってウルダーへスキー旅行へ出かけた。皆が互いをよく知り、あるいは新たな友人や将来の結婚相手を作り、夜が深まればどんなに引っ込み思案の女の子でも楽しそうにダンスに参加する、そんな休暇の日々がわたしは大好きだった——あれから何年ものちに、簞笥の隅で父の古いスキー用グローブや兄の次にわたしが使ったスノーゴーグルを見つけたときには、懐かしさのあまり鳥肌が立った。アメリカにいるときには、母が送ってくれたビュユク・ホテルのポストカードを見ると心が湧き立ち、同時に一抹《いちまつ》の郷愁を覚えたものだ。わたしはザイムに礼を言い、「でも僕は行かないよ」と答えた。

「いまの僕には荷が重すぎるよ。でも君の言うとおりだ。スィベルと話し合わないと」

「彼女は別荘じゃなくてヌルジハンの実家にいるよ」

ザイムはそう言って、日ごと、裕福になっていくレストランの他の客たちのさんざめきに意識を戻した。彼は、わたしの苦悩を忘れて微笑んでいた。

46　婚約者を途中で捨てるのは普通のこと?

スィベルに電話をかけたのは二月も末のこと、彼女がウルダーから帰ったあとだった。いよいよ二人の関係が終わりを迎えたときの彼女の落胆や怒り、涙や後悔が、わたしは怖くて仕方なかった。だから、適当な理由をつけて彼女の方から婚約指輪を送り返してくるのをひたすら待った。その緊張にも耐えきれなくなったある日、わたしはヌルジハンの家にいるスィベルに電話をかけ、ファイェ・レストランへ夕食に出かける約束をした。

顔見知りばかりのファイェのような場所ならば、二人とも感情的にならず、度を過ぎた何かをしでかすことはない、激昂せずに話せるだろうと思ったのだ。食事がはじまったときには、確かにそのとおりだった。〝ろくでなし〟ヒルミと、ついこの前に彼の妻に納まったネスリハン、〝船を沈めた〟ギュヴェン氏一家、タイフン、それに満席の大テーブルにはスィベルの友人であるイェシムとその家族もいた。ヒルミとその妻はわざわざこちらまでやって来て、久しぶりに会えて嬉しいよ、と言ってくれた。

前菜をつまみ、ヤクート社の赤ワインを飲む間、スィベルはパリでの日々やヌルジハンのフランス人の友人たち、クリスマスの街の美しさなどを話してくれた。

「ご両親は元気かい？」

わたしはそう尋ねた。

「元気よ。わたしたちのこと、まだ何も知らないんだもの」

「放っておけよ。誰にも何も言わなくていい」

「もとからあなたは、何も話さないじゃない……」

スィベルは、「それで、これからどうなるの？」と問いかけるような静かな視線を向けた。

話題を変えようと、父が日を追うごとに世間への関心を失っているとわたしが言えば、スィベルは、母親が古くなった衣服や服飾品を仕立てなおしては、簞笥に仕舞いこむのに熱中していると返した。

「うちの母さんはそれとはまったく逆に、古くなった物は何でもかんでも他の部屋に放りこむ癖があるんだ」と答えると、メルハメト・アパルトマンのことを思い出してしまい会話が途切れた。無論、単なる話の流れだと彼女もわかっていただろう。そして、わたしが本題を避たがっていて、いまさら彼女に言うべき新しい話などないのも、よく理解していたに違いない。諦めに満ちた視線がそれを雄弁に物語っていた。話を切りだしたのは彼女の方だった。

「あなたは自分の病気に慣れてしまったの。わたしにはわかるわ」

「どういうことだい？」

「何カ月もあなたの病気が治るのを待ったわ。それだけ辛抱したというのに、あなたは一向に良くならない。いいえ、その病気を自分のものにしていくのを見て、感心さえしたのよ、ケマル。パリであなたの病気が治りますようにと祈っていたわ」

「僕は病人じゃないよ」

わたしは楽しそうに騒ぐレストランの客たちに目を向けた。

「この人たちは僕の症状を病気だって思うかもしれないけどね……。でも君にそんなふうに見られるのは耐えられない」

「でもそれが病気だって、別荘で二人で決めたでしょう?」

スィベルはそう言った。

「確かにね」

「どうするの? 婚約者を途中で放り出すのは普通のことなの?」

「何だって?」

「だって、店番の女と……」

「何でそう混ぜっ返すんだよ。この話に店員だとか、金持ちだとか、貧乏人だとかは関係ないだろ」

「いいえ、それこそが本題なのよ」

スィベルは熟慮の末にその結論に達したと言わんばかりの毅然《きぜん》とした態度で言った。

「貧しくて情熱的な女だったから、そんなに簡単に肉体関係を持てたんでしょう……。店番なんかじゃなければ、誰にも憚《はばか》らずにその女と結婚したでしょう……。あなたが病気になった理由はそれよ……。彼女と結婚できないし、その勇気もないからなのよ」

わたしは、あえて怒りを誘おうとする彼女に合わせることにした。もっとも、頭の隅では図星を射《さ》されたのがわかっていたので、怒りは自然と湧いてきた。

「あなたみたいな人が、店番女のためにおかしくなったり、ファーティフ地区ごときのホテルで暮らすのはまともじゃないのよ、ケマル。正気に戻りたいのならこれは認めて」

「君が思っているとおり、あの子に恋してる訳じゃない。でも議論のためだから言わせてもらうけど、人は自分より貧しい者には恋してはいけないのかい? 金持ちと貧乏人の愛は絶対にあり得ないのかい？」

「愛っていうのはね、わたしたちのようにお互いに平等な人間のためのものよ。お金持ちの若い娘が、ハンサムだからって門番のアフメトさんやら、大工のハサン親方やらと結婚するのを映画以外で見たことがあるの？」

そのときまで給仕頭のサーディは、まるでわたしとスィベルを見ているだけで自分も幸せだ言わんばかりの控えめな表情を崩さなかったが、二人があまりにも真剣に話し合っているのを不審に思ったらしく、足を止めてこちらを一瞥《いちべつ》した。わたしは少し待つように手を挙げ、スィベルに向きなおった。

「僕はこの国の映画を信じているよ」

「ケマル、これまで一回だって、国産の映画を観にいったことがあって？ やかましいからって、友達と野外映画館さえ行かないじゃない」

「ファーティフ・ホテルでの暮らしは映画とそっくりなんだ。本当だよ。夜、寝る前にあの人っ子ひとりいない寂れた通りを歩くと気分がよくなるんだ」

スィベルの態度は変わらなかった。

「最初のうちはね、店番女のことはザイムのせいだと思っていたの。家庭を持つ前に、ダンサーやホステス、ドイツ人のモデルとの甘い生活《ドルチェ・ヴィタ》を真似してみたくなっただけなんだろうって。ザイムにもそう言ったわ。でもいまは、貧乏な国でお金持ちでいることにコンプレックス」――当時は流行の言葉だった――「を感じて、悩んでいるってわかるようになった。これって、店番の子とのお愉しみよりも深刻な悩みよね」

「そうかもしれないけど……」

やっとのことでそう答えた。

「ヨーロッパではね、お金持ちでも普通の人と同じように振る舞うものよ。それこそ正に文明的よね。わたしにとって文化的、文明的っていうのはね、皆が平等で自由なことじゃないの。皆が他人に対して平等に、自由に振る舞うということよ。そうすれば良心の呵責《かしやく》を覚えずに済むでしょう」

「ふむふむ、ソルボンヌで無為に過ごしていた訳じゃなさそうだ。そろそろ魚を注文しようか？」

テーブルへ近づいてきたサーディを呼びとめた。——体調はどうだい？　お陰さまで！　仕事は順調かい？　お客様は家族も同様です。毎晩同じ方々にお運びいただいておりますよ。景気が悪いね。右派やら左派やらのテロで外へ出られませんからね！　他の知り合いはどうしてる？　皆様、ウルダーから戻られたようですよ。

サーディは、ファイェが開店する前に父が通っていたベイオールのアブドゥッラー・エフェンディでも給仕をしていたので、子供のころから知っている。イスタンブルへやって来た十九歳のときにはじめて海を見たというサーディは、古式ゆかしいギリシア人のバーテンダーや名の通った、やはりギリシア人の給仕の下について、イスタンブルの街で魚を吟味し、調達するという妙技を学んだのだ。朝の競《せ》りで落としてきたというボラを盆に載せて見せてくれた。魚の匂いを嗅ぎ、目玉の透明度やえらの赤みを見て新鮮さを確認したわたしたちは、ここのところマルマラ海が汚れてしまったとひとしきり文句を言った。サーディによればレストランは断水に備えていて、契約した会社から毎日タンクローリーで水を運ばせているらしい。また、停電のためにもう一つ発電機も購入したのだが、蠟燭やガス灯の醸《かも》し出す雰囲気を好む客もいるので、ほとんど使わないのだとか。そんなよもやま話をしながら給仕頭はグラスにワインを注いで離れていった。

「別荘にいるとき、夜になるとやって来る漁師の親子がいたろう？　君がパリへ発《た》ったあと、すぐに彼らも来なくなったんだ。すると別荘は寒くて、ひどく寂しい場所になってしまって、我慢できなかったんだ」

スィベルはわたしの言葉に含まれる謝罪の響きに興味をそそられたようだった。話をそらそうと、よく漁師の親子のことを考えていた、と続けた。ふと、父にもらった真珠のイヤリングのことが頭をよぎった。

「きっと、あの親子はハガツオやムツキリの群れを追ってあそこへ来ていたんだよ。今年はどちらも豊漁らしくてね、ファーティフ地区の裏通りにまで、馬車にハガツオを積んだ呼び売りがやって来たよ。その後ろを猫がついて行くんだぜ」

わたしたちが魚を食べていると、サーディはヒラメが値上がりしていると文句を垂れた。ロシア人やブルガリア人が領海に侵入したトルコ人の漁師を次々に捕まえているからだそうだ。その話の間にも、スィベルの機嫌はみるみるうちに悪くなっていった。魚の話が深刻な話題を避けるための方便に過ぎないと知っていたのだ。そしてわたしの症状に新たな進展もなければ、希望を与えるような言葉一つ持ち合わせていないのを理解したのだろう。二人の置かれた状況について、腹を割って話せるような気の利いたことを言えればよかったのだが、生憎《あいにく》と何も思いつかなかった。その悲しそうな顔を見るうちに、彼女を丸めこめないと悟って、怖くなった。

「見ろよ、ヒルミたちが来たぞ」

それでもわたしは言い募った。

「僕たちのテーブルに呼ぼうか？　気持ちのいい人たちだし」

わたしが手を振ってもヒルミ夫妻は気が付かなかった。

「……呼ばなくていいわよ」

「なぜ？　ヒルミはいいやつだよ。それに奥さんのこと、君も気に入っていたろう？」

「これからどうなるの？」

「わからないよ」

「パリにいるとき、ルクレール先生と話したの。わたしが論文を書くのを助けてくれるって」

ルクレールはスィベルが心酔する経済学の教授だった。

「パリへ行く気なのかい？」

「ここでは幸せになれないもの」

「僕も行こうか？　ああ、でも仕事が山積みだからなあ」

スィベルは答えなかった。彼女はこの話し合いや先のことについて、とうの昔に結論を出しているようだったが、まだ何か口にしていないことがあるように見えた。

「ならパリへ行けよ」

わたしは嫌気がさして言った。

「僕はこっちで仕事を片づけてからあとを追うから」

「まだ言っていないことがあるの。こんな話をしてごめんなさい。でもケマル、あの女が処女だったからってね……。あなたがそこまで苦悩する理由にはならないのよ」

「どういう意味だい？」

「もしわたしとあなたがもっと現代的だったら、本当のヨーロッパ人だったら、きっとそれは問題にもならないんでしょうね。でも現実にはわたしたち、伝統に縛られているし、娘の純潔というのは、あなたにとってはとても大切なものでしょうし、他の人たちも敬意を払うべきものなんですものね。だからこそあなたは、自分が抱いた処女を平等に大切にしなきゃいけないのよ！」

最初、彼女の言わんとするところがわからず眉をひそめたが、すぐに彼女がわたし以外の男と〝終わりまで〝いったことがないのを思い出した。〝純潔の重みは君とフュスンとでは大違いだ！　君は現代的で、金持ちじゃないか！〟と言ってやりたくなったが、実際は卓上をにらんだまま口を噤《つぐ》んでいた。

「それともう一つ、絶対に許せないのはね、あの女と別れようが別れまいが、なぜわたしたちは婚約したの？　なぜすぐに婚約を解消しなかったの？」

その声にはこれまで以上の恨みが満ちていたが、すぐに震え声に変わった。

「こんな結末を迎えるのだったら、なぜ別荘になんか行く必要があったの？　なぜみんなを招待したの？　なぜ、みんなの前で、いいえ、この国で、結婚もしていないのに夫婦みたいに暮らさなければいけなかったの？」

「別荘で君と過ごした時間や、君と共有した秘密や、真心、友情は他の人とは分かち合えないものだったよ」

スィベルはこの言葉にひどく苛立った様子で、その目は怒りからとも、失望からともつかない涙を湛《たた》えていた。

「ごめん。ごめんよ……」

そのあとの沈黙は、怖気《おぞけ》をふるうようなものだった。スィベルが泣きださないよう、わたしはまだ席についていなかったタイフンたちに手を振り続けた。やっとこちらへやって来た彼らは、わたしの執拗な勧めに戸惑いながら腰を下ろした。

「知ってるか？　ついこの前だっていうのにもうあの別荘が懐かしいんだぜ！」

夏の間、タイフン夫妻は頻々《ひんぴん》と別荘へやって来たのだ。タイフンはテラスや別荘の中でわが家のように寛ぎ、勝手に冷蔵庫を開けて他の客に酒や料理を振る舞っていた。ときには熱中しすぎてしばらく台所から出てこなかったり、海を通るソ連やルーマニアのタンカーの特徴を捲《まく》し立てたりしていた。

「ほら、庭に出たみんなが俺の話に聞き入っていた晩があったろう……」

彼は早速、夏の思い出を開陳しはじめた。わたしはといえば、それまでのやり取りをおくびにも出さず、タイフンの話を聞き、冗談を返し、優しい言葉をかけるスィベルに感じ入っていた。

「それで、いつになったら結婚するの？」

タイフンの妻のフィゲンがそう尋ねた。彼女もわたしたちについてのゴシップを耳にしていたのだろうか？

「五月よ」

スィベルが即答した。

「またヒルトン・ホテルでやると思うわ……。『グレート・ギャッツビー』に出てくるみたいな純白のドレスを着てくるって約束してね。映画はもう観た？」

そして腕時計に目を落とすと驚いたように声をあげた。

「ああ、大変！　お母さんと五分後にニシャンタシュの角で待ち合わせしているの」

彼女の両親はまだアンカラにいるはずだった。

スィベルはまずタイフンとフィゲンに、ついでわたしにそそくさとキスをすると店を出ていった。わたしは二人とひとしきり話したあと、その足でメルハメト・アパルトマンへ向かった。そしてフュスンの匂いのする品々に慰めを求めた。色々なところからスィベルの近況を聞いたけれど、次に彼女に会ったのはその日から三十一年後のことだ。

47　父の死

婚約解消の知らせはすぐに広まったが、わたしは気に留めなかった。兄のオスマンが会社へやって来てひとしきりわたしを責め立て、間に立ってやるからよりを戻せと言われようが、あるいはあちこちでわたしの噂——頭がおかしくなった、夜遊びに夢中になった、ファーティフで秘密裡に神秘主義教団に入信した、いやいや共産主義者になったらしい、左翼の活動家みたいに貧民街で暮らしているらしい云々——を耳にしようが、蚊ほども気にならなかった。反対に婚約が流れたと聞いて、フュスンが心動かされ、隠れている場所から便りを寄こしてくるのではないかと、期待に胸を膨らませていたのだ。病気の回復も期待しなくなった。いや、むしろその痛みをより引き出そうとするようになった。ニシャンタシュのオレンジ色に塗られた立入禁止の通りを平気でうろつくようになり、週に四、五回のアパルトマン通いがはじまった。そして、コレクションを愛撫してはフュスンの思い出に浸った。婚約前の独身生活に戻ったのだから、父と母がいるニシャンタシュの自宅に帰ってもよかったが、母は婚約破棄を一向に認めようとせず、ここのところ〝めっきり衰弱した〟父の耳に心ない噂話を入れないよう努めていた。婚約破棄の話はタブーということにして、わたしとさえ話そうとはしなかった。仕方なく頻繁に昼食に顔を出すようにして、おとなしく食卓に座っていた。それに、ニシャンタシュの家には腹に巣食う痛みを倍加させる何かがあるように思えて、そこで夜を過ごすのは気が引けた。

自宅に戻ったのは、三月の初めに父が亡くなったときだ。訃報は、父のシボレーに乗りこんで、わざわざファーティフ・ホテルまでやって来たオスマンによってもたらされた。兄にはホテルの部屋に入ってほしくなかった。鄙《ひな》びた街々を歩きまわり、骨董商や雑貨商、あるいは文房具店で買い集めた珍奇な品々や、散らかった室内を見られたくなかったのだ。しかしオスマンは、悲しそうにわたしに一瞥《いちべつ》をくれただけで、馬鹿にするようなことはせず、愛情を込めてわたしを抱きしめた。三十分ほどで支度を済ませ、宿代を払うとホテルを出た。運転手のチェティン氏の泣きはらした目や憔悴しきった様子を見たとき、父が彼と愛車をわたしに譲ると言っていたのを思い出した。その日は陽が陰っていて、昼から薄暗く、街じゅうが灰色に染まっていた。車がアタテュルク橋を渡るときに見た金角湾の光景や、無性に孤独感を掻き立てるその浅葱色の氷と金属のようにのっぺりとした油っぽい泥が入り混じったような色彩が、いまでも目に焼きついて離れない。

七時過ぎ、朝のエザーンが流れるなかでまどろんでいた父は心臓麻痺で亡くなった。目を覚ました母は、夫がまだ寝ていることにまず驚き、その容体に気が付くと跳ね起き、発作を落ち着かせようとパラディソンを飲ませた。わたしが家に着いたとき、母は居間のいつもの自分の椅子に座って、ときおり、すすり泣きながら主《あるじ》のいなくなった父の椅子を眺めていた。わたしの姿を認めると少し元気が出たようで、わたしたちはものも言わずにきつく抱き合った。

父に会いに寝室へ行った。母と四十年近くも寝起きを共にしたクルミ材のベッドの上に、寝巻を着て横たわる父は、まるで眠っているようだった。しかし、ぴくりとも動かない身体や、生気のない肌、その顔に浮かぶ表情は寝ている人間のものではなく、真の不安にとりつかれた者のそれだった。眼は恐怖に見開かれ、すぐそこに迫った交通事故から身を守ろうとでもするかのように、驚きとも戦慄ともつかない表情がその顔には張りついていた。つまり、父が最後に目を覚まして目にしたのは、自らの死だった訳である。掛け布団をきつく握りしめた手から香るコロンヤも、その指の曲げ方や黒子《ほくろ》、腕毛に至るまでが、わたしのよく知るものだった。子供だったわたしの頭や背中、腕を撫でて安心させてくれたのは、正にこの手だった。しかし、色が真っ白なのが怖くて、その手に接吻できなかった。布団をはぎ取り、いつも着ていた青い格子模様の寝巻を脱がせて、その下にある身体を見てみたいと思ったが、気後れを覚えて途中でやめた。

布団を引っぱるときに左足が外に出て、その足の親指を思わずまじまじと見つめた。——当館に掛けてある、引き伸ばした昔の白黒写真にもあるとおりだが、その親指はわたしのものと端から端までそっくりで、他の人とは似ても似つかない奇妙な形をしていた。十二年前にスアディィェの桟橋で水着を着て水遊びをしているときに、父の古くからの友人であるジュネイトが、この珍妙な類似に気がついたのだ。以後、彼は顔を合わせる度に大笑いして、「親指の調子はどうだい?」と尋ねたものだ。

わたしは部屋の鍵を掛けて、少しの間フュスンを想って泣こうとしたが、涙は出てこなかった。代わりに室内を見まわした。父と母が何年も一緒に過ごした部屋。コロンヤや埃っぽい絨毯の匂い、寄せ木張りの床のワックス、木や母の香水の香りが漂う、子供のころのとっておきの世界の中心。わたしを抱きあげた父が見せてくれた気圧計。カーテン。いまやそれらすべてが、まったく別のものに見えた。まるで人生の中心が拡散して消えてしまい、過去の世界に埋もれてしまったかのようだった。わたしは簞笥を開けて父の流行遅れのネクタイとベルト、それに古い靴を一足——父は何年も履いていない靴にもしっかりとワックスをかけていたので、艶《つや》を失ってはいなかった——手に取った。玄関の方から足音が聞こえた。ふと、子供のころにこの簞笥の中をひっかき回していたときと同じ罪悪感を覚えて、ギシギシと音を立てる引き出しを慌てて閉じた。父の枕元に置かれたサイドテーブルには、薬箱と新聞のクロスワードパズル、新聞紙の束や、兵役の間に将校たちとラク酒を飲んだときに撮ったお気に入りの写真、読書用の眼鏡、コップに入れられた入れ歯が置かれていた。わたしは入れ歯を取りあげてハンカチに包むとポケットに入れた。居間に戻って父の椅子に腰を下ろした。

「母さん、父さんの入れ歯は僕がもらうよ。なくても気にしないで」

母は、「ええ、それがいいわ」とでもいうように頷《うなず》いた。昼過ぎには親戚や友人、隣人が大勢やって来た。皆、母の手の甲に接吻し、抱擁を交わした。家の扉は開け放たれたままで、エレベーターがひっきりなしに動いていた。しばらくすると、まるで犠牲祭の祝宴のような大人数が家の中に集まった。この人の群れや彼らが立てる物音、そして心の暖かさは好ましく、ジャガイモのような鼻と幅広の額がそっくりな叔父の子供たちや、その他の親戚に囲まれていると安心できた。ベッリンとソファに腰かけて、従姉妹たち一人一人の噂話をした。彼女が親戚一同の近況について、わたしよりもよく把握しているのが嬉しかった。わたしも皆に混じって声をひそめて冗談を口にしたり、ホテルのロビーで見た最新の試合結果――二対〇でフェネルバフチェがボルスポルに勝っていた――について話した。いまでも腹痛はあったが、それでも食卓についてベクリが作ったチーズのボレキを口に入れた。そして幾度も寝室へ足を運び、寝巻に包まれ、先ほどとまったく同じ姿勢で横たわる父の身体を注意深く観察した。確かに微動だにしていなかった。箪笥を開けて昔の思い出が詰まった品々を一つひとつ手で触れた。父の死によって、幼いころから慣れ親しんだはずの品々が、失われた過去を伝える貴重な何かに変じたのである。サイドテーブルの引き出しを開けると、咳止めシロップと木材の混じった匂いがした。あるいは、引き出しの中にあった古い電話の領収書や電報、父のアスピリンや薬箱を、絵画でも鑑賞するように眺めて目に焼きつけた。埋葬の手続きのためにチェティン氏と出かける直前、わたしはバルコニーに出て、小さいころのことをあれこれと思い出しながら、テシュヴィキイェ大通りを見下ろした。父の死はここに展示してある日用品のみならず、ありふれていたはずの通りの景色をも、昔を思い出させてくれる特別なものに変えていった。その新しい世界には意味のないものは一つとしてない。自宅へ戻るという行為は貴重な過去の世界の中心へと回帰することを意味し、わたしは隠しきれない喜びを感じた。同時に、父親を亡くしたどんな息子であろうとも、及びもつかない良心の呵責《かしやく》を覚えた。冷蔵庫の中には、前の晩に父が飲み残したイェニ・ラクの酒瓶が残っていた。弔問客がすべて帰り、母と兄と座りながら、その残りを片付けた。

「お父さんのやり方、あなたたちも見たでしょう？　死ぬときでさえ何も言ってくれなかったわ」

午後になって、父の遺体はベシクタシュのスィナンパシャ・モスクの遺体安置所へ移された。母は父の匂いに包まれて眠りたいと言って、シーツや枕カバーを変えたがらなかった。わたしと兄は夜遅くになってから母に睡眠薬を与え、寝床に就かせた。シーツや枕に残る父の残り香に少し泣いたのち、母は寝息を立てはじめた。兄が帰ったあとでベッドに入ると、子供のころいつも望んでいたように、そしていつも夢見ていたように、この家で母と二人で暮らすさまを想像した。

しかし、傍目《はため》にもわかるほどにわたしの心を湧き立たせていたのは、母との生活ではない。葬式にフュスンが来るかもしれないと思いついたからだ。ただそれだけの理由で、新聞の黒枠広告にフュスンたち遠縁の者の名前を掲載させた。そうすれば、イスタンブルのどこかにいるフュスンか、その両親がそれを見つけてやって来るのではないかと、妄信していたのだ。はて、彼らはどの新聞を購読していたのだろうか？　無論、黒枠広告に名前の載る他の親戚から知らされることもあり得るだろう。何といっても、普段は新聞など読まない母でさえ、通信広告には丹念に目を通して、あれこれと口出ししていたのだから。

「スドゥクとサッフェトはお父さんとわたしの共通の親戚なんですからね、ペッランス夫婦のあとに入れないとだめなのに。シュクル将軍の娘たちの順番も間違っているわよ、ニギャーン、テュルカン、シュクランの順なのに。ゼッケリヤー叔父様が最初に結婚したあのアラブ人のメリケなんか入れなくていいのよ。あの女と叔父様は三ヵ月間しか夫婦じゃなかったんですからね。二カ月で死んでしまったネスィメ大叔母様のところの可哀相な赤ちゃんの名前もギュルじゃないわ、アイシェギュルよ。いったい誰に聞いたのかしらね。誰が書かせたの？」

「母さん、新聞の誤植なんてしょっちゅうじゃないか」

オスマンが母をなだめた。朝方、母は頻繁に窓からテシュヴィキイェ・モスクの中庭を見下ろしては、何を着ていくか迷っていた。わたしたち兄弟は雪の降る、冷たい陽気のことを思い出させ、「かといって、ヒルトンに出かけるときみたいにファー付きの服を着ていくのもおかしいよ」と念を押さねばならなかった。

「たとえ死んだってお父さんのお葬式の日に家にいる訳にはいかないのよ」

母はそう答えたきり、また視線をモスクの中庭に戻した。

やがて、ベシクタシュの遺体安置所から霊柩車に積まれてきた父の棺が、モスクの斎庭へ運び込まれるのを眺めるうちに、母は大泣きしはじめた。人の死は神のお召しであるから、決して泣いて悲しむことではない。しかし、涙がやむ気配はなく、母が階段を降りて表へ出て、葬式に加わる気がないのは明らかだった。そのあとで鎮静剤を飲んでも母の症状は収まらず、中庭から経文が聞こえはじめると、アストラカン織の襟巻《えりまき》を首に巻いたまま、ファトマ婦人とベクリに支えられてバルコニーへ出た。そして、参列者の担ぐ棺が霊柩車に収められるころにはくたくたになってしまった。強い北風が吹いていて、埃や粉雪が目に入った。少数の参列者がバルコニーにいる母を認めたようで、ファトマ多くの美しい娘たちの婦人とベクリは母をバルコニーから室内へ連れ戻した。わたしも参列者を注意深く観察していた。多くはヒルトンでの婚約式に来たのと同じ顔触れだった。参列者の中に夏に目を引いた美しい娘たちの姿はなく、女たちは醜くなり、男たちは暗く、恐ろしげに見えた。イスタンブルに冬が訪れる度に同じことを感じる。婚約式のときと同じで、わたしは何百人という相手の手を握り、抱擁を交わしたが、人込みの中にフュスンの影を見かける度に、父の埋葬以上に、その幻影がフュスンでないのが悲しくなった。フュスンやその両親が、葬式にも埋葬にも来ておらず、おそらく来る気もないのだと理解するにつれ、父の棺と一緒に冷たい土の下に埋められたような気分になった。

寒さに身を寄せ合う参列者の家族たちは、葬式が終わったあとも解散しようとせず、わたしは彼らを避けてタクシーを捕まえるとメルハメト・アパルトマンへ行った。いまや、匂いを嗅ぐだけで心が安らぐ室内へ入ると、わたしは最も大きな癒しの力を持つことを熟知している品々の中でも特にフュスンの鉛筆と、彼女を失ってから一度も洗っていないチャイカップを手に取ってベッドに横たわった。それに触れ、あるいはそれらが自分の皮膚をなぞっていくときだけ、痛みが和らぎ、心から寛げるのだった。

——読者、ならびに来館者の方々には、あの日、おまえは父親の死と葬式にフュスンが現れなかったことの、どちらに苦痛を感じたのか、と問うだろう。それらはすべて愛のもたらす痛みに他ならないのだ、と答えておこう。真の愛の苦痛とは、我々の存在のもっとも奥底に根を張り、もっとも弱い部分を責め苛む。それは、その他のあらゆる痛みとも深いところで繋がっていて、我々の身体と人生へと、留まるところを知らずに波及してゆくものなのである。もしその人間が望みのない恋をしているのであれば、父親を喪《うしな》ったという不運のみならず、たとえば鍵を失くしたであるとかのつまらない出来事、その他のありとあらゆる悩みや不安が触媒の役割を果たし、精神的苦痛を倍加させ、いつ破裂するとも知れない状態にしてしまう。そして、わたしのように愛によって人生を見失った人間は、愛の痛みさえ収まればあらゆる懊悩《おうのう》が解決するのだと考えるものなので、知らないうちに心の傷口を広げてしまうことも往々にしてある。

父を埋葬したあの日、わたしはタクシーの中でそうはっきりと悟ったはずなのだが、残念ながらそれに相応《ふさわ》しい行動はとれなかった。言い訳かもしれないが、愛のもたらす精神的苦痛が、わたしの理性をほしいままに操っていたのである。つまり、こういうことだ——苦痛は確かにわたしの魂を鍛えた、しかし、そこで培《つちか》われたはずの論理的思考を実際に活用することには許可を与えなかったのである。長期間にわたって燃えるような恋慕を保ちつづけた人間、つまりわたしのような人間というのは、自分の思考であるとか行動であるとかの誤りを知りつつも、それを押しとどめる術《すべ》を持たない。そのため、時間が経ってわかることといえば、その誤謬《ごびゅう》がより明瞭になるくらいのものである。こうした悪循環に陥った人間が興味深いのは、どんなに困難なときでもその思考力がひっきりなしに働いている点だ。いや、それどころか理性は常に主に囁《あるじ》き続けるのだ、「身内に滾《みなぎ》る情熱に抗《あらが》うべし、さもなくば、お前の行動の多くが結果的には愛——とそれに伴う苦悩——を増さしむるのだ」と。フュスンを失ってからの九カ月というもの、わたしの論理的思考の呟きは強まるばかりだった。だから、いつの日か、それがわたしの頭を覆い尽くした暁には、もしやこの苦痛から解放されるのではないか、と淡い期待を抱いていた。しかしながら、愛——と愛を取りもどすことへの期待——は苦痛からの解放を訴える一方で、それと共存する力の源ともなっていて、結局のところ精神の内部にはびこる苦悩を一時的に遠ざける以外、いかなる結果も生まなかったのである。

いまや父とフュスンの喪失は一つに合わさり、孤独と愛の不在というたった一つの苦痛に姿を変えた。アパルトマンのベッドの上でフュスンの品々を使って、その痛みをなだめすかしながら、わたしはフュスンとその家族が葬式へ来なかった理由について考えた。しかし、母やわたしの家族との関係に常に気を配っていたはずのネスィベ婦人とその夫が、父の葬式に姿を現さなかったのがすべてわたしのせいだという結論だけは、受け入れがたかった。それは、フュスン一家が永遠にわたしから逃げ続けるという意味なのだ。そうなれば死ぬまでフュスンに会えなくなってしまう。あまりにも耐えがたいその思いつきのことを考えるのをやめ、近いうちにフュスンと再会できる希望を探そうとした。

48　人生で一番大切なのは幸せになることなんですからね

「不払いの連中のことでケナンを責め立てたらしいな！」

ある晩、わたしの耳元に顔を寄せたオスマンが言った。父の死以来、兄は頻繁に母に会いに来るようになった。ベッリンや子供たちを連れていることもあった。その晩、わたしは兄と母の三人で夕食をとっていた。

「誰から聞いたの？」

「どうでもいいだろう」

そう言ってオスマンは台所にいる母の方をちらりと窺《うかが》った。

「社交界の面汚しになったからって、会社でも同じことをするな」

〝社交界〟という言葉を毛嫌いしているはずの兄が、躊躇《ためら》うことなくそう口にした。

「敷布の件はおまえのミスなんだからな」

「どうしたの？　何を話しているの？　もう喧嘩しちゃだめよ」

「してないよ。ケマルが家に帰って来たのはいいことだって言っただけさ。そうだろ、母さん？」

兄は母にそう答えた。

「ああ、息子や。そのとおりよ。何か言いたい人には言わせておけばいいのよ。人生で一番大切なのは幸せになることなんですからね。亡くなったお父さんもいつも言っていたわ。この街には素敵な女の子がたくさんいるんですもの、もっと綺麗で、優しくて、理解のある娘を探しましょう。猫も可愛がれない女は、男の人だって幸せにできないの。だからケマルの婚約のことで悲しむのはおやめなさい。ケマル、ファーティフのホテルには行かないって約束してごらんなさい」

「一つだけ条件がある！」

わたしは九カ月前にフュスンが口にしたのと同じ言葉を子供のように繰り返した。

「父さんの車とチェティンさんを僕にくれないか……」

「よし。チェティンが同意したら俺も文句はない。だけどおまえも、ケナンの新しい仕事に口出しするな。誰にも迷惑をかけるんじゃない」

「二人とも、人様の前では喧嘩するんじゃないよ！」

スィベルと別れたので、ヌルジハンとも距離を置くことになり、必然的に彼女に首ったけのメフメトともあまり会わなくなった。ザイムも日が経つにつれて彼らと一緒のことが増え、わたしは友人たちから徐々にではあるが遠ざかっていた。ときおり、〝ろくでなし〟のヒルミやタイフンのように家庭があったり、言い交わした相手のいる連中や、イスタンブルの夜の薄暗い場所を好む友人たちと、高級娼館や半ば冗談交じりに〝大学出〟と謳われた少しは頭が良くて、礼儀正しい娘たちが客待ちするホテルのロビーへ行ったが、それも愉しむためというよりは、病気を紛らすためだった。しかしフュスンに感じる愛情は、わたしの心の中の黒々とした一角にとぐろを巻いて居座り、いまや精神全体を覆い尽くそうとしていた。友人と言葉を交わすのはそれなりに楽しかったが、苦痛を忘れられるほどのものではなかった。そんなわけで、わたしは夜になるとほとんど外出せず、ラク酒のグラスを持って母親の傍らに腰を下ろし、観たい番組がないときでも、国営放送一局きりしかないテレビを眺めて過ごした。

母は父がいたときと変わらず、ブラウン管に映し出されるものには何でも文句を垂れ、酒を飲みすぎるなと日に一度は必ず口にし、しばらくするとそのまま椅子の上で眠ってしまうのだった。そんなときは、ファトマ婦人と声をひそめてテレビのことを話題にした。西欧の映画に出てくるような金持ちの家のお手伝いとは違って、彼女の部屋にはテレビがなかったのだ。テレビが国内に広まりはじめたのは四年ほど前のことだ。それがわが家へやって来ると、ファトマ婦人は毎夜、居間の一番隅の椅子――いまでは〝彼女の席〟だ――に乗り出すように腰かけて、興奮しきった面持ちで、頭のスカーフの結び目をいじくりながら画面に映るメロドラマに見入っていた。ときには婦人が家族の会話に加わることもあったが、父が死んだいま、母が洩らす尽きることのない独り言の相手を努めるのはもっぱら彼女で、その回数も増えていた。

ある晩、母が椅子で眠りこけてしまったあと、わたしと婦人は、フィギュアスケートの生中継に出てくる脚の長いノルウェーやソ連の美しい競技者たちを――同じ番組を観ているトルコじゅうの視聴者同様に――ルールも何もわからないまま眺めていた。母の様子、気候が暖かくなってきたこと、街じゅうで起こる政治的殺人やありとあらゆる政治の腐敗、父のもとで働いたのち、ドイツのデュースブルクに移民して、ドネル・ケバブの店を開いた彼女の息子の近況などを話した。そうして、人生とはかくも素晴らしいものなのだと話し合っていると、気分が落ち着いた。

「ああ、〝ひっかき爪〟ちゃん、もう靴下を破かなくなったわね、いい子ね。ケマル坊ちゃん、昨日見たけど、上手に爪を切られるようにおなりだねえ。わたしからご褒美をあげなくちゃね」

「爪切りでもくれる気かい？」

「いいえ、爪切りはわたしのお陰で二つも持っているでしょう。お父様のもあるから三つね。別のものよ」

「何だろう？」

「こっちへおいで」

婦人の雰囲気から特別なものを感じ取ったわたしは、彼女の後ろについていった。ファトマ婦人は小さな部屋へ入っていって何かを手に取ると、わたしの部屋へ戻って明かりを灯し、子供にするように優しく微笑みかけながら手のひらを開いた。

「これ何？」

そう言ったそばから、すぐに心臓が高鳴りはじめた。

「このイヤリングは坊ちゃんのでしょう？　ヘッドに字が書かれているのかしら？　変わっているわねえ」

「僕のだよ」

「何カ月前だったかねえ、坊ちゃんの上着のポケットで見つけたんですよ。返そうと思って隅によけておいたの。でもお母様が見つけて取り上げられてしまって。きっと、亡くなられたお父様が他の人にあげたものだと思って、不愉快になられたのね」

そこまで言うと婦人は笑みを浮かべた。

「お母様はビロード張りの小物入れを持っていてね、お父様から隠しておきたかったり、取り上げたりしたものをしまっておくの。お葬式のあとで、中の物をお父様の仕事机に戻すときに見かけたんで、坊ちゃんのだろうと思って取っておいたの。それと、お父様の上着の中から出てきたこの写真も、お母様に見られないよう取りよけておいたけど、よかったかしら ね？」

「素晴らしいよ、ファトマさん。何て良くできた、気のつく人だろう。最高だよ」

婦人は満足したようにもう一度微笑むと、イヤリングと写真をわたしに返してくれた。それはアブドゥッラーでの食事の席で見せてくれた、父の愛人の写真だった。一瞬、女性の悲しげな眼差しの中や、その後ろの船や海に、フュスンを思い出させる何かを見た気がした。

翌日、早速ジェイダに電話をかけた。その二日後、わたしはふたたびマチカのタシュルク公園まで歩いていった。ジェイダは髪を一つにまとめていて、とてもよく似合っていた。彼女の佇《たたず》まいには、母親になりたての女性に特有の、あの輝くような幸福感と、急速に大人びたその雰囲気が醸し出す自信とが同居していた。わたしはこの二日間にフュスン宛ての手紙を四、五通、苦もなく書き上げ、その中で一番理性的でまともに見える一通を入れた黄色いサトサトの封筒を携えていた。当初からの計画どおりに、わたしは眉をひそめながら重大な事態の進展を匂わせ、この手紙は必ずフュスンの手許に届く必要があるのだと説明した。手紙の内容には一切触れずに、秘密めかした態度を崩さずにこの件の重要性を理解させると、ジェイダも必ずフュスンに渡すと保証してくれた。しかし、ジェイダの顔に浮かぶ、すべてお見通しと言わんばかりの落ち着いた表情を前にして、わたしは堪《こら》えきれなかった。フュスンがわたしを責めるべき問題が解決し、彼女に託したこの知らせを受け取ればフュスンも喜ぶだろう、そうすれば互いに離れ離れになっていた時間以外、悲しむべきものは何もなくなるだろう、フュスンが色よい返事をくれるに違いない、と捲《まく》し立てずにはいられなかったのだ。子供が目を覚ます時間になり、急いで帰ろうとするジェイダに別れを告げるとき、わたしは言った。

「フュスンと結婚したらすぐに子供をつくるよ。そうすれば君の子供と友達になれるだろうから。このところ続いていた陰気な日々も、思い返せば楽しい思い出になるに違いないのさ」

そして子供の名前を尋ねた。

「オメルよ」

彼女はそう言って誇らしげに息子の顔を見つめていた。

「でもねケマルさん、人生は決して思いどおりにならないものなのよ」

何週間もフュスンからの返事を待つ間、このジェイダの言葉を幾度となく思い返したものだ。しかし、今回ばかりは必ず返事が来るだろうという確信があった。ジェイダも、フュスンは婚約破棄のことを知っていると請けあってくれた。そして手紙には、失くなったイヤリングが死んだ父の小物入れから出てきたという嘘とともに、一緒に三輪車も持っていく旨をしたためておいたのだ。前の約束どおりに、君とご両親、それに僕で食卓を囲む日が来たんだよ、と。

五月の半ば、厚い雲の垂れこめる日のことだった。わたしは地方支店から届いた友情や感謝、あるいは批判、お追従に脅迫、その他ありとあらゆる手紙に目を通していた。ほとんどは手書きの書簡で、苦労しながら判読していると、ごく短い手紙を見つけて、頭を殴られたような衝撃を覚えた。わたしは逸《はや》る気持ちを抑えながら手紙に目を走らせた。

ケマルお兄さん

わたしたちもお会いしたいと思います。

五月十九日の夕食に、是非いらっしゃって下さい。

電話はまだ来ていないので、来られないときはチェティンさんに言伝して下さい。

友情と尊敬を込めて　フュスン

チュクルジュマ区ダルグチ袋小路二四番

手紙に日付はなかったが、ガラタサライ郵便局の五月十日の消印が押されていた。招待は二日後だ。チュクルジュマの住所へすぐに行ってみようかと思ったが、それは慎んだ方がよさそうだ。最終的にフュスンと結婚するにしても、まずは彼女とよりを戻すためにも、過度な興奮を見せてはいけない、そう思った。

49 彼女にプロポーズするつもりだった

一九七六年五月十九日水曜日、わたしはチュクルジュマの彼女の家へ向かうべく、チェティン氏の運転する車に乗り込んだ。彼には、ネスィベ婦人の家へ三輪車を返しに行くとだけ伝え、住所を教えるとそのまま背もたれに身体を沈め、バケツをひっくり返したような激しい雨が打ちつける街を眺めた。思えばこの一年というもの、幾度となく眼前に去来した再会の場面の中で、こんな土砂降りを、いや、そもそも雨に彩られた再会を想像したことはなかった。

メルハメト・アパルトマンへ寄ってイヤリングと三輪車を取ってくるだけでずぶ濡れになってしまった。もう一つ、わたしの期待とは裏腹のことがあったとすれば、それは心の中にある落ち着きだった。ヒルトン・ホテルで彼女に最後に会って以来、三百三十九日間も続いた苦痛を、まるっきり忘れてしまったかのようだった。それどころか車中のわたしは、フュスンとの再会という幸福にたどりついたせいか、のたうちまわるような思いで一秒一秒耐え忍んだ苦痛に感謝の念さえ抱いていた。どんな物も、どんな人も責めようとは思わなかった。

この物語のはじめにあったように、まったき幸いに満ちた人生が、いまふたたびはじまろうとしているのだ。スラセルヴィレル通りの花屋の前で車を停めさせて、大輪の赤いバラを買い求め、この先に待ちうけている幸福に見合うような、大きなブーケを作らせた。家を出る前に気を落ち着かせようと、それが薬だとでもいうようにラク酒を一杯呷《あお》ってきたのだが、ベイオールへ向かう裏通りの酒場でもう一杯くらい入れておくべきだろうか？　というのも、あの愛の痛みのような、何かに急《せ》きたてられるような感覚がつきまとっていたのだ。

「気をつけて」

警告するような強張った声が自然と口をついた。

「今日は、絶対に道を間違えないでくれよ」

雨の中にぼんやりと浮かび上がるチュクルジュマ浴場の姿を目にしたとき、わたしは唐突に理解した。この三百三十九日の間の経験は、どれもフュスンの与えた試練だったのだ、と。わたしはそれを克服した。そしていままでは、彼女に会えないという罰をふたたび受けないよう、彼女の望みは何でも叶えてやるという心の算段も出来ている。フュスンの姿を目にしてひとまず安心し、フュスンが実際に目の前にいるという事実を受け入れたなら、すぐにでもプロポーズするつもりだった。

チェティン氏が雨の中で建物の番号を読みとろうと頑張っている傍らで、わたしの眼前にはプロポーズのシーンが浮かび上がっていた。頭の隅で想像したことはあったのだが、その度に自分でも気付かぬふりをしようと躍起になっていたシーンだ。その中でわたしは、家の中へ入ると、三輪車を冗談交じりに渡して席につく。少し落ち着いてから――はたしてそううまくいくだろうか？――フュスンの運んできた珈琲に口をつけ、勇気を出して父親の目を覗きこむ。そして、こう言うのだ――フュスンとの結婚をお許しいただくために伺いました。三輪車など言い訳に過ぎない。プロポーズなのだ。笑ったり、冗談ではぐらかしたりしてはならない。離れている間の苦悩を口にしたり、悲嘆に暮れた日々のことを、おくびにも出す訳にはいかない。食卓について父親の差し出すラク酒を飲みながら、フュスンの目をこの決意と幸福感に満ちた眼差しで見据えて、彼女をゆっくりと鑑賞しようではないか。婚約式や結婚式の段取りは、次に来たときにでも話せばいい。

車が、雨にかすんで紗幕を通したような佇まいをみせる古い家の前で停まった。わたしは胸を躍らせながら呼び鈴を押した。少ししてネスィベ婦人が扉を開けてくれた。婦人は三輪車を手に持ったわたしに傘を差し出すチェティン氏と、わたしの手の中のバラの花に感動したようだった。いま思えば、ネスィベ婦人の顔には不安そうな表情も浮かんでいたのだが、わたしは見過ごしてしまった。階段を一歩上るごとに、フュスンへと近づいていく。

「いらっしゃい、ケマルさん」

父親は階段の踊り場で迎えてくれた。タルク氏に最後に会ったのが婚約式だったことを失念していたわたしは、昔の犠牲祭の食事以来、彼には会っていないと思い込んでいた。歳を取って老けこんだという印象よりも、ある種の老人たちがそうであるように、摑みどころのない印象が勝った。

次に、〝はて、フュスンに姉がいたのだろうか〟と思ったのを覚えている。父親の後ろの戸口にはフュスンによく似た、しかし黒髪の美しい女性が立っていたのだ。しかし、その黒髪の女性こそがフュスンだと、すぐに気が付いた。わたしはひどく動揺した。髪の毛が真っ黒だったのだ。「地毛に決まっているじゃないか！」、そう自分に言い聞かせながら敷居をまたいだ。そのときまで、両親の目など気にせずに彼女にバラを渡して抱きしめようと考えていたのだが、その視線や戸惑ったような雰囲気、よそよそしい身体の距離感が、フュスンがわたしに触れたくないのを知らせていた。

わたしとフュスンは握手を交わした。

「まあ、何て綺麗なバラなのかしら！」

彼女はそう言ったが、受け取ろうとはしなかった。ああ、無論彼女は美しかった。大人の女の魅力を備えていた。想像していたのとは正反対の、成熟した様子にわたしが不安を覚えているのを、彼女も知っていたのだと思う。

「ねえ、そう思うでしょう?」

フュスンは室内にいたもう一人の人物にわたしの腕の中のバラを示して言った。

彼女が言葉をかけた人物と目が合った。最初にわたしはこう考えた——太って優しそうな若者だけど、隣人か何かかしら? 食事に呼ぶのなら別の晩でもよいのに。

しかし、そう思う端から、おそらく隣人ではあるまいと理解した。

「ケマル兄さん、紹介するわ。夫のフェリドゥンよ」

さして重要でもない用件を、いまさっき思い出したとでもいうような、ごく自然な態度だった。

フェリドゥンと呼ばれた男を眺めた。そのときのわたしはきっと、実在の人間ではなく、昔どこかで見かけたことのある誰かを思い出そうとでもするような、いぶかしげな目つきをしていたに違いない。

「わたしたち、五ヵ月ほど前に結婚したの」

フュスンの眉は、媚びるように八の字を描いていた。

握手を交わした新郎の視線からは、まったく事情を知らないのが窺えた。

「ああ、お会いできて実に光栄です!」

彼と、その後ろに隠れるようにして立っているフュスンに満面の笑顔でそう言った。

「あなたは幸運ですよ、フェリドゥンさん。こんなに素晴らしい女性と結婚していて、その奥さんはこんなに素晴らしい三輪車をお持ちなんですからね!」

するとネスィベ婦人が口を挟んだ。

「ケマルさん、あなたを披露宴にお呼びしたかったんだけどね、お父様がご病気だって聞いてねえ。ほらフュスン、旦那の後ろに隠れていないで、そのお花をケマルさんから受け取りなさい」

この一年というもの、夢の中には決して出てきてくれなかった愛《いと》しい人が、優雅な仕草でわたしの手からバラの花束を取り上げた。花束と同じように赤く染まった頬、その物欲しげな唇、ビロードのような感触の皮膚、一生涯を賭してでも掌中に収めたいと、苦々しい思いで受け入れざるを得ない首筋や、芳しく香る胸元が、わたしに近づき、そしてすぐに離れていった。彼女が本物で、この世に実在しているという事実に、改めて畏敬の念を抱いた。

「フュスン、バラは花瓶に生けておいてね」

「ケマルさん、ラク酒はやるでしょう?」

フュスンの母親が言い、父親が問い、カナリヤが「ピーチクパーチク」と囀《さえず》った。

「ああ、もちろん、飲みますとも、飲みましょう、ラク酒を……」

さっさと酔っ払ってしまおうと、氷を浮かべたラク酒を二杯、空き腹に流し込んだ。食卓につく前に、持参した三輪車や子供のころの思い出を話したのは覚えている。しかし、結婚という事実を知らされて、頭の中は真っ白だった。三輪車が代弁してくれるはずだった、あの心惹かれる二人の連帯感すら忘れるほどに。

フュスンは母親に、どこへ座るべきかとわざわざ尋ねてから、わたしの向かいに腰を下ろした。それがさも偶然であるかのように。しかし、わたしに視線を向けようとはしなかった。こちらに一切、興味がないのかと思えるほどにその演技は完璧で、わたしも彼女に親戚以上の関心はないように装った。貧しい親戚にプレゼントをしに来ただけで、もっと重大なことに頭を使う、気のいい金持ちのように振る舞っていたかった。

「それで、子供はいつごろになるんだい？」

わたしは平静を装って新郎の目を覗きこみながら訊いた。フュスンの方は見られなかった。

「いまのところ考えていないんです」

フェリドゥン氏が答えた。

「おそらく別の家へ越してからだと思いますよ……」

ネスィベ婦人が付けくわえた。

「フェリドゥンはまだ若いけど、イスタンブルでは有名な脚本家なの。『胡麻パン売りの女』は彼が書いたのよ」

その晩、わたしは人々が言うところの〝現実〟を受け入れざるを得なくなった訳である。結婚までのなれそめ話が冗談で、わたしを驚かせようと隣人の若者に初恋の相手を演じさせているだけなのではないか、すぐに質の悪いジョークだと誰かがばらすのではないかと、縋《すが》るような思いで想像したものだ。しかしながら、夫婦について質問を重ねるうち、結婚が厳然たる事実であると認めざるを得なかった。だが、それを頭から受け入れるのは無理な相談で、驚かなかったといえば嘘になる。わたしの従弟となった新郎のフェリドゥン氏は二十二歳で、映画と文学に造詣が深く、いまは大した稼ぎもないが、イェシルチャム――これはトルコ映画産業全体を指す愛称である――のためにシナリオを書くのとは別に、詩も嗜《たしな》むのだそうだ。フュスンの父方の縁戚にあたり、子供のころにフュスンとよく遊び、この三輪車に乗ったこともあるのだとか。タルク氏が並々ならぬこだわりを見せるラク酒の力も手伝ってか、話を聞くにつれ、心が身体の奥へ奥へと縮こまっていくかのようだった。わたしは、他人の家にはじめて行くと、部屋の数であるとか家の奥のバルコニーがどの通りへ面しているかであるとか、あるいは食卓はなぜそこに置かれているのかなどと質問をして、その答えを知るまでは落ち着かない性質《たち》なのだが、そのときはそれすら思いつかず、いま思えばその座りの悪さも不安を助長していたように思う。

唯一の慰めといえば、フュスンが向かいに腰かけているので、まるで一幅《いっぷく》の絵を鑑賞するように彼女を心ゆくまで眺められることだけだ。結婚後もフュスンは父親の前では煙草を控えているらしく、火をつけるときのあの、わたしの大好きだった手の動きを見られなかったのは、残念でならない。しかし二回、昔のように髪をかきあげ、三回、冗談に対して何か言おうとして——わたしと話しているといつもしたように——息をひそめ、少しだけ肩をいからせて機会を窺っていた。彼女が笑うだけで、譬《たと》えようのない幸福感や希望的観測が以前と同じ、抗《あらが》いがたい力で、ヒマワリのように花開いた。その美しさや、慣れ親しんだ挙措、あるいは皮膚が放つ輝きが、わたしがいるべき世界の中心が彼女のそばに他ならないことを、まざまざと見せつけた。その外の場所や人、用件などは〝くだらない暇つぶし〟でしかないのだ。頭だけでなく、身体もそれをよく承知しているからこそ、わたしは彼女の向かいに座っているのだ。彼女の腕を摑み、抱きしめたいとどれほど切望したことか。いま置かれた状況やこれからのことを整理しようとしても、心がじくじくと痛んで、一向に頭が働かず、わたしは食卓の面々のみならず、自分に対しても、ただ新婚の二人を祝福しにやって来た親戚としての演技をはじめた。食事の間、フュスンと目が合うことはほとんどなかったが、彼女はわたしの気取った演技に感づいていたのだろう。お抱えの運転手を伴ってある晩やって来た遠縁の、裕福な親戚としてわたしを遇し、結婚したばかりの新婦はかくの如《ごと》く振る舞うのだと言わんばかりに、夫と軽口を叩き合い、あるいはスプーンを差し出してソラマメを食べさせてやっていた。こうした彼女の行いは、わたしの頭の中に不気味な静けさをもたらしていった。

雨脚は増し、一向に衰える気配がなかった。タルク氏は食事がはじまると、チュクルジュマがその名前——〝下水槽〟——以上に惨めな地域であり、昨年の夏に買い取ったこの建物も昔から幾度となく冠水したそうだと教えてくれた。彼と一緒に食卓を立って出窓から坂道を流れ下る雨水を眺めた。裾《すそ》をたくし上げ裸足で歩道の端に立つ地元の人々は、バケツやプラスティックの洗濯桶を手に家の中の水をかき出し、あるいは砂袋や雑巾で水の流れを変えようと奮闘していた。鉄製の焼き網に詰まった泥を取り除こうとしている裸足の男二人に、紫と緑のスカーフを被った二人の女性が水の中を執拗《しつよう》に指さしながら何事か怒鳴っていた。食卓に戻るとタルク氏は秘密めかした態度で、「この辺りの下水道はオスマン帝国時代から残っているものなので、すぐに詰まってしまうんですよ」と言った。そのあとも、叩きつけるような雨音がする度に誰かが、「空の底が抜けた」「ヌーフ《ノア》の洪水だ！」あるいは「神よ、守りたまえ！」などと口にしては食卓を離れて出窓に駆け寄ると、弱々しい街燈に映し出されて不可思議な雰囲気の漂う街並みや溢れた水を心配そうに見守っていた。わたしも半ば義務的に席を立ち、彼らの冠水に対する怖れを分かち合いはしたが、内心では、酒でふらついて椅子やコーヒーテーブルをひっくり返しはしないかとひやひやしていた。

「運転手さんはこの雨の中でどうしてるのかしら？」

ネスィベ婦人が窓外に目をやったままそう呟いた。

「食事をあげた方がいいんじゃないかな？」

フェリドゥン氏に「わたしが下りて持って行くわ」とフュスンが答えた。

しかし、ネスィベ婦人はすぐに話題を変えた。わたしが余計な気遣いだと思っていい顔をしないのではと危惧したのだろう。家族の皆が心配そうに出窓から表の様子に集中する中、わたしは、自分が酔っ払った孤独な人間でしかないとひしひしと感じたが、すぐに皆の方を振り向いて笑みを取り繕《つくろ》った。ちょうどそのとき、通りを転がり落ちてくる樽のゴロゴロという鈍い音と、「あっ！」という叫び声が聞こえた。一瞬、フュスンと目が合ったが、彼女はすぐに視線をそらした。

どうすればかくも無関心を装い通せるのだろうか？　そう尋ねてみたかった。けれど、捨てられて常軌を逸し、相手の愛を欲するあまり、「ちょっと、おまえに訊きたいことがある！」などと相手に詰め寄った訳ではない。まあ、いずれにせよ似たようなものだが。

——僕が食卓に一人きりで取り残されているというのに、なぜそばに来てくれないんだい？　僕にすべて打ち明ける機会をみすみす逃すつもりかい？　そういう思いを込めてフュスンを見つめていたのである。彼女もわたしをちらりと見て、すぐに視線を外した。

「さあフュスン、食卓へおいでよ」

わたしは心から寛いだ様子でそう声をかけた。そして彼女がそばへ来たら、この誤った婚姻を白紙に戻し、夫と別れてわたしと一緒になるよう提案するつもりだった。

空には雷鳴が轟《とどろ》いていた。フュスンは窓際から身を離し、羽毛のように軽やかに、ぴったり五歩踏んで、わたしの向かいに腰を落ち着けた。

「どうか、わたしを許してちょうだい」

心を鷲摑《わしづか》みにするような囁き声だった。

「お父様のお葬式に行かれなかったことを」

稲妻の青光りが凪にはためく絹布のように、二人の間に射した。

「ずっと、君を待っていたんだ」

「そうだろうと思っていたわ。でも行けなかったの」

「雑貨屋の出していた密輸品を扱う屋台が摘発されましたね。ご存知でしたか？」

テーブルに戻った夫がそう言った。

「ええ、残念ですね」

「いいや、そんなに残念でもありませんよ」

やはり出窓から戻ってきた父親がそう答えた。

フュスンがまるで泣いているように両手で顔を覆い、心配そうにまず夫を、そしてわたしを窺い、声の震えを必死で抑えようとしながら言った。

「ミュムタズ伯父様のお葬式に行けなかった方がずっと悲しいわ。わたし、伯父様が大好きだったの。酷いことをしてしまったわ」

「娘は、お父さんによく懐いていたんですよ」

タルク氏がしみじみとそう言いながら、娘の髪の毛に口づけした。座りなおした彼は、片方の眉を吊り上げて微笑みながらわたしのグラスにラク酒をついで、サクランボを勧めた。

酔った頭で、わたしは父がくれたビロード張りの宝石箱に収めてある真珠のイヤリングと、フュスンのなくしたイヤリングをまとめて彼女にプレゼントするところを想像していたのだが、それを実際に渡すことはできなかった。苛立ちのあまり席から立ち上がった。無論、イヤリングを渡そうとしたのではない。父親と娘の目の中には何かを期待するような光があった。わたしがさっさと帰るよう願っているのだろうか。いや、違う。部屋に満ちているのは大きな期待感だった。妄想の中で幾度もなぞったというのに、イヤリングを取り出そうとしても手が動かなかった。それもそのはずだ、想像の中の彼女は結婚などしていなくて、このイヤリングを手渡す前に両親に結婚を願い出る心積もりだったのだから。予想だにしなかった状況を前にして、このイヤリングをどうするべきか、酒で曇った頭では判断がつかなかった。

わたしは、サクランボで汚れた手で父の宝石箱に触りたくないだけだと思いなおし、立ったまま

「手を洗ってもよろしいですか？」と尋ねた。フュスンも、わたしの心の中で吹き荒れる嵐のような葛藤を察していたはずだ。「お客に場所を教えてあげなさい」とでも言いたげな父の視線に後押しされて、彼女は怯えたように椅子を引いた。自分の目の前に立つ彼女を見ていると、一年前の逢瀬のことが頭の中に溢れだし、その身体を抱きすくめたくなった。

周知のことだが、酩酊しているときの人間の頭脳には二本の思考経路が併存している。一つ目で、わたしは時間と空間から解放されたどこかに二人きりでいるかのように彼女を抱きしめていた。もう一つの思考経路の方では、わたしはチュクルジュマの家の食卓にいて、彼女を抱きしめてはいけない、それはとんでもない不調法だ、という内心の声に耳を傾けていた。しかしラク酒のせいで二本目の方の動きはいかにも鈍く、良識に適った警告は五、六秒は遅れて聞こえて来た。その数秒の間、わたしは完全に自由で、しかし自由であることに不安も覚えず、結果として彼女にぴったりとくっつきながら上階へ続く階段を上っていったのである。

身体と身体の距離の近さや階段を上るという行為が、まるでわたしの想像の世界から飛び出してきたように感じられた。そのあと何年もの間、この感覚がこびりついて離れなかったものだ。わたしに向けられる彼女の視線には理解と危惧があったけれど、彼女がそれを隠さずに視線に込めてくれたことに深く感謝してもいた。そう、いま正に露《あら》わになったのは、わたしとフュスンが、互いのために設けた一瞬の逢瀬だったのだ。わたしは試練に敢然と立ち向かうように毅然として、彼女との結婚など問題ではない、いまは彼女と階段を上るという幸せを噛みしめようと心に決めた。——チュクルジュマのあの小さな家の食卓と上階の手洗いの間にある短い距離、四歩半の廊下と十七段の階段を取り上げて、「何が幸せか」と笑う〝現実主義者〟の来館者に対しては、あのごく短い時間に感じた幸福のためであれば、いまでも人生すべてを投げ出しても良いと思っている、と伝えておこう。

わたしは上階の狭苦しい手洗いに入り、扉を閉めた。わたしの人生は、いまやわたしのものではなくなり、フュスンとの結びつきによって、薄弱な意志とは関係のないところで形をなそうとする別の物に変容したのだ。いま思えば、わたしの人生がフュスンによって決定されるということを盲信する以外に、幸せになり、生に耐えうる手立てがなかったのだろう。鏡の前のこじんまりとした洗面台に並んだフュスンや両親の歯ブラシに混じって、彼女の口紅が置かれていた。そそくさと手に取ったわたしはその匂いを嗅ぎ、ポケットに忍ばせた。彼女の体臭を思い出そうとしながら、大急ぎで壁にかけられたタオルの一枚一枚に鼻を寄せた。しかし何も感じなかった。来客に備えてすべて新しく買いなおすか、洗うかしたのだろう。タオルから顔を離し、これから襲ってくるだろう厳しい日々にあって慰めとなる品を探し求めて、わたしの視線は広くもないトイレをさまよった。ふと鏡の中の自分と目が合った。そこにあったのは身体と心の均衡を失った男の、ぎょっとするような表情だった。しかし、顔に張り付いた敗北感と驚愕の入り混じる疲れ切った表情とは裏腹に、頭の中に広がっていたのはまったく別の境地だった。わたしは自分が確かにここにいて、身体の奥底には確かに心臓が脈打ち、それが動く意味が存在し、人生のすべてが欲望と触覚、そして愛から出来ていることを悟った。だから、そのために味わう苦痛こそが人生の根底に横たわる真理なのだと理解するのはたやすかった。雨音と排水管のゴボゴボという音の合間に、子供のころ、父方の祖母が大好きだった古い民謡が聞こえてきた。どこか近くにラジオが置いてあるに違いない。ウードの物憂げな調べとカーヌーンの楽しげな囀《さえず》りに混じって、くたびれてはいるが、どこか希望に満ちた女性の声が、浴室の窓の隙間から流れていた。それはこう歌っていた。〝愛なのだ、愛こそ、この世のすべての理由なのだ〟と。この悲しげな歌が後押しするなか、浴室の鏡の前に立ちつくし、それまでの人生でもっとも霊的な一瞬を体験したわたしは、この世界やそこにある森羅万象が、巨大な一つの全体を形作っているのを実感していていた。目の前に並ぶ歯ブラシから食卓にあったサクランボの皿に至るまで、ちょうどそのとき見つけてポケットにねじ込んだフュスンのヘアピンから、いまもこの博物館に展示してある浴室のドアの閂錠に至るまでのあらゆる品々。いや、それだけではない。あらゆる人間も含めて、すべては一つの同じ世界に属している。我々が生きる人生の意味とは、愛をもってその一体性を知覚することだったのだ。

そう悟って気が楽になったからだろうか、わたしはフュスンのイヤリングを取り出すと、口紅のあった場所にそっと置いた。父の真珠のイヤリングを取り出す直前、同じ曲がひときわ大きく聞こえて、わたしは思い出した。イスタンブルの街のことや、木造の家々でラジオに耳を傾けながら老いていく夫婦たちが思い返す嵐のような愛のことを、あるいは愛のために人生のすべてを失った不屈の恋人たちのことを。ラジオから聞こえる悲哀に満ちた歌声に促されて、フュスンの結婚の正当性を受け入れた。わたし自身が結婚しようとしていたのだから、彼女もわが身を守るためには結婚するほか、手がなかったのだとも理解した。鏡に映った自分に口に出してそう言い聞かせるうちに、わたしは自分を取りもどしていった。思えば子供のころから鏡の中の自分にあれこれと問いなおすときのわたしには、なかなかの演技力と純真さが備わっていたものだ。そしていま、フュスンの立場になって考えようとして、徐々に自我の殻を打ち壊していくうちに、彼女への愛情を原動力にすれば彼女の気持ちや考えをなぞり、それを感得するのも不可能ではなく、彼女の口にする言葉を予測し、彼女が何を感じ、またその感覚から何を理解したのか、いや、〝彼女自身〟にさえなれるということを、驚き交じりに理解したのである。

この新たな発見に陶然とするあまり、ずいぶん長いこと手洗い場に籠りきりになっていたに違いない。外にいる誰かが空咳をし、あるいは扉をノックしたような気もするが、よく覚えていない。なぜなら、わたしもまた〝映画に魅入られたかのように〟我を失っていたのだから。若い時分に流行《はや》ったこの言葉を使うのは、しこたま飲んだときや、その後で記憶が飛んでいるときと相場が決まっている。どうやってトイレから抜け出し食卓へ戻ったのかは判然としない。チェティン氏がどんな理由をつけて上階に上がってきて、わたしを扉から出し――千鳥足のわたしには一歩も階段を降りることができなかった――車に乗せ、家へ連れて行ったのかも覚えてはいない。覚えているのは、食卓が気まずい沈黙に包まれていたことだけだ。彼らが黙りこくっていたのが、たんに雨が弱まったためなのか、ついに露呈した客人の羞恥心であるとか、敗北感、あるいは手に取れるほどに露わになった苦悶に、見て見ぬふりをできなくなったためなのかはわからない。

沈黙に耐えかねて、「映画に夢中になっていたんですよ」と口にすると、フュスンの夫はその冗談に見合う映画熱を発揮して、可愛さ余って憎さ百倍とばかりの態度で国産映画がいかに最悪の出来か、しかし一般の人々がこれに〝いかれている〟こと――当時は普段から使う言葉だったのだ――を説明してくれた。――業《ごう》突く張りではなく、真剣に映画を芸術として受け止めてくれるような安定したスポンサーさえ見つかれば、素晴らしい映画を撮ることができるんです、いまはフュスンを主演に据えた脚本を書いているんです、でも資金援助をしてくれるところが全然見つからないんです。わたしは酔っ払っていたので、フェリドゥン氏が資金を必要としていて――そうと明言した訳ではないが――フュスンが〝トルコ映画のスター〟になれるかもしれないという話で頭がいっぱいになった。

帰り道、チェティン氏の運転する車の後部座席にぼんやりと座りながら、フュスンが女優として名を馳《は》せるさまを想像した。――我々人間というものは、どんなに酒に飲まれているときでも、苦痛と理性がせめぎ合う灰色の雲が一瞬だけ晴れて、周知の――あるいはそう思っている――真実を目にすることがある。後部座席から水の溢れだした市街を眺めていたあのとき、一瞬の輝きを放ったわたしの知性が目にした真実は、フュスンとその夫は、映画作りという夢に投資してくれる可能性のある裕福な親戚だからこそ、わたしを呼んだのだ、という結論だ。もっとも、ラク酒のお陰ですっかり弛緩していたので、怒りは湧かなかった。それどころか、フュスンがトルコ国民から崇拝される女優になるという妄想にすっかりとりつかれ、魅力的なトルコ映画のスターとなった彼女の姿が目に浮かぶようだった。サライ座で行う試写会では、万雷の拍手に包まれて登場する彼女をエスコートするのはわたしの役目となるだろう。ほら、ベイオールに入った車が、いまサライ座の前を通ったではないか！

50　これぞ、わたしと彼女の最後の逢瀬

朝になって現実を思い知らされた。昨晩のわたしは誇りを砕かれ、馬鹿にされ、蔑《さげす》まれただけなのだ、と。一人では立てないほど酩酊したまま家人たちの会話に加わり、自分で自分を貶《おとし》めていただけだったのだ。わたしがフュスンにどれほど恋い焦《こ》がれているかを知りながら、彼女の両親は娘婿の子供じみた、馬鹿げた夢を満足させてやるためだけに、わたしを夕食の席に招いたのだ。そういう手合いには二度と会うまいと決心した。ポケットの中の父がくれたイヤリングを見ると少し気が晴れた。フュスンのイヤリングの片方は返したけれど、金のために親戚を呼びつけるような連中に、父の大切なイヤリングまでくれてやる謂《い》われはない。一年も悶《もだ》え苦しんだのち、フュスンに最後に会ったのはいいことだ。なんとなれば、彼女に感じていた思慕は彼女の美しさや人柄に惹かれてのものではなく、スィベルとの結婚に潜在的に抱いていた反発心によるものに過ぎなかったのだ。当時のわたしは、フロイトなど読んだこともなかったが、新聞で目にしたり、誰からともなく聞かされた〝潜在意識〟という用語を幾度となく使ったものだ。あのころ、頭に去来した様々なものをそれで説明できると考えていたのだ。わたしたちの先祖の時代には人の心の中に忍び込み、その者が嫌がる行動を強要する精《ジ》霊《ン》がいたというが、わたしには、あらゆる苦痛を与え、羞恥心を惹起し、望まざる行為を促《うなが》す〝潜在

意識〟があったという訳だ。もう彼女を信じてはいけない。人生という名の本をめくって新たなページを開かねばならない。彼女にまつわるすべてを忘れなければならない。

　その手始めとして、フュスンの手紙を上着の胸ポケットから取り出すと、びりびりと破いた。あくる日、日が高くなるまでベッドで過ごしながら、潜在意識が植えつけた妄執から〝いい加減に〟距離を取ろうと決めた。この痛みと自己卑下をこれまでとは別の言葉で言い表し、それと戦おうと決意すると、全身に新たな力が湧いた。昨日の夕方以来、ベッドから出ようともしない息子を見かねた母は、ファトマ婦人をパンガルトゥの魚市場へやって昼食用にエビを買ってこさせると、わたしの好物であるエビとニンニク、それにレモンを目いっぱいに振ったアーティチョークの煮込み料理を作らせた。二度とフュスン一家とは会わないと決めて心が楽になったからだろう、食欲は旺盛そのもので、わたしはゆっくりと味わいながら昼食を平らげ、母と一緒に白ワインを一杯ずつ空けた。母は、鉄道事業で財をなした有名なダーデレン家の末の娘ビッルルがスイスの高校を卒業して、先月十八になったと説明しはじめた。母によれば、建築業を続けるこの一家は、純粋な友情によるものか、はたまた袖の下を渡したのか、いずれにせよ多くの銀行から融資を引き出したまではよかったのだが、結局その債務を払い切れず、苦しい状況にあるのだそうだ。そして、破産を待つしかない苦境が表沙汰になる前に娘を結婚させたがっているという。

「その娘がとっても美人なのよ！」

　母は秘密めかした態度でそう言った。

「もしあなたがよければ、わたしが様子を見てこようかしら。こんな寂しい家に住んで、将校さんみたいに夜な夜な男友達と飲み歩くのは、よくないと思うわよ」

　わたしは仏頂面で答えた。

「じゃあ、母さん。行って見てきてくれよ。自分で見つけて出会った現代的な子が相手じゃうまくいかなかったんだ。今度は結婚世話人のやり方も試してみるよ」

「ああ、息子や。あなたがそう決心してくれてこれほど嬉しいことはないわよ。もちろん、まずは顔を合わせて、遊びに出かけないとね……。もうすぐ夏だからちょうどいいし、何よりあなたはまだ若いんですからね。ちゃんとお行儀よくしていないといけないわよ。……スィベルとなぜうまくいかなかったか言ってあげましょうか？」

そのときはじめて、母がフュスンとの一件を聞き及んでいるのを知った。それでも心が痛む出来事をまったく別のもののせいに——ちょうど、祖先たちが精霊のせいにしたように——しようとしてくれているのが感じられて、心底ありがたかった。

「あの娘は欲深で、自惚《うぬぼ》れ屋で、自尊心の強い子だったんだよ」

そう言った母はわたしの瞳を覗きこみ、秘密を打ち明けるような雰囲気で付け加えた。

「実のところ、猫が好きじゃないって知ったときから疑っていたんだよ」

わたしは、スィベルが猫嫌いだったかどうかなど覚えていなかったが、スィベルをけなそうとする母が猫の話を持ち出したのはこれが二度目だった。わたしは話題を変えた。そのままバルコニーに移ると、小さな葬式に集った人々を眺めながら珈琲を飲んだ。母はときおり、「ああ、可哀相なお父さん」と言って涙を落としたが、健康も精神状態も良好、その抜け目のなさも健在で、斎庭の石段に置かれた棺の中にいるのが、ベイオールでも有名なベレケト・アパルトマンの大家一族の一人だと教えてくれた。その建物の場所を教えようとした母は、二軒先にアトラス座があると口にした。それを聞くと、わたしはいつの間にかアトラス座で行われるフュスンの主演作の試写会のことを妄想していた。食事を終えて家を出ると、サトサトへ向かった。フュスンやスィベルに出会う前の〝普通の〟生活に戻ろうと自分に言い聞かせ、仕事に没頭した。

フュスンと会ったので、それまで何カ月もの間わたしを苛《さいな》んだ苦痛の大部分は取り除かれた。オフィスで働いている間も、愛の病から解放されたのだという思いが頭の隅にあって、心安らかでいられた。仕事の合間に自分の心の中を探ってみると、彼女に会いたいといういかなる欲求も残ってはいなかった。結構なことだ。チュクルジュマのあのみすぼらしい家へ、下水や汚泥が溢れるあのネズミの巣へ足を運ぶまいという決心はもはや議論の余地のないものだ。わたしが彼女に関心があるとすれば、それは愛情などではなく、彼女やその家族、夫と名乗った餓鬼に対する怒りに後押しされたものに他ならない。かといって、まだ子供と言ってもよい男を相手に憤りを露《あら》わにするのも馬鹿らしく、それを抑えきれないでいる自分にも腹が立った。それに、人生の貴重な一年をただ苦痛に苛まれて無為に過ごした自分の愚かさも腹に据えかねた。自分自身に向けられたこの種の怒りが本物であったかと問われると、自信はないが。新たな人生を踏み出すにあたって、例の痛みが終わったという確信が欲しかった。その強い欲求にしてからが、人生が一つの曲がり角に差しかかった証左に思えた。これまで無視し続けてきた昔の友人たちに会い、彼らと遊び、あるいはパーティへ顔を出そうと決めた。フュスンやスィベルにまつわる思い出したくもない記憶が再燃しては困ると、ザイムやメフメトと距離を置いていたのだ。しかし、夜の遊興場やパーティで大いに飲み、真夜中を過ぎるころになると、自分の怒りが本当は、社交界の支離滅裂さや退屈さ、あるいは自分に関連するあれこれの風聞であるとか、他の誰かであるとかにではなく、紛れもなくフュスンただ一人に向けられていると気が付いた。頭の隅に押し込められた一角では、いまでも延々と彼女との口論が続いていたのである。わたしは恐怖を覚えた。いつの間にか、いま目の前《まみ》で繰り広げられている愉快な乱痴気騒ぎの輪から外れて、チュクルジュマなどという下水と汚泥に塗れたネズミの巣で彼女が暮らすことの誤りや、あの馬鹿げた結婚によって、あたら彼女の人生を無為にしたフェリドゥンという男のことを鬱々《うつうつ》と考え込んでいたのである。

カイセリの大金持ちの地主の息子で、わたしの兵役時代の友人でもあるアブデュルケリムという男がいて、彼は除隊後に故郷へ帰ると年始や祝祭の度に綺麗な装飾文字を施した葉書を送ってくれた。わたしは彼をサトサトのカイセリ支店長に据えた。スィベルが彼を〝過度にトルコ的〟と思っているのは知っていたので、ここ最近は彼がイスタンブルへやって来ても疎遠になっていた。フュスンの家を訪ねた四日後、わたしは彼を連れて、上流階級の人々の間で瞬く間に有名になったガラジュというレストランへ繰り出した。わたしは彼の考えを推し量ろうと努める傍ら、まずはテーブルにいる客や店に出入りする人々、あるいはわざわざわたしたちのテーブルまで足を運んできて親しげに、しかしあくまで礼儀正しく握手をしていった幾人かの顔見知りについて説明した。しかし、アブデュルケリムがそうした話から透かし見える人々の弱さや悩み、あるいは人間性に興味がないようだった。彼は、自分のよく知らないイスタンブルの金持ちのセックス・ライフや不品行、家庭を築くことも考えずに結婚前に——あるいは婚約すら交わしていないのに——セックスをする娘たちを不愉快に思っていた。おそらく彼のそうした態度に触発されたのだろう、わたしは奇妙な衝動に駆られるまま自分の身に起こったことやフュスンへの愛について話した。もっとも、アブデュルケリムには別のおつむの足りない金持ちの体験談ということにしておくのも忘れなかった。わたし自身の知り合いで、人気者のある若い金持ちが、終いには他の男と結婚してしまった〝店番の娘〟へ捧げた愛について話しながら、それがわたしだとは悟られぬよう、離れたテーブルにつく若い男を指さして言った。

「あれが〝彼〟なんだよ」

「何にせよ、性悪女が結婚したことで、その気の毒なやつも救われたってもんさ」

そうまとめたアブデュルケリムにわたしは食い下がった。

「でも実際、あの男が愛のために受け入れたリスクには頭が下がるよ。娘のために婚約を解消したんだから……」

アブデュルケリムの顔には一瞬、優しげな理解の色が浮かんだが、それも一瞬のことで煙草を扱っているヒジリ氏とその妻、そして美しい二人の娘たちが出口へ向かってゆっくり歩いていく姿を目で追いはじめた。

「彼らは？」

アブデュルケリムはわたしには目もくれずにそう尋ねた。背が高い小麦色の肌の娘たちの妹の方──確か、ネスリシャーフといったはずだ──は髪の毛を金色に染めていた。彼女たちを眺める、蔑むような、それでいて感じ入ったかのようなアブデュルケリムの視線がひどく苛立たしかった。

「もう遅いな。帰ろうか？」

わたしはそう声をかけてから勘定を頼んだ。表へ出て別れるまで、わたしたちは一言も口を利かなかった。

わたしは家のあるニシャンタシュの方角ではなくタクスィムへ向かって歩いていった。フュスンにイヤリングは返した。しかし、はっきりとそう告げた訳ではない。酔っ払いが浴室に置き忘れていったような返し方だった。これは彼らにとっても、そしてわたしにとっても決まりが悪いのではないか。こちらの名誉を守るためにも、あれが間違いではなく、意図してやったのだと知らせてやった方がよかったのではないか。そして彼らに詫び、死ぬまで二度と会わないという決心を込めて、しかし気楽な様子で最後の〝さようなら！〟を言うべきだったのではないか。そうすれば、扉から出ていくわたしの背中を見て、これが最後の機会なのだと悟った彼女は、動揺の一つも見せたのではないか。そして、彼女が一年もの間わたしに与え続けたのと同じ沈黙でそれに応えてやるのだ。あるいは、二度と会わないと明言せずとも、残りの人生をお幸せに、とでも言えば、こちらの決意に気が付いて我を失ったかもしれない！

重い足取りで、ベイオールの裏通りをチュクルジュマへ向かって下っていきながら、もしかしたら何をしてもフュスンは心動かされなかったかもしれない、とも思った。なぜなら彼女は、夫と家で暮らしていて、幸せなのだから、と。しかしあの晩、厳しい経済状況のなか、朽ちかけたあばら家で生きていくのを選ぶほどに夫を愛しているという確信が持てたのであれば、もとより彼女にもう一度会いたいとは思わなかったろう。狭苦しい路地のでこぼこした歩道や石段を歩いていると、家々のカーテンの隙間からは、テレビを消して寝仕度をする家族や、就寝前の最後の一服をする貧しく、年老いた夫婦の姿が覗けた。春の晩、弱々しい街燈の下でわたしは理解した。この静かで寂しげな街で生きる人々は幸せなのだ、と。

呼び鈴を鳴らすと、二階の出窓が開けられた。フュスンの父親が暗がりに向かって、「どなただね？」と声をかけた。

「僕です」

「誰だって？」

その答えに一瞬、そのまま逃げだそうと思った。しかし立ち尽くしている間に母親が扉を開けてしまった。

「ネスィベさん、こんな時間にお邪魔したくはなかったのです」

「いいのよ、ケマルさん。さあお入りなさい」

最初に訪れたときと同じように、ネスィベ婦人の背中について階段を上りながら自分に言い聞かせた。「恥ずかしがって縮こまっている場合か！　フュスンと会うのはこれが最後なんだから！」これ以上、自己卑下はすまいと心に決めて室内へ入ったのだが、彼女の姿を目にすると、自分でも恥ずかしくなるくらい胸が高鳴った。フュスンは父親と一緒にテレビの向かいに座っていた。わたしの姿を認めると、二人は跳ねるように立ち上がり、気まずそうに所在なく立ち尽くしたが、わたしの憔悴しきった様子や口から匂う酒気に気が付くと、申し訳なさそうな表情を浮かべた。いまでも思い出したくない最初の数分間に、わたしは必死に説明した。近くを通りかかったので立ち寄ったんです、突然邪魔してすみません、あることが頭から離れなくて、それを聞いてほしくてやって来たんです云々。夫は不在だった。「フェリドゥンなら映画仲間と出かけたわ」なかなか話を切り出せなかった。母親がチャイを入れに台所へ姿を消すと、父親も何も言わずに席を立った。わたしはフュスンと二人きりでテレビを眺めながらなおも謝罪した。

「本当にごめん。でもおかしな意図がある訳じゃないんだ。あの日、酔っ払った僕は洗面台の歯ブラシの脇にイヤリングを置いていったろう。でも本当は君にじかに渡したかったんだ」

「歯ブラシのところ？　イヤリングなんてなかったわ」

フュスンがそう言って眉間にしわを寄せた。

お互いに状況を理解しようと顔を見合わせていると、タルク氏が「特別にケマルさんには」といって盆に盛ったヘルヴァ（お菓子の一種）を運んできた。フルーツ味のついたセモリナ粉の菓子を嚙み砕き、延々とその美味を称えた。この親戚が夜中に訪ねてきたのはこのヘルヴァのためだったのかと、皆が閉口するほどに、わたしは夢中でそれを貪《むさぼ》った。イヤリングは単なる口実で、本当はフュスンに会いに来たのだと自分でも知っていた。フュスンは、イヤリングなど見ていないと繰り返してから、なじるような眼差しを向けてきた。自分がかくも見苦しい状況に甘んじているのは、フュスンに会えないというあの責め苦を二度と味わわないためだと、充分に理解しているつもりだった。しかし、黙って見つめ合っていると、耐えがたい羞恥心がせり上がり、彼女に馬鹿にされたらどうしようという思いと、二度と彼女に会えないだろうという苦悩の間で板挟みになり、どうすればよいかわからないまま席を立った。

ちょうど正面に顔馴染みのあのカナリヤの姿を認めて、鳥籠へ歩み寄った。小鳥と目が合った。おそらくわたしが帰ると思って安心したのだろう、フュスンとその両親も腰を上げた。ここへふたたび足を運んだところで、すでに夫のある身で、金のためにわたしに近づいた彼女を説得するのは不可能だろう。だから、「彼女と会うのはこれが最後だ！」といま一度、自分に言い聞かせた。二度とここへ足を踏み入れまい、と。

ちょうどそのとき、呼び鈴が鳴った。——ここに架かっている絵、カナリヤと見つめ合うわたしと、それを後ろから見守っていたフュスン一家が、一斉に扉の方を振り向いた瞬間を捉えたこの油絵は、後年になってわたしが発注したものだ。絵は、あのとき奇妙な連帯感を感じていたカナリヤのレモンの視点から描かれているので、絵の中の人々の顔は見えない。この背に負った愛を思い出させてくれるよう、巧妙に描かれたこの絵を見る度、わたしは涙を禁じえない。画家が、わたしが逐一《ちくいち》説明した光景——少しだけ開いたカーテンの向こうに覗く夜のしじまや、薄暗いチュクルジュマの街並み、それに室内の様子——を忠実に再現してくれていると、胸を張って言っておこう。

タルク氏は出窓の際に置かれた鏡を一瞥《いちべつ》して、来訪者が近所に住む子供だと見て取ると、外扉を開けに階段を降りていった。ふたたび室内を静寂が満たし、わたしは扉に向かって一歩踏み出した。黙って正面を見据えたまま、上着を羽織り、目の前の扉を開けた。この一年というもの、密かに心に秘めてきた〝復讐〟をするのならばいましかあるまいと思った。

「さようなら」

わたしがそう言うとネスィベ婦人が口を開いた。

「ケマルさん、訪ねてきてくれてわたしたち、本当に嬉しかったのよ」

そしてフュスンに目を向けた。

「この子のしかめ面には目をつむってあげてね。父さんがいるから遠慮しているだけで、この子だって少なくともわたしたちと同じくらい喜んでいるのよ」

「お母さん、やめてよ」

愛しい彼女はそう言った。

一瞬、「実のところ、黒い髪には我慢がならんのですよ」とでも口にして別れの儀式をはじめようかと思ったが、その軽口が真実ではないことも、彼女のためならばいまでも、どんな苦痛にでも耐えられることも、もう承知していた。そして、その愛こそがわたしの破滅を招くだろうことも。

「いえいえ、僕もフュスンの顔が見られてよかったですよ」

そしてフュスンの目を覗きこみながら言い募った。

「君がどんなに幸せかわかって、僕も満足がいったよ」

「ええ、あなたに会えてわたしたちも満足よ」

答えたのは母親だった。

「もう場所もよくわかったでしょう。いつでもいらっしゃい」

「ネスィベさん、今日が最後ですよ」

「どうして？　この街が気に入らないのかしら？」

「次はあなた方の番だってことですよ」

わたしは作り物めいた態度を取り繕《つくろ》い、冗談めかした口調でそう言い返した。

「母にあなたを家へお招きするよう言っておきますよ」

それきり彼らには目もくれずに踵《きびす》を返し、階段を降りた。胸中には名状しがたい感覚が広がっていた。

外扉にいたタルク氏が「おやすみ、ケマルさん」と穏やかな口調で言った。近所の子供が、「お母さんが持って行けって！」と彼に包みを渡していた。

外の涼しいそよ風を顔で受けながら、フュスンとはもう一生会わないのだという感慨が胸をかすめ、これからは悩みや心配とは無縁の気楽な毎日がはじまるのだと思った。そして、母がわたしのために会いに行くと言っていたビッルル・ダーデレンが素敵な娘だと想像しようとした。しかし、一歩進むごとにフュスンから離れていき、その度に心の中の一部が壊れていくようだった。チュクルジュマの坂道を上っていく途中、心の中にぽっかりと空いた場所をもとに戻そうとして、骨が軋《きし》むような悲鳴をあげていた。しかし、それこそがこの恋をお仕舞いにする痛みだと思った。

そのままずいぶん歩き続けた。いまやるべきは、やりがいのある仕事を見つけ、強くなることだ。店じまいをはじめた飲み屋の一軒に入り、もうもうと立ち昇る紫煙の中でメロンをひとかけらとラク酒を二杯、胃に収めた。しかし店を出ると、まだフュスンの家から十分に遠ざかっていないように思えて、さらに歩き続けた。おそらくこの間に道に迷ったのだろう、いつのまにか狭い路地に迷いこんでおり、見知った人影に出くわして、身体に電流が走った。

「ああ、今晩は！」

そう声をあげたのはフュスンの夫のフェリドゥン氏だった。

「奇遇ですね。いまあなたの家にお邪魔したところだったんですよ」

わたしはそう答えた。

「本当？」

夫の若々しさ――子供っぽさというべきかもしれないが――に、わたしは驚いた。

「この前伺《うかが》ったときから、映画ビジネスについて考えるようになりましたよ。仰るとおり、トルコでもヨーロッパのような芸術的な作品が作られてもいいですからね……。今夜はあなたがいらっしゃらなかったので、フュスンに伝えられなかったのですが。近いうちに一緒にお話ししませんか？」

わたしと同程度かそれ以上に酔っているらしく、この提案に面喰っているのがありありと窺《うかが》えた。畳みかけるように言葉を継いだ。

「火曜日の夜七時頃に迎えに行くということでいいかな？」

「フュスンも一緒にでしょうか？」

フェリドゥン氏はそう尋ねた。

「もちろん！　わたしたちの目標はヨーロッパ映画のような芸術的な作品を撮ることと、その主演をフュスンにさせることなんですから」

わたしとフェリドゥン氏は、学校や兵役で知り合い苦労を共にし、いずれ金持ちになろうと夢を語り合う古馴染みのように微笑を交わした。わたしは、街燈に照らし出された子供のような彼の瞳を一度だけじっと覗きこんでから、静かに別れの挨拶を口にした。

訳者略歴　東京大学大学院総合文化研究科博士課程　単位取得退学，日本学術振興会特別研究員　訳書『白い城』オルハン・パムク（共訳）

無垢《むく》の博物館《はくぶつかん》
〔上〕

2010年12月20日　初版印刷
2010年12月25日　初版発行

著者　オルハン・パムク
訳者　宮下《みやした》　遼《りよう》
発行者　早川　浩
発行所　株式会社早川書房
東京都千代田区神田多町2－2
電話　03－3252－3111（大代表）
振替　00160－3－47799
http://www.hayakawa-online.co.jp

印刷所　三松堂株式会社
製本所　大口製本印刷株式会社

Printed and bound in Japan
ISBN978-4-15-209180-2 C0097